AtV

Raoul Mille, geboren in Paris, aber Wahlbürger von Nizza, ist Autor mehrerer in Frankreich sehr erfolgreicher historischer Romane. Der vorliegende, »Le paradis des tempêtes«, ist der erste Band einer dreiteiligen Familiensaga. In ihrem Mittelpunkt steht eine temperamentvolle Provençalin in einer Zeit dramatischer geschichtlicher Umbrüche – den Jahren der Revolution und des Napoleonischen Kaiserreichs. Der folgende Band, »Sturm über Nizza«, ist bei AtV in Vorbereitung.

Benjamin Davis, ein feinsinniger junger Engländer und leidenschaftlicher Anhänger Rousseaus, verläßt 1788 das heimatliche Kent und reist in die Grafschaft Nizza, das Land seiner Träume. Die englische Kolonie von Nizza nimmt ihn voller Sympathie auf, und in der verführerischen Aristokratin Penelope findet er auch bald eine Gespielin für die langen Winterabende vorm Kamin, in dem duftend das Olivenholz brennt. Dann aber begegnet er Maria, einem siebzehnjährigen, reinen, sehr unwissenden Mädchen, das bewundernd zu ihm aufschaut – und es ist der Beginn einer amour fou. Benjamin bildet Maria, lehrt sie lesen, schreiben, ganz im Sinne Rousseaus, erweckt ihre verborgene, starke Sinnlichkeit und erlebt zum ersten Mal selbst ein Gefühl, auf das seine prüde anglikanische Erziehung ihn nicht vorbereitet hatte. Als der Tod des Vaters ihn nach England zurückruft, bricht für Maria eine Welt zusammen. Aber schon rollen die Wogen der Pariser Revolution über die Provence und reißen sie mit. Unter ihrer Wucht erfährt das junge Mädchen ein aufregendes Schicksal und reift zur selbstbewußten Frau, die sich ihr Glück um jeden Preis holt – auch um den großen Schmerzes.

Raoul Mille

Die provençalische Wäscherin

Historischer Roman

Aus dem Französischen
von Nathalie Mälzer-Semlinger

Aufbau Taschenbuch Verlag

Die Originalausgabe unter dem Titel
»Le paradis des tempêtes«
ist 1997 bei den Éditions Albin Michel in Paris
erschienen.

Nachdichtung der Verszeilen von André Chénier
Christel Gersch

ISBN 3-7466-1800-2

1. Auflage 2001

Einbandgestaltung Torsten Lemme
unter Verwendung des Gemäldes »Gräfin Golovina«
von Elisabeth Vigée-Lebrun
Druck Elsnerdruck GmbH, Berlin
Printed in Germany

www.aufbau-taschenbuch.de

Für Alphonse Boudard

Erster Teil

Herbst 1788
Sommer 1789

»Derart war dieser Ort; eine ländliche Zuflucht voller Wonne und von mannigfaltiger Gestalt, kleine Wälder, deren reiches Laub Tränen aus Balsam und duftendem Harz vergießen; Haine, deren köstliche Frucht in golden glänzender Schale anmutig vom Zweige hängt; die wahren Fabeln von den Hesperiden, wenn sie denn wahr sind, dann einzig hier.«

John Milton
Das verlorene Paradies

Benjamin Davis mochte es kaum glauben: Weder von Marseille, einer Stadt mit hunderttausend Seelen, noch von Toulon mit dreißigtausend Seelen fuhr eine Kutsche oder irgendein anderes Verkehrmittel Richtung Italien. Aber er war noch keine dreißig Jahre alt, und nichts drängte ihn zur Eile. Er war aus England geflohen, vor seinem wolkenverhangenen Himmel, seiner bleiernen Denkungsart, vor seinem Vater und dessen düsteren Predigten. Benjamin wollte der Sonne näher sein. Aber das war es nicht allein. Ihn quälte auch ein großer Liebeskummer. Die Beziehung hatte sieben wundervolle, köstliche Jahre gedauert, doch dann hatte Agnes ihn plötzlich verlassen. Eines Abends, im Spätsommer, er erinnerte sich noch an die milde Luft und den Geißblattduft, es war ein Abend voll betörender Wohlgerüche gewesen, da hatte Agnes den Kopf an seine Schulter gelehnt und geflüstert: »Benjamin, ich muß Ihnen etwas Wichtiges sagen. Ich glaube, ich liebe Sie nicht mehr ...« Stumm war er stehengeblieben, mit zugeschnürter Kehle, die Allee im Park erschien ihm auf einmal endlos lang. Agnes hatte hinzugefügt: »Um ganz offen zu sein, Benjamin, wo Sie doch immer so gut, so liebevoll zu mir gewesen sind, es tut mir weh, Ihnen diesen Schmerz zufügen zu müssen, aber es gibt einen anderen Mann in meinem Leben.« Sie zögerte. »Er ist Maler. Ein Italiener.« Er fragte: »Lieben Sie ihn denn?« – »Ich bin ganz verrückt nach ihm«, hatte sie daraufhin gestanden.

Sein Medizinstudium, seine Belesenheit, seine Liebe zur Natur hatten aus Benjamin einen Mann mit Charakter gemacht. So glaubte er zumindest. Er versuchte sich auf seinen Lehrmeister Rousseau zu besinnen, den er im französischen Original las: »Die Sinneslust ist von kurzer Dauer ...«, aber es half ihm nicht. Er war tief verzweifelt. Eine ganze Nacht lang meinte er sterben zu müssen, dann erwog er, den Italiener umzubringen; er konnte ihn zum Duell fordern, er würde den Dreckskerl töten oder sich von ihm töten lassen. Er drohte, er flehte, Agnes sah ihn zärtlich an und nahm seine Hand. Sie hatte Mitleid ... Sie verstand seinen Schmerz, sie wollte seine beste Freundin bleiben, aber ihr Herz gehörte dem Italiener. Sie wußte zwar, daß dieser kein Mann ihres Standes war, daß es immer nur eine heimliche Affäre, eine Leidenschaft im verborgenen zwischen den Bettüchern eines Alkovens bleiben würde. Ja, aber er verstand sich auf Worte und auf die Kunst der Verführung ... Er brauchte sie bloß zu berühren, und sie schmolz dahin. Würde sie eines Tages zur Vernunft kommen und zu ihm, Benjamin, zurückkehren? Agnes schüttelte sanft den Kopf. Benjamin blieb also nichts anderes übrig, als zu verschwinden. Es war Mode geworden, in den Süden zu fahren, die große Rundreise, die zwei Jahre oder länger dauern konnte. Benjamin Davis beschloß, die Reise per Schiff anzutreten. Er ging allein, ohne Domestiken und Dienerschaft. Sein Gepäck bestand im wesentlichen aus den Büchern seiner Bibliothek: Rousseaus Briefe, der *Robinson Crusoe* von Daniel Defoe, der *Candide* von Voltaire, *Pamela* von Richardson, *Humphrey Clinkers Reisen* von Tobias Smollett, und vom selben Autor eine ungewöhnliche Briefsammlung über Nizza, eine kleine Stadt, die zum Königreich von Piemont-Savoyen-Sardinien gehörte und zwischen Toulon und Genua, zwischen Frankreich und Italien lag – Italien, wo Benjamin Davis wenn auch nicht Heilung, so doch Vergessen zu finden hoffte. Doch bevor es nach Florenz, Venedig, Rom und Neapel ging, beschloß er, seiner Neugier folgend, einen Umweg von einigen Tagen durch dieses Land zu machen, dessen Reize Smollett in seinem Buch so sehr rühmte.

An diesem Abend nahm Benjamin nur eine Suppe zu sich; die Müdigkeit und der Kummer ließen ihn sofort einschlafen. Lange vor Morgengrauen erwachte er, das Zimmer war in ein milchiges Licht getaucht, die Bettwäsche, der gesamte Raum verströmten Meeresgeruch. Er sog die salzige Luft ein, stand auf und benetzte sein Gesicht mit etwas Wasser aus einem Krug, der auf dem Waschtisch stand. Der Gastwirt hatte ihm davon abgeraten, auf dem Landweg von Toulon nach Nizza zu reisen, er solle besser übers Meer fahren, es gab Boote, die diese Strecke bedienten, zumindest bei gutem Wetter und wenn nicht ein allzu starker Wind wehte. Bald würde er also ins Unbekannte vordringen, in unerschlossene Gefilde, in ein von den Menschen vergessenes Paradies, wie behauptet wurde. Als er zum Hafen hinunterging, erinnerte er sich dankbar daran, daß ihm sein Vater, der Pastor, neben allem überflüssigem Zeug nicht nur ein nahezu perfektes Französisch beigebracht hatte, sondern sogar ein paar Grundkenntnisse des Italienischen. Aber was sprach man eigentlich auf der anderen Seite des Flusses Var? Smollet erwähnte eine Art Dialekt, der sowohl etwas vom Französischen als auch dem Italienischen und dem Provenzalischen hatte wie außerdem noch von einigen anderen, unbekannten Idiomen.

Um sechs Uhr morgens ging Benjamin an Bord, wo er von Kapitän Jassoire und vier kräftigen Burschen mit bloßem Oberkörper begrüßt wurde. Sie setzten sich ans Ruder, Jassoire stieß einen Schrei aus, die Ruder tauchten ins schwarze Wasser, und die Männer stimmten einen Gesang an, den Benjamin zunächst für ein Seemannslied hielt, der in Wirklichkeit aber ein Gebet war, an die Jungfrau Maria gerichtet, damit weder Stürme noch Barbaren, noch irgendwelche Ungeheuer die Reise gefährdeten. Außer Benjamin gab es nur noch drei weitere Reisende: einen Kaufmann aus Genua, der vor Angst zitterte, und ein englisches Ehepaar. Die Frau trug offenkundig Trauer; der Mann, der stets ein Buch in der Hand hielt, rauchte schweigend; die ganze Reise über sah Benjamin ihn jedoch kein ein einziges Mal eine Seite umblättern. Niemand sprach ein Wort. Es herrschte eine Stille, die dem jungen Mann durchaus behagte, denn er war fasziniert von der Landschaft, die sich seinem Blick darbot. Die Feluke schlüpfte unbemerkt an der Kriegsmarine vorbei, an der *Commerce de Marseille*, die mit ihren hundertdreißig Geschützen das stolzeste Schiff der französischen Flotte war, umgeben von etlichen kleineren Booten, auf denen man ebenfalls den schwarzen Schlund der Kanonen erkennen konnte. Benjamin zählte nicht weniger als neunzig. Der Hafen glich einem von Bergen umschlossenen See, und erst als sie die Mole passiert hatten, tauchte das offene Meer vor ihnen auf, funkelnd vom Gold der Sonne und dem Blau des Himmels. Benjamin blickte zurück, langsam entfaltete sich vor ihm die Stadt, trat das Gebirge aus der Dunkelheit, schoben sich, noch im Schatten liegend, die Hügel davor, auf denen unzählige gelbe und rosafarbene Bauernhäuser verstreut lagen wie Kinderspielzeug. Bald verschwanden auch die Bauernhäuser, übrig blieben nur das Wasser und die Landzungen, die hineinragten, gefolgt von weitläufigen Buchten und grandiosen Küsten, als hätten hier vor Millionen Jahren Giganten miteinander gekämpft, dabei Felskanten herausgebrochen und den Erdboden gespalten, da wo nun gewaltige Schluchten klafften, in die das Wasser drang. Seitdem ruhte dieses zerklüftete Chaos in trügerischer Ruhe unter der Sonne, nach außen hin träge und gleichmütig, doch innerlich von Feuern durchglüht und von unsichtbaren Brüchen durchzogen.

Benjamin wurde von einer heftigen, nie zuvor gekannten Erregung erfaßt, es war das erste Mal, daß er eine solche Landschaft erblickte, eine wie unversehrte Natur, ja unversehrt, jungfräulich und wie von keinem Menschen je berührt. Er seufzte vor Glück und auch ein wenig vor Angst; sein Leben würde endlich Form annehmen. Zwischen diesem weiten Meer und dem jahrtausendealten Fels stand sein Schicksal geschrieben. Stimmte es also, was das Studium der Philosophie ihn gelehrt hatte, daß es ein Jenseits von der Liebe gab, eine Liebe, die viel größer war als die flüchtigen Erschütterungen und Launen des Herzens?

Plötzlich rief der Kapitän:

»Wir sind da!«

Benjamin blickte sich um, doch er sah nichts. Die Feluke hatte sich dem Ufer genähert. Vor ihnen lag ein Sandstrand mit ein paar dürren Büschen.

»Wo sind wir?« fragte er.

»In Cavalaire, Monsieur«, antwortete der Kapitän.

»Sollten wir nicht bis Antibes fahren?«

»Den restlichen Weg werden Sie auf dem Rücken eines Maultiers zurücklegen, schöner, junger Mann.«

Also waren die Menschen doch schlecht, selbst in einer so vollkommenen Landschaft. Diese Erkenntnis setzte Benjamins Fröhlichkeit ein jähes Ende, und gemeinsam mit dem Kaufmann aus Genua und dem englischen Ehepaar machte er sich auf den Weg nach Cavalaire. Ein halbnacktes Kind erwartete sie. Schweigend führte es sie zu einem der drei winzigen Häuser des Dorfes und ließ sie allein an der Türschwelle zurück. Eine Frau, deren Augen in dem schmutzigen Gesicht kaum zu erkennen waren, warf ein paar Matratzen auf den Boden. Die Engländerin wagte es, sich nach den Örtlichkeiten zu erkundigen und um einen Wandschirm zu bitten. Die arme Frau, die kein Wort verstand, brach in ein heiseres Lachen aus, das wie das Gerassel aneinanderschlagender Knöchelchen klang. Benjamin versuchte zu dolmetschen.

»Die Örtlichkeiten sind draußen ...«

Das Abendessen bestand aus ein paar Eiern, Brot und

Wein, in dem einige spätsommerliche Fliegen schwammen. Der Kapitän hatte ihnen zugesichert, daß sie im Dorf Maultiere und Esel fänden, auf denen sie ihre Reise fortsetzen könnten. Doch nichts von alledem, nur vier Zugochsen. Die Feluke fuhr am nächsten Morgen nach Toulon zurück, Benjamin erwog, wieder an Bord zu gehen und von Toulon aus den Landweg zu nehmen. Der Kapitän zeigte Mitleid und versprach, ihnen zwei Männer zur Verfügung zu stellen, die ihr Gepäck tragen und sie bis Gassin begleiten würden. Dort gäbe es Pferde, die sie wohlbehalten bis an ihr Ziel brächten.

Benjamin trat aus dem düsteren Haus und sah zum ersten Mal jenes Feuer, von dem die Bibel sprach: Innerhalb weniger Minuten hatte sich der Himmel scharlachrot gefärbt, über die Berge senkte sich ein hauchdünner schwarzer Schleier, der die Nacht ankündigte, dann herrschte Ruhe, eine Ruhe ohne Vogelschreie, ohne den kleinsten Laut, völliges Schweigen. Die Farben des Himmels wechselten von Rot zu zartem Rosa, während das Meer unter ein dunkles Laken schlüpfte. Das Ende der Zeiten und die Entstehung der Welt waren in unsagbarer Sanftmut verschmolzen, eine immaterielle, berückende Sanftmut, dachte Benjamin. Nein – göttliche Sanftmut.

Dann war es plötzlich Nacht, und die Kröten stimmten ihren ohrenbetäubenden Liebesgesang an.

Benjamin Davis schlief nur kurz; als die Ruderer die Reisenden weckten, stand sein Gepäck schon bereit. Die Sonne stach trotz der frühen Morgenstunde. Der kleine Trupp bahnte sich seinen Weg durch die Berglandschaft. Seltene Kräuter, die der Sommer rot gefärbt hatte, sprossen aus den Felsritzen. Die Engländerin stieß plötzlich einen spitzen Schrei aus, sie war auf eine tote Schlange getreten. Die Kolonne legte eine Pause ein, die Ruderer stellten das Gepäck ab und wischten sich den Schweiß von der Stirn. Benjamin hatte darauf bestanden, seine Koffer selbst zu tragen, aber die Gurte seiner beiden

Gepäckstücke hatten auf seinen Schultern und seinem Rücken Striemen hinterlassen. Er rang nach Atem. Nachdem der Weg zunächst einem Wasserlauf gefolgt war, begann er nun einen Hügel hinaufzuklettern und führte dann in ein Waldstück mit kleinen Eichen, die trocken waren wie morsches Holz. Kreidiges Licht fiel durch das verkohlte Geäst.

Nach zwei weiteren Stunden Fußmarsch tauchte auf einem Hügel das Dorf Gassin auf, der Wald trat zurück, und es erschienen terrassenförmig angelegte Äcker, die von niedrigen Steinmauern umgeben waren. Weiter unten schlossen sich Weinberge an, sie fielen in sanften Schwingungen die Hänge hinab bis ans Meer. Im Dorf gab es nur zwei Straßen und einen Gasthof; in seinem dunklen Innenraum stand ein einziger Tisch mit ein paar Hockern für die Gäste. Die brütende Hitze verwandelte den niedrigen Raum in einen glühenden Ofen. Man brachte ihnen Weintrauben, Roggenbrot und Wein. Das karge Mahl war in wenigen Minuten verschlungen. Angesichts der unglücklichen Mienen seiner Mitreisenden beschloß Benjamin, den Weg allein fortzusetzen. Er nahm sein schweres Gepäck und empfahl sich. Die Sonne brannte ihm auf dem Gesicht, und grauer Staub hing zwischen den Häuserwänden der abschüssigen Straße. Jemand nannte ihm einen Bauern, bei dem er vielleicht ein Maultier mieten könne.

Der Mann, der von einem Dutzend barfüßiger Kinder umringt war – »sind alles meine«, bemerkte er fröhlich –, besaß nicht nur ein Maultier, sondern bot sich überdies an, den vornehmen Herrn selbst nach Saint-Tropez zu führen, wo er mit einem Boot nach Sainte-Maxime übersetzen könne. Von dort an sei der Gentleman aus dem Schneider. Die Sache wurde für den Preis von drei Pfund besiegelt. Zwei Stunden würden reichen, um mit einem beladenen Maultier nach Saint-Tropez zu gelangen.

Benjamin gefiel die lustige Ansammlung von gelben, rosa und ockerfarbenen Häusern, die sich am Hafenkai duckten. Fischer mit hochgekrempelten Hosen holten ihre Netze an Land. Kaum waren sie aus dem Wasser gezogen, bemächtigte sich eine kleine Schar von Frauen des Fanges. Kinder hatten ein Feuer aus Rebholz angezündet, in das die Fische geworfen wurden, nachdem sie mit einer so flinken Handbewegung ausgenommen worden waren, daß das Auge ihr nicht folgen konnte. Dichter Rauch stieg auf, Wein wurde herumgereicht, die Fischer tranken in großen Schlucken und wischten sich danach mit dem Handrücken über den Mund. Die Leute aßen im Stehen oder im Liegen, einige schliefen im Schatten, man schrie herum, stritt sich, lachte. Gegen Mittag endlich siegte das Licht über den Morgendunst, und fortan glitzerte überall das weite Blau. Müdigkeit befiel das Dorf, die Glocken läuteten, die Stunde der Siesta war gekommen. Frauen und Kinder zogen sich zurück, einige Männer schlenderten noch ein wenig umher, dann legten auch sie sich unter die schattigen Tore ihrer kleinen, wie in Gold getauchten Häuser. Am Ende blieben nur noch ein paar Betrunkene übrig, die sich auf einen Strohsack fallen ließen, und Benjamin, der in dieser Bruthitze als einziger auf den Beinen war. Für einen kurzen Augenblick stellte er sich vor, welches Glück es gewesen wäre, diesen Moment reiner Unschuld und Freude in Gesellschaft von Agnes zu verbringen.

Er überquerte die Bucht auf einem Boot, das von einem kleinen pfeiferauchenden Mann gesteuert wurde. Das Eintauchen der Ruder erinnerte ihn an das leise Knistern eines Stoffs, über den eine Hand streicht. Benjamin spürte, wie ein sanfter Taumel ihn ergriff, Sanftheit des Wassers, des Himmels, der Hügel, die sich feinsandig ins Meer ergossen, Sanftheit der Grün- und Goldtöne der Küste. Das Meer und das Land schienen in einer Umarmung verschmolzen, lustvoll drang die Landzunge in die Bucht vor, schlang sich der Meerbusen ums Ufer, im Kuß vereint, und als seien sich Wasser und Erde der Vollkommenheit ihres Glücks bewußt, gaben sich beide immer aufs neue dieser Wonne hin.

Noch ganz benommen von der Einzigartigkeit dieses Anblicks ging Benjamin in Sainte-Maxime an Land. Wie viele seiner Landsleute, wie viele große Persönlichkeiten, wie viele Gelehrte, wie viele Könige mochten dieses grandiose Naturschauspiel schon vor ihm gesehen haben?

Um nach Fréjus zu gelangen, mietete er sich zwei Maultiere und einen Begleiter. Der Weg führte durch einsame Landschaften, die von der Sonne ausgetrocknet waren. Überall ragten knorrige Pinien, Pistakisträucher und Erdbeerbäume aus der rissigen Erde, die in dem gleißenden Licht tiefschwarz erstrahlte. Obwohl das Meer ganz nahe war, konnte man sich kaum vorstellen, zwischen diesen kargen Hügeln auf Wasser zu stoßen, oder es floß unterirdisch, tief im Innern der Berge, an ihrer Oberfläche jedoch herrschte Dürre. Alles lag reglos unter sengender Sonne. In Fréjus hatte Benjamin Glück und fand am Hauptplatz ein Zimmer mit einem richtigen Bett und sogar einem Krug mit frischem Wasser und einem sauberen Handtuch.

Es war seit langer Zeit das erste Mal, daß er die Lust verspürte, sich wieder einmal seiner Passion hinzugeben, die für ihn mehr bedeutete als simpler Zeitvertreib: dem Kräutersammeln. Er lief an Olivenhainen und Obstgärten entlang, in denen er Zitronenbäume entdeckte, die kurz vor der Winterblüte standen. Ein Zitronenbaum! Bislang hatte er ihn nur auf Abbildungen in großen naturwissenschaftlichen Handbüchern gesehen. Zu Hunderten standen sie in Reih und Glied vor ihm, weiter als sein Auge reichte, alle gleich hoch, sie sahen fröhlich und weise zugleich aus. Er sammelte einige Pflanzen, kehrte aber immer wieder zu den Zitronenbäumen zurück, berührte sie, roch an ihnen. Er riß ein Blatt ab, rollte und zerrieb es zwischen den Fingern. Als er die Hand zum Gesicht hob, stieß ihm mit betörender Wucht ein heftiges, herbes Aroma entgegen, ein barbarisch wilder Duft, der vor Jahrhunderten einem orientalischen Garten entströmt zu sein schien. Er ging weiter, auf die Zitronenbäume folgten Weinstöcke, ein langer, hügeliger Teppich aus prallen, saftigen Reben, die so schwer waren, daß der Abendwind sie nicht zum Zittern brachte; die dicksten von ihnen schleiften auf der staubigen, trockenen Erde.

Benjamin erblickte eine Bäuerin, die im flammenden Abendrot einen mit Trauben beladenen Esel hinter sich her zog. Sie kam ruhigen Schrittes auf ihn zu, jung und üppig, ebenso üppig wie die Last auf dem Rücken des Esels, und summte leise ein Lied. Als sie nahe genug heran war, fragte er sie, ob sie ihn mit ihrem Esel am folgenden Tag über das Esterel-Gebirge führen könne. Ihr Haar war dunkel, fast schwarz, und sie sah ihn ohne Furcht, ja fast ein wenig keck an. Er wiederholte die Frage. Sie schien ihn nicht zu verstehen. Vielleicht sprach sie kein Französisch? Er versuchte es auf italienisch. Die Frau blieb stumm. Gerade wollte er weitergehen, als sie die Hand an ihr Ohr legte und sie schnell schloß: Sie war taub. Er betrachtete sie aufmerksam, sein Blick glitt über ihre Röcke aus schlichtem Stoff, ihre weite Bluse, ihre sonnengebräunten Arme. Er zeigte auf den Esel, dann auf sein nichtvorhandenes Gepäck und fragte: »Morgen?« Sie nickte. Er hob fünf Finger ... fünf Uhr. Sie war einverstanden. Er zeigte auf den Horizont, dort, in der Ferne, hinter den Bergen. Sie zuckte mit den Achseln. Nun war sie es, die in einem atemberaubenden Tempo die Hand öffnete und wieder schloß. Benjamin zählte bis acht, fünf mal acht, machte vierzig Sous. Er holte sie aus seiner Uhrtasche hervor und reichte sie der Frau. Sie brach in lautes Lachen aus, nahm das Geld und ließ es durch ihre Hände gleiten, bevor sie die Münzen in einer der Taschen ihres Rocks verschwinden ließ. Er hielt es für unnötig, ihr sein Hotel zu zeigen, er war sicher, daß sie ihn finden würde. Sie begann wieder die einfache Weise zu singen, der Esel folgte ihr und wiegte den Kopf. Er sah ihr zu, wie sie im Schatten der Zitronenbäume allmählich verschwand.

In der Morgendämmerung brachen sie auf, umhüllt von duftendem Thymian, Lavendel und Salbei. Sie lief voraus in immergleichem Gang, ob der Weg anstieg oder bergab führte, und Benjamin hinter ihr mit seinem Bündel auf den Schultern, am Ende der Esel, der das große Gepäck auf dem Rücken trug. Um sie her herrschte vollkommene Stille, nicht das kleinste Rascheln oder Wispern, nichts, wie in einem lautlosen Traum. Plötzlich riß der Dunstschleier auf, die Sonne warf ihre Flammen auf die Bergwand, brach in leuchtendem Rot zwischen Pinien und Eichen hervor und übergoß Fels und Erde mit Blut. Und durch dieses Rot, ja nahezu Violett an manchen Stellen, zogen sich alle erdenklichen Grüntöne, das Graugrün des Salbeis, das Schwarzgrün der Pinien, das Blaugrün der Olivenbäume, das Silbergrün vertrockneten Lavendels. Auf einmal stimmten wie auf ein unsichtbares Zeichen die Vögel ihren Gesang an. Das helle Tageslicht eroberte den Raum. Gegen zehn Uhr legten sie Rast ein, die Bäuerin holte Brot, Trauben und eine Feldflasche mit Wasser hervor. Sie hielt ihm lächelnd das Obst entgegen, es war das unverdorbene, mädchenhafte Lächeln einer Bäuerin. Ein breites Kinderlächeln. Er griff nach den Trauben und verschlang sie. Die Schalen zerplatzten zwischen seinen Zähnen, und der Saft floß seine Kehle hinab. Die Bäuerin blieb, während sie aß, breitbeinig stehen, stemmte eine Hand in die Seite und hielt mit der anderen die Weintrauben über ihren Mund. Sie zupfte die Beeren nicht einzeln ab, sondern stopfte sich die ganze Traube auf einmal hinein, ohne Scheu vor dem Fremden. Wie ein Tier, dachte Benjamin und bereute den Gedanken gleich wieder. Ein Menschenkind in all seiner Natürlichkeit, ohne Scham, davon hatte sie sicher nie gehört. Er wollte ihr seine Bewunderung zum Ausdruck bringen, also lächelte er sie an, und sie lächelte zurück, dann fuhr sie sich mit dem sonnengebräunten Handrücken über den Mund.

Sie liefen den ganzen Vormittag und machten nur selten Rast, um ein Stück Brot zu essen, das sie sich mit den restlichen Weintrauben versüßten. Als die Sonne im Zenit stand und die Hitze ihren Dunstschleier über den Horizont warf, suchten sie im Schatten von ein paar kränkelnden Eichen Schutz. Sie schlief fast augenblicklich ein. Er betrachtete die Schlafende und sah einen dünnen Speichelfaden aus ihrem halbgeöffneten Mund rinnen. Er fand sie schön und begehrenswert. Er legte sich neben sie und schlief seinerseits ein. Ein leises gurgelndes Geräusch weckte ihn, er wandte den Kopf, hielt nach der Frau Ausschau und entdeckte, wie sie nur wenige Meter entfernt im Gebüsch hockte und urinierte und dabei leise sang. Erst als sie den gerafften Rock wieder über ihre Beine fallen ließ, senkte er den Blick. Dann setzten sie den Weg fort und liefen bis zum Abend.

Nun lag das Esterel-Gebirge hinter ihnen, seine Hänge fielen schroff ins Meer und ließen nur hier und da einen schmalen Küstenstreifen mit langen Sandstränden und Sümpfen übrig. Und in der Ferne wieder und wieder Olivenhaine, von kleinen Blumenteppichen übersät. Eine ganze Weile liefen sie am Ufer entlang, bevor sie den Kirchturm eines kleinen Marktfleckens erblickten. Der Himmel war von rosafarbenen Linien durchzogen, das friedlich glatte Meer streckte seinen Bauch in die weitläufige Bucht vor, wo zwei Inseln so dicht beieinanderlagen, daß man sie für eine ausgebreitete Hand halten konnte, die ins Wasser taucht.

Am Ortseingang von Cannes bedeutete ihm die Frau, daß sie nun umkehren werde. Benjamin versuchte ihr zu erklären, daß sie sich zuvor ausruhen und schlafen müsse. Sie schüttelte jedoch energisch den Kopf, sie würde sich auf dem Rückweg in den Bergen ausruhen. Sie beugte sich vor und zeichnete drei kleine Gestalten in die Luft: ihre Kinder warteten auf sie. Er holte eine Handvoll Münzen aus der Tasche, aber freundlich schob sie die entgegengestreckte Hand zurück. Alles war gut so. Sie drehte sich um, und der von seiner Last befreite Esel trottete hinter ihr her. Sie würde den gesamten Weg durchs Gebirge im Dunkeln zurücklegen.

Zwei Kinder trugen die Koffer des Engländers zur einzigen Herberge der Stadt. Sie lag an einem weißen Sandstrand, auf dem einige Männer gerade damit beschäftigt waren, Laternen anzuzündeten, gedämpfte Lichter, Dutzende kleiner Flämmchen für den nächtlichen Fischfang.

Am Grenzposten mußte er eine Stunde warten, so lange brauchten die französischen Zollbeamten, um sein Gepäck und die Berline zu durchsuchen, die er in Cannes gemietet hatte. Endlich wäre er nun in Italien, oder doch in seinem Vorzimmer, denn mehrere tausend Meilen von London entfernt erschien es ihm, als begänne das Abenteuer erst jenseits jenes vornehmen Landhauses zwischen dem Meer und den Myrtefeldern in dieser Grafschaft Nizza, die die Ironie eines Friedensvertrages dem Königreich Savoyen und Sardinien zugeschlagen hatte. Savoyen lag in ihrem Rücken, und Sardinien, ja, das war eine jener beiden fernen Inseln irgendwo dort draußen, kurz vor der Küste Afrikas. Die Grafschaft Nizza lag am Ende der Welt, so weit von allem, so verloren, daß man, um in ihre Hauptstadt Turin zu gelangen, am besten erst einmal das Schiff nach Genua nahm. Alle Wege stießen auf der einen Seite gegen Bergwände, auf der anderen führten sie zum Mittelmeer. Der Grafschaft war es gleichgültig, wo ihre offizielle Grenze zu Frankreich verlief, sie besaß alles, um einer möglichen Invasion zu trotzen und allzu eilige oder auch nur neugierige Reisende aufzuhalten. Sie hatte auch einen Fluß – aber keine Brücke, die darüber führte. Alle, die je erbaut worden waren, hatte regelmäßig das Hochwasser fortgerissen. Um den Var zu überqueren, mußten sich die Reisenden mit ihrem Gepäck und ihren Wagen einem Fährmann anvertrauen, einer Zunft, die nur einer Regel gehorchte: beim Genuß des Weines, der auf den Hügeln von Saint-Jeannet wuchs, ebensoviel Zurückhaltung zu üben wie Anstand gegenüber den mitreisenden Damen.

Der Himmel färbte sich innerhalb weniger Minuten grau, dann grün, schlug um in Schwarz und Violett und füllte sich mit dichten Quellwolken. Benjamin war der einzige, der mit seiner Berline den Fluß überqueren wollte. Dieser graue, zähflüssige, unheimliche Fluß verschlang ganze Haine samt ihren Büschen, schlängelte sich um kleine Inseln herum und verästelte sich mitunter so stark, daß er kaum noch als Fluß erkennbar war, bevor seine vielen Arme wieder sprudelnd zusammenflossen und in tausend Windungen und Strudeln weiterströmten.

Unter einem Schutzdach aus Zweigen saßen dicht aneinandergedrängt vier Fährmänner um ein Feuer aus feuchtem Holz. Der Älteste, der offenkundig das Sagen hatte, erhob sich; er war barfuß und trug eine Hose, die ihm bis zu den Knöcheln reichte, und ein schlichtes Hemd ohne Kragen. Bevor er sich an den Reisenden wandte, spuckte er schwarzen Speichel auf den Boden.

»Ingless?« fragte der Mann mit einer Stimme, die sämig wie ein mehrmals aufgekochter Brei war.

»Ja, Engländer«, antwortete Benjamin.

Der Mann schüttelte den Kopf. Eine Überquerung würde heute nicht mehr möglich sein.

»Wann also?«

Der Fährmann hob die Arme gen Himmel.

»Nach dem Gewitter?«

Verstand er ihn, oder ahnte er nur den Sinn der Wörter und der Handzeichen Benjamins?

»Nein.«

»Warum?«

»Morgen ... vielleicht.«

»Vielleicht?«

Der Fährmann begnügte sich diesmal damit, reglos dazustehen, die Finger zwischen Gürtel und Hose geklemmt. Benjamin glaubte den Sinn dieser abwartenden Geste zu verstehen.

»Ich zahle das Doppelte.« Und er hob zweimal die Hand. Zehn Pfund anstatt der üblichen fünf.

Der Chef wandte sich zu seinen Leuten um; langsam und ohne ein Wort erhoben sie sich. Unter ihren Hemden zeichneten sich deutlich ihre Muskeln ab. Der Chef hob fünf Finger hoch: noch fünf Pfund mehr. Benjamin nickte zustimmend. Die vier Fährmänner packten den Wagen und hievten ihn auf lange Pfähle.

Der Fluß besaß Schnellen und kalte Strömungen, die noch die Erinnerung an den Schnee und das Eis der Berge bewahrt hatten, so daß einem Waden, Schenkel und Unterleib vor Kälte erstarrten. Die Fährmänner kannten ihn gut, den Fluß, sie wußten, daß man vorsichtig mit ihm umgehen mußte. Sie stießen heisere Schreie aus, und man spürte, daß diese Rufe, die aus der Tiefe ihrer Brust kamen, nicht dazu da waren, irgend etwas an der Lage zu ändern, sondern einzig um sich gegenseitig zu beruhigen, die Angst und die bösen Geister zu vertreiben.

Noch vor dem ersten Donnerschlag schwoll das Wasser an. Ein dumpfes Grollen, das von den Bergen herüberdrang, kündigte die Flut an. Die Männer hielten inne, der Chef gab kurze Anweisungen. Zwei der Fährmänner drehten sich um und griffen gemeinsam nach Benjamin. Er fühlte, wie er über das Wasser gehoben und auf ihre Schultern gesetzt wurde; Wirbelwinde und ein heftig einsetzender Regenguß benahmen ihm den Atem. Er zog den Kopf ein, das Wasser stieg den beiden Männern bis zur Brust, es hatte bereits die Türen der Berline fortgerissen, die Sitze schaukelten auf den Wogen. Benjamin versuchte etwas zu erkennen, aber es gab nichts zu sehen außer diesem Bett von Regen und zuckenden Blitzen, die ins Meer stürzten. Die Männer hielten sich tapfer, der Chef brüllte aus Leibeskräften. Er schrie, sie sollten sich von der Flut treiben lassen, statt gegen sie anzukämpfen, und erst da weitergehen, wo die Strömung nachließe. Plötzlich war es Nacht, um vier Uhr nachmittags, Himmel, Erde und Wasser hatten sich in einen Höllenschlund verwandelt. Eine unheimliche Stille trat ein, als würden unsichtbare Kräfte sich zusammenballen, und kurz darauf begann blau wie ausströmendes Gas das Feuer über ihren Köpfen zu lodern. Benjamin spürte, wie die Schultern unter ihm bebten, dann nachgaben und in die Tiefe sanken. Wasser drang in seinen Mund. Durch einen Gischtschleier nahm er die Fährmänner wahr, die der Fluß in sein schäumendes Leichentuch hüllte. Dann ein Strudel, Benjamin gelang es, sich mit dem Oberkörper aus dem Wasser zu reißen, und entdeckte eine Landzunge, die von wilden Regengüssen gepeitscht wurde. Es zog ihn erneut unter Wasser, er versuchte auf diese Landzunge zuzuschwimmen, wo der Alptraum ein Ende hätte. Doch unmöglich, jede seiner Bewegungen erstarb kraftlos in der starken Strömung, die ihn statt dessen auf hohe Gräser zutrieb. In der Tiefe dieses immer dichteren Gestrüpps herrschte auf einmal Ruhe, sanfte Ströme flossen still in grünes Unterholz. Da mußte er durch – oder aber aufgeben. Benjamin erinnerte sich an die Abenteuergeschichten, die er in seiner Kindheit gelesen hatte, von Schiffbrüchigen auf fernen Inseln, er brach den Stiel eines langen Schilfrohrs ab und nahm ihn in den Mund. Am anderen Ende, Gott sei Dank, verband ihn ein dünner, zerbrechlicher Luftstrom mit der Wasseroberfläche, mit dem Leben. Vielleicht konnte er sich so bis ans nahe Ufer treiben lassen. Er erinnerte sich an die Ratschläge, die der Chef seinen Männern erteilt hatte: nicht gegen den Strom schwimmen, sondern mit ihm verschmelzen, wenn er einen fortreißt. Solange er Luft durch den Halm bekam, konnte er sich bewegungslos treiben lassen. Plötzlich hob sich der Grund, Benjamin warf die Beine nach vorn, er konnte stehen ... Ein toter Flußarm, hier gab es weder Sturm noch Gewitter, nur ein wenig Regen, der allmählich nachließ. Gerettet ... Er war gerettet: Das Gewitter war weitergezogen und hatte einen grüngrau getünchten Himmel hinterlassen. Erde, Wasser und Himmel, nichts weiter. Benjamin machte ein paar Schritte, bevor sich vor ihm eine weite, friedliche Bucht auftat, still wie ein frisches Laken, das zur Hochzeitsnacht übers Bett gespannt wird. Und weiter hinten, am Fuße eines Hügels, vom Meer abgewandt, duckten sich die wenigen Häuser einer ockerfarbenen Ortschaft. Er hatte noch nie etwas Schöneres gesehen als dieses lippenförmige Ufer, Lippen, deren anmutige Wölbung so vollkommen war, daß sie wie gemalt erschien. Von dem Platz aus, wo er sich befand, bis zu jener Ortschaft erstreckten sich Felder, Gärten, Wege, die sich irgendwo verloren, dichtes Blattwerk, in dem Zweige und Blüten miteinander verschlungen waren. Zu Tode erschöpft und zugleich überwältigt von der Schönheit dieses Anblicks, fiel Benjamin auf die Knie: »Das ist das Paradies, ja, das Paradies ...«, flüsterte er.

Maria mochte es nicht, wenn man sie für eine Berberin hielt. Als kleines Mädchen wurde sie oft wütend, dann kam es vor, daß sie sich auf dem Vorplatz der Sainte-Réparate-Kirche prügelte, sie fürchtete sich weder vor Schlägen noch vor den Pflastersteinen, auf die sie mit den Rippen prallte. Natürlich wußte sie, daß sie mit ihren kohlrabenschwarzen Augen, ihrem Teint, der dunkler war als gewöhnlich, aussah wie die jungen Frauen des Orients, von denen in der Heiligen Schrift die Rede war, Frauen, die ein schlechtes Leben führten, mit Ausnahme der Jungfrau. Aber war die Jungfrau genauso »schwarz« wie sie, Maria? Sie wußte, wie sie aussah, sie hatte im Wohnzimmer des Pfarrers in den Spiegel geblickt, heimlich, denn es war Sünde, seinen Körper zu betrachten, jedenfalls durfte Maria sich durchaus als hübsch und im Vergleich zu den anderen Mädchen aus dem Viertel als eher hochgewachsen ansehen. Ihre langen Haare, die ebenfalls schwarz waren und die sie immer offen trug – »wie eine Zigeunerin«, schimpfte ihr Vater –, umspielten ihre Wangen und die geschwungene Linie ihres Halses. Den Rest, mein Gott, hatte sie nie anzusehen gewagt, aber sie spürte ihre Brüste schwerer, ihre Schenkel vom vielen Laufen straffer werden, sie spürte das Beben ihres Körpers und die Harmonie ihrer Bewegungen. Bei ihr zu Haus gab es keinen Spiegel, ja nicht einmal Glasscheiben in den Fenstern, nur liederliche Pappe: »Wozu soll dort etwas anderes hin«, pflegte Giacomo Grandi, ihr Vater, zu sagen, »das Wetter ist doch immer schön!« Was natürlich nicht stimmte. Bei Herbstbeginn mußte ständig das Wasser, das die Wände herunterlief, weggewischt und im Winter der Karton ausgebessert werden, damit kein Wind eindringen konnte. Er blies dennoch durchs Haus. So weit sie zurückdenken konnte, hatte Maria jeden Winter, diese schrecklichen Winter, in denen der Ostwind durch die Gassen pfiff, damit verbracht, vergeblich ihre Hände über dem Kohlebecken im Geschäft aufzuwärmen, dem einzigen, das ihr Vater murrend anzuzünden bereit war.

Maria überquerte nur selten die Holzbrücke über dem Paillon-Fluß, an jenem Wasserfall, der die Stadt vom Hinterland trennte, wo einige Jahre zuvor gut zwanzig Engländer um ein Marmorkreuz, das einsam mitten auf einem Feld stand, ein paar *cassines* errichtet hatten, Häuser mit großen Fenstern, Freitreppen und prachtvoll blühenden Gärten. Marias Ausflüge endeten meist an der Place Saint-Dominique, wo Vincent Tordo, Giacomos Vetter, ein Hotel eröffnet hatte, das Hôtel de York, eines der ersten in der Stadt, die überhaupt Fremde beherbergt hatten. Von der Pferdeumspannstation im Erdgeschoß aus konnte man zu den weiter oben auf den Hügeln gelegenen Dörfern aufbrechen: nach Levens, zum etwas weiter entfernten Sospel, ins Roya-Tal, nach Vésubie und zu all den anderen Orten, deren Namen sie jedoch nicht lesen konnte. Ihr Vater hatte es abgelehnt, ihr Lesen und Schreiben beizubringen: »Ein anständiges Mädchen braucht nicht gebildet zu sein.« Wenn ihre Mutter noch gelebt hätte, wären die Dinge sicherlich anders gelaufen, doch ihre Mutter war bei der Geburt gestorben, und auch das Weihwasser des herbeigerufenen Pfarrers hatte sie nicht retten können. Ihr Vater sprach nie darüber, vielleicht nahm er es ihr übel, vielleicht haßte er sie, weil sie an Stelle einer anderen lebte? Hatte ihr Vater ihre Mutter denn geliebt? Lieben, dieses Wort war ohnehin fehl am Platze. Die Heirat ihrer Eltern war das Bündnis zweier Kaufmannsfamilien gewesen, zum Getreidehandel der Mutter kam der Talghandel des Vaters. Vom Getreide war nichts übriggeblieben, der Talg hatte alles aufgezehrt, das Geschäft und die Lager. Von der Mutter blieb nur der

Grabstein auf dem alten Schloßfriedhof, ein Stein, auf dem der Schriftzug ihres Namens allmählich verwitterte, da keiner das Grab pflegte. »Stolz kenne ich nicht, ich bin bloß ein kleiner Kaufmann«, jammerte der »Talghändler« regelmäßig bei jedem Pfingstfest, bevor die traditionelle Kichererbsensuppe gebracht wurde, die man im Gedenken an die Toten aß.

Maria mied das Hotel des reichen Vetters Vincent; er war verwitwet, und er war alt, etwa vierzig oder fünfzig Jahre. Sie hatte ihn mit ihrem Vater im Schuppen sitzen sehen, wie sie sich leise im Kerzenschein bei einer guten Flasche Wein unterhielten, was die Bedeutung dieses Ereignisses unterstrich, denn der Vater trank nur zu besonderen Anlässen Wein. Sie hatte die beiden Männer Kronen, piemontesische Pfunde und französische Louisdors zählen hören, die Höhe ihrer Mitgift ... Dieser Einfall ging auf Papa Giacomo zurück, dessen war sie sich sicher seit jenem Abend, an dem Vincent zum Abendessen gekommen war und ihr Vater sie gedrängt hatte, ihr schönes Satinkleid anzuziehen. Anstatt wie sonst üblich den Gast zu bedienen, blieb sie das ganze Mahl über schweigend am Tisch sitzen, den Blicken der beiden Männer ausgesetzt, Vincent, der ein wenig verlegen wirkte, und Giacomo, dessen Augen derart leuchteten und blitzten, daß sie den dunklen Raum förmlich zu erhellen schienen.

Gleich hinter der Brücke mischte sich Maria unter die *bugadières*, die ihre Wäsche am Wasserfall wuschen. Manchmal konnte man um diese Zeit, am frühen Nachmittag, zwischen Brücke und Flußmündung mehrere Dutzend Frauen beim Waschen und Auswringen der Wäsche sehen. Sie bog hinter dem großen Haus des Notars Tiranty ab. Von dort an befand sie sich auf dem Gebiet der Engländer. Zur einen Seite des Weges lag das Meer, zur anderen die Felder, und zwischen den Olivenbäumen ragten die cottages auf. Sie hatte einen Entschluß gefaßt, ohne irgend jemanden zu fragen. Vor ihr hatten schon zahlreiche andere Mädchen eine Anstellung bei den Engländern gefunden, als Wäscherin, Zimmermädchen oder Büglerin. Warum sollte ihr das nicht gelingen? Sie konnte nähen, stopfen, bügeln, einen Haushalt führen. Sie war dazu erzogen worden. Und es war ihr lieber, all diese Dinge für den Herrn Davis zu tun, der sich vor kurzem in Saint-Philippe niedergelassen hatte. Die Engländer besaßen ihren eigenen Friedhof, ihre eigene Kirche und ihren eigenen Club, daher begegnete man ihnen auch nie. Maria betrat dieses Newbourg, die neue Stadt, die englische Stadt, mit klopfendem Herzen. Für gewöhnlich unternimmt eine Frau solche Schritte nicht selbst. Normalerweise erkundigt sich der Vater, der Bruder oder der Ehemann nach einer Anstellung für sie. Würde dieser Herr Davis sie für eine schamlose Person halten? Und was würde passieren, wenn der Herr des Hauses sie fortjagen, einen Skandal machen, ihren Vater davon in Kenntnis setzen würde! Sie ging schneller, zwei Reiterinnen schnitten ihr den Weg ab und wirbelten dabei eine riesige Staubwolke auf. Beinahe hätten sie sie umgerissen, die beiden Damen ritten jedoch unbekümmert weiter, ohne sich auch nur umzusehen. Maria versuchte sich zu beruhigen, ihr Herz raste. An dem Haus stand kein Name. Aber der Bauer, der die Milch auslieferte, hatte ihr das helle Holztor mit den großen Orangenbäumen auf beiden Seiten beschrieben. Bevor sie den Klopfer betätigte, fuhr sie sich mit den Fingern durchs Haar: »Bin ich schön, bin ich sauber? Bin ich …« Ein Mann stand plötzlich vor ihr, er war recht groß, hatte ein sanftes Gesicht, er lächelte. Was sie jedoch am meisten verblüffte, war, daß er barfuß über die Steine lief. Ein merkwürdiger Aufzug für einen Bediensteten, selbst wenn er nur der Gärtner war.

»Ich möchte zu Herrn Davis ich komme aus der Stadt ich suche eine Anstellung ich kümmere mich um die Wäsche.«

Sie hatte das alles in einem Atemzug vorgetragen, und in ihrem Nizzaer Dialekt.

»Ich bin Herr Davis.«

Sie hatte einen gepuderten Herrn erwartet, wie es bei diesen *gentlemen* üblich war, mit Gehrock und sorgfältig polierten spitzen Schuhen, mit Kniehosen und Strümpfen, nicht jedoch diesen schlicht gekleideten Mann, der barfuß auf den Kieseln lief; sie brach in schallendes Gelächter aus. Dann errötete sie und wich einen Schritt zurück, als fürchte sie eine Ohrfeige oder Schläge.

Er war vor einem Monat nach Nizza gekommen, Davis hatte Mühe, die Sprache der jungen Frau zu verstehen, aber er hatte in etwa begriffen, welches ihr Anliegen war. Die wenigen Leute aus Nizza, mit denen er sich unterhielt, sprachen Französisch oder Italienisch. Der Notar, der ihm die Villa vermietet hatte, konnte sich sogar einiger Brocken Englisch rühmen. Benjamin Davis bedeutete Maria, ihm zu folgen.

Sie durchquerten den Garten, die Zitronen- und Orangenbäume blühten bereits, und obwohl der Oktober auf sein Ende zuging, war das Gras noch saftig grün. Ein friedlicher Garten ohne Prunk, mit einem kleinen Brunnen und einem Gemüsebeet. Im Vorzimmer prasselte ein Feuer, trotz der warmen Sonne, die den Raum durchflutete und die Möbel aus Olivenholz glänzen ließ, ein Feuer aus Rebholz mit kleinen violetten Flammen.

Sollte sie ihn mit Mylord, Ihre Herrschaft oder Herr ansprechen, sollte sie den Kopf senken, wenn er mit ihr sprach oder ihm in die Augen sehen … Wie wenig sie doch wußte! Sie blieb an der Tür stehen, während er zum Kamin hinüberschritt.

Nun, sie gefällt mir durchaus, sagte er zu sich selbst, aber wie sie sich ziert. Wie gehen die anderen vor, wenn sie Personal einstellen wollen?

Abgesehen vom Gärtner und von Angelina, einer alten

Magd, die er mit dem Mobiliar übernommen hatte, war ihm die Notwendigkeit, Bedienstete zu haben, nicht wirklich bewußt geworden. Er mochte ihr Lachen, sie war von schönem Wuchs, wirkte kräftig und hatte einen ehrlichen Blick. Natürlich brauchte er jemanden, der sich um die Wäsche kümmerte.

Gott, er war so schön, und sie hatte geglaubt, daß alle Engländer blond seien und einen rötlichen Teint hätten. Und jung! Ein so junger Herr ... Die Herren, die sie kannte, die vom Senat, vom Gouverneurspalast, ja selbst die reichen Händler, alle waren sie alt. Uralt, hatten einen dicken Wanst oder einen Buckel und waren schon wackelig auf den Beinen, kurz vor ihrem Ende, und tatsächlich starben viele von ihnen in jedem Winter.

»Wieviel verlangst du?«

Also, das war vielleicht eine Frage. Woher sollte sie das wissen? Sie zuckte mit den Schultern.

»Vier Pfund pro Monat, bei freier Kost und Logis.«

Vier Pfund, das war ein Vermögen, das war sie ja nicht wert, der Engländer mußte verrückt sein, kein Wunder, daß er barfuß herumlaufen mußte. Sie lehnte ab.

»Das ist wohl zu wenig, ja, du hast recht, sagen wir sechs Pfund für den Anfang, später sehen wir weiter, mein Mädchen.«

Er bereute es sogleich wieder, »mein Mädchen« gesagt zu haben, er haßte all diese abfälligen, verächtlichen Ausdrucksweisen. Es war offenkundig, daß die Sprache noch das Gift des Obskurantismus in sich trug.

»Verzeihung ...«, murmelte er, »ich habe Sie gekränkt, ich bitte Sie, es wird nicht wieder vorkommen.«

Verrückt, vollkommen verrückt. Sie konnte das nicht annehmen.

»Ich kann weder lesen noch schreiben, Monsieur.«

»Wozu auch?«

»Aber, Monsieur, ich dachte, daß ich für sechs Pfund doch sicher ...«

»Nein, die sechs Pfund sind für das Stopfen, Nähen, Bügeln …«

Sie fiel auf die Knie, sie stand zu weit weg, um ihm die Hände zu küssen, wie sie es beim Notar Tiranty machte, wenn sie ihm einmal im Monat seine Kerzen lieferte und er ihre Hand mit *piccalons* füllte.

Er stürzte auf sie zu und hob sie an den Schultern hoch.

»Tun Sie das nie wieder.«

Sie stand zitternd vor ihm, er ließ einige Sekunden seine Hand auf ihrem Arm ruhen, sie konnte die Wärme noch durch das Batisthemd hindurch spüren. Die Augen des Engländers blitzten grün vor Wut. Maria senkte den Kopf. Er ließ sie los. Er durfte auf keinen Fall die Tränen sehen, die ihr jeden Moment übers Gesicht rollen konnten.

Sie war empfindsam, sie besaß noch jene natürliche, unverstellte Empfindsamkeit der Leute aus dem Volk. Benjamin lächelte … Vor ihm stand der unverdorbene, rechtschaffene, redliche Mensch, den die Gesellschaft noch nicht korrumpiert hatte.

»Wann möchtest du anfangen? Morgen?«

Sie machte eine Art Verbeugung, mein Gott, welch großes Glück, einen Herrn zu haben, der so großzügig war und in seiner Wut so schön aussah.

Nachdem er einen Teil seines Gepäcks aus dem Schiffbruch hatte retten können, und glücklicherweise gehörte die Büchertasche dazu, hatte sich Benjamin zunächst im Hôtel de York eingemietet. Nur für zehn Tage, solange bis er ein Haus finden würde. Benjamin hatte es nicht eilig gehabt, Bekanntschaft mit der englischen Kolonie zu machen. Er ließ sich Zeit, ging auf Entdeckungstouren durch die Stadt und durch die Landschaft und machte ausgedehnte Spaziergänge zu Fuß. Abends schrieb er sorgfältig alle seine Eindrücke und Erlebnisse nieder. Er verbrachte seine Tage zum Großteil schweigend und begnügte sich mit den wenigen Anweisungen, die er Angelina, seiner Magd, gab. Früher oder später würde er sich wohl in der Gesellschaft der Engländer zeigen, sich vorstellen müssen. Einstweilen aber zog er es vor, morgens schlicht gekleidet zu seinen Spaziergängen aufzubrechen. Die Einwohner drehten sich verwundert nach diesem ungepuderten *Ingless* um, der kein Schwert trug, seine Nase in den Wind hielt, lächelnd durch die Gassen schlenderte und sich weder von den Gerüchen noch vom Anblick der Bettler, noch von den gellenden Schreien der Fischverkäuferinnen abschrecken ließ. Man hätte ihn für gleichgültig halten können, aber sein ewiges Lächeln verriet eine unerschöpfliche Neugier, die er sowohl den Orten als auch den Menschen entgegenbrachte. Ein Engländer wagte es, in das Straßengewirr der Altstadt zu dringen und zwischen Leuten umherzuwandeln, von denen die meisten in ihrem Leben noch nie einen Fremden gesehen hatten. Der Geruch von Käse und rohem Fleisch schlug ihm entgegen, er mischte sich unter die Socca-Verkäufer, die einen kleinen mehrstöckigen Karren vor sich her schoben, mit glühenden Kohlen, über denen Tomaten rösteten, die Anchovis-Verkäufer und jene, die einem ihre Sardinen direkt unter die Nase hielten, da waren die Verzinner von Töpfen, die in den Hauseingängen saßen, Bäuerinnen, die auf ihrem Esel den Hügel heruntergeritten kamen und mit ein paar Knoblauch- und Zwiebelknollen zwischen den Zehen auf Kunden warteten. In diesen schmalen, gewundenen Gäßchen, in die sich nie der geringste Sonnenstrahl verirrte, in diesen selbst bei Tage dunklen Straßenabschnitten gab es keine Wagen, keine Pferde, keine Adels- oder Bürgersleute, sondern nur mit Lumpen bekleidete Leute aus dem Volk, die sich vor den blauen, an die Wand gemalten Madonnen bekreuzigten, ein Menschenschlag, über den die Jahrhunderte hinweggegangen waren, ohne irgendwelche Spuren zu hinterlassen.

Benjamin schlüpfte aus der Dunkelheit der Gassen und ging hinunter zum Hafen, der in ein grau schimmerndes Herbstlicht getaucht war und dessen Promenade wie mit einer Schere aus dem Fels geschnitten schien. Von dort aus erblickte er die schilfbewachsenen Sumpfgebiete. Er kam an der Zitadelle vorbei, die unter Ludwig XIV. zerstört worden war und nur noch ein großer Trümmerhaufen aus heruntergestoßenen Zinnen, zerschlagenen Vertäfelungen, niedergerissenen Mauern war, daß selbst das grellste Sonnenlicht, der fröhlichste Himmel es nicht mehr vermochten, diesem verlassenen Ort seine Trostlosigkeit zu nehmen. Er setzte sich auf einen Stein, holte ein Buch hervor – meist handelte es sich um Rousseaus *Träumereien eines einsamen Spaziergängers* – und überflog einige Zeilen; da es ihm aber nicht gelang, in seine Lektüre einzutauchen, klappte er das Buch wieder zu. Der Hafen, die Feluken und Tartanen darin faszinierten ihn, hier gab es zuviel Licht, zu viele Farben, um sich mit den grünen Schattenbildern des Genfer Schriftstellers zu begnügen, mit seinen saftigen Weiden, seinen stillen Seen. Vor Benjamin lag das Meer, weit hinter ihm Korsika, noch weiter Afrika und der Orient, jene unendlichen Gefilde, in denen Sonne und Sinnlichkeit herrschten. Benjamin setzte seinen Spaziergang fort, auf dem Hafenkai machte er vor einer Taverne halt, um ein Glas Bellet zu trinken. Rousseau hatte unrecht, wenn er die Bergseen der Weite des Meeres vorzog, der unermeßlichen Freiheit des Meeres.

Es hieß, Penelope habe ein Gesicht wie Porzellan und sie sei eine der hübschesten und elegantesten Frauen der Kolonie. Sie zog die Blicke auf sich, und man redete über sie. Eine geborene Atkins, war sie von Lord Pitt, einem Mann aus der Familie des britischen Premierministers, geschieden und lebte allein. Über die Motive der Scheidung gingen die Meinungen auseinander. Penelopes

Freunde behaupteten, daß die schändlich betrogene junge Frau sie von der Familie verlangt habe, um einen größeren Skandal zu vermeiden. Andere, die sie weniger mochten, vertraten die Ansicht, daß Lord Pitt auf diese Weise einer langen Reihe von Seitensprüngen seiner Gattin ein Ende gesetzt habe. Penelope verkehrte nicht am Hofe von London, im Sommer sah man sie auf ihrem englischen Landsitz und ab Ende Oktober in Nizza. Im Jahr zuvor hatte sie sich das schönste Haus der Kolonie bauen lassen, mit anderen Worten, das schönste der ganzen Gegend. Eine Villa, die an der Route de France lag und deren Gärten sich bis ans Meer hinunterzogen, mit nicht weniger als drei Wohnzimmern, vier Schlafgemächern, einem weitläufigen Vorzimmer, einer Bibliothek, einem Musikzimmer und einem Séparée. Dort zu leben mußte ein wahres Glück sein, umgeben vom Wohlgeruch der Bougainvilleas und Orangenbäume, vom Duft der Rosen und des Jasmins, von der Würze des Lorbeers, und als Horizont allein das Meer. Jeden Morgen ließ Penelope ihr Pferd satteln und brach zu langen Ausritten auf, quer durch Olivenhaine und Nelkenfelder, es waren Stunden völliger Einsamkeit. War sie von ihrem Ausflug zurückgekehrt, erledigte sie ihre Post, aß Punkt zwölf, ganz nach der Sitte ihres Landes, zu Mittag, schließlich überbrückte sie mit einem Nachmittagsschlaf die Zeit bis zum Five-o'clock-tea, wo sie dann Besuch zu empfangen pflegte. Jeden Abend nach dem Dinner wurde ausnahmslos Whist gespielt. Man trennte sich um Mitternacht, lange nach der Ausgangssperre, die um acht Uhr begann, doch für die *Ingless* galt sie nicht. Wenn alle Gäste fort waren, las Penelope noch ein, zwei Stunden jene französischen Autoren, über die sich ihre Freunde entrüsteten: Voltaire, Diderot, Rousseau. Die Brandung wiegte sie in den Schlaf, das Buch sank auf ihre Brust, das Holzfeuer im großen Kamin erlosch langsam.

Kurz gesagt, Penelope langweilte sich.

Die einzig wirksame Arznei, die die junge Frau gegen ihre Langweile kannte, war die Liebe. Doch mehr den Taumel des Gefühls als die Erfüllung der Liebe. Penelope liebte es zu gefallen. Sie liebte das Fiebern, das Beben, diese Leichtigkeit des Herzens, die einem die Gewißheit bringt, im anderen Gefühle und Begehren zu wecken. Was sie von den anderen Frauen unterschied, war, daß sie jede Art von Weinerlichkeit verabscheute. Sie nahm sich vor der Glut der Leidenschaft und der damit einhergehenden Gefahr, seine Würde zu verlieren, in acht. Aber konnte man einen kühlen Kopf bewahren und gleichzeitig ein zärtlich liebendes Herz haben?

Im Augenblick hätte Penelope jedoch Schwierigkeiten gehabt, die Kühle ihres Verstandes und die Ungebundenheit ihres Herzens auf die Probe zu stellen, in der Kolonie fehlte es an geeigneten Kandidaten. Eine Handvoll kränklicher junger Leute, die in den sonnigen Süden gereist waren, um ihre Bronchien zu kurieren, zwar aus bester Gesellschaft, aber das Angebot war doch sehr kläglich. Der Herzog von Bedfort erfreute sich guter Gesundheit, war jedoch ein derart eitler und versnobter Geck, so voller Überheblichkeit, daß es Penelope ganz lächerlich erschienen wäre, auf seine selbstgefällige Galanterie einzugehen. Bessborough hatte da schon bessere Karten, seine fünfzig Jahre, sein Aufenthalt in Amerika, seine Kriegsverletzungen verliehen seiner Person einen ganz offenkundigen Charme. Sicher, er hätte für Penelope in Frage kommen können, doch bereitete er ihr eben kein Herzklopfen. Bessborough betrachtete sie mit einer aufgesetzten Gleichgültigkeit, die den Frauen im allgemeinen zu gefallen schien, Penelope aber völlig kalt ließ. Und die anderen Männer … nichts. Nachschub war dringend erforderlich, schoß es ihr in verzweifelten Momenten durch den Kopf. Gewiß, es gab da noch diesen Benjamin Davis, es hieß, er gehöre zu jenen jungen

Männern, die sich in die Philosophie und die neuen Ideen vernarrt hatten, ja regelrecht mit Revolutionsgedanken spielten. Was ihr im Grunde gar nicht so mißfiel. Sah er gut aus? Oder zumindest interessant? Das beste wäre, ein Fest zu veranstalten und ihm eine Einladung zukommen zu lassen. Aber gehörte sich so etwas für eine Frau, die von ihrem Gatten geschieden war? War es womöglich kompromittierend? Und wenn dieser Kerl sie verschmähte und sich lieber wie ein Trottel mit der Lupe in der Hand durch die Wälder trieb?

Penelope wußte, daß sie attraktiv war. Groß, blond, mit einem Gesicht, das fast durchsichtig wirkte und in dem ein Paar Augen strahlten, deren Blau je nach Stunde und Tageszeit von lichten zu dunkel umschatteten Tönen wechselte. Da sie überdies scharfsinnig, klug und belesen war, besaß sie alles, um einen fortschrittsgläubigen Schnösel zu verführen, der barfuß durch seinen Garten schritt. Penelope legte das Datum für den Ball fest ... er würde Anfang Dezember stattfinden. »Zu Weihnachten verliebt, das wäre das schönste Geschenk.«

Maria vergeudete keinen Augenblick des Tages, sie bügelte, wie sie es für ihren Vater nie getan hatte, mit einer Sorgfalt, die einer Nonne ebenbürtig wäre, und streichelte mit zärtlicher Hand über die Hemden, liebkoste die Spitzen und den Seidenstoff. Wenn sie mit der Wäsche fertig war, begann sie mit dem Haushalt, schrubbte und wusch alles mehrere Male unter den argwöhnischen Blicken Angelinas, die nur untätig zusehen konnte. Der »Alten«, wie sie sie heimlich nannte, überließ Maria nur die Küchenarbeit. Eines Tages würde sie es vielleicht wagen ... Diese ganze übertriebene Emsigkeit hatte in Wahrheit nur ein Ziel: dem Herrn aufzufallen. Der Herr! Sie brauchte bloß an ihn zu denken, schon wurde sie rot. Ihr Herz begann zu pochen. Ihre Hände wurden feucht. Sie war ganz ausgelassen, wenn sie ihn am Nachmittag von seinen ausgedehnten Wanderungen zurückkehren sah. Er lächelte ... Oh, es war nur ein kleines Lächeln, ein Lächeln, ohne sie wirklich anzusehen, eines jener Lächeln, das man seinem Hund oder seiner Katze schenkt, ein Lächeln, das einfach sagt, ich bin da. Und das war schon viel. Genug, um für den Rest des Tages glücklich zu sein. Sie brauchte diese Belohnung, um die Wut ihres Vaters zu vergessen, sie hatte geglaubt, daß er sie dieses Mal schlagen würde. Seine Tochter bei einem dieser *Ingless*, dieser Gottlosen, die vom Teufel besessen waren. Warum er, ein ehrlicher Talghändler, der in einem Alter schon Witwer geworden war, wo andere erst eine Familie gründen? Ja, warum mußte das Schicksal ihn ein zweites Mal so hart strafen, ihm das einzige, das er auf dieser Welt besaß, seine Tochter, wegnehmen und in die Arme dieser Wilden treiben? Sie erwiderte nichts. Sie erwiderte nie etwas, sie verbarg ihr Gesicht in ihrem Zigeunerhaar. Er bedrohte sie, er flehte sie an. Am nächsten Morgen ging sie fort, sie nahm nur eine kleine Tasche mit.

»Du wirst also auch noch bei ihm wohnen?«

»Es muß sein, so wurde es vereinbart.«

Sie schlief in einer kleinen Kammer zwischen der Wäsche und dem Lavendel. Abends ging sie immer früh zu Bett und hörte den Herrn im Zimmer über ihr auf und ab gehen. Er legte sich immer sehr spät schlafen und lief vorher mit einem Buch in der Hand umher, um besser nachdenken zu können. Sie stellte ihn sich vor, und es trieb ihr, Gott allein weiß, warum, Tränen in die Augen. Sie wußte nichts über die Liebe, das Wort flößte ihr Angst ein. Sie fühlte sich wunderbar, dann plötzlich wieder schlecht, mal war ihr nach Singen, mal nach Weinen zumute, und ständig war da dieses Gefühl, mitten im Sommer eine Art Fieberanfall zu haben. Doch von dieser Sünde, denn das war es ohne jeden Zweifel, verlor sie kein Sterbenswörtchen bei ihrer Beichte in der

Kirche Sainte-Réparate. Wie nannte sich diese Krankheit, die einen in die Todsünde stürzte?

Benjamin erschien um fünf Uhr abends zum großen Ball von Lady Penelope. Die rote Sonne färbte den großen Garten blutrot. Er war in Schwarz gekleidet: »Als hätte man einen Pastor vor sich«, bemerkte der Herzog von Bedfort, der ganz in Gelb und Rosa erschienen war. »Ich könnte mir sogar vorstellen, daß er einer ist«, gurrte Lady Mynor, und die Schönheitspflästerchen, mit denen ihr Gesicht übersät war, knitterten. Penelope ging auf den Unbekannten zu, der die Neugierde aller Anwesenden auf sich zog. In ihrem lilienbesetzten Kleid sah sie hinreißend aus. Ihren langen Haare, die kunstvoll und dabei ohne überflüssigen Schmuck hochgesteckt waren, zierte ein amethystfarbenes Band, das die Frisur zusammenhielt. Benjamin fand, daß sie Marie-Antoinette, der schönen und verhaßten Königin Frankreichs, ähnelte. Sie begrüßte ihn, er verneigte sich. Er ist tatsächlich etwas merkwürdig, dachte Penelope, aber ich mag seine Augen, traurige Augen. Alles stürzte sich auf den Neuankömmling unter dem Vorwand, Neuigkeiten über London in Erfahrung bringen zu wollen. »Hier bekommen wir Zeitungen mit einem Monat Verspätung, wenn nicht noch länger ...« Aber er selbst hatte England ja bereits vor geraumer Zeit verlassen. Und Frankreich? Konnte Benjamin die umlaufenden Gerüchte bestätigen: die Ausweitung der Unruhen in den großen Städten, eine verheerende Lage, ein König auf wankendem Thron, eine Adelsgesellschaft, die nicht mehr an das Königtum glaubte, die Einberufung der Generalsstände, ein Volk, das Hunger schrie.

Bessborough näherte sich ihm, er hatte sich als einstiger Militär eine gewisse Art, den Kopf nach hinten zu werfen, bewahrt, so als würde bei jedem seiner Worte irgendwo eine Standarte im Wind knattern.

»Mein Herr, die Franzosen bekommen nur, was sie verdienen, sie haben es sich selbst zu verdanken, Gott verdamme sie, wir haben unsere amerikanischen Kolonien dabei verloren, wenn man ein Feuer entzündet, weiß man nie, wo der Brand aufhört. Ludwig XVI. wird für seine Vergehen bestraft werden.«

»Vergehen, welche Vergehen?« rief Benjamin. »Schließlich stand Frankreich im Krieg mit uns, und das Feuer bis nach Amerika zu tragen war ein taktisch kluges Manöver, das ja dann auch von Erfolg gekrönt wurde.«

»Aber, mein Herr, was dort gespielt wurde, hatte nichts mit Krieg zu tun, der König von Frankreich hat einer Bande von Revolutionsanhängern zum Sieg verholfen. Ohne Frankreich hätten die Aufständischen die Partie verloren, ich weiß es, ich war ja schließlich dabei. Heute wäre das Problem geregelt.«

»Das glaube ich nicht.«

»Warum nicht?«

»Man kann den Siegeszug der Ideen nicht aufhalten.

»Oh, doch, mein Herr, mit ein paar anständigen Kanonen ...«

Penelope intervenierte, indem sie ihren Fächer zwischen den beiden Männer aufschlug.

»Bitte, meine Herren, ich verbiete Ihnen, so düster zu sein ...«

Am anderen Ende des Zimmers hob sich ein Vorhang, und dahinter erschien ein Orchester mit fünf gepuderten Musikern, die nicht mehr ganz jung waren. Penelope ging auf den Ältesten ihrer Gäste zu und eröffnete den Ball, sie deutete ein paar wiegende Bewegungen in der Mitte des Raumes an. Insgesamt wurde jedoch wenig getanzt, die circa fünfzig Personen, die sich bei Lady Atkins eingefunden hatten, kannten sich zu gut, als daß sie versucht hätten, einander durch die Geschicklichkeit ihrer Beine zu verführen. Dem Tanzvergnügen wurde die Unterhaltung vorgezogen. Benjamin setzte sich ein wenig abseits in einen kleinen runden Erker, durch dessen Fenstertüren man in die tiefe Dunkelheit des Dezembers hinausblicken konnte. Vor ihm lag auch das Meer, er konnte es trotz der Finsternis ahnen, dort hinter der Baumreihe mußte es sein …

»Langweilen Sie sich?«

Noch bevor er sich umdrehte, hatte er ihr Vanilleparfum wahrgenommen.

»Meine Verehrteste, ich fürchte, ich bin ein sehr schlechter Gast, ich kann nicht tanzen, ich fühle mich bei Unterhaltungen unwohl und, um ganz ehrlich zu sein, verabscheue ich das, was man im allgemeinen als Esprit bezeichnet.«

»Und auch die Herren vom Militär …«

»Besonders, wenn sie für die falsche Sache kämpfen.«

»Sie sind sehr von sich überzeugt.«

»Durchaus nicht, Madame …«

»Lassen Sie uns ein paar Schritte gehen.«

Sie führte ihn in den Wintergarten, der Leuchter, den sie im Vorbeigehen ergriffen hatte, warf flackernde Schatten auf die kleine Baumgruppe, in der ein schwerer, würziger Duft hing, der den Schalen der Orangen entströmte.

»Sind sie nicht schön, meine Orangenbäume?«

»Warum halten Sie sie in Töpfen gefangen? Dies ist das Land der Orangen und Zitronen, die Bäume hier sind frei.«

»Verehrtester, sagen wir, daß es mir Spaß macht, weiß Gott, Sie sind ein ernster Geist.

»Ja, leider …«

Penelope stellte den Kerzenleuchter auf einen niedrigen Tisch, auf dem einige Gartengeräte lagen. Sie setzte sich auf eine Steinbank und achtete darauf, ihr Kleid so zu raffen, daß Benjamin genügend Platz blieb, um sich neben sie zu setzen. Ohne jede Frage, sagte sie sich, ein sehr geeigneter Mann, aber Vorsicht, dieser Dummkopf ist imstande, mich unglücklich zu machen. Ich muß aufpassen. Ich will herausfinden, was sich hinter dem langweiligen Philosophen verbirgt.

Benjamin blieb im Halbdunkel stehen. Sie ist wirklich schön, dachte er, ein außergewöhnliches Gesicht, eine milchige Haut, aber gefällt sie mir auch? Wird sie versuchen, mich zu verführen, werde ich den ersten Schritt tun müssen, oder ist das alles hier nur ein bedeutungsloses Spiel?« Er nahm an ihrer Seite Platz, und das Vanillearoma übertönte den Duft der Orangen.

»Wenn das Schicksal unserer Kolonien vor Ihren Augen keine Gnade zu finden vermag«, rief Penelope, »dann lassen Sie uns über die Literatur sprechen! Haben Sie die *Gefährlichen Liebschaften* von Laclos gelesen? Im übrigen auch ein Mann des Militärs!«

»Ja, und wie ich sie liebe. Ich habe sie gelesen und finde, das Buch beschreibt die Dinge sehr gut und ist doch unmoralisch.«

»Tatsächlich?«

»Ich glaube, es ist der erste Roman, der sich ausschließlich mit der Frage des Bösen befaßt. Das Böse, das nur noch von der Dummheit übertrumpft wird, was vielleicht noch schlimmer ist.«

»Gehen Sie nicht ein bißchen weit?« Im Halbdunkel hatte Benjamins Stimme kühl, unbeteiligt, etwas trokken, aber sanft geklungen. »Ich würde eher behaupten, daß Madame de Tourvel, die Präsidentin, Opfer ist, das ist doch ganz offensichtlich. Wo tut sie Böses?«

»Sie gibt sich Valmont hin.«

»Richtig, aber was wäre dieser Roman ohne diese Hingabe?«

»Das ist es ja, dieses Buch erklärt sich nur durch die Epoche, in der wir leben; sie macht eine derartige Situation überhaupt erst möglicht.«

»Glauben Sie denn, daß wir in einem dekadenten Zeitalter leben, Sie scheinen mir so verbittert.«

»Ich, verbittert! Ganz im Gegenteil, ich bin absolut optimistisch, das Buch von Laclos gehört zu einer ganzen Kette von Dingen, die die Ereignisse nur beschleunigen werden.«

»Was für Ereignisse?«

»Die große gesellschaftliche Umwälzung, die Jahrhunderten des Obskurantismus ein Ende setzen wird.«

»Meine Güte, Sie machen mir angst ...« Sie lehnte sich sanft an seine Schulter.

Aha, sagte er sich, wenn ich mich nicht irre, versucht sie es jetzt mit der Verführung, wir wollen abwarten.

»Sagen Sie, verehrter Davis, sehen Sie mich eher als Präsidentin de Tourvel oder als Marquise de Merteuil? Ich frage Sie das im Scherz natürlich!«

»Madame, wenn es nach der Moral geht, als Präsidentin, und wenn es nach mir geht, als Marquise.«

»Sollten Sie etwa ein Valmont ohne Ehrgeiz sein?«

Touché, verdammt, sie ist feinsinnig und intelligent.

»Madame, zeigen Sie mir, daß Sie eine Präsidentin sind, so werde ich die Geduld und die List eines Valmont aufbringen.«

Indem er dies sagte, ergriff er ihre Fingerspitzen; sie überließ ihm die ganze Hand. Eine Hand, deren Haut sich zart und durchscheinend der Berührung wie dem Blick darbot. Ich schätze, sie ist eher eine Merteuil, sie hat beschlossen, mich zu erobern. Um so besser. Als Valmont hätte ich sie sicher enttäuscht.

Penelope zog ihre Hand ganz natürlich zurück.

»Ich glaube, unser kleines Tête-à-tête hat lange genug gedauert, die restliche Gesellschaft wird denken, daß wir einen Unfall hatten, verletzt oder gar tot sind ...«

»Glauben Sie, daß man sich darüber sehr betrüben würde?«

»Das weiß ich nicht, aber es würde wundervollen Gesprächsstoff für mindestens eine Woche abgeben, das ist das Entscheidende.«

Die Kälte, die mit den Wolken und dem Wind aus Italien gekommen war, kroch über die Hügel und das Meer. Im Eßzimmer von Victor Tiranty hatten die Diener am Vorweihnachtsabend Fackeln aufgestellt, vom Vorzimmer bis zum Dachboden, überall knisterten die Flammen. Victor fühlte sich gut, trotz seines jugendlichen Alters von nur dreiundzwanzig Jahren übte er bereits den Beruf eines Notars aus und besaß einen Posten als Staatsanwalt: er war reich. Sein gerade erbautes Haus stand am rechten Ufer des Paillon, in der Nähe des Quai du Midi. Victor hatte die Lehre bei seinem Vater in Levens abgebrochen, das komplett vorgezeichnete Leben eines Notabeln aufgegeben, um viel Geld zu machen, und er war im Begriff, dies innerhalb nur eines Jahres zu erreichen. Genaugenommen hatte alles damit angefangen, daß er die kaum fünfzehnjährige Marie-Anne geheiratet hatte, die Tochter eines Kaufmanns aus der Rue du Pont. Zweitausendfünfhundert Pfund Mitgift plus Aussteuer. Giuge, Marie-Annes Vater, fügte der reichlich beladenen Waagschale noch seine guten Beziehungen hinzu, zu den großen Ölbauern, zu den reichen Landbesitzern der Grafschaft, sein gesamtes Geld, das in Obstplantagen und Anchovis-Fässern steckte, sowie sein ganzes angelegtes Vermögen, das er Sou für Sou zusammengespart hatte. Victor seufzte voller Wohlbehagen, die Erträge flossen allesamt in seine Tasche. So blieb ihm nur noch eine wesentliche Eroberung zu machen: jene Gelder, die seit ungefähr dreißig Jahren wie Honig aus der hintersten Ecke Europas herüberströmten, in Mengen, die in keinem Verhältnis zu den Ersparnissen der Grafschaft standen, wo selbst die Adeligen die Kerzenstummel aufhoben: das englische Geld, die unversiegbare Quelle des ausländischen Geldes. Das galt es sich zu holen, er mußte seinen normalen Fluß umleiten, damit es in diesen Erdboden sickerte, unter dieser Sonne gedieh, dieses karge Land fruchtbar machte, diese weiten Wald- und Felsgebiete, dieses Land, das seit jeher eine Öde war.

Tiranty trägt Perücke und Jabot, er ist kein schöner Mann, aber doch eine stattliche Erscheinung, er spricht Französisch und ein paar Brocken Englisch. Es heißt, er sei ein Anhänger der fortschrittlichen Ideen, aber Marie-Anne, seine Frau, die ihm zwei Kinder geschenkt hat, geht jeden Morgen um sechs Uhr zur Messe. Seitens der Kirche kann er also unbesorgt sein. Er hat stets ein fröhliches, heiter lächelndes Gesicht, selbst wenn er einem Menschen gegenübersitzt, von dem er weiß, daß er kurz vor dem Ruin steht. Er hält es wie die Beichtväter und die Ärzte: alles wissen, nichts sagen. Dem Beichtvater die Seele, dem Arzt den Körper, ihm den Geldbeutel. Victor weiß, daß er immer wohlbedacht und vernünftig handelt, jedes Risiko meidet. Von ausgeglichenem Naturell und in der Gesellschaft anerkannt, fühlt er sich der Herausforderung gewachsen, jene unsichtbare Wand – eine wahre chinesische Mauer –, die die Einwohner von Nizza von der englischen Kolonie trennt, zu durchbrechen. Es genügt nicht, daß er sein Haus außerhalb der Stadtmauern, in der Nähe der Engländer erbauen ließ. Er muß sich jetzt auch bei ihnen einführen. An diesem Weihnachtsabend, dem Familienfest, dem Fest der Christen, dem Fest aller Feste, spielt Victor eine gewagte Karte aus. Der Notar hat den alleinlebenden Engländer zu sich eingeladen, diesen etwas sonderbaren Gentleman namens Benjamin Davis, von dem es heißt, er sei ein wenig verrückt. Verrückt vielleicht, aber Engländer trotzdem. In Victors Augen macht der letzte Punkt alle Exzentrik wett.

Fünf Uhr, und schon herrscht dunkle Nacht, ein Kaminfeuer erhellt den Raum. Maria bügelt Benjamins schönstes Hemd, das mit den Spitzen. Sie begnügt sich mit dem schwachen Schein der Flammen, sie liebt dieses sanfte, warme Licht, besonders am Weihnachtstag. Heute abend ist ihre Hand unsicherer als sonst. Dieses Weihnachten wird nicht wie andere sein, zum ersten Mal wird sie ihren Vater nicht zur Mitternachtsmesse begleiten. Sie wird nicht das übliche Festmahl vorbereiten, Artischocken mit Anchovissoße, Fisch mit einer Mayonnaise aus Olivenöl, dazu Rosinen, Wal- und Haselnüsse, weißen Nougat, Orangen, Datteln, Flans, Mangoldkuchen, Mandarinen und die traditionellen sieben, dreizehn, fünfzehn Nachspeisen, die immer in ungerader Zahl serviert werden. Nachdem Giacomo schweigend sein Mahl verzehrt hätte, würde er den *cacha-fuec*-Brauch vollführen und das Feuer im ausnahmsweise einmal angezündeten Kamin mit Asche bedecken. Jedes Mal, wenn er dies tat, war Maria sicher, ohne genau zu wissen, warum, daß ihr Vater an seine Frau, die sanfte junge Antonella dachte: ihre Mutter. Diesen Abend würde er allein verbringen. Sie würde hier allein bleiben im Haus des Gentleman. Allein an einem Weihnachtstag. Der Herr hatte ihr angeboten, sich ihren freien Tag zu nehmen. Aber sie hatte abgelehnt. Sie ging so selten wie möglich aus dem Haus. Hier war sie in seiner Nähe, welbst wenn er nicht da war, hier schwebte sein Geruch, hier befanden sich seine Sachen, die sie berühren, streicheln, wieder und wieder an sich drücken konnte. Hier war sie bei ihm zu Hause. Das genügte, um ihr Herz höher schlagen zu lassen.

Fünf Uhr, der Herr wird jeden Moment nach Hause kommen, sich für den Abend beim Notar Tiranty umziehen. Maria findet dies eine merkwürdige Idee, bei dem Notar zu feiern. Ein Gentleman wie Monsieur Davis mußte an einem Weihnachtsabend doch Besseres zu tun haben, als der Einladung eines Nizzaers zu folgen, selbst wenn dieser Notar war.

Da kommt er, sie hört seine Schritte im Garten, sie

hört auch eine Frauenstimme. Eine Engländerin. Sie betreten das Haus. Maria versteckt sich rasch zwischen den Kleidern der Flurgarderobe, sie handelt, ohne zu überlegen, erschreckt über den unerwarteten Besuch einer unbekannten Frau. Der Herr zündet die Kerzenleuchter an, entfacht erneut das schlafende Kaminfeuer, und spricht leise dabei. Maria sieht die Frau halb liegend, mit dem Rücken gegen die Kissen gelehnt, blond, in ihrem ganzen Leben hat sie noch nie jemand so Blondes gesehen.

Die Engländerin hört ihm zu, ab und zu lächelt sie, schüttelt den Kopf, wobei ihre Haare ein wenig zerzausen, sie sind zu einem kleinen Hügel hochgesteckt, einem hübschen kleinen Hügel aus goldgelbem Weizen. Dann spricht auch sie, doch es ist nur ein Flüstern.

Benjamin legt sich zu ihr, ganz dicht neben sie, sein Kopf neigt sich, beugt sich langsam, ganz langsam herab, es scheint unendlich lange zu dauern, bis er schließlich auf dem Bauch der Engländerin ruht. Benjamins Arme umschließen die Hüften der jungen Frau. Er preßt sich gegen sie, sie öffnet sich, und beide versinken in den Kissen.

Das Holz kracht, Maria hält den Atem an, ihre Augen sehen alles verschwommen. Ein Knistern, ein Rascheln von Stoff, dann kommen im goldenen Licht der Flammen die Schultern, die Brüste der Engländerin zum Vorschein, weiß wie Perlmutt und zart, unendlich zart. Sie löst den goldenen Weizenhügel auf, das Haar fällt über ihre Brüste und umschmeichelt sie. Benjamin zieht sein Hemd aus, die beiden Oberkörper verschmelzen, halten sich fest, winden sich umeinander, die Haut des Gentleman und die Haut der Lady. Jetzt umarmen sich die beiden Körper, rollen über die Kissen, die Münder suchen sich, versinken ineinander. Wie können sie überhaupt atmen? Für Sekunden reißen sie sich auseinander, ihr Atmen wird keuchender, vermischt sich mit dem

Geräusch der Küsse, dieser saugende Laut ihrer Küsse schwirrt durch den Raum, dringt bis zu Marias Ohren, macht sie verrückt, sie gräbt sich die Fingernägel in die Hand, tief, noch tiefer, bis zum Blut. Aber das war erst der Anfang. Schon sind beide vollkommen nackt. Maria sieht von ihm nur den Rücken, den Hintern, dann streckt die Engländerin ihre Beine in die Luft und klammert sie um seinen Rücken, läßt sie zu seiner Taille hinabgleiten und drückt sie fest in sein Fleisch. Maria hat noch nie den Körper eines Mannes gesehen, mit Ausnahme von Statuen, und die bewegen sich nicht. Der Rücken und der Hintern Benjamins scheinen im Licht der züngelnden Flammen zu tanzen. Aus ihren beiden Körpern steigt ein Rumoren auf, das ab und zu von kurzen Schreien unterbrochen wird. Sein Röcheln einerseits und ihr Gesang andererseits, die beide aneinander emporklettern: mal liegt das Röcheln oben, mal der Gesang. Maria wünschte, sie könnte sich die Ohren zuhalten, die Augen schließen, aber sie bleibt wie erstarrt und mit offenem Mund stehen, ein lautloser Schrei, ein Brüllen, das ihr Herz wie wild schlagen läßt. Einen Moment lang fürchtet sie, in Ohnmacht zu fallen oder zu sterben, dann beginnt wieder das höllische Herzklopfen, das Herz will ihr förmlich zerspringen, ein dunkler Schleier legt sich vor ihre Augen. Plötzlich wird das Rumoren noch heftiger, verwandelt sich in eine riesige Welle, die donnernd gegen den Fels brandet und in einen langen Heulton mündet, der wie das nächtliche Geheul eines Hundes klingt. Zwei Hunde, die atemlos nebeneinandergesunken sind. Maria glaubt sie zu sehen, nein, es ist wahr, sie sieht die beiden Körper keuchen … Wenn sie weint, wenn sie sich bewegt, wenn sie jammert, werden sie sie hören, und dann ist alles vorbei. Nein, lieber das Schluchzen unterdrücken, warten … Ihre Knie werden weich, sie sinkt am Kleiderständer zu Boden. Dort, unter den Kleidungsstücken, kann sie nichts mehr erkennen. Nach einem langen Schweigen erklingt wieder das leichte, anmutige Lachen der Engländerin, als sei nichts geschehen.

Victor Tiranty hat Tischpersonal aus Aix-en-Provence kommen lassen. Gepudert und feierlich gekleidet laufen sie emsig um den Tisch, das Parkett knarrt unter ihren Sohlen. Der Notar hat seine Sache gut gemacht, so gut wie in Frankreich, denkt er, Muskateller aus Frontignan, Bordeaux-Wein, venezianische Kristallgläser, Sèvresporzellan. Alles blinkt und glänzt, goldene und silberne Reflexe schimmern im Licht. Gegenüber von Victor, am anderen Ende der Tafel, sitzt der Engländer, äußerst korrekt gekleidet und mit Perücke, genau wie die anderen – außer dem Abbé Bonifassi mit seinen kurzgeschnittenen Haaren, der mit seinem Gesicht über den Teller gebeugt ist, aber flinke Augen hat wie ein Fuchs. Neben Victor sitzt Marie-Anne in einem von der Zofe zu eng geschnürten Korsett und begnügt sich damit, nur jeden fünften Happen zu sich zu nehmen. Sie lächelt tapfer und fragt sich, wie lange sie durchhalten wird, ohne in Ohnmacht zu fallen. Ihr gegenüber sitzt Giuge, ihr Vater. Victor konnte ihn nicht übergehen, er mußte ihn einladen, im Moment ist er mit Essen beschäftigt; da er kein Wort Französisch spricht, bleibt ihm auch kaum etwas anderes übrig. In der Mitte der Tafel sitzt der Ehrengast: Le Seurre, der französische Konsul, dieser listige Mann hat das Königreich über zwanzig Jahre wacker vertreten. Das grenzt an ein Wunder. Le Seurre hat es verstanden, in all den Jahren weder Paris noch Turin zu verärgern; er war präsent und unsichtbar zugleich und vertrat immer die Ansicht, das Geheimnis einer erfolgreichen Diplomatenkarriere bestehe darin, abwarten zu können, da die Probleme grundsätzlich von allein zu einer Lösung fanden. Links von Le Seurre der Marquis de La Planargia. Er war vor dem trübseligen und engstirnigen Hof von Turin geflüchtet und hatte sich im italienischen Regiment des Königs verpflichtet, einem der zahlreichen ausländischen Regimenter, die Frankreich dienten. Dort wurde man besser bezahlt als im Dienst für den König von Piemont, und auch die Ehre war einem sicher. Doch leider hatte der Marquis kein Glück gehabt, Ludwig XVI. mochte den Krieg nicht; La Planargia hatte sich damit begnügen müssen, Garnisonen zu befehligen und ansonsten das Königreich Frankreich zu bereisen. Das änderte nichts daran, daß er bei seiner Rückkehr nach Turin wie ein Held gefeiert wurde. Man ernannte ihn zum Gouverneur von Nizza. Der Marquis empfand diese Beförderung allerdings als eine versteckte Art der Abschiebung, er führte sie auf den Neid des Turiner Hofes zurück. Viel lieber hätte er sich als Botschafter oder zumindest als Konsul in einer großen französischen Stadt einen Namen gemacht. In Nizza gab es nur wenig zu regieren und so gut wie keinen Ruhm zu erwerben, die Langeweile und das Vergessen sollten seine einzigen Begleiter werden. Ein wenig Ablenkung bot ihm seine junge Frau, eine Turinerin aus gutem Hause, die er kurz vor Antritt seines Postens geheiratet hatte.

»Verehrter Freund«, meinte der Abbé, nachdem er den zweiten Hühnerflügel verschlungen hatte, »ich muß es wohl kaum erwähnen, wie hoch erfreut wir hier in Nizza darüber sind, daß die Untertanen Ihrer britischen Majestät offensichtlich großen Gefallen an unserer Stadt finden. Sie wissen ja sicher auch, daß unsere beiden Souveräne George III. und Victor-Amédée Gott sei Dank, sehr freundschaftliche Beziehungen verbinden.«

»Allerdings«, warf Le Seurre mit einem feinen Lächeln ein, »scheint es mir, daß jener Gott, von dem Sie sprechen, euch Katholiken und die Briten eher trennt, die Sie, lieber Bonifassi vor noch nicht allzu langer Zeit als Gottlose anzusehen pflegten.«

Bonifassi zögerte einen Augenblick, dann fügte er, als

würde sich unter dem Tisch ein Spion verborgen halten, mit leiser Stimme hinzu:

»Wie ich höre, Euer Gnaden, wird die Lage bei Ihnen von Tag zu Tag verheerender, Aufstände in Grenoble, in Pau, ja sogar in der Hauptstadt. Das ist das Ergebnis einer Politik des Laisser-aller, man überläßt subversives Gedankengut eben nicht ungestraft dem Pöbel.«

»Papperlapapp!« Le Seurre zuckte belustigt mit den Schultern. »Man sollte diese Vorkommnisse nicht auf Ideen, sondern auf die Dürreperiode und die darauffolgenden heftigen Hagelstürme zurückführen. Unsere Bauern sind heißblütig, Abbé.«

»Trotzdem wurden die Generalstände einberufen.«

»Ist das nicht eher ein Zeichen dafür, wie tolerant unser geliebter König ist?«

Bonifassi, der gerade einen Teller mit überbackenem Gemüse zu sich heranzog, bekreuzigte sich eilig, bevor er den nächsten Happen in den Mund stopfte.

»Es zeigt vielmehr, wie schwach er ist, Euer Gnaden, wie schwach.«

»Meine Herren«, warf Tiranty ein, »lassen wir doch diese Querelen. Versailles ist weit, Gott sei Dank, was können uns solche Erschütterungen ausmachen? Und wie könnten wir uns ein Urteil über sie erlauben?«

»Aber«, unterbrach ihn der Abbé, »es wird erzählt, oder sagen wir besser, es wird gemunkelt, in Nizza gäbe es eine französische Partei, jawohl, meine Herren, stellen Sie sich das vor, unsere braven, redlichen Bürger sollten bereit sein, sich mit diesen Atheisten zu verbünden, was sage ich, sich ihnen zu unterwerfen?«

»Dieses Mal gehen Sie aber zu weit«, erwiderte trokken Le Seurre, dem allmählich die Ohren zu glühen begannen. Eben noch haben Sie in höchsten Tönen England gerühmt, das, wenn ich richtig informiert bin, Rom und seinen Pomp verachtet, und nun beschimpfen sie die älteste Tochter der Kirche als Atheistin.

»Der Abbé neigt zu Übertreibungen«, warf der Marquis de La Planargia mit seinem reizvollen Florentiner Akzent ein, der samtig und scharf zugleich war. »Ich bin mir nicht so sicher, ob Ihre guten Nizzaer die Ingless wirklich so sehr lieben, bestenfalls dulden sie sie als wohlerzogene Menschen, die den Handel beleben, ich glaube aber, hier endet ihre Liebe. Vielleicht erregen die Fremden noch die Neugier der Jugend, die meisten aber haben Angst vor ihnen, Maître Tiranty wird das nicht bestreiten.«

»Sicher, insbesondere, wenn der Fremde Türke ist«, entgegnete Tiranty, dem der Verlauf, den die Unterhaltung nahm, gar nicht gefiel. Zu Le Seurre gewandt, fügte er hinzu: »Immerhin wollten die Türken, verzeihen Sie, wenn ich diese unangenehme Erinnerung in Ihr Gedächtnis rufe, Euer Gnaden, mit dem Einverständnis des Königs von Frankreich unser Land erobern.«

»Ach, die Politik!« seufzte Le Seurre und spitzte mit geheuchelter Verachtung seinen gierigen Mund. »Dieses gefüllte Gemüse ist köstlich, man glaubt es kaum, daß wir uns im Winter befinden, Tomaten im Dezember! Wahrhaftig, wir sind im Paradies ... oh, verzeihen Sie, Abbé!«

»Es ist nicht meine Aufgabe, Ihnen zu vergeben, Euer Gnaden, das liegt bei ihm, raunte Bonifassi und hob den Zeigefinger zur Decke.«

Benjamin hätte sich in die Unterhaltung einmischen sollen, allein aus Höflichkeit gegenüber den anderen Gästen, aber ihm fiel nichts ein, was er ihnen hätte sagen können, nicht einmal eine jener zweideutigen Bemerkungen, die eine leichte Verunsicherung erzeugen, ohne dabei verlegen zu machen. Er war mit den Gedanken woanders, in Gesellschaft von Penelope und bei ihren nachmittäglichen Liebesspielen. Liebt man gut, wenn man nicht liebt? fragte er sich, und er mußte sich gestehen, daß es so war. Das Verlangen allein hatte ihn dazu getrieben. Diese Entdeckung gefiel ihm zwar, doch sie beunruhigte ihn auch.

»Herr Davis«, tönte Tiranty, »ob wir es wollen oder nicht, wir treten in ein neues Zeitalter ein, die Jahrhundertwende steht bevor, große Fortschritte sind zu erwarten, wir haben bereits Montgolfieren, die es uns erlauben, uns in die Lüfte aufzuschwingen, es gibt Experimente mit Wasserdampf als Antrieb für die Schiffe. Bei Ihnen in England spricht man von der Industrialisierung der Arbeit, riesige Fabriken entstehen, die mehrere tausend Menschen beschäftigen. Aber ich möchte auf unsere geliebte Stadt zurückkommen; es stimmt, wir befinden uns hier schon zu lange im Abseits, wir müssen die verlorene Zeit aufholen. Schon gibt es zahlreiche neue Berufe, Hoteliers, Gastwirte, Kaffeehausbesitzer, es kommen Bauern aus den Bergen, die in der Stadt ihre Milch und ihren Käse verkaufen, unsere Blumen werden im Ausland vertrieben. Und ich gebe zu, daß mir diese Zukunft unter dem Schutz unserer wohlwollenden Herrscher – mögen sie auch weit entfernt sein – verheißungsvoll erscheint.«

Nach dem Dessert gingen die Gäste in den Salon hinüber, wo ein großes Feuer im Kamin brannte. Einige steckten sich ihre Pfeife an, der Abbé Bonifassi und der Marquis de la Planargia holten ihren Schnupftabak hervor. Marie-Anne hatte sich einen Moment zurückgezogen, um die Schnüre ihres Korsetts zu lockern, die Männer waren auf diese Weise ein wenig unter sich, sie hatte ohnehin nicht verstanden, worum es ging. Marie-Anne klagte nicht darüber, wie viele andere Frauen ihres Standes, sie berief sich auf ihr Recht auf Unwissenheit. Mangelnde Bildung war das Privileg anständiger Frauen. Sie würde jedenfalls nie eine von denen werden, die die Aristokratin spielten und sich damit brüsteten, in Philosophie und Literatur bewandert zu sein.

Bonifassi hatte nicht vor, diesem Notar, der unter dem

Deckmantel des einzig wahren Glaubens falsche Ideen ausbrütete und für deren Verbreitung sorgte, das letzte Wort zu lassen.

»Verehrter Freund. Ich teile Ihre Ansichten nicht, wir, die in dieser Grafschaft leben, müssen unseren Charakter, unsere Bräuche bewahren. Und warum? Aus dem einfachen Grund, weil wir hier vom Rest der Welt abgeschnitten sind, von der Welt und ihrem sogenannten Fortschritt, in dem ich für meinen Teil nur Fluch und Verderben erkennen kann. Und wenn ich einem Wunsch Ausdruck verleihen dürfte, dann wäre es der, daß unser vielgeliebter König fortfahren möge, uns vor diesen neuen Ideen zu bewahren. Ich sehe in diesem Wirrwarr nur die Revolution keimen.«

»Die Revolution!« entfuhr es Le Seurre, »du lieber Teufel, das ist starker Tobak, Herr Abbé.«

»Völlig undenkbar bei uns«, begnügte sich La Planargia anzumerken.

»Für den Teufel ist nichts undenkbar, meine Herren«, gab der Pfarrer mit schauriger Stimme zurück.

Benjamin ergriff die Gelegenheit, um sich kurz vor seinem Aufbruch der Runde doch noch einmal in Erinnerung zu rufen.

»Verzeihen Sie, Abbé, aber ich fürchte, daß das Übel, wenn Sie es denn als ein solches betrachten, bereits begonnen hat: Nizza zählte, wenn ich richtig informiert bin, vor dreißig Jahren noch keine zwölftausend Einwohner und lebte zurückgezogen am Fuße des Schlosses in ständiger Angst vor Invasionen, die Straßen waren kotig…«

»Das stimmt nicht!« rief der Abbé entrüstet.

»Ich will auf etwas anderes hinaus, Monsieur, innerhalb nur weniger Jahre, seit der Ankunft der Briten, sind neue Straßen gebaut worden, am Meeresufer wurden Terrassen angelegt, Gasthäuser sind entstanden, ein Hafen wurde ausgehoben, der Handelsumsatz hat sich verdoppelt. Die Einwohnerzahl übersteigt mittlerweile die zwanzigtausend, von den Wintergästen einmal ganz zu schweigen. Das bedeutet, daß die Veränderung weder zu fürchten noch zu wünschen ist, sie ist schon längst eingetreten, Herr Pfarrer. Der beste Beweis ist meine Anwesenheit heute abend. Hätten sich Ihre Eltern jemals eine derartige Ungeheuerlichkeit vorstellen können: ein Engländer in der Stadt, und dann auch noch am Heiligen Abend? Das, was Sie schützen müssen, und damit wende ich mich an Sie, Herr Tiranty, ist die einzigartige Schönheit dieser Landschaft. Es wird schwer werden, zwischen Natur und Fortschritt ein ausgewogenes Verhältnis zu finden.«

»Und wodurch«, protestierte Tiranty, »sollte diese Schönheit, die Sie so bereitwillig anerkennen, zerstört werden, verehrter Freund?«

»Mein Gott, ich weiß es nicht, so viele Orte, die gestern noch als Paradies galten, sind heute trostlos und häßlich anzuschauen. Verzeihen Sie meine bitteren Worte, ich versichere Ihnen, daß dies nicht meinem wahren Charakter entspricht, ganz im Gegenteil, ich glaube an den Fortschritt und an die Zukunft des Menschen, aber wir werden unablässig – und hier stimme ich Ihnen gerne zu, Abbé – das Übel bekämpfen müssen, wenn ich ihm auch ein anderes Antlitz geben würde.«

»Welches denn?« rief la Planargia.

»Das des Geldes, Monsieur.«

»Geld sorgt für Wohlstand, darüber sind sich die klügsten Köpfe einig«, warf Tiranty ein.

»Vorausgesetzt, es kommt von Gott«, bemerkte der Abbé.

»Ich will mich nicht zu weit vorwagen«, meinte Benjamin und sah zu Tiranty, »Geld kann tatsächlich viel Gutes vollbringen, es kann sich aber auch verheerend auf Menschen und Dinge auswirken.«

Die Uhr schlug halb elf.

»Es wird Zeit für mich«, rief der Abbé und klatschte in die Hände.

Benjamin erhob sich als erster.

»Meine Herren, ich empfehle mich, wir werden zum selben Gott, aber in verschiedenen Tempeln beten.«

»Was mich angeht, so wird es eine Kirche sein«, murrte der Geistliche zähneknirschend.

Die Glocken läuteten, die Nacht war eisig kalt. Benjamin schaute zum Himmel empor, noch nie hatte er so viele Sterne gesehen. Eine echte Weihnacht, dachte er, wie in Betlehem.

So viele Sterne standen am Himmel, Maria verstand nicht, wie man bei so vielen Sternen unglücklich sein konnte. Nun wußte sie, was es hieß, zu lieben: Es hieß leiden, und zwar so sehr, daß man am liebsten sterben würde. Das also war die Liebe! Sie war allein in dem großen Haus und wartete auf ihn, sie würde immer auf ihn warten, davon war sie fest überzeugt. Sie ging ein paar Schritte durch den Garten und den Frost. Noch nie war es so kalt gewesen, das Gras war mit Rauhreif überzogen. Sie lief zum Meer hinunter, dessen Brandung kaum hörbar war. Die Nacht war so klar, so rein, so funkelnd, und all die Sterne des Himmels spiegelten sich im Meer. In einer solchen leuchtenden Nacht war Jesus geboren, in der Kälte eines Stalls mit Ochs und Esel, die ihn mit ihrem heißen Atem wärmten. Sie hätte sich jetzt auch einen Stall gewünscht, eine Krippe, um sich an das Fell der Tiere zu schmiegen und ihre tröstliche Sanftheit zu spüren. Sie fühlte sich so einsam, es gab niemanden auf der Welt, mit dem sie ihren schrecklichen Schmerz teilen konnte, diese furchtbare Entdeckung der Liebe. Natürlich war sie noch unschuldig. In ihrem Alter kannten die Mädchen aus der Stadt all diese Dinge bereits, einige von ihnen befriedigten ihre Lust, gingen zur Beichte und fingen wieder von vorn an. Sie jedoch nicht, noch nie. Sie hatte sich auch gar nicht zwingen müssen, denn sie hatte noch nie ein solches Verlangen gespürt. Jetzt bedauerte sie es, daß sie eine so dumme Gans geblieben war. Sie wollte sich ändern, sie mußte sich ändern, und da Gott es offensichtlich erlaubte, konnte auch sie sich wie ein Luder benehmen. Schließlich war sie nicht schlechter gebaut als diese milchhäutige Engländerin, und ihre Haut roch nach Sonne, Öl, Oliven und Brot.

»Träumen Sie?«

Sie hatte ihn nicht kommen hören, das Gras hatte das Geräusch seiner Schritte verschluckt. Da stand er nun vor ihr in seinem Galagewand.

»Aber nein, Monsieur.«

»Was tun Sie dann? Sie werden sich noch erkälten.«

»Wirklich?« stammelte sie.

Was für eine Vermessenheit! Wie hatte sie es nur wagen können, dem Herrn so etwas zu erwidern.

»Ja, lassen Sie uns ins Haus gehen, und bringen Sie mir einen Thymianabsud, ich habe heute abend zuviel gegessen.«

Sie rannte, außer sich vor Freude, einen Absud, er meinte sicher einen Kräutertee. Sie würde das schon hinkriegen, heißes Wasser und Thymian, Thymian und heißes Wasser, keine Sorge, sie würde es dem Herrn schon recht machen. Er würde in seinem ganzen Leben, wie sollte sie sagen, noch nie so etwas getrunken haben, das mit so viel Liebe zubereitet war. Sie lachte bei dem Gedanken und warf die Kräuter in das siedende Wasser.

Er hatte keine Lust gehabt, in die Kirche zu gehen, dort auf die gesamte Kolonie zu treffen und Penelope wiederzusehen. Er mußte nachdenken ... Er brauchte Einsamkeit, Ruhe, um diese unvergleichliche, einzigartige Nacht zu genießen. In eine warme Decke gehüllt, setzte er sich auf die Terrasse; er nahm einen Schluck von dem Thymianaufguß, und ein wohliges Gefühl der Wärme durchströmte ihn.

Maria stand mit dem Topf in der Hand einige Schritte hinter ihm. Sobald er die Tasse ausgetrunken hätte, würde sie ihm nachschenken.

War sie verliebt? Er besaß Charme, das ließ sich nicht leugnen, dazu gehörte auch, daß er keinen Wert darauf legte, anderen zu gefallen. Und dann diese distanzierte Art, mit der er sich für Personen und Dinge interessierte. Was seine Liebeskünste betraf, so war er unerfahren, aber talentiert, und wenn diese Affäre andauerte, würde sie es in die Hand nehmen, sein Talent zu fördern. Aber an diesem Abend, diesem besonderen Abend, während sich die Gäste mit heißem Punch betranken, Lady Mynor die kleine Gesellschaft mit Melodien aus der guten alten Heimat unterhielt und das Musikzimmer mit einer Mischung aus Exilstimmung und Heimweh erfüllt war, dachte Penelope an ihn. Sie konnte noch so sehr nach Ablenkung suchen, Whist spielen, tanzen und sogar trinken, es half nichts, sie dachte an ihn. Sie, die geglaubt hatte, vor allen Regungen des Herzens gefeit, wohl eine Jägerin, doch keine Beute zu sein. Sie, die man für ihre Lebensführung aus dem Königreich verstoßen hatte, dachte an die alten Gerüchte von der Ehebrecherin. Und es stimmte ja auch, sie hatte diesen Lord Pitt betrogen, der impotent und eifersüchtig war, ja sie hatte sich die Freiheit genommen, folgenlose Abenteuer einzugehen. Aber Davis war das ganze Gegenteil. Er war intelligent, ernst, vielleicht ein wenig langweilig, doch es mangelte ihm nicht an Gefühl. Wie sollte sie diese Idylle ausleben, bewacht wie sie war in dieser Kolonie? Eine Kolonie, die nur darauf lauerte, daß ihr schlechter Ruf sich bestätigte. Die Londoner Zeitungen brauchten einen Monat, um bis nach Nizza zu kommen, die Gerüchte um ihre Liaison würde viel weniger Zeit benötigen, um die umgekehrte Strecke zu bewältigen. Man hatte sie so weit fortgeschickt wie möglich, damit sie in Vergessenheit geriet und Vergebung fand. Ein weiterer Skandal, und ihre Rente wäre dahin. Würde man sie zu lebenslänglicher Zurückgezogenheit und Enthaltsamkeit verurteilen? Diese herrliche italienische Villa, diese englischen Gärten, all dieser Luxus unter der Sonne, diese ganze Pracht würde sich ohne Freiheit in einen goldenen Kerker verwandeln. Nein, sie würde sich Benjamin zum Liebhaber nehmen, vorausgesetzt, daß er es wollte, worüber sie sich nicht vollkommen klar war.

Victor Tiranty kehrte von der Mitternachtsmesse zurück, über ihm ein Sternenzelt, wie er es noch nie gesehen hatte. Victor, der weder an die Sterne noch an andere Vorhersagungen glaubte, sondern ausschließlich an materielle Güter, konnte nicht umhin, diesen leuchtenden Himmel, dieses funkelnde Firmament, diese Eiseskälte als Ankündigung großer Umwälzungen anzusehen. Umwälzungen, die er insgeheim herbeisehnte. Ja, Bonifassi hatte recht, Frankreich würde tiefe Erschütterungen erfahren, seine Besuche bei den Bürgermeistern von Antibes und Grasse – beide hatten an der Versammlung in Aix teilgenommen, um die Generalstände vorzubereiten – hatten es ihm bestätigt. Die Ereignisse würden zumindest zu einem parlamentarischen Königtum führen, selbst Ludwig XVI. war für die Stärkung der parlamentarischen Rechte eingetreten. Victor fachte das Feuer im Kamin an, das er mit Asche bedeckt hatte, bevor er zur Messe gegangen war, dann zündete er sich eine Pfeife an, schenkte sich ein Glas Branda ein, jenen Geist, der von den hiesigen Hügeln stammte und aromatischer war als der Marc de Provence, herber auch als die italienische Grappa. Wie er so dasaß, die Füße auf den Feuerböcken des Kamins, tief in seinen Sessel gesunken, vor Kälte und Dunkelheit geschützt, flüsterte er in die Stille seines prächtigen Hauses: »Das Frankreich von morgen, das ist es, was Nizza braucht, das ist es, was ich brauche!«

Die Sonne wurde fahl und wärmte nicht mehr, erst erfroren die Olivenbäume, dann die Obstbäume. Morgens waren die Gärten mit einem dünnen weißen Film überzogen, es gab nirgends Holz, um die großen Anwesen zu heizen, durch die stets ein eisiger Luftzug fuhr. In den meisten Häusern reichte der einzige Kamin kaum aus, um die Küche zu beheizen, in den Schlafzimmern wurden Kohleöfen angezündet, vorausgesetzt, man konnte es sich leisten. Nur wenige Meilen weiter oben auf den Hügeln hatte man angeblich Wolfsrudel gesehen, die aus dem Piemont herübergekommen waren, ganze Scharen, die die Herden rissen. Reisende aus Frankreich wußten schauerliche Geschichten zu erzählen, sie berichteten von ausgehungerten, in Lumpen gekleideten Menschen am oberen Var, die zur Barbarei zurückgekehrt seien und Angst und Schrecken verbreiteten. Man sprach von geplünderten Bauernhöfen, vergewaltigen Frauen und von Menschen, die an den Füßen aufgehängt und den Raben zum Fraß vorgeworfen worden waren.

Noch nie war Benjamin so viel gewandert, er kehrte immer erst am späten Nachmittag wieder, blass und hungrig, er legte ungeheuer weite Strecken zurück. Seine Schritte knirschten auf dem vereisten Boden, wo er entlangging, brachen die Zweige, er drang tief in die Wälder ein, in dunkles, morsches Geäst, in das trostlose Grau der verkrüppelten Olivenbäume, die sich vor Schmerz krümmten. Weit und breit keine Farbe, kein Laut, alles schien zu Kristall erstarrt, als sei dieser Landstrich, dessen Hitze man sonst kaum ertrug, mit einem Schlag erkaltet, seiner Säfte, seiner Flüssigkeit beraubt, als seien seine Gedärme ausgesaugt, verdorrt, leergekratzt, und darüber lag aschgrauer Schorf. Um so erstaunlicher war der makellose, ebenmäßige Himmel, den keine Wolke trübte. Kaum war die Sonne aus ihrem Dunstschleier getreten,strahlte schon dieses tiefe, erbarmungslose Blau.

Benjamin bestieg den Mont Alban und blickte von dort auf das Meer, das all seine Grün- und Grautöne unter dem Azur ausbreitete und sich in sanften Abstufungen von Grüngrau zu Graugrün bis zum Horizont erstreckte, wo man die Augen, vom gleißenden Licht geblendet, abwenden mußte. Der Bergkamm war eine karge Geröllwüste, ein Ort, der nur von Geiern und Adlern bewohnt war, hier gab es keine Trampelpfade für Maultiere und erst recht keine Spur menschlichen Lebens. Beim Abstieg fielen Benjamin allerdings ein paar abgetretene Felssteine auf, vielleicht von einem Tier, das hier entlanggekommen sein mußte. An den darauffolgenden Tagen jedoch verließ ihn trotz der Stille, die ihn umgab, und der völligen Reglosigkeit nie das Gefühl, beobachtet zu werden. Sollte einer jener Vagabunden in seiner Nähe sein, die in dieser Gegend herumzustreunen pflegten? Er versuchte sich einzureden, daß seine Einbildungskraft ihm einen Streich spielte, und führte dies auf die Einsamkeit und die Kälte zurück. Etwas eiliger setzte er seinen Weg fort, aber wechselte die Richtung: Von den Sümpfen der Var-Mündung lief er über den Gairaut–Hügel mit seinen rosafarbenen Landhäusern, den Sommerresidenzen reicher Kaufleute, zu den Nachbardörfern Aspremont und Falicon und zur Paillon-Ebene mit ihren Mühlen, die wie Gespenster in der vereisten Landschaft standen – aber das Gefühl, verfolgt zu werden, blieb.

Schon seit langem hatte Benjamin vorgehabt, die Überreste des ehemaligen römischen Cemenelum zu besichtigen. Um dorthin zu gelangen, mußte man einen Weg nehmen, der sich durch Obst- und Gemüsegärten schlängelte. Gras und Erde bedeckten den Ort, an dem einst eine Stadt von zwanzigtausend Einwohnern gestanden hatte, mit Arenen, Thermen, Tempeln, einer Reichspräfektur mit einem Konsul, mit städtischen Behörden, Militäranlagen und einer frühchristlichen Basilika. Hier, wo einst Menschen gelebt hatten, wuchsen jetzt Rüben, wilder Wein, Borretsch, Malven, Erdrauch, Geranien, Glockenblumen und Thymian. Als Benjamin auf das Amphitheater zuging, entdeckte er ein paar beschädigte, umgestoßene Statuen ohne Arme und ohne Kopf und am Fuße einer Eiche einige übereinandergestapelte Grabsteine mit verwitterter Inschrift. In der Arena, wo einst Gladiatoren unter der Nachmittagssonne, umgeben von Staub und Geschrei, ihr Leben aufs Spiel setzten, hatte man Weizen angebaut. Er näherte sich, einige halb im Boden versunkene Sitzreihen zeugten von dieser fernen Vergangenheit.

Da erst bemerkte er sie, wie sie zwischen den marmornen Bögen umherschlich. Sie war ihm jeden Morgen gefolgt, geduldig, hartnäckig, unempfindlich gegen die Kälte, sie war stehengeblieben, wenn er eine Pause eingelegt hatte, und ihm schnell gefolgt, wenn er wieder aufgebrochen war, ohne entdeckt zu werden; immer war sie da, wo er war, obwohl sie litt. Denn es gab keine Hoffnung, es war ohne Sinn, sie war einfach nur da, um des Glückes willen, in seiner Nähe zu sein, ihren Fuß in seine Spuren zu setzen, seinen Geruch zu atmen, wenn der Wind ihn zu ihr trug. Sie war sein kleiner Hund, der ihm unsichtbar und lautlos hinterhersprang. Unermüdlich. Er hatte sie wiedererkannt: Maria, die Wilde, die Wäscherin, das Mädchen mit der sonnengebräunten Haut. Er ging auf sie zu, sie setzte zur Flucht an, doch er hob freundlich, fast zärtlich die Hand und blieb einen Augenblick stehen. Sie trug eine Bluse und um den Kopf das traditionelle Tuch der Mädchen aus dem Volk. Er schämte sich für seinen langen warmen Umhang, der ihn vor der Kälte schützte. Als er unmittelbar vor ihr stand, lächelte er sie an, wie man ein Kind anlächelt, das man nicht verschrecken will. Es war dumm von ihm! Sie war seine Dienerin, seine Büglerin, und er behandelte sie wie eine Fremde. Sie sah ihn an, wie sie es noch nie zuvor gewagt hatte, geradewegs in die Augen; ein funkensprühender Blick, ein Blick, der alles offenbarte, hier, im hellen Tageslicht, auf einen Schlag. Er nahm ihre Hand, und gemeinsam traten sie den langen Rückweg an, durch brachliegende Felder, vorbei an trostlos kahlen Wäldern, an schwarzen Olivenhainen. Sie sprachen kein Wort miteinander, er lief voraus, und sie fröhlich hinterher. Benjamin konnte sich ihren Gesichtsausdruck vorstellen, der wohl dem eines Kindes an Weihnachten glich. Sie kamen am Quai du Midi vorbei, am Haus des Notars Tiranty, und nahmen dann den langen Küstenweg; hier konnten sie nebeneinander gehen, sich Blicke zuwerfen, sich anlächeln, sich berühren. Unabsichtlich. Sie erreichten die Villa, Maria stellte sich vor, sie kämen als Paar nach Hause zurück; sie setzte Tee auf, sehr starken Tee, so wie er ihn gerne mochte, sie hatte bereits gelernt, daß das Wasser nur leicht sprudeln, jedoch nicht kochen durfte, daß man einige Prisen Tee hineinwerfen und den Aufguß dann so lange ziehen lassen mußte, bis die Flüssigkeit zu wallen aufgehört und ihre schöne braune Farbe angenommen hatte. Sie bereitete die doppelte Portion zu. Benjamin hatte zwei Finger gehoben. Sie nahm auf den Kissen Platz, genau dort, wo die Engländerin sich zurückgelehnt hatte. Maria verbrühte sich. Er zeigte ihr, wie man die Tasse vorsichtig am Henkel hielt, die Lippen ansetzte und in kleinen Schlucken nippte. Man mußte warten, bis die Flüssigkeit abkühlt war.

Warum tat er dies alles? Er fand sie viel bewegender als Agnes oder Penelope. Penelope berührte sein Herz nicht, sie übte einen Reiz auf ihn aus, der sein Verlangen weckte. Doch es war nur ein Spiel, mehr nicht, das bekannte Spiel zwischen einer Aristokratin und einem jungen Intellektuellen, dem Sohn eines Pastors, um die langen Winterabende angenehm zu überbrücken. Er beschloß, Maria das Lesen beizubringen, Französisch und Italienisch. Es würde ihm Spaß machen, ihr all die Wörter und Sätze beizubringen, die den Schlüssel zur Gesellschaft darstellten. Sie sah ihn an, ohne die Augen zu senken, und in diesem Blick entdeckte er Liebe, nichts als Liebe. Vielleicht war es auch keine Liebe, aber er fand nicht das passende Wort: Dankbarkeit, Zuneigung, Bewunderung? Das alles und noch mehr, und dieses mehr konnte doch nur Liebe sein. Ja, morgen würde er ihr beibringen, wie man Buchstaben aneinanderfügte, um damit Wörter zu bilden, und wie man mit den Wörtern die Welt erklärte. Er schenkte ihr eine zweite Tasse Tee ein. Erst da bemerkte er, daß sie weinte.

Victor Tiranty schlenderte durch das Gewirr der kleinen verwinkelten Gassen, die sich den Schloßberg hinaufwanden, einige verloren sich zwischen den Überresten der Zitadelle, andere endeten an der Felswand. Zu dieser vorgerückten Stunde und bei dieser Kälte war die Wahrscheinlichkeit gering, daß der Notar irgendeiner Menschenseele begegnete. Er hatte eine Laterne bei sich, um nicht in die Rinne zu fallen, die als Kloake diente. Die Häuser stammten noch aus dem Mittelalter, sie waren windschief, voller Risse und Flecken, Überreste der ersten Siedlung, die sich hier schützend um die Zitadelle gedrängt hatte und nur selten Sonnenlicht abbekam, mit unheimlichen unterirdischen Gängen, die bei einer Invasion durch Barbaren den Bewohnern die Flucht ermöglichen sollten. Einige dieser unterirdischen Gänge existierten noch. Mit einem großen Schlüssel öffnete Victor eine schwere Tür, deren Sturz eingefallen war; dahinter befand sich ein schmaler Gang, der zu einer weiteren Tür und einer direkt in den Stein gehauenen steilen Treppe führte, deren Stufen bröckelten. Vor der Treppe bog er in einen Verbindungsgang, aus dessen Wänden das Wasser sickerte. Riesige Ratten huschten durch den flackernden Lichtkegel, den die Laterne warf. Victor überkam jedes Mal eine heftige Übelkeit, er mußte an die Pestepidemie denken, die erst vor wenigen Jahrzehnten die Stadt heimgesucht hatte. Der Gang bog im geraden Winkel nach rechts ab, drang immer tiefer ins Erdreich ein und endete an zwei kleinen Stufen, hinter denen sich eine weitere Tür befand. Victor klopfte zweimal, die Tür öffnete sich einen Spalt. Der Notar mußte sich bücken, um durch den niedrigen Türrahmen zu schlüpfen. Stolpernd betrat er einen weiten Kellerraum.

An den Wänden hingen Funzeln, die nur schwaches Licht gaben und lange Schatten auf das Gewölbe warfen. An einem Tisch, auf dem nur eine Kerze brannte, saßen vier Männer. Victor hob die Hand und grüßte die Versammelten mit einem klangvollen »Freiheit, Gleichheit«, die vier Männer grüßten mit denselben Worten zurück. Es waren Mounier, ein freimaurischer Fleischer aus Avignon, der sich vor kurzem in Nizza niedergelassen hatte, Mathieu Jouve, auch Pierre Jourdan genannt, ein wortkarger Republikaner aus Paris, der die Idee der Revolution unters Volk brachte, der Anwalt Jean-Dominique Blanqui, ein junger Mann aus Puget-Théniers, voller ehrbarer Absichten und Gedanken, dessen Vorstellungen von einem Staat zwischen einer abgemilderten Form der Monarchie und einer Republik nach dem Vorbild des antiken Griechenland schwankten, und schließlich Séraphin Dabray, ein Anwalt, der sich auf Steuerfragen spezialisiert hatte, ein Jugendfreund von Victor, ebenso ehrgeizig wie er, weitaus weniger vermögend, aber um ein vielfaches gebildeter, er war ein großer Bewunderer von Mably und dessen Theorien über den Aufbau der Gesellschaft und die Volkssouveränität, er wußte alles über Rousseaus Theorien und sah La Mettries Buch *Der Mensch eine Maschine* als eine materialistische Bibel an, die imstande war, selbst die *Heilige Schrift* ins Wanken zu bringen.

»Ich erkläre die heutige Sitzung für eröffnet«, rief Blanqui, der die Versammlung leitete.

Mounier, der Fleischer, ergriff unverzüglich das Wort: »Meine Brüder, ich komme soeben aus Digne, Marseille und Aix zurück, die Lage spitzt sich zu. In Marseille entstehen jeden Tag neue republikanische Zirkel, und es sind nicht nur Leute aus dem Bürgertum dabei, sondern auch aus dem Volk. Sie kommen, sie hören und sind bereit zu handeln. Die Richter in Aix teilen unsere Ansichten, kurz, uns stehen große Ereignisse bevor, die

Tagung der Generalstände wird entscheidend sein. Ich habe in Nizza mit Freunden gesprochen, und alle sind sich darüber einig, daß die Stadt wieder zur Provence gehören muß. In diesem Punkt müssen wir Entschlossenheit zeigen, und ich kann Ihnen versichern, daß wir mit breiter Unterstützung rechnen können.«

»Gut, Mounier«, sagte Blanqui, »wer möchte etwas dazu sagen?«

»Ich.«

Auf diesen geheimen Versammlungen, bei denen die »Republikaner von Nizza« seit bald einem Jahr die Gedanken der Aufklärung über die Grenze zu holen trachteten, wurde Dabrays Stellungnahme bereits mit Spannung erwartet.

»Wir bezweifeln nicht, lieber Mounier, daß sich in Aix und in Marseille die neuen Ideen in Windeseile verbreiten. Aber kommen wir zu diesem stillen Fleckchen Erde zurück; unsere Stadt liegt sowohl geographisch als auch geistig noch weit entfernt von derartigen Unruhen. Was also können wir tun? Das ist die Frage, die wir so schnell wie möglich beantworten müssen.«

»Einen Aufstand planen und das Volk zur Revolte anstiften«, warf Jourdan ein.

Dabray bewahrte einen Moment Schweigen, bevor er in seinem gewohnt höflichen Tonfall, dem er eine Prise Ironie beimischte, erneut das Wort ergriff.

»Das stellen Sie sich so einfach vor, Jourdan, man merkt, Sie kommen aus Frankreich, aus Paris obendrein, aber wissen Sie, Jourdan, das Volk hier liebt seinen König, mehr noch als seine Kirche. Die Nizzaer hängen an ihnen beiden wie an ihrer eigenen Familie, ja, genau so ist es, der König und die Kirche gehören hier zur Familie, sie sind ihr Fleisch und Blut, ein Teil ihrer Seele.«

»Nichts widersteht auf Dauer einem wohlformulierten Pamphlet«, unterbrach ihn Jourdan. »Erst nistet sich der Zweifel in den Köpfen ein. Dann werden mit etwas

Glück, ich spreche wohlbedacht von Glück, die Olivenbäume erfrieren, es wird an Mehl mangeln, die Vorräte werden ausgehen, eine Hungersnot erscheint am Horizont: Wenn es keine Oliven mehr gibt, gibt es auch keinen Handel, kein Geld aus dem Piemont, mit anderen Worten keine Butter mehr und keine Milch. Eine Bevölkerung, die Hunger leidet, läßt sich wie ein Eierkuchen in der Pfanne wenden, heute ruft sie noch: Es lebe der König, es lebe der Bischof, doch schon morgen wird sie ihren Tod fordern. Ein hungriger Magen kennt keine Überzeugungen. Und dann treten wir in Aktion, lösen einen Aufstand aus und organisieren ihn.«

»Was für ein großartiger Plan!« Dabray nahm sich die Zeit, eine kleine, mit holländischem Tabak gestopfte Pfeife anzuzünden. »Entschuldige, Jourdan, aber du hast keine Ahnung vom Volk, du hältst es für eine anonyme Masse, aber die Masse gibt es nicht bei uns, hier gibt es nur Individuen. Jeder, der die Zeichen der Zeit erkennt, wird deine Pamphlete lesen und sie achselzuckend wieder beiseite legen, er wird es zwar bedauerlich finden, daß die Olivenbäume erfroren sind, aber auf seine Vorräte zurückgreifen, die noch für ein Jahr reichen werden, eine derartige Kälte wird so bald nicht wiederkommen, die Leute hier sind genügsam und bescheiden, du brauchst dir bloß die Adligen anzusehen: Dort in Aix braucht ein Graf acht Domestiken, hier reichen zwei. Man protzt nicht mit seinem Reichtum, man stellt ihn nicht zur Schau, gegen wen also soll sich das Volk deiner Meinung nach erheben? Es gibt keine so großen Unterschiede bei uns zwischen einem Bauern und einem Grundbesitzer. Das Ackerland ist hier so knapp und kann nur unter so großem Auswand fruchtbar gemacht werden, daß jedem Ehrgeiz natürliche Grenzen gesetzt sind. Wenn uns der Rest der Welt seit langem vergessen hat, so hat dies gute Gründe. Uns fehlen schlichtweg die Mittel für die Umsetzung ehrgeiziger Pläne.«

»Aber sind wir denn nicht zusammengekommen, um diese Zustände zu verändern und die Voraussetzungen für eine Erneuerung zu schaffen?« Blanqui sprach im rauhen Tonfall der Leute aus der Hochebene von Gap. Nichts, weder die Zeit, die er in Aix mit seinem Jurastudium verbracht hatte, um abzuschließen, noch seine regelmäßige Teilnahme an den freigeistigen Zirkeln von Avignon hatten die Härten und Kanten seines Akzents gemildert.

Es wird Zeit, daß ich das Wort ergreife, dachte Victor, der sich langweilte.

»Meine Herren, Verzeihung, Freunde, wir fragen uns, was wir tun sollen, aber meiner Meinung nach sollten wir uns lieber auf die Rolle vorbereiten, die wir, egal unter welchem Regime, spielen werden. Und wenn Frankreich eine Revolution im Schilde führt, na, um so besser; wir werden daraus unseren Vorteil zu ziehen wissen – unter Umgehung der Nachteile –, aber sind wir wirklich schon an diesem Punkt angelangt? Das Wichtigste ist doch, daß wir, unabhängig von den jeweiligen Umständen, uns bereithalten, um auf eine neue Situation reagieren zu können und im geeigneten Moment die Rolle zu übernehmen, die uns dann zusteht. Wir sollten die Zukunft nicht als Konfrontation begreifen, die natürlich denkbar ist, sondern als Neuverteilung der Karten. Dieser Wind, der derzeit durch Frankreich weht, wird zwangsläufig auch hier bei uns ankommen.«

»Wir brauchen also bloß abzuwarten, meinst du«, murrte Blanqui.

»Ganz richtig, mein Lieber, was denkst du darüber, Dabray?«

»Ich denke, daß in der Tat große Umwälzungen bevorstehen und daß wir riskieren, in ihren Fluten zu ertrinken, unseren Charakter, unsere Persönlichkeit zu verlieren. Wir müssen wir selbst bleiben, das ist unser oberstes Gebot.«

»Wer sollte ein Interesse daran haben, uns zugrunde gehen zu sehen«, fragte Blanqui?

»Niemand Bestimmtes«, erwiderte Dabray, und klopfte seine Pfeife aus, »sagen wir: die Macht der Ereignisse.«

»Müssen Sie also Sarde bleiben, um sich selbst die Treue zu wahren?« bemerkte Jourdan höhnisch.

»Nur Nizza müssen wir die Treue wahren, mein Freund, das genügt«, entgegnete Dabray mit einem breiten Grinsen, das die anderen irritierte.

Nach diesen Worten wurde die Sitzung für geschlossen erklärt. Blanqui holte Gläser und ein Flasche Weißwein aus seiner Tasche, und es wurde auf die Zukunft angestoßen. Danach gingen die Verschwörer wieder auseinander, erleichtert, daß sie die bedrückende Stille des Kellers hinter sich lassen konnten.

Maria hatte sich rasch zur eifrigen Schülerin gemausert. Sorgfältig tauchte sie die Feder in das Tintenfaß und schrieb nacheinander alle Buchstaben des Alphabets auf, von A bis Z. Sie wußte, daß er sie dabei beobachtete. Reglos und schweigend saß er im Sessel ihr gegenüber und rauchte. Natürlich hätte sie viel lieber die ganze Unterrichtsstunde über, die er ihr jeden Nachmittag gewährte, zu ihm hinübergeschaut. Nach den Buchstaben kam die mündliche Lektion. Er erhob sich und schrieb eine Folge von Buchstaben auf eine kleine schwarze Tafel, sie mußte das Wort lesen. Sie spitzte die Lippen und bemühte sich, jeden Buchstaben einzeln auszusprechen.

»T ... I ... S ... C ... H.«

»Gut, und was ergibt das für ein Wort?«

»Tisch.«

»Richtig.«

Manchmal war es komplizierter.

»Wie sprichst du das hier aus?«

»D … A … C … H …«

»Nein, es heißt nicht Dasch, sondern Dach, wie ach! Es steht doch auch kein s vor dem ch.«

»Aha, ich verstehe.«

»Sehen wir weiter.«

Er schrieb »T … E … I … C … H …« Schüchtern begann sie:

»T … E … I … H …«

»Wie, Teih? Was soll das für ein Wort sein?«

Sie errötete, fing noch mal von vorn an.

»Teich!«

»Genau, in diesem Fall wird das ch nicht als Rachenlaut gesprochen, sondern wie »ich«. Weißt du, was ein Teich ist?«

»Nein, Herr.«

»Nenn mich nicht Herr, das habe ich dir schon mal gesagt. Ein Teich ist ein kleines stehendes Gewässer, das von Land umgeben ist. Das Meer hingegen ist eine große Wasserfläche zwischen zwei Erdteilen, die sehr weit voneinander entfernt liegen. Verstehst du?«

»O, ja!«

Es machte ihm Spaß, den Lehrer zu spielen. Maria kannte nur die Dinge, die evident waren, und hatte nie versucht, sie in Fragen des Geistes zu übersetzen. Ein Tisch war ein Tisch, und ein Teich war nichts. Was sie noch nie zuvor gesehen hatte, existierte nicht, ebensowenig das, was sie nie berührt, angefaßt oder ertastet hatte. Sie war die unschuldige Wilde von Bernardin de Saint-Pierre, nur ohne Insel und ohne Exotik. Manchmal machte er sich selbst Vorwürfe, in diesen jungfräulichen Geist das Samenkorn der Bildung zu sähen, andererseits war er stolz darauf, ihm durch Lesen und Schreiben das Universum einzuhauchen. War es nicht die edelste aller Aufgaben, ein Menschenkind an das Wissen heranzuführen? Er fragte sich natürlich auch, was sie mit diesem Wissen anfangen würde, vielleicht hatte ihr Vater ja recht gehabt, als er sie ohne Bildung ließ. Bin ich ihr Wohl- oder ihr Missetäter? Er beobachtete sie, wie sie mit ihren kindlichen Fingern die Feder umklammerte, wie ihre Zungenspitze dabei zwischen den Lippen vorlugte und ihr die langen Haare über Stirn und Augen fielen. Sie war schön, ja, unsagbar schön, und sein Herz begann schneller zu schlagen, ja, es war wirklich lange her, daß ihn ein solches Glücksgefühl erfüllt hatte, so lange, daß er sich fragte, ob er es überhaupt je erfahren hatte.

Sie sahen sich jeden Tag, außer am Sonntag, der den obligaten Besuchen vorbehalten war. Jeden Tag um fünf Uhr, wenn sie in ihrem Salon vor dem Kamin saß, wurde Penelopes Sehnsucht etwas größer, sie begann von ganzen Nächten mit ihm zu träumen, Benjamin schien jedoch soweit zufrieden mit ihrer Vereinbarung zu sein, ihre Rendez-vous fügten sich in einen genau vorherbestimmten Tagesablauf ein, zu dem auch der morgendliche Spaziergang gehörte, sie waren nicht mehr und nicht weniger. Eine größere Zuwendung zu verlangen hätte bedeutet, sich zu offenbaren, sich zu öffnen, die Zuneigung, die sie für ihn empfand, einzugestehen, es bedeutete vor allem, daß sie jene beiden Stunden aufs Spiel setzte, in denen sie der furchtbaren Langeweile entfloh, die sie für den Rest des Tages quälte. Ansonsten beruhigte sie sich mit dem Gedanken, daß sie ihn ja gar nicht liebte, daß er in London ein kurzes Strohfeuer gewesen wäre, aber hier, wo nur eine Handvoll Fremder lebte, die in geistiger Hinsicht eher anspruchslos waren, konnte sie dem Himmel dafür danken, daß er ihr einen solchen Mann geschickt hatte. Und dann war da diese schreckliche Kälte, dieser tiefblaue Himmel, der einem Flügel wachsen ließ. Sie wurde von einer heftigten Sehnsucht ergriffen, von hier fortzureisen. Weiter nach Süden, nach Rom, Neapel, warum nicht nach Griechenland, in die Türkei? Dem stand nichts im Wege, nichts konnte sie davon abhalten. Oder doch, er. Er war kein großer Liebhaber, aber so sanft und aufmerksam, vielleicht ein wenig zu sanft, als ob auch der Körper eine gewisse Zurückhaltung üben müsse, eine Höflichkeit, die ihrem sonstigen Umgang miteinander und ihren Gefühlen entsprach.

Es war zur Gewohnheit geworden, daß man sich jeden Abend in kleinem Kreise in jenem Gebäude traf, das einige Jahre zuvor am Meeresufer errichtet worden war. Es besaß einen Spielsaal, der den Wintergästen, wie es in dem gratis unter den Fremden verteilten Propekt hieß, ein wenig Zerstreuung bieten sollte. Allerdings gab es dort viel weniger Komfort als bei ihnen zu Haus. Hier blies der Kamin beißenden Rauch in den Saal, daß einem die Augen brannten; die mit granatrotem Velours bespannten Stühle waren ausgeblichen und drohten bei der kleinsten abrupten Bewegung zusammenzubrechen. Man spielte Whist, Pikett, Charade, trank fuseligen Rum und diskutierte über die Gerüchte, die von der anderen Seite des Var herüberdrangen: die Unruhen in Frankreich. Würde man in die Wirren hineingezogen werden? Hier gab es eine sardische Garnison, einen Gouverneur, einen Ortskommandanten, einen Bischof, der sich nicht für die Aufklärung interessierte und jedem, der es wagte, aufwieglerische Reden zu halten, mit ewiger Finsternis drohte. Hier schienen die Ereignisse derartig weit entfernt, als sei der Var kein Fluß, sondern ein Meer, ein Ozean.

Eines Abends, kurz vor neun, während ein Wintersturm über das Parkett des Casinos fegte und die Brandung gegen die Veranda schlug, als die Leuchter gespenstische Schatten durch den Saal warfen, die feuerspeienden Ungeheuern glichen, trat er ein, naß bis auf die Knochen. Er war riesig groß, trug einen Hut mit so breiter Krempe, wie man ihn seit Cromwell nicht mehr gesehen hatte, einen schwarzen Umhang und sonderbarerweise Tanzschuhe. An jedem anderen Ort hätte er für allgemeine Heiterkeit gesorgt mit seiner langen Nase, seiner ausgemergelten Figur, seinem bleichen, unheilvollen Gesicht, das im Licht der züngelnden Flammen noch fahler wirkte. In diese Runde jedoch warf er einen eisigen Schatten, die Unterhaltungen erstarben, die Köpfe wandten sich allesamt mit einem Ruck nach ihm um. Für einige Sekunden konnte man das Holz stöhnen, das Gebäude ächzen hören. Dann erhob der Unbekannte in vollendetem Englisch, das seine edle Herkunft verriet, die Stimme und stellte sich vor:

»Cooper, Samuel Hector Cooper, Astronom, Himmelserkunder, Sternenpionier, Planetenzähler, Kometensammler. Ich begrüße aufs freundlichste alle Anwesenden hier, einem Glas heißen Punsches wäre ich durchaus nicht abgeneigt. Herrje, man hat mir das milde Klima hier gepriesen, die harmlosen Unwetter, nun, ich habe bekommen, was ich wollte. Oh, ich bin ganz unbesorgt, daß wir morgen wieder einen klaren Himmel haben werden, genau das, was ich brauche, einen Himmel, über den kübelweise Wasser ausgeschüttet wurde, blitzblank wie ein neues Geldstück, glatt wie ein Kinderpopo.«

Er gab einem Diener seinen Umhang, nahm auf dem einzigen Sofa im Saal Platz, legte seine triefenden Schuhe auf einen Puff und stieß vor Wohlbehagen einen lauten Seufzer aus. Lächeld warf er seinen Hut auf eine Stuhllehne, seine Haare, deren undefinierbare Farbe zwischen flachsgelb und grau schwankte, waren zu einem langen Zopf geflochten, den ein violettes Band zusammenhielt. Über eines gab es keinen Zweifel, er war häßlich wie die Nacht! Häßlich wie die Wahrsager in den Bettlervierteln, häßlich wie ein Giftmischer der Borgias, häßlich wie ein Folterknecht der Inquisition, eine Häßlichkeit, die ihm allerdings fast schon wieder so etwas wie Ausstrahlung verlieh, eine Häßlichkeit, die so auffällig war, daß gewisse Frauen sie bereits wieder als schön empfanden. Penelope fand ihn amüsant. Die Anwesenden bildeten einen Kreis um ihn, brachten ihm ein Glas mit Punsch, dann ein zweites und am Ende das ganze Gefäß samt dem Kessel. Die große Aufmerksamkeit, die man ihm schenkte, betrachtete er als das Normalste von der Welt. Innerhalb weniger Minuten war er nicht mehr Gast, sondern Herr des Hauses. Alle warteten nur darauf, daß er zu ihnen sprach. Und er ließ sich nicht lange bitten.

»Wie ich Ihnen schon sagte, mein Beruf besteht darin, den Himmel zu durchforsten, der Milchstraße ihre Geheimnisse zu entlocken, denn, meine Freunde, wir treten in das siderische Zeitalter ein. Die Erde ist enträtselt, sie ist langweilig geworden, aber das Weltall! Begreifen Sie dieses Wort, Weltall, sind Sie in der Lage, es sich vorzustellen? Nein? Natürlich nicht, weder Sie noch sonst jemand.«

Er nahm einen kräftigen Schluck von dem Punsch, wischte sich mit dem Handrücken über die Lippen und fuhr fort.

»Wenn ich heute abend bei diesem Unwetter hier bin, wenn ich beschlossen habe, mich hier in Ihrem Kreise niederzulassen – mit einer ausladenden Armbewegung zeigte er nach draußen –, dann aus dem einfachen Grunde, weil sich in diesem Land an manchen Winterabenden ein unvergleichlich intensives Leuchten einstellt, ein göttlicher Glanz, in dem die Himmelskörper erstrahlen und vor dem Fernrohr des Astronomen ihren Tanz vollführen, und in diesem funkelnden Ball kann jeden Moment ein unbekannter Planet auftauchen, ja, meine Freunde, jener Planet, der sich bislang der Beobachtung durch Dutzende, Hunderte, Tausende Himmelsforscher entzogen hat.«

Plötzlich richtete er sich in voller Länge auf, riesenhaft, schlaksig, mit hoher Stirn und zitterndem Mund.

Man spürte, daß er ihn sah, mit dem Finger berührte, seinen unbekannten Planeten, seinen neuen Stern, er schnaufte, rang nach Luft, und seine Nüstern bebten. Die Kerzen verhauchten, das Feuer erstarb, man scharte sich enger um den Mann. Dieser Götterbote mit der sonderbaren Gestalt war der Mittler zwischen dem Diesseits und dem Unsichtbaren, dem Unendlichen …

Cooper schwieg eine Weile, dann raunte er mit leiser Stimme, wie bei der Beichte:

»Haben Sie schon von Uranus gehört? Nein, es handelt sich ja auch nicht um einen Stern, sondern um einen Planeten, ja, einen Planeten.«

Er schloß die Augen, als habe er die Offenbarung erhalten.

»Ein Landsmann, Herschel, William Herschel, hat ihn an einem ganz gewöhnlichen Abend entdeckt, und was glauben Sie, wo, meine Freunde: in seinem Garten in Bath. Unglaublich, nicht wahr? Wie kann man Uranus in Bath endecken? An einem Frühlingsabend, am 13. März 1781, in Bath, einer Stadt für Gichtkranke!«

Erneut langes Schweigen, dann stieß er plötzlich hervor:

»Und stellen Sie sich dann erst jemanden wie mich, Cooper, vor, direkt unter dem klarsten Sternenhimmel!«

Er hob den Zeigefinger hinauf zum Firmament, durch die Decke, den Nebel, die Wolken, die Wasserfluten, die Dunkelheit hindurch.

»Uranus …«

Den Zuhörern, die ihn umringten, lief ein eisiger Schauer über den Rücken.

Der Weg führte unter Pinienbäumen am Meer entlang. Seit jenem Tag nahm Benjamin sie auf all seine Wanderungen mit. Sie brachen früh am Morgen, kurz nach Sonnenaufgang auf, mal in Richtung Berge, mal entlang der Küste, ließen dann den Hafen von Villefranche hinter sich und liefen bis Cap Ferrat. Sie begegneten nie irgendeinem Menschen, nicht einmal einem Fischer, das Cap bildete eine lange bewaldete Landzunge, die sich tief ins Meer erstreckte. Noch vor wenigen Jahren war es äußerst gefährlich gewesen, sich hierher zu wagen; Piraten von den Küsten Nordafrikas, die jederzeit ein Haus überfallen konnten, schlichen hier herum. Sie entführten junge Mädchen und meuchelten den Rest der Familie. In diesen einsamen Landstrichen ging noch immer die dumpfe Angst um, sie hatte sich in das dichte Laubwerk, in diese eigenartige bleierne Stille eingeschrieben, die über dem grauen Meer unter einem perlmuttfarbenen Himmel lag.

Eine kalte Sonne lugte durch den zarten Wolkenschleier. Maria ging hinter ihrem Herrn, das war ihr Platz. Benjamin hatte sich am Ende damit abgefunden, daß ein Mädchen von ihrem Stande nicht an seiner Seite gehen konnte. Der Weg war dazu ohnehin zu schmal. Der einzige Unterschied war, daß sie sich nun nicht mehr zu verstecken brauchte. Manchmal drehte er sich zu ihr um und lächelte. Sie fragte sich, was ihm durch den Kopf gehen mochte. Morgens die Wanderungen, nachmittags die Lektionen, er war bei ihr, er beschäftigte sich mit ihr, sie existierte für ihn. Sie lebte wie in einem Traum, einem Märchen, einem Traum bei hellichtem Tage, sie, Maria, die Tochter eines Talghändlers. Warum interessierte er sich für sie? Er begehrte sie nicht, dafür war die andere da, um fünf Uhr, wenn sie vor dem Kamin zusammenkamen. Anfangs hatte sie die beiden noch beobachtet, aber jetzt nicht mehr, im Gegenteil, sie flüchtete sich in ihre Kammer, wo sie die Wäsche aufhängte, oder in die Küche, wo sie neben dem Ofen nähte und darauf achtete, daß sie nichts von den Liebesseufzern hörte. Sie versuchte den Kummer aus ihrem Herzen zu vertreiben, der Herr tat, was er für richtig hielt, worüber sollte sie klagen? Er verbrachte mehr Zeit mit ihr als mit der Engländerin, er lehrte sie so viele Dinge, er sprach mit ihr, er lächelte sie an, wie vorhin am Meer, die andere hingegen, was konnte er ihr beibringen? Sie, Maria, besaß das Beste von ihm ... Sie war bereit, ihr Leben für ihn zu geben, er konnte von ihr verlangen, daß sie sich ins Wasser stürzte, sie würde es tun. Ohne zu zögern. Mit Freuden. Von der Engländerin mit ihren Hüten, ihren langen Samtkleidern, ihren feinen Lederschuhen, ihrer weißen Haut konnte sie sich beim besten Willen nicht vorstellen, daß sie sich auf ein Wort von ihm, einen einfachen Befehl, vielleicht nur eine winzige Bewegung seines Kinns in die Fluten stürzen würde. Diese Frau liebte nicht wie sie, das spürte man; nachdem sie sich auf den Kissen gewälzt hatten, wurden beide wieder zu zwei Fremden auf Besuch, höflich, mit jenem blicklosen Lächeln, das die feinen Leuten so an sich haben. Und er, liebte er sie? Er war ein Mann, das war alles. Die Engländerin hatte das zu bieten, was ein Mann begehrt, was ein Mann sich nimmt. Maria wußte nicht viel über diese Dinge, aber das verstand sie doch.

Sie wartete ungeduldig darauf, daß es Mittag wurde, für gewöhnlich zeigte er dann auf einen großen Stein, und sie beeilte sich, eine Tischdecke darüberzulegen und das Besteck, die Teller und die Gläser zu verteilen. Danach holte sie den Proviant, den Angelina vorbereitet hatte, aus ihrem Bündel, ein Mahl für Jägersleute, wie sie immer sagte, Pissaladière, Anchovis, Brot, Zwiebeln, ein

Stück Tome de Savoie und ein Liter Wein. Sie brach das Brot, belegte es mit Anchovis, schnitt die Zwiebel in Scheiben und nahm ein Stück von dem Käse. Dann sagte er zu ihr, sie solle sich zu ihm auf die Decke setzen, neben ihn oder auch gegenüber, das hing ganz von der Beschaffenheit des Platzes ab. Sie saß ihm lieber gegenüber, so daß sie sehen konnte, wie seine Zähne ins Brot bissen und wie seine haselnußbraunen Augen lächelten, die manchmal etwas dunkler schienen, je nach Tageslicht. Sie sah sich satt an seinen Gesichtszügen, an seiner Schönheit, auf diese Weise würde er immer bei ihr sein, den ganzen Rest des Tages und der Nacht. Ach ja, die Nacht ...

Sie würde dieses Gesicht an ihres drücken, ganz behutsam, mit der ganzen Behutsamkeit einer Dienerin. Er aß und forderte sie auf, auch zu essen. Also zwang sie sich, kaute ein wenig an einer Anchovis, aber sie bekam nichts herunter. Wozu mußte sie essen, wenn er doch da war, auf dem großen Stein saß und wenn um sie herum nichts als die Brandung des Meeres war, so nah, daß sie nur die Hand auszustrecken brauchte, um es mit den Fingerspitzen zu berühren. Seit einiger Zeit achtete sie sehr darauf, immer ihre Fingernägel zu schneiden und zu bürsten, damit sie ebenso glatt und sauber wie die der Damen waren.

Heute hatte Angelina ihnen ein Omelett mit Champignons eingepackt. Benjamin schnitt es in breite Streifen, die man leicht in die Hand nehmen konnte. Er reicht Maria ein Stück, dann ein zweites, die sie wie Hostien in der Hand hielt.

»Worauf wartest du?«

»Auf nichts, Herr.«

Sie steckte das Omelett in den Mund und schob es seitlich in die Wange.

»Hast du keinen Hunger, Maria?«

»O, doch!«

Sie schluckte es hinunter, ohne zu kauen und ohne zu atmen. Plötzlich spürte sie, wie ein Kälteschauer sie überlief, die winterliche Sonne hatte sich hinter riesigen schwarzen Wolken verborgen, und innerhalb weniger Augenblicke färbte sich der gesamte Himmel aschgrau. Das Meer glich einem reglos starrenden schwarzen Auge, das eingeschlafen war. Sie zog ihr Tuch über ihre Schultern. Sie zitterte. Aber sie würde sich nicht beklagen. Sie hatte nichts gemerkt, selbst später war es ihr unmöglich, diesen Augenblick zu rekonstruieren, die Bewegung, die ihm vorausgegangen war. Er hatte sie auf einmal an seine Brust gedrückt und in seinen Umhang gehüllt.

»So wirst du weniger frieren!«

Sie konnte nicht antworten, ihre Lippen waren gegen sein Hemd gepreßt, sie konnte seinen Duft atmen. Er drückte sie fester und fester, viel mehr, als nötig war, um sie zu wärmen. Er hielt sie in den Armen, und ihr Kopf sank auf seine Brust, ihre Augen schlossen sich, sie zitterte. Langsam band er seinen Umhang los und breitete ihn ins Gras, neben den großen Stein. Sie legte sich hin, die Haare im trockenen Gras, dann sah sie nichts mehr außer dieser großen Gestalt, diesem Mann, der über ihren Körper glitt, ohne ihr weh zu tun, ganz sanft, wie ein Bügeleisen, das in die weichen Falten eines schweren Seidenstoffes fährt.

»Hast du Angst?«

Sie schüttelte den Kopf. Nein, sie hatte keine Angst, sie war ruhig, vollkommen ruhig. Sie spürte, wie seine warmen Hände sie streichelten und ihr Hemd aufknöpften, sanfte, brennende Hände. Sie sah noch einmal auf, doch zu spät, er schloß ihre Augen mit seinen Küssen, und während sie unter seinen Händen zu glühen begann, kühlten seine Lippen das Fieber. Dann nahm er ihren Mund, und es war, als würde sie von einem lauwarmen Nebel umhüllt, ihre Lippen gaben dem Druck nach und öffneten sich, ihre Zunge wand sich um seine, löste sich wieder, ihre Zunge gehörte ihr nicht mehr, und dann gehörte ihr nichts mehr, ihr Körper schmolz unter dem anderen Körper. Die Erde begann zu wanken, zu wogen, sie wurde in Meeresfluten hin und her gerissen, von der Brandung, die ihren Körper umtoste, davongetragen. Wieder öffneten sich ihre Lippen, aber dieses Mal, um das Unerhörte hinauszuschreien, das in ihr stattfand, dieses Glück, das ihren ganzen Körper erfüllte. Plötzlich spürte sie, daß Tränen über ihre Wangen liefen, ganz still, sie konnte sie noch so häufig mit der Zungenspitze fortwischen, es kamen immer weitere nach. Da schlug sie die Augen auf und sah weiße Tränen, dicht an dicht, sie fielen aus dem Himmel herab, benetzten den Boden und versanken im Meer, alles wurde weiß, die Olivenbäume, die Pinien, und soweit sie sehen konnte, lag die ganze Erde da wie ein großes, mit weißen Körnern übersätes Feld. Sie stand auf, machte ein paar Schritte und reckte das Gesicht den eisigen Tropfen entgegen.

»Herr, Herr, was ist das?«

»Schnee, Maria. Hast du noch nie welchen gesehen?«

Sie schüttelte den Kopf, da erblickte sie an der Stelle, wo sie eben noch gelegen hatte, am Fuße des Felsens, einen Blutfleck, der bereits zur Hälfte zugeschneit war.

Sie machten sich auf den Rückweg, er wie immer vorneweg, sie hinter ihm. Das Meer war nicht mehr zu sehen, man hörte nur das leise Rauschen der Brandung. Der Schnee fiel gleichmäßig in dichten, schweren Flocken, das Ufer wirkte merkwürdig erstarrt. Schnee am Mittelmeer, Benjamin sah darin ein Zeichen; diese sonnigen Hügel, die auf einmal in das heimatliche Kent verwandelt schienen, erinnerten ihn an seine Kindheit, an die traurigen Weihnachtsabende im Pfarrhaus, an das leiderfüllte, strenge Gesicht seines Vaters, des Pastors. Herr, wie konnte ich mich zu einer solchen Tat hinreißen lassen und mich wie ein Unhold auf dieses Mädchen werfen? Führt dahin die Freiheit des Geistes? Wie und wann hatte er es zugelassen, daß das Böse sich in ihm einnistete, ohne daß er es bemerkt hatte? Seit seiner Trennung von Agnes hatten die Wehrmauern zu bröckeln begonnen, zuerst das Abenteuer mit Penelope, dann heute diese unbeschreibliche, unverzeihliche Tat. Rousseau selbst schrieb, daß er eine Frau nie einzig zur Befriedigung seiner Wollust angesehen hatte. Es stimmte zwar, daß Rousseau als guter Calvinist die Heuchelei nicht grundsätzlich ablehnte, genau wie er; doch nun schämte er sich für das heftige Verlangen, das ihn überkommen und dem er nicht eine Sekunde lang zu widerstehen gesucht hatte. Dieser unerwartete Schnee bestrafte ihn, indem er über dieses Stückchen Paradies hereinbrach, das seit Tausenden von Jahren von den Urelementen, von Stürmen und Frost verschont geblieben war. Er war der siebente Reiter der bevorstehenden Apokalypse.

In Villefranche bogen sie zum Hafen ab, an den menschenleeren Kais fanden sie ein offenes Café, in dem ein rotglühender Ofen sich vergeblich mühte, den langen rechteckigen Raum zu heizen. Im Innern war es feucht und dunkel, am einzigen Tisch saßen ein paar Seeleute aus nordischen Ländern, die sich mit billigem Gin betranken. Die beiden bestellten Glühwein, Maria versuchte, sich ihre Füße zu wärmen, indem sie ihre durchnäßten Baumwollstrümpfe dem Ofen entgegenstreckte. Es war das erste Mal, daß sie einen solchen Ort betrat. Heute war der Tag der ersten Male, aber sie war sich nicht ganz sicher, ob sie ihn nicht überhaupt geträumt hatte. Nur eines wußte sie mit Sicherheit: daß dieser Mann mit den vom Schnee noch weißen Haaren, mit dem von der Kälte geröteten Gesicht, derselbe und doch ein anderer, vorhin über ihr, in ihr gewesen war und dieses Glück in ihr erzeugt hatte. Ohne ein Lächeln, ohne einen Blick saß er reglos vor seinem dampfenden Glas. Sie wagte es nicht, sich zu rühren, zu trinken oder seinem Blick zu begegnen. Warum war das Glück so traurig? Es mußte etwas Schreckliches in dem liegen, was sich vorhin am Meer ereignet hatte. Eine Todsünde. Plötzlich verspürte sie Scham, eine so heftige Scham, daß ihr Tränen übers Gesicht liefen, echte Tränen, die nichts mit dem Schnee oder der Kälte zu tun hatten, einzig mit ihrem Schmerz. Die Seeleute brüllten und lachten, beißender Qualm drang aus dem Ofen, die Besitzerin kam und ging mit Weinkrügen umher.

»Maria.«

»Ja, Herr!«

»Es ist Zeit für deine Lektion.«

»Ich habe kein Heft dabei.«

»Egal, dann malst du die Buchstaben eben mit dem Finger auf den Tisch.«

Ihm war nichts Besseres eingefallen, als an die tägliche Unterrichtsstunde zu erinnern. Sie würde heute französische und italienische Wörter lernen. Ihr Dialekt würde es ihr leicht machen, zwischen beiden Sprachen hin und her zu wechseln. Er nannte ihr ein italienisches Wort, und sie mußte das entsprechende französische Wort finden. Es war wie eine Herausforderung.

»Cassetta?«

»Cassette – Kassette.«

»*Cassetta delle elemosine*.«

Eine irgendwas-Kassette, *elemosine*, das sagte ihr überhaupt nichts, sie erwiderte nicht gleich, daß sie es nicht wüßte, sie tat so, als würde sie nachdenken, normalerweise verlor er schnell die Geduld, aber heute sah sie ihm an, daß es ihm völlig egal war, es ging nur darum, etwas zu sagen.

»Nun?« hakte er nach.

»Ich weiß es nicht, Herr.«

»*Cassetta delle elemosine*: die Almosenbüchse in der Kirche. Elemosine, Almosen … *chiedere elemosina*, um Almosen bitten, hast du verstanden?«

Der Unterricht interessierte sie nicht, es war stärker als sie, sie schrie es fast:

»Liebe.«

»Liebe, ja, *amour, amore*, ein einziger Buchstabe ist anders, das Beispiel ist gut gewählt, bravo.«

Sie malte rasch einige Buchstaben auf den Tisch.

»Langsam, ich konnte so schnell nicht folgen.«

Sie gab sich Mühe, er beugte sich vor, und dieses Mal entzifferte er: *fare l'amore con te*. Er erstarrte, trank sein Glas in einem Zug leer. Nun war er gänzlich im Abgrund, was würde sie sich noch alles erlauben, was würde sie wagen? Er sah sie an, sie lächelte, strahlte wie ein Kind, wie ein Engel! Er fand den Vergleich etwas lächerlich, aber so passend.

»Gut, Maria, der Ausdruck ist grammatikalisch vollkommen korrekt.«

Der langanhaltende Frost führte zu einer völlig unerwarteten, unerhörten Begebenheit: Die Adelsleute der Grafschaft und die Gentry der englischen Kolonie sollten bei einem großen Wohltätigkeitsball erstmals aufeinandertreffen, unter den Kronleuchtern des Palais, in dem sich der Sitz des Generalkommandanten von Nizza und der Grafschaft, des Marquis de La Planargia, befand. Nach dem Schnee und der Kälte waren die Vorratskammern leer, die Olivenbäume erfroren, das Vieh hungrig. Unmut begann sich auszubreiten. Sicher, es gab noch keine Bauernrevolten wie in der Provence. Aber die Olivenernte war zerstört, das hieß für die einen, nachdem sie ihren Sparstrumpf bereits geleert hatten, bei Banken und Wucherern Kredite aufzunehmen; für die Ärmeren aber begann die Hungersnot. Ein Ball der Reichen für die Armen, der Einfall ging auf den Marquis zurück, derartige Veranstaltungen waren in London und Versailles durchaus üblich. Mit dieser Idee beabsichtigte er zugleich, seiner jungen Turiner Gemahlin etwas Zerstreuung zu bieten. Wie vermißte sie die prunkvollen Feste und Zeremonien von einst! Und der Marquise war der Einfall zu verdanken, die Engländer dazuzuladen.

»Letzten Endes gehören diese Leute zur Stadt, sie sind aus bester Gesellschaft, warum sollte man sie also ignorieren?«

»Darauf könnte ich Ihnen erwidern«, sagte der Marquis, »einfach weil sie uns ignorieren.«

»Dann lassen Sie uns den ersten Schritt tun …«

Der Abend des Balls brachte milderes Wetter mit feinem Nieselregen, was bei der Ankunft der Damen für einige Aufregung sorgte. Die Garnisonssoldaten mußten mit Regenschirmen ausgestattet werden, um die überforderten Diener zu entlasten. In stoischer Gelassenheit wartete La Planargia am Eingang auf seine Gäste, während kalter Wind ihm um die Nase blies und das Wasser in seine Schuhe rieselte. Die Familien aus der Grafschaft kamen als erste, die vermögenderen Damen unter ihnen trugen goldbrokatene, die anderen silberschimmernde Kleider, ihre triefenden Löckchen hingen schlaff herab, die Schönheitspflästerchen waren verrutscht. Den Herren in ihren gestärkten Spitzenkragen hatte der Regen die Perücken aufgeweicht. Unter dem Vordach versuchte man sich wieder einigermaßen herzurichten, zu pudern, zu parfümieren, zu frisieren, was um so mühseliger war, als ständig neue Gäste ankamen, die Windböen jeden Augenblick die Fackeln auszublasen drohten, die Diener entnervt durcheinanderschwirrten und die Soldaten ungeniert dazu lachten. Dann kamen die Engländer. Natürlich hatte es aufgehört zu regnen! Die Frauen trugen keine Löckchen, sondern Hüte, sie hatten keine Schönheitspflästerchen und kein Rouge auf den Wangen, ihr Teint war auf natürliche Weise pfirsischfarben. Ihr Kleidersaum war makellos, als seien sie nicht gegangen, sondern über die Pfützen geschwebt. Sie waren groß, sie waren rosa, sie waren schön. Die Gräfinnen, Marquisen,

Baronessen der Grafschaft fühlten sich bereits nach dem ersten Blick häßlich, klein und altmodisch. Was die Männer mit ihren Westen, ihren Kniehosen und Wollstrümpfen anging, obwohl diese doch schon vor einigen Jahren in London angefertigt worden waren, so hätte man sie nicht einen Moment mit dem pompösen Aufzug der Nizzaer und Turiner vergleichen können. Unmöglich. Sie besaßen Eleganz, ihr Luxus lag weder in der Kostbarkeit des Stoffs noch im Schnitt. Bevor sie überhaupt den Saal betreten hatten, war alles Wesentliche gesagt. Die Cessolle, die Orestis, die Raynardi, die Pierolas, die Caravadossi, die Lascari, die Grimaldi, die ältesten Familien der Grafschaft, ja die sogar älter waren als die Grafschaft selbst, schwankten zwischen dem Gefühl der Verachtung und der Demütigung. Ohne sich untereinander abgesprochen zu haben, beschlossen sie, die Fremden zu ignorieren, schließlich stammten sie selbst aus der Provence, dem Anjou, sie hatten an den Kreuzzügen nach Malta und Jerusalem teilgenommen. Auch wenn sie heute in halbverfallenen, schlecht beheizten Schlössern fernab von Turin ein kümmerliches Leben führten, kaum noch Bedienstete hatten und von Kaufleuten verdrängt wurden, die ein Marquisat für fünfhundert Pfund und einen Adelstitel für ein Butterbrot erwarben, so repäsentierten sie doch die ewigen Werte. Jene anderen brauchten die *Ingless* vielleicht, sie nicht. Diese Überzeugung gab den Männern den Mut zurück, ihre Perücken wieder zurechtzurücken, und den Frauen, ihre Brust herauszustrecken, wenigstens waren sie nicht so flach wie *Stockfish*.

Samuel Hector Cooper hatte bei Penelope nicht nur Unterkunft und Essen, sondern auch saubere Laken, heißen Tee, spanischen Wein und Bordeaux gefunden. Als Gegenleistung redete er ununterbrochen, Penelope hörte ihm mal zu, mal nicht, was zählte, war allein die

Anwesenheit des Astronomen, sie bildete eine Art ständige Begleitmusik. Er sprach von der Sonne, vom Mond, von den Planeten, den Kometen, den Nebeln der Milchstraße, vom Glanz der Sterne. Er sprühte vor Begeisterung, sie lächelte. Zunächst hatte sie noch beschlossen, ihn nicht mit auf den Ball zu nehmen, doch dann dachte sie, daß sie sich unter all diesen verstaubten Aristokraten langweilen würde. So ließ sie einen Schneider aus Aix kommen, der Maß nahm für eine weiße Kniehose und einen tabakfarbenen Gehrock, und bei einem italienischen Schuhmacher wurden ein paar feine weiche Lederstiefel bestellt. Mit Puder, Perücke und seiner Adlernase, unter der die Wolfszähne blitzten, bot Cooper keinen Anlaß mehr für Gelächter, das prunkvolle Gewand verwandelte ihn in einen Raubvogel.

Penelope schätzte es sehr, wenn er sie zu den Soireen im Palast des Gouverneurs begleitete, seine hünenhafte Gestalt flößte den beleibten Damen in ihren gestärkten Kleidern Angst ein. Es war, als säße ein seltsames Tier auf ihren Schultern, von dem man nicht recht wußte, ob es womöglich gefährlich war. Darüberhinaus verschaffte es ihr eine gewisse Genugtuung, wenn sie Benjamin verunsicherte. In Wahrheit war sie es jedoch, die unter quälender Eifersucht litt. Zwar trafen sie sich weiterhin täglich um fünf Uhr, zwar schliefen sie weiter miteinander, zwar machte er ihr Komplimente, zwar fand sie immer noch Gefallen an ihm, aber hatte dies alles noch große Bedeutung? Benjamin liebte eine andere. Sie hatte es deutlich gespürt, noch bevor sie dem flammenden Blick dieser Dienerin begegnet war. Und wie er sie schützend ansah, wie ein aus dem Nest gefallenes Vögelchen! Wenn er Maria eine Anweisung gab, dann geschah dies im sanften Tonfall eines Liebenden, der seine Angebetete um den Gefallen bat, ein wenig Wasser für seinen Tee aufzusetzen. Eine Stimme wie eine Liebkosung. Der Idiot hatte sich in dieses ungezähmte Mädchen vernarrt, dem er, wie gemunkelt wurde, auch noch Fremdsprachen beibrachte. Dieser Idiot! Daß er ihr ein so ungebildetes Ding vorzog, das nicht einmal hübsch war, bestenfalls ein wenig exotisch, einfach grotesk! In London wäre ein solches Abenteuer undenkbar gewesen. Hier aber kam alles auf den Hund: Würde, Ehre und auch das Gefühl für Anstand. Dieser Sohn eines Pastors, der so begeistert für die neuen Ideen eintrat, hatte seinen Garten Eden gefunden, wo er seine Theorien vom »guten Wilden« ausleben konnte, oder, besser gesagt, seine Idylle mit diesem süßen Naturkind. Der Trottel! An diesem Abend mit all seinem Provinzadel, auf diesem Ball, der selbst einer schottischen Kleinstadt unwürdig gewesen wäre, da wollte sie ihn demütigen.

Die Nizzaer Noblesse sah die Engländer an, die Engländer taten, als nähmen sie die anderen nicht wahr. Den ganzen Abend über kam es nicht ein einziges Mal zu einer Begegnung der beiden Gesellschaften. Die Adeligen tanzten wie immer ihr Menuett, die Engländer zogen es vor, Karten zu spielen. Eine Eiseskälte herrschte in den Sälen, ein Orchester, das eigens aus Genua angereist war, schlummerte in der Loggia allmählich ein. Die Tabletts mit Punsch, Gin, Rheinwein und Muskateller aus Saint-Laurent-du-Var fanden nur wenig Zuspruch. La Planargia fragte sich, welch bescheidenen Gewinn er aus einer derartigen Abendgesellschaft ziehen mochte. Der Generalintendant Raverano flüsterte ihm gehässig ins Ohr:

»Ich hatte Sie ja gewarnt. Diese beiden Völker sind nicht dafür geschaffen, miteinander zu tanzen, zu trinken, zu essen oder sonst irgend etwas miteinander anzufangen. Sie sind sich nicht nur fremd, sie leben in zwei völlig getrennten Welten.«

Er hatte recht. Wenn sich wenigstens die Marquise amüsiert hätte, aber sie wußte nicht, in welche Richtung sie den ersten Schritt tun sollte, und blieb vorsichtshalber in der Mitte des Saales stehen, wie ein Kamel, das auf seinen Reiter wartet. Sicher wäre alles mal wieder seine Schuld. Er würde mindestens eine Woche lang nicht in den Genuß seiner ehelichen Rechte kommen.

Benjamin war als letzter erschienen, er hatte bis zum Schluß gezögert. Nicht zu dieser Soirée zu gehen hätte den Gouverneur beleidigen können, und damit auch dessen Landsleute; doch wenn er hinging, setzte er sich den ironischen Blicken und dem Grinsen Penelopes aus. Wenn sie vor dem Kamin lag und sich ihm hingab, war Penelope nur eine Frau, die litt, eine Frau, die seine Zuneigung für Maria entdeckt hatte; aber am Abend unter den Kronleuchtern verwandelte sie sich wieder in Lady Rivers Pitt, die *grande dame*, die vor dem englischen Hof geflohen war und hier im Exil lebte, und er in den Pastorensohn. Um ihn zu ärgern, ließ sie sich mit dem falschen Sternengucker ein, diesem aufgeblasenen Schnösel, diesem vor Häßlichkeit strotzenden Ungeheuer, den sie aus einer Laune heraus überall vorführte, um seine Eifersucht zu wecken. Doch es würde ihr nicht gelingen, ihn aus der Fassung zu bringen. Diese Bohnenstange war Luft für ihn, unsichtbar, trotz seiner beachtlichen Größe.

Er setzte sich zu Penelope an den Tisch, an dem man gerade eine Runde Ekarté zu spielen begonnen hatte. Doch entgegen seinem Entschluß konnte er es sich nicht verkneifen, sie zu fragen:

»Na, führen Sie Ihren Papagei spazieren?«

»Genau, aber Sie, mein Lieber, warum haben Sie Ihre Bergziege zu Hause gelassen? Wie schade, sie hätte auf dieser Abendgesellschaft noch so vieles lernen können.«

Er bedauerte es augenblicklich, diesen Schlagabtausch angefangen zu haben. Er verabscheute die grausamen Spiele des Geistes, die Ironie war ihm immer als eine Schwäche erschienen, als eine Perversion des Intellekts.

Doch es blieb ihm keine Zeit, seinen Schritt zu bereuen. Penelope stand plötzlich auf und bat die Anwesenden um Ruhe. Ohne Rücksicht auf den versammelten Nizzaer Adel wandte sie sich direkt auf englisch an die Kolonie.

»Wir haben heute abend einen besonderen Gast, den berühmten Samuel Hector Cooper unter uns, einen international renommierten Astronomen, der an den Höfen von Wien, Prag und Madrid ein und aus geht und Spezialist der Milchstraße, Kenner der Kometen, Freund der Planeten ist; ich schlage vor, daß er uns vom Himmel erzählt, auf den er sich so wunderbar versteht, Cooper, verzaubern Sie uns, das ist ein Befehl.«

Cooper war einer der wenigen gewesen, die dem Punsch, dem Muskateller, dem Gin und dem Rheinwein zugesprochen hatten. Er erhob sich leicht wankend, aber keineswegs unsicher.

»Vielen Dank, Sie sind zu liebenswürdig, verehrte Lady, wir wollen als erstes aus dem Fenster sehen, regnet es noch?«

Der Riese stellte sich in voller Größe auf, erreichte mit zwei Schritten die Fenster und öffnete eins. Ein eisiger Windstoß blies die umstehenden Fackeln aus.

»Ah, der Himmel, sehen Sie nur, wie makellos er glitzert, kommen Sie, folgen Sie mir in den Garten hinaus, wir wollen die Sterne zählen.«

Die Kolonie folgte der Bohnenstange, die Damen gluckten vor Vergnügen. Die Adligen liefen hinterher, wer ein paar Brocken Englisch verstand, dolmetschte für die anderen. Im Nu war der Saal leergefegt, es blieben nur die Fackeln zurück, die gegen die Windböen ankämpften, und zwei, drei verdutzte Kellner, die ihr Tablett mit dem Punsch hielten.

Die auf diese Weise doch noch vermischte Abendgesellschaft stand im nassen Gras; die Schuhe wurden dreckig, die Kleidersäume fleckig. Auf den Regen folgte die Kälte, die den Gästen Schauer über die nackten Arme und Schultern jagte.

»Sehen Sie sich nur diesen herrlichen, funkelnden, friedlichen Himmel an«, dröhnte die Stimme von Cooper, »er ist vollkommen ruhig, und Sie glauben bestimmt, daß die Unendlichkeit so ist wie sie ist, nämlich unendlich, und die Dinge an ihrem unverrückbaren Platz sind, bis zum Jüngsten Gericht? Falsch, meine Damen und Herren, schauen Sie, diese Sterne, die so reglos erscheinen, wissen Sie, daß sie sich in Wirklichkeit ständig gegenseitig verschlingen und absorbieren? Sie entstehen und vergehen wie wir. Ihre scheinbare Unbeweglichkeit vermittelt uns ein Gefühl der Gewißheit, aber das ist eine Illusion. Sie bewegen sich, meine Freunde, sie bewegen sich unentwegt. Man nennt es das Gesetz der universellen Schwerkraft. Sie befinden sich schon lange nicht mehr dort, wo wir sie zu sehen glauben, einige von ihnen sind sogar bereits verschwunden, vernichtet, ihr Licht erreicht uns, obwohl sie vor Ewigkeiten in den Abgrund der sideralen Leere gestürzt sind.«

Die Abendgesellschaft war erstarrt, und daran war nicht die Kälte schuld. Wovon redete diese Bohnenstange eigentlich?

»Was hat er gesagt, Verehrtester?« fragte mit lauter Stimme die Baronin Trinqueris ihren Gatten.

»Bah! non ci capisco niente!«

Davon verstehe ich nichts ... Der Baron, der müde war und kalte Füße hatte, faßte mit einem Satz den allgemein herrschenden Eindruck zusammen.

Giacomo Grandi sah seine Tochter erstaunt an.

»Du kannst lesen?«

»Ja, ich kann lesen.«

»In welcher Sprache?«

»Französisch und Italienisch.«

»Und unsere Sprache?«

»Das, was wir hier in Nizza sprechen, ist keine Sprache.«

»Was soll das heißen, keine Sprache, ich spreche sie ja schließlich seit fünfzig Jahren!«

Im Haus war es feucht und dunkel, um sich ihren Weg zu bahnen, mußte die Sonne sich in diese verwinkelten Gäßchen hineinwinden, listig den Schutz der Fensterläden und dicken Mauern umgehen, hinter denen sich die Bewohner verkrochen hatten. So weit Maria zurückdenken konnte, hatte sie ihren Vater immer mit demselben Gesicht gekannt: schmale Lippen, eine lange, dünne Nase, kleine Augen, die ständig in Bewegung waren, ein grauer Teint, und sein stets etwas vorgebeugter Oberkörper stak verloren in dem verwaschenen Fischerhemd, dessen Farbe und Alter sich nicht mehr bestimmen ließen. Grandi verließ seinen Laden nie, außer wenn er zur Messe ging, in die nur wenige Schritte entfernte Kirche Sainte-Réparate. Er ernährte sich von Zwiebeln und Schafskäse, den er bei fahrenden Händlern kaufte, von einem Schinken, der ein Jahr reichte, und manchmal, um sich etwas Abwechslung zu gönnen, gab es sogar Suppe. Seitdem seine Tochter jedoch beschlossen hatte, bei den *Ingless* zu leben, hatte er auf den Schinken verzichtet. »Ein Greis braucht nichts zu essen«, meinte er.

Maria wußte, daß sich hinter den Kerzen und dem ganzen Talg ein hübsches kleines Vermögen verbarg, das er Taler für Taler angehäuft und sich vom Munde abgespart hatte, von seiner Kleidung, im Grunde von allem. Oft hatte sie ihn dabei entdeckt, wie er heimlich Goldstücke durch seine Finger gleiten ließ, die er einem bis oben hin gefüllten Tonkrug entnommen hatte. Maria betrachtete diese erbärmliche Gestalt, wie konnte das nur ihr Vater sein, wie könnte sie ihn lieben? Sie hatte ihm zum Geburtstag eine Schachtel Kekse und Schokolade mitgebracht. Er liebte Schokolade, aber noch lieber verzichtete er. Dabei war es eine solche Wonne, ein Stück davon auf der Zunge zergehen zu lassen!

»Wann geht dein Engländer fort?«

Sie erschrak.

»Warum fort?«

»Sie gehen doch alle fort, die Ingless, sie vertragen die Hitze nicht.«

Fortgehen! Nicht eine Sekunde hatte sie es für möglich gehalten, daß Benjamin mit dem Rest der Kolonie in den Sommermonaten nach England zurückkehren könnte. Sechs Monate, wie sollte sie da weiterleben? Sechs Monate, ohne ihn zu sehen, ohne ihn bewundern, betrachten, riechen, hören, lieben zu können, mein Gott, ja, lieben! Aber es war ja noch Zeit, es war erst Anfang März, am liebsten hätte sie den alten Kauz verwünscht, ihn und sein teuflisches Lachen. Sie küßte ihn zum Abschied. Mit spitzen Lippen.

Draußen beginnt sie zu rennen, sie glaubt, den Talggeschmack noch auf der Zunge zu spüren, sie überquert die hölzerne Brücke am Paillon, der noch das Schmelzwasser, die Kälte und den Frost des Winters führt, dann kommen die Äcker, die Wege entlang der Küste, die Anemonen- und die Nelkenfelder, sie atmet tief durch, der Talggeruch läßt nach, verflüchtigt sich ganz. Das Wetter ist herrlich, so klar und hell. Hat sie vor sechs Monaten diese Schönheit überhaupt wahrgenommen? Gesehen vielleicht, aber nicht erfaßt. Benjamin hat ihr beigebracht, die Dinge zu bewundern, er hat ihr beigebracht, den Anblick des Meeres, des Himmels, seiner Violett- und Rottöne an windreichen Abenden zu lieben, sein mattes Grünblau wie an diesem Abend, er hat sie gelehrt, sich am herben Duft der Zitrone und am süßen, betörenden Geruch des Jasmins zu erfreuen. Nun weiß sie, warum sie lebt, warum sie zu ihm läuft, sie weiß, daß sie eine Seele besitzt. Um diese Seele zu begreifen, hat sie mehr Zeit gebraucht als für die anderen Dinge. Vielleicht war sie das Zeichen dafür, daß es Gott gab, aber sie war nicht ganz sicher, die Seele war etwas Undefinierbares, ohne das man weder unglücklich noch froh, noch traurig, noch bekümmert, noch verliebt sein konnte, ohne das man nichts war, äußerlich lebendig, aber im Innern tot.

Benjamin hatte ihr gesagt: »Die Wollust und die Sinnesfreuden sind der Ausdruck der Seele in ihrem Zustand höchster Erregung.« Er hatte vom Fleisch gesprochen, das ohne die Seele arm sei. »Und die Sünde?« hatte sie gefragt. Sie erinnerte sich, daß er lange gebraucht hatte, um zu antworten:

»Die Sünde gibt es nicht, Maria. Das Böse wohl, aber nicht die Sünde, jeder von uns hat nur vor sich selbst geradezustehen, das Gute und das Böse, das wir auf dieser Erde tun, ist eine Frage, die wir allein vor unserem Gewissen und vor Gott rechtfertigen müssen.«

»Sind das Gewissen und die Seele nicht dasselbe?«

»Nein, Pitchounette, es ist nicht dasselbe.«

Pitchounette, meine Kleine, das war seine Art, ihr in ihrer Sprache freundlich zu sagen: Komm, laß uns das Thema wechseln, wir wollen uns lieber küssen und lieben. Und mehr verlangte sie gar nicht. Jedesmal war es wieder wie das erste Mal, nein, besser, viel besser, die Angst war fort, übrig blieb nur noch die Freude, er nahm sie wie beim ersten Mal, aber jetzt gab sie sich hin, sie ließ sich gehen, verschmolz mit ihm, sie starb und wurde wiedergeboren, und diesem Wunder verdankte sie es, daß sie nun jeden Augenblick, jede Sekunde lebte.

Er hat sich mit ihr an dem großen Felsen von Rauba-Capèu verabredet, am Fuße des Schloßbergs, unterhalb jenes Weges, der zu den Terrassen am Hafen hinabführt. Ein Weg, der buchstäblich in die Felswand gehauen ist. Er möchte nicht mehr, daß sie hinter ihm läuft, er verlangt, daß sie wie Mann und Frau nebeneinander gehen. Zuweilen legt er den Arm um sie. Trotz ihrer Liebe entzieht sie sich dann, das sind Dinge, die sich nicht gehören. Sie weiß im Grunde nicht genau, warum, vielleicht ist es Scham. Die Scham liegt im Blut, sie ist mindestens ebenso mächtig wie die Seele oder das Gewissen.

Von ihrem Platz aus können sie die Feluken und die Tartanen sehen, deren Bäuche mit Ölfässern, Wein und Seide gefüllt sind und die nach Genua, Sardinien, Toulon, Marseille auslaufen. Ihnen entgegen kommen die Schiffe, die, beladen mit Kaffee, Kakao und Zucker, von den Balearen und aus Spanien zurückkehren; ihre Blicke folgen dem langsamen Gleiten ihrer blauen Segel, die sich scharf vom silbernen Licht der frühen Abendsonne abheben. Sie betrachtet ihn. Am liebsten würde sie nie mehr etwas anderes tun, als ihn anzusehen. Aber sie muß aufpassen, daß er es nicht bemerkt, sonst fragt er sie barsch, warum sie ihn ansieht, und dann weiß sie nicht, was sie antworten soll. Einmal war er furchtbar wütend geworden, obwohl sie nur ausgesprochen hatte, was sie dachte:

»Weil Sie schön sind.«

»Lächerlich!«

Natürlich hatte sie geweint. Und er hatte sie erst viel später getröstet. Einen Moment lang hatte sie befürchtet, daß er sie wegen ihrer Dummheit nun nicht mehr liebte.

Anfangs war sie noch beunruhigt, wenn er schwieg, sie dachte, daß er aus irgendeinem ihr unbekannten Grund böse auf sie sei, doch schließlich hatte sie sich daran gewöhnt. Er denkt nach, sagte sie sich. Und um nachzudenken, braucht man Ruhe, das ist alles. Sie machte sich ganz klein neben ihm und rührte sich nicht.

»Maria.«

»Ja, Herr.«

Sie konnte nicht anders, wie sollte sie ihn auch sonst anreden. Nach zahlreichen vergeblichen Versuchen, es ihr abzugewöhnen, hatte er diese Anrede am Ende akzeptiert, in die sie so viel Sanftmut und Verehrung legte ...

»Ich habe dir Bücher mitgebracht«, er zeigte auf die fünf Bände, die neben ihm auf dem Felsen lagen, »du wirst nicht alles gleich verstehen, aber ich möchte, daß du sie sehr genau liest, ich habe sie extra für dich in Genf bestellt, es handelt sich um die *Neue Héloïse* und den *Émile* von Jean-Jacques Rousseau. Ich habe dir schon von diesem Philosophen erzählt, der mit ansehen mußte, wie die Kirche seine Bücher verbrannte. Es liegt mir sehr am Herzen, daß du möglichst viel für dich aus dieser Lektüre ziehst. *Émile* erzählt von der Erziehung eines jungen Mannes durch einen Gouverneur, der Rousseau selbst sein könnte.«

Maria blickte entsetzt auf den Bücherstapel, über den die letzten Strahlen der untergehenden Sonne huschten. Die Umschläge wirkten streng und abweisend, sie erinnerten an Meßbücher.

»Das schaffe ich nie, Herr.«

»Du kannst jetzt lesen.«

»Ja, aber es wird viele Wörter geben, die ich nicht verstehe.«

»Dann fragst du mich.«

»Unmöglich, Herr. Es sind zu viele.«

»In der Bibliothek steht ein großes Nachschlagewerk, die Enzyklopädie. Enzyklopädien sind dazu da, zu erklären, die Welt zu erklären. Stell dir nur einen Augenblick dieses umfangreiche, monumentale Unterfangen vor. Siehst du, Maria, ein Jahrhundert, das imstande ist, ein solches Wissensinstrument hervorzubringen, kann nicht beliebig mit einem anderen verglichen werden, und dieses Jahrhundert ist das unsrige, Pitchounette, das achtzehnte Jahrhundert des Monsieur Diderot.«

»Warum das achtzehnte?«

»In der christlichen Welt beginnt die Jahreszählung mit der Geburt Christi, zum Beispiel ist es heute siebzehnhundertneunundachtzig Jahre, zwei Monate und einundzwanzig Tage her, daß Christus auf die Welt gekommen ist.«

Maria war fassungslos. Wie hatte sie leben können, ohne sich zu fragen, was sich hinter den Tagen und den Jahreszahlen verbarg, die Frage war ihr nie in den Sinn gekommen und auch niemand anderem, den sie kannte. Sie nahm die Bücher voller Ehrfurcht entgegen, sie wagte kaum, sie zu berühren.

»Und sie gehören mir?«

»Ja, sie gehören dir.«

»Für immer?«

»Natürlich für immer.«

Die Dunkelheit kroch über das Meer und die Felsen; auf dem Rückweg lief sie wieder hinter ihm, wie in den ersten Tagen, und drückte die fünf Bände fest an ihre Brust.

Die Kolonie kam nun jeden Abend, um die Sterne zu betrachten. Die Astronomie ersetzte den Whist, das Ekarté und selbst die Lektüre der Londoner Zeitungen. Cooper hatte sein Fernrohr auf einen kleinen Hügel im Garten gestellt und auf die Sterne gerichtet. Das Instrument war schon alt und recht lädiert. »Es hat mich durch ganz Europa begleitet«, verkündete er stolz. Die Damen riskierten einen Blick durch das Visier, sie nahmen jedoch nur ein paar weiße, bewegliche Flecken wahr. Sie schrien aufgeregt: »Ist das der große Bär?« – »Aber nein«, antwortete Cooper entnervt. »Warten Sie doch wenigstens, bis ich es eingestellt habe, Sie glauben wohl, daß es von ganz allein funktioniert. Es genügt nicht, einfach hineinzugucken, man muß auch lernen, zu sehen.«

Penelope lächelte, die Bohnenstange war inzwischen ihr Liebhaber geworden, zwischen zwei Sternen und Neumond hatten sie sich geliebt und über den Himmel gesprochen, was seiner Umarmung eine gewisse Intensität verlieh. Er hatte das Zimmer betreten, seinen abgewetzten Umhang auf den Boden geworfen und in seiner erschreckend mageren Gestalt vor ihr gestanden, zwischen den dürren Schenkeln ragte sein Geschlecht zum Sternenzelt auf.

Sie hatte es Benjamin gestanden.

»Ich betrüge Sie mit dem Astronomen. Aber im Grunde haben Sie ja angefangen mit Ihrer Wäscherin ...«

»Lieben Sie ihn?« Er lächelte spitzbübisch wie immer.

»Und Sie?« hatte sie mit zuammengekniffenen Lippen entgegnet.

»Ja!«

Sie hätte ihn ohrfeigen, umbringen mögen, aber sie begnügte sich damit, auf dem Absatz kehrtzumachen und zu gehen.

So war Cooper unverhofft zu freier Kost und Logis gekommen, überdies teilte er jeden Abend das Bett mit einer der schönsten Frauen Europas. Er stellte zufrieden fest, daß Nizza ihm Glück brachte. Der Augenblick war gekommen, den verrückten Traum in die Tat umzusetzen und endlich sein eigenes Teleskop zu bauen: ein Spiegelfernrohr, das viel geeigneter wäre, die geheimnisvollen Galaxien zu erforschen, wie Herschel bereits unter Beweis gestellt hatte, als er seinen Planeten entdeckte. Alles, was er brauchte, war ein Mäzen oder eine Mäzenin. Das war Penelope. Auf ihre Kosten wurden in La Haye und Anvers Spiegel bestellt, und Cooper lief ganze Vormittage durch die Gegend auf der Suche nach einem geeigneten Ort, um das majestätische Instrument aufzustellen. Er ließ zwei, drei Ahornbäume fällen, ein Dutzend Haselnußsträucher herausreißen, entdeckte dann eine kleine Erhebung, die genau in der Achse des Sternbildes der Zwillinge lag, dort wo Herschel oberhalb des Saturns seinen heiligen Planeten aufgetan hatte: »Und wenn es einen Planeten gab«, säuselte Cooper, nachdem sie sich geliebt hatten, Penelope ins Ohr, »dann gibt es auch noch andere, warum nicht, vielleicht ganze Galaxien, das Universum ist viel größer, als man seit den Ägyptern und den Griechen annimmt. Stellen Sie sich doch nur vor, meine Liebe, der Ruf, den ich dann hätte, wenn ich einen unbekannten Planeten fände, stellen Sie sich das mal vor! Sie würden einen Namen protegiert haben, der in die Annalen der Astronomie eingeht ...«

»Und wenn Sie nichts finden, mein Freund, wird das eine Katastrophe für meinen Ruf, denken Sie manchmal auch daran?«

Woher kam dieser Aufschneider, fragte sich Penelope zuweilen, diese Bohnenstange, die allmählich ihre Rente aufzehrte mit all seinen Fuhren, die quer durch Europa, von Amsterdam bis hierher in den Süden, über Hunderte von Meilen mit bis zu zehn Pferden gezerrt wurden, angetrieben von einer ganzen Schar von Fuhrmännern, die vom Regen durchgeweicht ankamen? Sie schwitzten Wasser und Blut, während sie die Wagen über die holprigen Wege zogen, damit diese vermaledeiten Spiegel heil hier ankamen, wo eine Hungerharke, halb Gelehrter, halb Scharlatan, sie in Empfang nahm. Die englische Kolonie war ein wenig verwundert über diesen Unbekannten, der plötzlich wie aus dem Nichts aufgetaucht war, aber er war unterhaltsam, er beunruhigte sie und erfüllte sie manchmal auch mit Schrecken. Innerhalb weniger Monate hatte er sich unentbehrlich gemacht, er war zum Hauptgesprächsthema geworden, weckte die

Neugier aller, kurz: Es war undenkbar geworden, auch nur einen Abend zu veranstalten, wo seine Silhouette nicht hinter Penelope aufragte wie ein Fels.

Eines Morgens waren alle Teile des Teleskops im Garten der Villa vollzählig. Cooper hatte Glasspezialisten aus Venedig, Diamantschleifer aus Anvers und Handwerker aus dem gesamten Piemont kommen lassen. Die Männer standen schon bei Tagesanbruch im Garten, vor dem glitzernden Meer, und warteten auf Anweisungen. Cooper, ganz in Weiß gekleidet, das Gesicht von der frischen Luft gebräunt, überragte alle um einen Kopf. Die Herausforderung bestand darin, die Spiegel richtig miteinander zu kombinieren, an den Hauptspiegel die Nebenspiegel zu montieren. Cooper hatte in seinem ganzen Leben noch nie zuvor ein Teleskop gesehen, er kannte nur die Skizzen, die Cassegrain vor hundert Jahren gezeichnet hatte.

»Vertrauen Sie mir nur«, sagte er mit seinem bezauberndsten Lächeln zu Penelope. Und zu sich selbst: Ich brauche bloß etwas Genie und eine gute Portion Glück ... nun denn, zur Zeit mangelt es mir weder am einen noch am anderen.

Den Geschmack des Glücks, den Geruch des Glücks, Benjamin glaubte nun beides zu kennen und in allem wiederzuerkennen, im Weiß der Haselnußblüten, in der sanften Rundung der Hügel, in der wiegenden Bewegung der Olivenhaine, die sich bis ans Ufer hinunterzogen, im warmen Hauch des Frühlings, im Duft der wilden Rosen, in dieser alljährlichen Wiedergeburt der Erde aus Eis und Schlamm, in dem brennenden Gefühl, das ihn jedesmal in Marias Armen überwältigte. Maria, sein Geschöpf, war gleichwohl mehr als nur eine begabte Schülerin, sie war die Verkörperung eines natürlichen, guten Wissens. Der unwiderlegbare Beweis dafür, daß Rousseau sich nicht irrte: Der Mensch war von Natur aus gut, solange die Gesellschaft seinen Geist nicht verdorben hatte. Das, was Rousseau mit seinem *Émile* nicht vollständig erreicht hatte, Maria und ihm würde es gelingen, fernab von der Gesellschaft, von der Niedertracht der Menschen, beschützt von dieser üppigen Natur, die kein Gesetz einengte. Maria war das wilde Kind, das ungeschliffene Herz, dem die »Erziehung« nichts anhaben konnte. Sie war das neue, lichte Wesen, das nach Jean-Jacques' Devise lebte: »Alles, was ich für gut erachte, ist gut, alles, was ich für schlecht erachte, ist schlecht.« Benjamin hatte diese himmlische, unberührte Frucht von ihrer Schale befreit, in der sie herangereift war. Die Liebe und ein natürliches Wissen hatten aus ihr ein Individuum gemacht; sein Herz strömte über vor Glück. Mit schwerem Herzen, voller Skepsis und Bitterkeit war er in dieses Paradies gekommen, den Kopf zwar erfüllt vom Gedankengut der Aufklärung, doch wonach er suchte, wußte er nicht recht, er fühlte sich leer. Er war der Bote einer neuen Welt, aber er konnte nirgends die Vorzeichen ihres Kommens entdecken. Dann traf er Maria, und sie wurde die Offenbarung für ihn, sein Vater, der Pastor, hätte sicher dieses Wort verwendet: Offenbarung einer intakten Natur, die noch keine Hand berührt hatte, Offenbarung der Sonne. Dieses wilde Kind schenkte sich ihm wie die Orangen, die diese fruchtbare Erde hervorbrachte. Er liebte Maria, und Maria liebte ihn, doch was Benjamin am meisten genoß, war die vollkommene Schönheit, die aus ihrer Liebe hervorging, diese einzigartige junge Frau, die zugleich stark und klug, frei, empfindsam und aufgeklärt war.

Jeden Tag liefen die beiden durch Wälder, in die seit Urzeiten keiner einen Fuß gesetzt hatte, sie beschritten Wege, die seit den Römern keiner mehr benutzt hatte, sie schreckten Hasen auf, entdeckten stille, moosbewachsene Lichtungen, Teiche, die nicht größer waren als eine Wiese und dunkelgrün schimmerten wie Pinien. Sie aßen am Fuße der Bäume, tranken von den Wasserfällen. Sie stellte Fragen zu allem, was sie sah, wie ein Kind. Nichts war für sie selbstverständlich, weder der Tag noch die Nacht und noch weniger, daß die Erde sich um die Sonne drehte. Was sie mit dem Herzen begriff, wollte sie auch mit dem Verstand erfassen. »Das alles wußte ich nicht … wie konnte ich ohne dich leben …« Was sie am meisten verwunderte, war die Bosheit der Geschöpfe, von denen Rousseau sprach.

»Warum sind sie schlecht, wenn sie doch auch gut sein könnten? Wenn die Menschen gut wären, wäre die Gesellschaft es auch.«

»Eine Welt ohne das Böse ist nicht denkbar, Pitchounette, sonst wäre sie das Paradies auf Erden, der Mensch ist nicht grenzenlos gut, auch nicht durch und durch schlecht, er ist schwach, und die Gesellschaft sollte diesen Mangel ausgleichen, aber im Augenblick bewirkt sie das Gegenteil.«

Er langweilte sich nie mit ihr, nur manchmal mußte er phantasievolle Antworten erfinden und eine simple Wahrheit anstelle einer anderen, komplexeren setzen, die sich nicht in klare Begriffe fassen ließ. Die Unmenge an Fragen, die sie stellte, überforderte ihn, wie oft mußte er mit leerem Kopf eingestehen:

»Du siehst, ich bin nicht allwissend, niemand weiß alles.«

»Ach, es ist nur, weil ich die Erklärung nicht verstehen würde. Du tust nur so, als wüßtest du die Antwort nicht, um mich nicht zu kränken; wenn ich Engländerin wäre, würdest du mir sehr wohl antworten.«

»Warum Engländerin?«

»Weil die wenigstens nicht ungebildet sind!«

Sie sprach nie von ihr, aber sie hatte Angst vor Penelope, weil sie fürchtete, sie könnte in Benjamins Leben zurückkehren. Er konnte ihr noch so häufig schwören, daß sie ihm hundertmal mehr bedeute als Penelope, daß

Penelope oberflächlich und frivol sei, umsonst, Penelope blieb in ihren Augen die gebildete, elegante, feinsinnige Lady, der sie, ein Mädchen aus der Rue Pont-Vieux in Nizza, nicht das Wasser reichen konnte.

»Warum kommt sie nicht mehr?«

»Weil du da bist.«

»Ist sie eifersüchtig?«

»Eifersüchtig … das weiß ich nicht, sagen wir, sie teilt ungern.«

»Und du, hättest du dich aufgeteilt zwischen ihr und mir?«

»Nein, ich glaube nicht.«

»Warum hast du dann mit ihr vor diesem Kamin gelegen und tierische Laute von dir gegeben, die mich verrückt gemacht haben?«

»Dafür gibt es keine Erklärung.«

»Es muß doch eine geben.«

»Ich kenne sie nicht.«

Sie schwieg und senkte den Kopf, aber ihre Traurigkeit war nie von langer Dauer, dazu war Maria viel zu lebhaft, zu neugierig und zu verliebt.

Als die Temperaturen es wieder erlaubten, verbrachten sie die Abende draußen im Garten, umgeben vom Duft des Geißblatts, vom Gesang der Frösche, von den unendlich süßen Augenblicken der Stille unter einem opalfarbenen Himmel, durch den die Schwalben schwirrten. Sie tranken schwarzen Tee, Thymian- oder Pfefferminztee in kleinen Schlucken, dann kam der Augenblick, wo Benjamin ein Buch holte und ihr vorlas. Mal Platon, mal Bernardin de Saint-Pierre, Madame de Sévigné oder die *Prinzessin von Clèves*. Maria war vom Zauber der Worte und ebenso von seiner Stimme gefangen, er träufelte ihr die Sätze wie Nektar ein, und sie sog alles willfährig auf, selbst das, was sie nicht verstand. In diesen friedlichen Abenden lag aber auch etwas Bohrendes, schwer Benennbares, eine merkwürdige Ahnung, die ihr die Kehle zuschnürte, eine unbestimmte, lauernde Gefahr, die mit der Süße verschmolz. Ein frischer Wind kam plötzlich auf. Benjamin umfaßte ihre Taille, und sie kehrten ins Haus zurück. Maria ging dann immer erst in ihre Kammer, während Benjamin im Kamin Holz nachlegte, und entkleidete sich dort, bevor sie ins Schlafzimmer zu ihrem Herrn ging. Sie liebte diesen Moment der Intimität, für einige Augenblicke war sie ganz für sich und konnte an ihn denken. Verdiente sie so viel Glück? Die Frage stellen hieß bereits die Antwort kennen: natürlich nicht. Sie nahm sich dieses Glück, aber wem raubte sie es? Eilig sprang sie die Treppe hinauf und schlüpfte in das Bett, das immer zu kalt war. Er kam aus dem Bad und legte sich zu ihr. Die Nacht, die wundervolle Nacht begann.

Der Brief mahnte zur Eile, der Reverend litt große Schmerzen, sein Leben hing am seidenen Faden seines Willens und seines Glaubens. Wenn Benjamin seinen Vater noch lebend wiedersehen wollte, durfte er keine Zeit verlieren. Die Unterschrift war die des alten Doktors, der die Familie Davis seit jeher behandelt hatte. Benjamin dachte als erstes, daß es womöglich schon zu spät und in diesem Fall unnötig sei, die Reise anzutreten. Ja, aber wenn sein Vater der Krankheit so lange trotzte, bis er heimgekehrt war? Dazu war der Pastor durchaus imstande. In beiden Fällen war es jedenfalls seine Pflicht, nach London zu fahren, obwohl er eben erst den Beschluß gefaßt hatte, nicht gemeinsam mit der englischen Kolonie im Mai abzureisen, sondern den Sommer und, warum nicht, den Rest seines Lebens gemeinsam mit Maria zu verbringen. Er hatte mit der Niederschrift eines Traktats über das Klima der Grafschaft und seine günstigen Auswirkungen auf den Gesundheitszustand von Lungenkranken begonnen. Diese Arbeit würde mehrere Monate in Anspruch nehmen, nein, er hatte wirklich nicht die Absicht, dieses Land zu verlassen, in dem ihn so viele gute Gründe festhielten. Wie sollte er es Maria beibringen, was würde aus ihr werden? Er hatte sie ihrer natürlichen Umgebung entrissen, hatte ihr Unterricht gegeben, einen anderen Menschen aus ihr gemacht. Die beste Lösung wäre es, sie mitzunehmen. Aber nein, das war unmöglich. Wie sollte er dem Reverend auf seinem Totenbett ein Mädchen aus dem Volk vorstellen, das obendrein katholisch war? Hier war er frei, zu tun, was er wollte, aber in London mußte er seiner gesellschaftlichen Stellung gerecht werden. Marias Anwesenheit dort war schlichtweg undenkbar. An diesem Tag ging er allein in den Hügeln spazieren, es regnete in Strömen, ein dichter Nebel lag über dem Meer. Er kam sich wie ein Ungeheuer vor: Worin unterschied er sich noch von jenen guten Bürgern, die von einer blinden Leidenschaft ergriffen waren, jedoch bei der ersten kleinen Erschütterung wieder in die Zwangsjacke der Gesellschaft schlüpften? Und hatte sich Rousseau seiner Thérèse gegenüber nicht genauso verhalten, als er die fünf Kinder, die er ihr gemacht hatte, dem Waisenhaus übergab? Dennoch hatte Jean-Jacques sich immer zu ihr bekannt, und um Geld zu verdienen, hatte er Noten kopiert, und sie stopfte seine Hemden und kochte mit Maronen gefüllten Lammbraten. Er würde zur Beerdigung des Vaters fahren und dann hierher zurückkehren. Er würde Maria heiraten, und sie würde ihm gefüllten Kalbsmagen kochen. Er würde wiederkommen ... Doch würde er Frankreich dann noch durchqueren können, das aufständische Frankreich? In Toulon hatten sich vor einem Monat zweitausend Häftlinge von ihren Ketten losgerissen und »Es lebe die Freiheit« gerufen; in Luc hatte die Bevölkerung das Haus und das Arbeitszimmer des Generalpächters verwüstet; in Antibes, das nur drei Meilen entfernt lag, hungerte die Bevölkerung und forderte Arbeit, und die Stadtverwaltung beschloß, die Wege und

Straßen instand zu setzen. Achtjährige Kinder konnten sich dabei ein paar Münzen verdienen. Und so sah es nahezu überall in der Provence aus, während die Grafschaft Nizza sich weiter hinter ihren Pfaffen, ihren Kaufleuten, ihren Anchovis und ihrem Öl verkroch. Das französische Desaster würde nicht bis hierher vordringen, damit versuchte sich Benjamin angesichts von Marias ungewisser Zukunft zu beruhigen. So kam es, daß er, der die Freiheit so sehr liebte, nun all seine Hoffnungen auf die Tyrannei eines obskurantistischen Königreichs und eines rückständigen Klerus setzte.

Die *Masca* behandelte in einem fensterlosen Raum bei Kerzenschein. Die Frauen kamen von weither angereist, um sich Rat bei ihr zu holen oder einen bösen Fluch austreiben zu lassen, es kamen Schwangere, junge Mütter. Die Höhle, in der sie hauste, war furchterregend, buntbemalte Madonnenköpfe, aber auch grinsende Teufel hingen von der Decke. In Blechschüsseln verbrannte sie verschiedene Öle und Kräuter, die den Raum mit ihrer Pestilenz erfüllten. Es war heiß, hier herrschte ständig eine Höllenhitze, selbst im Winter. Die *Masca* behandelte Koliken, Durchfall bei Kindern, Verstopfungen, Erkältungen und Hitzschlag. Eine Beschwörungsformel, ein Pulversäckchen, zwei geheimnisvolle Zeichen an der betroffenen Körperstelle, wo das Böse zugange war, und das Kind war innerhalb der folgenden zwei Tage geheilt, oder es starb. Die Gesundheit kommt von Gott, die Krankheit vom Satan. Nur die *Masca* versteht es, die dunklen Machenschaften des Teufels zu durchkreuzen, vorausgesetzt, das Kind und die Eltern vertrauen blind ihrer Gabe, die sie von der Jungfrau erhalten hat.

Die knöchrigen Hände, die über Marias Bauch tasten, der zahnlose Mund, die fleckige Haut auf den Wangen der *Masca*, der ranzige Thymiangeruch ihres Atems, am liebsten würde Maria ihren Rock wieder herunterschlagen und die Flucht ergreifen. Aber wie soll sie dann je Gewißheit erlangen? Sie weiß so wenig von diesen Dingen, sie hatte keine Mutter, die sie in die Geheimnisse der Weiblichkeit eingeführt hätte. Seit ein paar Monaten ist kein Rot mehr gekommen. Das ist ein Zeichen. Die Finger fahren über Marias Bauch, ganz leicht fliegen sie über ihn hinweg. Dann plötzlich:

»Da ist es …«

Ihre Stimme ist sanft, beruhigend.

»Hast du gesündigt?«

Marias Schweigen bedeutet Zustimmung.

Zum ersten Mal begegnet sie dem Blick der *Masca*. Es ist ein glühender, eindringlicher Blick, ihre Augen funkeln. Dann reicht die Frau ihr eine Kette aus Knoblauchzehen.

»Hier, sagt sie, leg sie dir um den Hals, sie wird dich und das Kind beschützen, wenn die Schnur reißt, komm wieder zu mir, du darfst sie auf keinen Fall selbst ersetzen. Ein Kind der Sünde braucht mehr Schutz als ein anderes, aber wenn es geboren ist, wird es ein gutes, starkes Kind sein.

»Sie machen mir angst!«

»Geh und reinige dich von der Sünde, suche überall das Weiß: Knoblauch, weiße Wäsche, weißen Faden, weiße Tauben. Geh und bete zur Jungfrau.«

Maria läßt einige Taler in den prallen Bauch eines grinsenden Dämons fallen und geht nach Haus zurück, durch die Schatten der Stadt, dann wieder im hellen Sonnenlicht, sie durchquert Haine von Stechpalmen und gelbe Narzissenfelder. Endlich das Meer. Die Villen, die riesige von Penelope, und weiter hinten, ganz klein, Benjamin Haus. Dieses Kind, sein Kind, wird ein Kind der Liebe sein, sie rennt, und als sie an Penelopes Haus vorbeikommt, streckt sie die Zunge heraus, niemand sieht sie, es ist ihr sowieso egal, um ihren Hals hängt eine Kette aus Knoblauchzehen, aus schönem weißen Knoblauch. Sie hat vor niemandem Angst. Sie fürchtet sich auch nicht mehr vor der Sünde. Penelope, hier steht Maria. Maria, die Wäscherin, Maria mit dem Kind im Bauch. Maria, die rennt, um ihrem Geliebten die freudige Nachricht zu überbringen.

Da steht es also, das Teleskop, auf die Sterne gerichtet, ein zerbrechlicher Riese, dem man sich andächtig nähert, die Gärtner haben Angst vor ihm, die Köchin bekreuzigt sich im Vorübergehen, einige behaupten, es würde Stürme, Regen und Hagel, kurz, den ganzen Groll des Himmels auf sich ziehen.

Die Priester haben ihrer treuen Gemeinde davon abgeraten, es sich anzusehen, sie könnten den Herrn erzürnen. »Was ist das für ein unerhörtes Stück Rohr, das dem Himmel die Stirn zu bieten wagt? Die Gefilde des Himmels gehören Gott, und was sich dort zuträgt, geht uns nichts an.« Cooper ist in Hochstimmung, geschafft, er hat sich bis ins kleinste Detail an die ihm zur Verfügung stehenden Pläne gehalten. Da steht es also, das Teleskop! Nacht für Nacht justiert der Astronom, durchforstet er damit den Himmel, jagt den Sternen, den Nebeln und dem tosenden Schweigen der Gestirne nach. Überall glitzert es, doch Cooper muß sich wohl oder übel eingestehen, daß er nichts Genaues erkennen kann. Nichts, nur ein paar verschwommene Lichter, deren Anblick zwar von berückender Schönheit, jedoch vollkommen unverständlich ist. Er hat niemandem gestattet, einen Blick hindurchzuwerfen. Berühren verboten, um nicht die peinlich genau berechnete Achse zu verschieben. Nicht einmal Penelope darf das. Sie wäre durchaus imstande, in zynisches Gelächter auszubrechen. Das Tier ruht im Gras, imposant und bleich, mit seinen Spiegeln, auf denen sich die Strahlen der untergehenden Frühlingssonne brechen, der aufsteigende Mond und auch die klirrenden Sterne. Cooper hat beschlossen, daß heute die große Nacht sein wird, in der er den Kometen entdeckt. Sein Erscheinen hat er auf drei Uhr morgens angesetzt, das ist die Stunde, wo die Sterne ins Wanken geraten, der Moment, wo verloren im Raum ein feuriger Komet durch das unermeßliche Weltall gleiten und plötzlich wie ein riesiger Haifisch aus sideralen Urzeiten auftauchen wird. »Sie werden ihn zu Gesicht bekommen«, hat er Penelopes Freunden, diesen materialistischen Engländern, versprochen. »Ja, Sie werden ihn sehen, er wird vor Tagesanbruch kommen, sein flammendes Haar, seine filigrane Gestalt über das Firmament ergießen, er kommt aus dem entferntesten Winkel der Galaxien zu uns herüber, und dank meinem Teleskop werden Sie seine Bahn verfolgen können, wie der Jäger einen Adler bei seinem majestätischen Flug über die Gletscher.«

Ein großes Büfett auf weißen Tischdecken: Schalen mit Punsch, kleine Schinkenpasteten, kalter Fisch, dazu verschiedene Soßen, gewürzt mit Minze, Salbei, Thymian und Bohnenkraut, Penelope hat die letzten Chester und Marmeladengläser, alle restlichen Vorräte auspacken lassen, es wurde Bordeaux, Moselwein und Burgunder geöffnet. Alles wartet auf den Kometen, in der Zwischenzeit ißt und trinkt man. Penelope sind der Komet, der Himmel, Cooper und all die anderen gleichgültig. Sie denkt an Maria, die sie heute nachmittag eilig nach Hause laufen sah, eine strahlende, runde Maria, diese dahergelaufene Göre! Penelope weiß, daß sie hier nichts mehr hält und dort in London nichts auf sie wartet. Sie ist schön in ihrem rosafarbenen Taftkleid, das für diese Jahreszeit vielleicht ein wenig zu dünn ist, ein Kleid, das jedoch ihre Brüste gut zur Geltung bringt, man glaubt, sie würden jeden Moment aus dem Dekolleté schlüpfen. Cooper, in einen neuen Samtmantel gehüllt, der ihn wie einen Ritter aussehen läßt, ruft:

»Aber was kann uns der Komet schon bedeuten, Verehrteste, Ihre Schönheit und Anmut sind überwältigender als alle Kometen des Universums, lassen Sie mich vor so viel Glanz niederknien ...«

»Lassen Sie den Unsinn, mein Freund, kümmern Sie sich lieber um ihre Sternschnuppe.«

»Komet ... Penelope, Komet!«

»Mein lieber kleiner Cooper, Sie seien hiermit gewarnt, dieser Komet, da Sie darauf bestehen, ist Ihre letzte Chance. Ich habe nicht die Absicht, den Rest meiner Tage damit zu verbringen, die Wohltäterin der Astronomie zu spielen.«

Cooper zögert, dreht sich einmal um sich selbst und fügt dann mit einer ausladenden Geste hinzu:

»Ich dachte, daß nicht nur der Himmel in Ihrer Gunst steht.«

»Cooper, wenn ich mich von der Astronomie abwenden sollte, verlasse ich auch den Astronomen.«

»Sie wollen mir meine Entlassung bedeuten?«

»Nein, ich gewähre Ihnen eine letzte Frist.«

Cooper schluckt eilig ein paar Pasteten herunter. »Undank ist der Welt Lohn! Offensichtlich ist man nur bei den Sternen vor Enttäuschungen sicher. Die Frauen stehen zu sehr mit beiden Beinen auf der Erde, sie sind Tiere.«

»Was murmeln Sie da vor sich hin, Cooper?«

Lady Mynor hat bereits eine ganze Menge Punsch getrunken, genug, um die Regeln der Schicklichkeit zu verletzen und hinter der Lady die Frau zum Vorschein kommen zu lassen. Wenn Penelope nichts mehr von ihrer Hungerharke wissen will, übernehm ich sie gern. Wo ich schon seit Jahren keinen Mann mehr im Bett hatte ... Dieser Cooper muß ein wilder Liebhaber sein, etwas an seiner ausgezehrten, mageren Gestalt verrät es mir.

»Madame, ich murmele überhaupt nicht, ich stelle eine Theorie auf.«

»Was denn für eine?«

»Mein Gott, sagen wir, daß sie die Sterne einerseits und die irdischen Dinge andererseits betrifft.«

Das Orchester spielt Händel. Es steht unter einem Vordach, das nur wenig Schutz vor dem kalten Wind bietet, der kurz nach Mitternacht aufgekommen ist. Es sind noch drei Stunden, Penelope legt sich ein wärmendes Tuch um die Schultern.

Er kann ja noch kommen, überlegt sie, nicht meinetwegen, sondern wegen des Kometen, ein gebildeter Mann wie er dürfte an einem solchen Ereignis Interesse finden. Aber, was bin ich naiv! Er ist viel zu klug, um diesem albernen Geschwätz Glauben zu schenken. Er turtelt und spielt den Lehrer. Männer lieben es, sich für Sokrates zu halten, solange sie nicht den Schierlingsbecher trinken müssen. Er wird nicht kommen. Bald werden die Wintermonate vorüber sein, vielleicht sehe ich ihn nie wieder. Ich werde mich am Ende doch nicht etwa verlieben? In England werde ich ihn vergessen, ich werde einen Liebhaber finden, der nichts über Philosophie, die *Enzyklopädie* und Jean-Jacques Rousseau weiß. Gott, wie einfach läßt es sich in der Gesellschaft eines Idioten leben! Ein hübscher, kräftiger und ergebener Idiot. Jemand in der Art von Bessborough, nur ein wenig jünger, und vor allem weniger redselig.

»Madame!«

»Bessborough ...«

»Madame, dies ist kein Abend wie andere, wir erwarten ein großes Ereignis, und mir scheint, daß ich ein bißchen viel Wein und Punsch getrunken habe. Madame, ich, der bereits gegen die Spanier, die Franzosen und die Wilden in Amerika gekämpft habe, der jederzeit bereit wäre, erneut ins Feld zu ziehen, wenn es der König von mir verlangte, muß gestehen, ich strecke meine Waffen nieder, wenn ich Sie sehe.«

»Bessborough, ja aber warum denn?«

»Sie fragen, warum! Bitte, Madame, ich will es mal so sagen, Sie gefallen mir, leider komme ich in ein Alter, wo man reich an Erfahrungen ist; doch mein Herz glüht noch vor Leidenschaft, das versichere ich Ihnen. Penelope, verbieten Sie mir den Mund, falls ich mich ungebührlich verhalte, in der heutigen Nacht, die uns alle ein wenig ängstigt, habe ich die Ehre, noch bevor dieser Hundskomet unsere Aufmerksamkeit auf sich zieht, ergebenst um Ihre Hand zu bitten, Penelope. Ich bin reich, ich lebe allein, ich werde vor Ihnen sterben, ich werde Ihnen keine unangenehme Gesellschaft sein. Sie würden aus mir einen glücklichen Mann gemacht haben, und ich aus Ihnen eine achtbare Witwe.«

Dieser Narr, ich wäre imstande, auf sein Angebot einzugehen. Alles, was er sagt, ist richtig. Ist es so einfach, meine Gedanken zu lesen? Ich werde ablehnen, aber es ist töricht. Vielleicht werde ich eines Tages darauf zurückkommen müssen …

»Bessborough, Ihr Angebot ist schmeichelhaft, und es berührt mich, aber ich führe es auf diese Frühlingsnacht, den Punsch und den Moselwein zurück. Morgen werden wir nicht mehr daran denken, weder Sie noch ich.«

»Madame, Sie machen mich zu einem unglücklichen Menschen …«

Die Müdigkeit, der Wein, die Verwirrung verleihen Bessborough jenen wahrhaft würdevollen Ausdruck, um den er sich so oft bemüht hatte, ohne ihn wirklich zu treffen. Er geht ans Büfett, wo eine große Schale mit heißem Punsch vor sich hin dampft. Die Nacht beginnt allmählich lang zu werden, die Fackeln flackern im Wind, der Gesprächsstoff geht aus. Cooper begibt sich auf seinen Posten, das Gerät neigt sich wie ein Vogel zu ihm herab, ein schwerer grauer Vogel, der erschöpft ein Dach zum Schlafen sucht. Cooper klemmt das Auge hinter das Guckloch, alles ist genau eingestellt, die Berechnungen stimmen, in wenigen Sekunden wird dort in voller Pracht der unbekannte Komet erscheinen. Der Vogel wendet sich ein wenig nach links, kehrt zum Ausgangspunkt zurück, schiebt sich fast unmerklich nach rechts.

Die versammelte Abendgesellschaft bebt: Ungeduld, Verunsicherung, Kälte. Penelope spürt, wie ihr Herz schneller schlägt, ein leichter Schleier legt sich vor ihre Augen. Höher, noch höher, dort, ganz oben, am Ende des Spiegellabyrinths, im hintersten geheimen Winkel des irisierenden Himmels, befindet sich der Komet, ganz ohne Zweifel. Er funkelt wie mit Rauhreif überzogen und mit Diamanten besetzt. Ganze Galaxien hat er durchquert und ist wie ein flammendes Rätsel aus dem Nichts aufgetaucht. Geliebter, ersehnter, begehrter Komet ... Doch nichts. Nur schwarze Nacht. Vollkommene Finsternis. Nicht einmal ein kleines weißes Feuerzünglein, nicht der kleinste Sternenschweif. Nichts.

»Nun ...«

Cooper entgeht nicht das Raunen, das enttäuschte Murren, die Ungeduld, das Rascheln der Kleider derer, die näher an das Gerät herankommen wollen. Die Schande, die Scham, die Demütigung ... Ängstlich löst er sich vom Guckloch, springt auf einen Hocker und streckt die Arme zum Himmel empor. Er überragt die Menge, sein Samtumhang flattert im Wind, er ist riesig, größer als die Fackeln, die ihr letztes Licht versprühen, und gebietet Schweigen. Der Leibhaftige in Person ergreift das Wort.

»Der Komet, der schreckliche Komet, meine Freunde, ich habe ihn soeben kommen sehen, mit weitaufgerissenem Schlund und von Flammen übersät, ja, der unheilbringende Komet, der das Erdbeben von Lissabon über uns brachte, der Naturkatastrophen auslöst, er wird schon bald kommen und das Ende unserer Zeit ankündigen. Hört, ich bin noch ganz erschüttert, ich habe ihn mit eigenen Augen gesehen, so wie ich Sie jetzt vor mir sehe. Gott, wie sehr hätte ich gewünscht, blind zu sein, oh, meine Freunde, das Unglück wird über uns kommen, der Komet hat verkündet, daß uns furchtbare Ereignisse bevorstehen: Throne werden wanken, Greuel, blutigrote Greueltaten, vor unseren Toren!«

»Halten Sie den Mund, Sie Scharlatan«, brüllte Bessborough, »Sie sind ein Hochstapler, ein Hampelmann, ein widerwärtiger Schmarotzer. Ich befehle Ihnen zu schweigen. Sie sind eine Schande für dieses Haus!«

Nein, dieser Trottel wird ihn nicht zum Schweigen bringen, Cooper ist besessen von »seinem Kometen«, der in seiner Brust heult. Die Bilder explodieren in seinem Kopf, er braucht gar nichts zu erfinden ...

»Wer spricht da? Sie, der es wagt, mir ins Wort zu fallen, auch Sie werden schon bald vernichtet sein. Nein, lassen Sie mich gar nicht erst Ihr Gesicht sehen, ich habe Angst, darin bereits die Zeichen des Verfalls zu erblicken, die Vorboten des heranrückenden Todes.«

Cooper springt von seinem Hocker und schreitet durch die schweigende Gesellschaft; der Morgenwind bläht seinen Umhang. Über dem Meer kündigt ein smaragdgrüner Streifen den neuen Tag an, einen Tag voller Wind und gleißender Sonne. Er geht weiter, er ist sich seiner Wirkung bewußt. Gott, ich danke Dir, ich danke Dir tausendfach, daß Du mir diese Botschaft gesandt hast, Herr, danke, denn Du hast dem armen Cooper erneut beigestanden.

»Ich sehe Könige, deren Kopf rollen wird, ich sehe Leute aus dem Volk Throne besteigen, ich sehe geplünderte Kirchen, mit Beilen zerstörte Altäre, oh, Gott, ich sehe ...«

Er ist im eisigen Tau auf die Knie gefallen und hält die Hände vors Gesicht, seine Schultern werden von heftigen Schluchzern geschüttelt. Dann hebt er den Kopf, sein Gesicht ist tränenüberströmt:

»Lauft, meine Freunde, flieht aus diesem Land, morgen werden in Frankreich die Toten am Tisch sitzen.«

Ist er ohnmächtig, schläft er? Er liegt im Gras, Bessborough gibt das Zeichen zum Aufbruch, die Kolonie wendet sich ab, während Graf Bedfort betont gleichgültig ruft:

»Dummes Geschwätz!«

Bessborough geht voraus. In dieser Nacht ist er alt und grau geworden, seine Gesichtszüge sind hohl, die Glieder kalt und erstarrt wie uraltes Gestein.

Penelope ist bei Cooper geblieben, bei Coopers Hülle, bei einem Cooper, der genauso tot ist wie die Toten in seinen Prophezeihungen.

»Du kannst wieder aufstehen, sie sind fort. Mich hast du nicht hinters Licht führen können, du Schauspieler, aber ich muß zugeben, es war eine gelungene Vorstellung.«

»Wirklich?«

Ganz der Alte, nur ein wenig naß vom Gras, steht er wieder vor ihr und grinst.

»Zumal alles, was ich euch vorausgesagt habe, auch eintreten wird.«

»Genug jetzt!«

Schaudernd schreitet die Engländerin durch ihren Garten auf ihr Haus zu, ihre große rosafarbene Villa, die unter dem Blau des Himmels einer blutigen Wunde gleicht, auf die der schwarze Schatten der Zypressen fällt. Cooper heftet sich an die Fersen der jungen Frau.

»Penelope, meine Liebe, ich habe Hunger ...«

All die Sonne half also nichts, weder die Blumen noch der Frühling, noch das samtige Meer, es hatte nicht einmal eine Minute gedauert, und ihre Welt war zerstört, in Trümmern, ein Scherbenhaufen. Sie stand wie versteinert da, das Lächeln erstarrte auf ihren Lippen. Er hatte ihr keine Zeit gelassen, etwas zu sagen, die Worte waren ihr in der Kehle steckengeblieben, die ganze Leichtigkeit, die Liebe war auf einmal nichtig, verschwunden, verflogen, fortgeweht. Was genau hatte er gesagt?: »Maria, ich gehe fort ...« Nein, vielleicht eher: »Maria, ich muß fort ...« oder auch: »Maria, Liebste ...« Ja, das war es, er hatte »Liebste« gesagt, aber das war ganz unwichtig, das

Wort, worauf es allein ankam, jenes schreckliche Wort war: »fort«.

Sie stehen im perlgrauen, seidenen Licht, der Wind weht zart über Linden und Magnolien und trägt das frische Harz, den jungen Pollen mit sich fort. Sie sagt nichts. Er glaubt, sie sei traurig. Doch sie ist verzweifelt, ohne alle Empfindung, zu Tode erstarrt. Er erklärt ihr alles, der Vater, die Krankheit, die Notwendigkeit der Reise, daß er zurückkehren und das Glück neu beginnen wird, wie an all den vergangenen Tagen. Sie sagt nichts. Auf ihren Lippen liegt ein undeutliches, selbstvergessenes Lächeln. Und wenn sie die Kraft dazu hätte, was würde sie dann sagen? Daß in ihrem Bauch, der jetzt noch flach ist, das Herz eines Kindes schlägt, nein, das kann sie nicht. Er geht fort … Der Herr geht fort … Hatte er je das Gegenteil versprochen? Der Herr kehrt in seine Welt zurück. Sie bleibt hier, in ihrer Welt, alles ist gut so. Sie bleibt mit dem Kind zurück. Noch eine Nacht und dann ist alles vorbei. Ihr Leben wird aufhören. Sie wird zu den Talgkerzen zurückkehren, in das düstere Elternhaus. Sie wird alles nur geträumt haben. Ein langer Traum, der drei Monate währte. Die Lösung wäre, nie mehr aufzuwachen, weiter, immer weiter zu träumen …

Angelina hat ihnen Thunfisch mit Tomaten zubereitet, einen Thunfisch, der erst am Morgen vor Antibes gefangen wurde. Sein Gesicht im Gedächtnis bewahren, die Falte auf seiner Stirn, das Beben seiner Lippen, diese Nasenflügel, wenn er die Luft einzieht. Sie sieht ihn an, ohne ihn wirklich wahrzunehmen.

»Du wirst mich zum Hafen begleiten, ich habe eine Feluke gemietet, der Besitzer hat mir versichert, daß morgen gutes Wetter sein wird und er mich bis nach Saint-Raphaël bringen kann. So brauche ich nicht übers Gebirge und gewinne viel Zeit. Maria, du bist hier zu Hause. Du bist die Herrin dieses Ortes. Ich beschwöre dich, geh nicht zu deinem Vater zurück, was auch immer geschehen mag. Ich habe dem Notar Tiranty klare Anweisungen gegeben, wenn du Geld benötigst, brauchst du nur zu ihm zu gehen und ihn um welches zu bitten.«

»Ja.«

»Du wirst dafür Sorge tragen, daß der Garten gut gepflegt wird, die Bäume nicht zu kurz geschnitten, die Samen, die ich in Holland bestellt habe, nicht zu spät ausgesät werden. Der Kaminputzer muß gerufen werden. Ich möchte bei meiner Rückkehr im Herbst alles schön wohlgeordnet vorfinden.«

»Ja.«

»Du hast ja überhaupt nichts angerührt, Maria, du mußt etwas essen. Du darfst dich nicht vor Sehnsucht verzehren, ich will dich bei meiner Rückkehr gesund wiederantreffen.«

»Ja.«

Sonne und Mond teilen sich den Himmel. »Das wird ein herrlicher Tag«, kündigt der Besitzer der Feluke an. Die Dunstwolken reißen allmählich auf. Die Bootsleute bringen das Gepäck an Bord. Der Lord braucht nur noch Platz zu nehmen. Vor diesen Leuten wagt Maria es nicht, Benjamin in die Arme zu nehmen. Er küßt sie, die Bootsleute schauen sie merkwürdig an. Sie weiß, was sie denken. Sie schmiegt sich an seine Brust, atmet den Duft seiner Haut, fährt mit ihrer Hand ein letztes Mal über sein Hemd, das sie ganz früh am Morgen, als es noch dunkel war, gebügelt hat, sie wollte, daß er auf der Reise etwas trägt, das sie als letzte berührt hat. Sie fährt mit den Fingerspitzen über die gleichmäßig gebügelten Falten, ganz sacht; noch bevor er zu der Bewegung ansetzt, spürt sie schon, wie er sich von ihr losreißt. Er lächelt sein breites, zuversichtliches Lächeln, aber dahinter ahnt sie das feuchte Glänzen in den Augenwinkeln, das den Tränen vorausgeht. Rasch lächelt sie zurück. Er raubt ihr einen letzten Kuß, von der Oberlippe, und sie fährt sich mit der Zunge über die Stelle, wo eben noch sein Mund gewesen ist. Er steigt in die Feluke. Der Besitzer brüllt einen Befehl, die Bootsleute hissen die Segel, der Besitzer grunzt irgend etwas, und die Feluke beginnt zu gleiten, kaum eine Sekunde, schon entfernt sie sich, sie ist nun ein Schiff, ein richtiges Schiff, das aufs offene Meer hinausfährt. Als es jenseits der Mole verschwindet, spürt Maria immer noch die Wärme des Kusses, den sie unter ihrer Zunge gefangenhält. Und das Kind in ihrem Bauch.

Die Pferde kommen nur mit Mühe von der Stelle, die Wagen sind randvoll mit Gepäck, die Reitknechte schwitzen, das Wetter ist schön, aber heiß, die Engländer fliehen vor der Sonne. Sie treten die lange Rückreise an, durch die Provence, durch Marseille, das Rhônetal, Burgund, Dijon, dann hinauf in den Norden, bis endlich Calais erreicht ist, von wo sie nach England übersetzen werden. Auf Wiedersehen, beim ersten Frost sind wir zurück, wir haben die Möbel, die Bettwäsche, das Holz für den Kamin dagelassen. Wir fahren heim, aber wir werden wie immer treu nach Newbourg zurückkehren. Die Bediensteten wischen sich die Tränen aus dem Gesicht, die Gärtner lupfen ihre Hüte, auf dem Weg begegnet man Frauen, die sich mit Kopftüchern vor der Sonne schützen.

Lady Mynor fächert sich Luft zu, die Pferde gehen im Schritt, immer am Meer entlang. Es reflektiert ein so gleißendes Licht, daß es ratsam ist, nicht hinzusehen, es könnte den Augen schaden. Wir gehen ohne Bedauern fort, es wurde ohnehin ein wenig langweilig, wir werden unsere Freunde wiedersehen, die Straßen von London, unser geliebtes Kent, wir werden wieder Regen haben, unseren milden englischen Sommerregen. Auf Wiedersehen, wir gehen zu Fuß über den Var, zumindest beinahe.

Penelope ist die einzige, die mit Bedauern scheidet. Es schmerzt sie das Kind, das die andere unterm Herzen trägt. Marias Kind war am Ende kein Geheimnis mehr, noch bevor ihr Bauch sich rundete, wußten die Bediensteten schon Bescheid. Wer hatte es ausgeplaudert, Angelina oder die *Masca*? Das Kind des Engländers ... Das war mehr als ein Skandal, es war eine Sünde. Aber das Kind wuchs, Penelope beobachtete, wie Maria den langen Uferweg entlanglief, den *chemin des Anglais*, der im Winter matschig, im Sommer staubig war. Sie sah, wie Maria stets runder wurde und den typischen Gang der schwangeren Frauen annahm. Benjamins Kind im Bauch dieser elenden Dienerin. Einige Tage vor ihrer Abreise hatte sie es nicht mehr ausgehalten, und sie ist zu der Villa gegangen, vor deren Kamin sie ein so kurzes einfaches Glück erlebt hatte. Es war ein Irrtum gewesen, an ihre Überlegenheit, ihren Zynismus, ihre Kraft zu glauben. Ihre Affäre hatte sich, wenn auch spät, zu spät, in eine Liebesgeschichte verwandelt. Eine unglückliche, durch ihre eigene Schuld. Wenn man das Glück hat, einen Mann wie Benjamin zu besitzen, und sei es nur einmal, dann läßt man ihn sich nicht von einer Wäscherin wegschnappen.

Eines Morgens also steht sie vor ihr, der Wäscherin, mitten in dem sonnendurchfluteten Raum, gegenüber dem rußigen Kamin, während draußen die Bienen summen. Ohne Kopftuch, ohne Schmuck, mit einem einfachen Überwurf bekleidet, empfängt Maria sie, sie ist weder erstaunt noch überrascht. In der Sonne wirkt Penelope noch durchscheinender als sonst, noch unwirklicher, wie feines Meißener Porzellan, das beim kleinsten Stoß zu zerbrechen droht. Sie ist zu Fuß gekommen, ohne Gefolge, und mit ihren feinen Schuhen durch Schotter und roten Sand gelaufen, den der Wind aus Afrika herüberträgt. Normalerweise hätte sich Maria vor so viel Zierde und Zerbrechlichkeit derb, schmutzig und arm gefühlt. An diesem Morgen nicht. An diesem Morgen steht sie der Engländerin ohne Scham, ohne Schmerz, ohne Zurückhaltung gegenüber, sogar mit einer Prise Stolz. Oh, nur einer klitzekleinen Prise. Aber die genügt, um sie unbesiegbar zu machen. Penelope hat den ganzen Tag über ihre Rede geprobt, jetzt aber, vor der Selbstsicherheit der Rivalin, weiß sie nicht mehr, wie sie beginnen soll.

»Mademoiselle, ich habe durch gewisse Indiskretionen von Ihrem Zustand erfahren und würde mich glücklich schätzen, Ihnen helfen zu dürfen.«

Maria lächelt.

»Ich brauche nichts, Madame.«

»Sicher, aber dieses Kind wird ohne Vater zur Welt kommen, und ich habe mir sagen lassen, daß so etwas in diesem Land schlecht angesehen ist und Sie in arge Bedrängnis bringen kann.«

Worauf will die Engländerin hinaus, mit ihren rosa Lippen, ihren aschblonden Haaren, dem Schönheitspflästerchen unter dem Auge, dem milchweißen Dekolleté unter dem durchsichtigen Halstuch, ihrem leichten, zitronigen Parfum?

Sie bietet mir nicht mal einen Platz an, denkt Penelope, sie muß noch vieles lernen, da hat Benjamin noch einiges zu tun. Allerdings muß man ihm zugute halten, daß das Vorhaben gewaltig war.

»Der Grund meines Besuchs ist dieser, Mademoiselle. Ich habe mir gedacht, daß dieses Kind für Sie nur eine unangenehme Belastung sein würde, für mich hingegen – verzeihen Sie meine Vermessenheit – würde es nur die süße Last der Liebe bedeuten, die ich ihm entgegenbrächte.«

»Verzeihen Sie, Madame, aber ich verstehe Sie nicht ganz.«

»Sie haben recht, lassen wir die Umschweife, ich bin gekommen, um Ihnen anzubieten, Ihr Kind nach seiner

Geburt zu adoptieren. Sie wissen, das ist durchaus verbreitet, viele junge Mädchen aus dem Volk entledigen sich auf diese Weise der Steine, die ihnen in den Weg gelegt werden. Sie können sich ja vorstellen, welche Gründe ich habe, dieses Kind zu lieben.«

Maria geht näher auf sie zu, sie ist nur noch wenige Zentimeter von diesen rosa Lippen, dem Pflästerchen, dem Blondschopf entfernt.

»Madame, ich mag ja ein nichtswürdiges Mädchen sein, aber das Kind ist meins, ich werde es austragen, ich werde es ernähren, und ich werde es großziehen, mit oder ohne Vater, mit der Hilfe Gottes oder ohne ihn, das ist mir egal.«

»Halten Sie den Mund! Sie haben mir Benjamin weggenommen, Sie haben sich an einem Gentleman vergriffen, ohne ihre Tricksereien würde ich heute dieses Kind austragen. Es ist mein Kind, ich will es haben, ich werde zu Monsieur Grandi, Ihrem Vater gehen. Mit dem soll man ja wohl vernünftig reden können.«

»Hinaus!«

Der Schrei ist aus Marias Kehle gekommen, bevor das Schluchzen ihre Stimme erstickt.

»Ich gehe, aber vergessen Sie nicht, daß Sie sich nicht in Ihrem Haus befinden, Sie sind nirgendwo zu Haus, Sie sind ein gefallenes Mädchen, das von einem Durchreisenden geschwängert wurde, weiter nichts.«

Penelope eilt in den Garten hinaus, der unter der Mittagshitze döst. Diese Göre hat mir die Stirn geboten! Was für eine Schmach. Fort, schnell fort, und dieses verfluchte Land, dieses Mädchen und ihren Bauch vergessen. Sie hat Mut, die kleine Wilde, das muß man ihr lassen, sie ist nicht mehr das Kind aus dem Volke, sie hat sich von ihrer Herkunft entfernt. Sie war nichts, und Benjamin hat aus ihr ein Individuum gemacht. Eine Wäscherin befiehlt mir, hinauszugehen, und ich gehe ... Wahrhaftig, Cooper hat recht, die Zeiten ändern sich.

Ja, sie schied mit Bedauern ... Die Berline war inzwischen auf der Straße von Antibes nach Cannes, die Grafschaft hatte sie bereits hinter sich gelassen, die Erinnerungen würden bald verblassen, da war sich Penelope ganz sicher, die an das Feuer im Kamin, an Marias Bauch und an Benjamin dachte. Was Coooper anging, würde es einfacher sein. Am Tage nach seinem grotesken Auftritt hatte sie ihn verabschiedet. Er hatte den Weg nach Italien eingeschlagen, seine neuen Kleider und sein altes Fernrohr mitgenommen. Vor dem zurückgelassenen Teleskop hatte er ihr zum Abschied noch zugerufen:

»Madame, Sie sollten daran denken, daß Sie nach ihrer Abreise nicht so bald zurückkommen werden. Wenn Sie je das Glück haben sollten, dieses prächtige Haus wiederzusehen, wird es Ihnen nicht mehr gehören ...«

Victor Tiranty hat die Fensterläden sorgfältig geschlossen, so daß nur noch ein dünner, kreidefarbener Lichtstreifen hindurchschlüpfen kann. Normalerweise müßte er zu dieser Jahreszeit in Levens auf seinem Landsitz sein, doch an diesem Juliende des Jahres 1789 zieht er es vor, in seinem Arbeitszimmer zu bleiben und der Stille, dem Knarren der Hitze, in der sich das Holzparkett biegt, und dem Getrippel der winzigen Insekten zu lauschen. Trotz dieser bleiernen Starre des Sommers spürt er bereits die nahende Unruhe, die Beklemmung, den Wandel. Den Wandel ... Zum hundertsten Mal vielleicht liest er Dabrays Brief aus Paris, den er am Vortag erhalten hat. Der Brief skizziert rasch die wichtigsten Ereignisse:

»11. Juli. Das Brodeln wird immer stärker. Von allen Seiten drängen Truppen in die Stadt. Husaren mit Säbeln in der Hand haben zwischen zehn und elf Uhr abends die Straßen leergefegt. Die Bevölkerung hat sich einen Gendarmen gegriffen, ihn gezwungen, im Becken von Port-Royal öffentlich Abbitte zu leisten, ihn anschließend verstümmelt, aufgehängt, wieder abgehängt und zum Rathaus gezerrt, wo der Arme schließlich gestorben ist. In Montmartre wurden die Tore der Gefängnisse geöffnet, das Militär hat im Port-Royal mit dem Volk gemeinsam zu Abend gegessen und getanzt, und wer schon zu betrunken war, hat sich auf einer Matratze in die Galerien gelegt und dort geschlafen.

14. Juli. Das Volk von Paris ist entfesselt, verzweifelt wegen der mangelnden Vorräte, es fehlt insbesondere an Getreide für Brot, die Menge hat die Bastille gestürmt. Die französischen Garden haben sich binnen kurzem

mit den Angreifern verbündet. Der Gouverneur De Launay wurde massakriert, und aus unbekannten Gründen auch der Profos der Händler, ein gewisser Flesselles. Letzterem hat man, nachdem man ihn mit einer Pistole erschossen hatte, den Kopf abgeschlagen, und diesen Kopf auf einem Spieß durch die Straßen getragen.

17. Juli. Der König hat Versailles verlassen und ist nach Paris gekommen, umringt von einer jubelnden Menge. Im Rathaus angelangt, hat er allem zugestimmt. Die Pariser Miliz besteht aus zweihundertachtzigtausend Mann. Sie ist im Besitz sämtlicher Kanonen der Bastille und des Invalidendoms. Der König verfügt zur Zeit weder über eine Armee noch über einen Minister, noch über Geld; und besitzt er noch die Gunst des Volkes? Noch am selben Tag ist der Graf von Artois, der Schwiegersohn unseres Herrschers Victor-Amédée, in Begleitung einiger Aristokraten ins Exil gegangen. Du wirst Artois auf seinem Weg nach Turin also schon bald bei uns begrüßen können.

Ich beende meinen Brief mit der Auflistung der aufständischen Provinzen. Die Bretagne steht in Flammen. Es wird von schrecklichen Ereignissen in Tours, Le Mans, La Flèche und Saumur berichtet. Wie sieht es in Marseille und Toulon aus? Berichte mir rasch von den neuesten Vorkommnissen. Alles steht in Flammen. Wir sollten uns zwar darüber freuen, aber das herrschende Durcheinander verunsichert selbst den entschlossensten Geist und stellt die festesten Absichten in Frage.

Dein Freund Dabray«

Kaum hatte Victor die schriftliche Mitteilung Dabrays zu Ende gelesen, da klopfte auch schon seine Haushälterin zweimal an die Tür seines Arbeitszimmers. Giacomo Grandis Gestalt zeichnete sich gegen das nachmittägliche Licht ab, über das die Fensterläden ihre feingestreiften Schatten warfen.

Mein Gott, sagte sich Tiranty, dieser Kerl kommt wohl nie aus seiner Höhle heraus, er stinkt ja widerlich nach Talg und Moder.

Man hätte dem Kerzenhändler mit seiner zerschlissenen Hose, dem gestopften Hemd, den löchrigen Schuhen, in denen er nicht nur arm, sondern auch elend wirkte, keine zehn Sous zugetraut. Wie doch der Schein trügt, dachte der Notar, als er sich seinem Besucher zuwandte.

»Lieber Grandi, setzen Sie sich, ich bin froh, daß Sie selbst an einem so heißen Tag meiner Einladung gefolgt sind. Ich wollte Sie schon seit langem einmal treffen, wir haben, denke ich, einige Dinge miteinander zu besprechen.«

»Nun, wir werden sehen«, erwiderte Grandi, dessen schmächtige Silhouette in einem Sessel versank, der zehnmal breiter war als er.

Soll er erst mal herausrücken mit seinem Anliegen. Der Notar zündete sich eine mit einem Türkenkopf verzierte Meerschaumpfeife an.

»Ich komme wegen meiner Tochter«, sagte Grandi. »Der Ingless hat ihr ein Kind gemacht, ich verlange eine Entschädigung.«

»Was für eine Entschädigung? Der Übeltäter ist weit weg, ich kann ihm schließlich nicht hinterherrennen.«

»Meine Tochter, Gott möge ihr vergeben, wohnt im Haus des Ingless. Und Sie betreuen es.«

»Ganz richtig, ich verwalte die Besitztümer von Herrn Davis, dessen Wunsch es war, daß Ihrer Tochter das Haus im Croix-de-Marbre-Viertel zur Verfügung steht, und ...«

»Das weiß ich alles, Herr Notar. Was ich will, ist das Haus.«

»Du gehst ganz schön ran, Grandi!«

»Na hör mal, Tiranty, die Schmach wurde schließlich nicht dir angetan. Es ist ja nicht deine Frau, die sich im

Grabe umdreht, stell dir mal ihre Qualen vor, wenn sie an ihr einziges Kind denkt. Dieses Haus schuldet der Ingless meiner Tochter, das ist nur gerecht. Ich bin wegen der Papiere gekommen, ich möchte, daß alles korrekt geregelt wird.«

Tiranty ließ sich nicht aus der Ruhe bringen und zog an seiner Pfeife.

»Grandi, so einfach laufen die Dinge nicht, wie du dir das vorstellst, der Ingless hat das Haus vor seiner Abreise gekauft, damit deine Tochter sorglos darin leben kann, so ist die Lage, daran kann ich nichts ändern.«

»Dann bin ich also reingelegt ... und entehrt.«

So, das ist der Augenblick, ich werde behutsam vorgehen ...

»Grandi, du hast doch Phantasie, also hör mir mal gut zu. Nehmen wir an, daß du, um die bösen Zungen zum Schweigen zu bringen, deine Tochter verheiratest, sagen wir, mit deinem Cousin Tordo, dem Hotelier ... nur mal angenommen ... Also du verheiratest sie, sie ist unter der Haube, und du stattest sie mit einer Mitgift von ein paar Sous aus, die du zur Seite gelegt hast ... komm, mach mir nichts vor ... an Geld fehlt es dir nicht. Ich will gar nicht wissen, wieviel du hast. So, deine Tochter ist nun verheiratet und hat eine Mitgift. Und sie hat weiterhin Anspruch darauf, dieses Haus zu nutzen. Der Ingless wird so bald nichts von der Heirat erfahren, und falls doch, so ist er weit genug entfernt. Und du, Grandi unterzeichnest mit mir einen Pakt, der besagt: Wenn der Ingless nicht zurückkommt – sagen wir in einem Zeitraum von, warum nicht, drei Jahren –, dann gehört das Haus deiner Tochter, mit anderen Worten, dir. Ich fertige eine Kopie der Urkunde an, und die Sache ist geritzt. Dann bist du Hausbesitzer in Newbourg, du, der Talghändler von der Kathedrale. Aber zuerst mußt du sie verheiraten, denn solange sie ein gefallenes Mädchen ist, hat Maria auf nichts Anspruch, auf rein gar nichts.

Grandi rieb sich kräftig die Nase und runzelte die Stirn. Verflucht, der versuchte doch, ihn hereinzulegen, aber wo war der Haken?

»Das, was du in drei Jahren vorhast, Notar, warum kannst du es nicht sofort machen?«

Gar nicht so dumm, der alte Geizhals!

»Weil ich es dir sage, Grandi: In drei Jahren, vielleicht schon früher, wird es neue Gesetze geben, und dann wird es nützlich sein, wenn man Urkunden aus seiner Schublade ziehen kann, Urkunden wie jene, die ich vorbereiten werde, sobald wir unseren Pakt geschlossen haben.«

»Aber, sag mir noch eins, Notar, was ist dein Vorteil in dieser ganzen Sache?«

Jetzt setze ich alles auf eine Karte, er hat sowieso schon angebissen und kann nicht zurück. Tiranty legte seine brennende Pfeife auf den Mahagonitisch.

»Die Hälfte des Anwesens, Grandi.«

»Wie, du stiehlst mir die Hälfte?«

»So würde ich es nicht ausdrücken, sagen wir, jeder stiehlt eine Hälfte. Im übrigen mag ich das Wort ›stehlen‹ nicht. Ich bevorzuge ›beschlagnahmen‹.«

»Beschlagnahmen?«

»Ja, Beschlagnahme fremden Eigentums ...«

Grandi flüsterte mit erstickter Stimme:

»Und wenn ich nicht einverstanden bin?«

»Dann bekommst du überhaupt nichts«, grinste der Notar, »weder du noch dein Teufelskind, das ich im übrigen einmal ganz bezaubernd fand. Aber das ist eine andere Geschichte. Also, verheiratest du sie?«

»Ich werde es versuchen, es ist nämlich so, daß das Luder nicht alles mit sich machen läßt. Und wann unterzeichnen wir unseren Pakt?«

»Nach der Hochzeit.«

»Warum nach der Hochzeit?«

»Das habe ich dir bereits gesagt, deine Tochter existiert im Moment überhaupt nicht.«

Grandi dachte nach: Beschlagnahme fremden Eigentums ...

»Sag mal, die Gesetze werden sich wirklich ändern? Das ist ja allerhand!«

Der Notar zögerte, bevor er antwortete.

»Die Revolution, Grandi, die Revolution klopft an unsere Tür.«

Gewiß, Grandi glaubte an Gott und an die heilige Mutter Kirche, aber wenn er morgen dem Teufel die Hand reichen müßte, wäre er durchaus dazu bereit. Das alles riecht nach viel Geld, sagte er zu sich. Es ist schließlich kein Zufall, daß Tiranty Französisch spricht, er und all seine Juristenfreunde, Anwälte, Ärzte *e tutti quanti*. Diese Leute wissen früher Bescheid als andere. Vielleicht sollte ich auch noch Französisch lernen, heimlich ...

»Notar, du hast völlig recht«, sagte er mit einem Lächeln, »ich werde meine Tochter verheiraten.« Trotz der Hitze überkam Tiranty ein leises Frösteln.

Sie ließ ihren Bauch unter dem Hemd frei, so konnte sie besser spüren, wie sich das Kind bewegte. Ein ruhiges Kind, wenn sie an die Erzählungen schwangerer Frauen dachte, die sie in ihrer Kindheit gehört hatte. Das ihre bewegte sich nur so viel, wie nötig war, um sich bemerkbar zu machen. Maria beobachtete verblüfft, wie ihr Bauch größer wurde, aber sie dachte weniger an dieses kommende Kind als an die Vergangenheit, an den Mann, der fort war, den Engländer, der nicht wiederkommen würde, aber der diese Spur in ihr hinterlassen hatte. Es würde ein Junge werden, daran zweifelte sie nicht. Da Angelina sie einen Tag nach der Abfahrt des Herrn verlassen hatte, lebte sie allein in der Villa. Beim Fischhändler und auf dem Markt in der Rue Saint-François-de-Paule weigerten sich die Leute, ihr Lebensmittel zu verkaufen. Sie wandten sich ab, wenn sie vorüberging. So ernährte sie sich von Nudeln und Polenta, die sie den

Bauern auf den Hügeln abkaufte. Sie verbrachte ganze Tage, ohne ein Wort zu sprechen; um sich zu vergewissern, daß sie noch immer eine Zunge und eine Kehle hatte, sang sie die Wiegenlieder, die sie von den alten Frauen aus dem Piemont kannte; im Sommer konnte man sie unter den Torbögen hören, sehnsüchtige Weisen, deren Worte einen so hübschen Klang hatten.

Sie liebte es, das Haus zu erkunden, in Benjamins Sachen zu stöbern, in seinen Botanik-Heften mit den getrockneten Blumen zu blättern, die zu Staub zerfielen, wenn man sie anfassen wollte, all diese Gewächse mit ihren gelehrten Namen, die unten auf der Seite standen, Namen, die wie eine geheimnisvolle, magische Formel waren: Schiffchen, Kätzchen, Krone, Keimblatt, *Lonicera*, Geißblatt, *Perennis, Lagentiana palustris*, Benjamin beschrieb die Blume, notierte die Gattung, den Ort, wo er sie gefunden hatte, den Tag, die Uhrzeit: »*Cantabrica*, Blume mit kleinen geschlossenem Blütenständen am Ende von langen rosafarbenen Stielen, gefunden an einem trockenen, steinigen Ort, 24. September 1788 ...« Der Eintrag stammte aus der Zeit vor seiner Ankunft in Nizza, vor ihr ... Eine Blume, die er unterwegs aufgesammelt hatte. Dann diese hier: »*Tomentosus choisy*, Schlingpflanze mit gelben Blüten, sehr selten, in den Sümpfen des Var gefunden. Mai 1789.«

Mai 1789 ... der Monat, in dem er fortgegangen war. Vielleicht hatte er da bereits beschlossen, Nizza zu verlassen? Seine Arbeitsutensilien hatte er zurückgelassen, die Lupen, die Kleber, die großen rauhen Papierbögen, die Federn, die lila Tinte, die Löschblätter, die Stifte ... Und auch die Bücher ... Maria las den ganzen Tag über, von der Morgendämmerung bis zum Einbruch der Nacht, sie war getrieben von einem ungeduldigen, heftigen Wissensdrang. Drei Tage verbrachte sie mit dem *Gesellschaftsvertrag* und versuchte sich einen Weg durch Rousseaus Gedankenwelt zu bahnen. Sie las jeden Satz mehrere Male, ein erstes Mal, einfach um zu sehen, was dort auf französisch geschrieben stand, ein zweites Mal, um in seine Bedeutung vorzudringen, und schließlich ein drittes Mal, um ihn mit dem vorangegangenen Satz zu verknüpfen. Manchmal ging alles fließend und wie von selbst, dann stieß sie auf einmal gegen eine Klippe, wiederholte die Stelle und las sie am Ende mit lauter Stimme. Doch es blieb eine Kluft, der Wortsinn war verworren; dann kam es vor, daß sie das Buch wütend in die Ecke warf, sich kurz darauf aber eines anderen besann und es wieder aufhob, um weiterzulesen. Was sie beunruhigte, waren die Dinge, die sie nur verschwommen begriff, ohne bis zu ihrer letzten Bedeutung vordringen zu können, wie jener Passus, in dem die Liebe in Frage gestellt wurde:

»Beginnen wir damit, im Gefühl der Liebe das Körperliche und das Seelische zu unterscheiden. Körperlich ist die allen gemeinsame Begierde, die ein Geschlecht zur Vereinigung mit dem anderen Geschlecht treibt. Die Seele hingegen lenkt dieses Begehren und richtet es auf ein einziges Objekt oder verleiht ihm wenigstens im Hinblick auf das bevorzugte Objekt ein höheres Maß an Kraft. Nun erkennt man freilich leicht, daß die seelische Liebe ein künstliches Gefühl ist, hervorgegangen aus gesellschaftlichem Brauch. Die Frauen haben es mit viel Geschick zelebriert, sorgsam darauf bedacht, ihre Herrschaft zu errichten und das Geschlecht, das gehorchen sollte, befehlen zu lassen. Da sich dieses Gefühl auf bestimmte Vorstellungen von Verdienst oder Schönheit gründet, die der Wilde zu besitzen außerstande ist, und auf Vergleiche, die er nicht anzustellen vermag, muß es bei ihm so gut wie nicht vorhanden sein … Der Wilde folgt allein dem Temperament, das er von der Natur empfangen hat, nicht aber einem Geschmack, den er nicht ausbilden konnte, und jede Frau ist ihm gut genug.«

Jedesmal, wenn sie diese Zeilen las, haßte sie diese Entfernung, die ihre Liebe zu Benjamin kleiner werden ließ. In ihrer Vorstellung begannen der Philosoph und der Engländer miteinander zu verschmelzen, sie hatte dem Genfer die Gesichtszüge des Londoner Gelehrten verliehen. Sie suchte nach der Wahrheit, die in der Tiefe verborgen lag, aber sie konnte machen, was sie wollte, die Schlußfolgerung blieb immer dieselbe, der Wilde wählte nicht: »Jede Frau ist ihm gut genug«, woraus folgte, daß die Liebe eine Erfindung der zivilisierten Frau war. Mochte Benjamin sich vielleicht als Wilder ansehen, sie konnte sich nicht als zivilisiert betrachten, es lag ihr völlig fern, Macht über den Mann, den sie liebte, ausüben zu wollen, all ihr Sehnen war vielmehr, ihm blind zu gehorchen.

Am schlimmsten war jedoch Rousseaus Behauptung, daß die Liebe in Wirklichkeit gar nicht existierte, daß man ohne sie auskam: »Es ist eine unbestreitbare Tatsache«, fügte der Philosoph hinzu, »daß selbst die Liebe, wie alle anderen Leidenschaften auch, erst in der Gesellschaft jenes brennende Ungestüm erreicht hat, das sie den Menschen so oft zum Verhängnis werden läßt.« Zum Verhängnis ... Maria las die Definition dieses Wortes in dem zerfledderten Lexikon nach, das sie schon so häufig benutzt hatte, jeden Tag, und sofort war ihr Benjamins Stimme wieder gegenwärtig, sogar sein Akzent, und immer auch sein Lächeln. Nein, Rousseau irrte sich nicht, die Leidenschaft war ein Verhängnis ... Vielleicht sollte sie ihr Kind im Wald bekommen, den Blicken der anderen entzogen, wie das Weibchen irgendeines Tieres; vielleicht sollte sie wie ein Tier nur nach den Naturgesetzen leben. Aber war sie nicht auch eine Kreatur Gottes? Besaß sie nicht eine Seele und ein Gewissen, wie Benjamin es ihr erklärt hatte ... ?

An manchen Abenden verspürte sie ein heftiges Verlangen, Benjamin zu schreiben, dann griff sie nach der

Feder des Engländers, nahm von seinem Papier, sann über Wörter und Sätze nach, kaum aber hatte sie den ersten feinen Strich auf das Papier gemalt, zerriß sie das Blatt: Ihm schreiben, nein, das würde sie nicht wagen. Allein die Vorstellung, daß ein Brief von ihr Frankreich durchqueren sollte, und das Meer, um dort in so weiter Ferne anzukommen, im Pfarrhaus, dessen Adresse Benjamin beim Fortgehen hastig notiert hatte. Nein, ihr Brief würde verlorengehen. Außerdem schrieb eine Wäscherin nicht an ihren Herrn, das gehörte sich nicht, selbst wenn sie von ihm schwanger war, gerade weil sie von ihm schwanger war. Sie hatte nicht das Recht, ihm anzukündigen, daß sie ein Kind erwartete, der bloße Gedanke ließ sie erröten. Das Hospiz oder Vincent Tordo? Gab es eine andere Möglichkeit?

Der alte Tordo hatte sich bereit erklärt, die Frau mitsamt dem Kind aufzunehmen, es spielte für ihn keine Rolle. War er ein guter Mensch? Oder suchte er so dringend eine Frau, daß er über die Mutterschaft hinwegsehen konnte? Die Angelegenheit war kurz davor, besiegelt zu werden, alle hatten sich dafür eingesetzt, der Notar Tiranty, ihr Vater und Tordo, der vor Wohlbehagen förmlich zappelte, nur die Hauptperson fehlte in der ganzen Geschichte noch. Würde sie die Stirn haben, bei einer solchen Partie, einem angesehenen, reichen Mann, der bereit war, sie trotz ihres Zustands zu nehmen, die Hochnäsige zu spielen? Bislang hatte sie weder ja noch nein gesagt, sie sah auf ihren Bauch, sie würde einen kleinen Paria zur Welt bringen, eines jener Straßenkinder, die vor den Kirchenpforten bettelten, ja, das würde sein Schicksal werden, wenn sie Tordo nicht heiratete, diesen Tordo mit seinen groben Händen und seinem viel zu runden Kopf. Nein, lieber das Kind ins Hospiz bringen und fortgehen, irgendwohin, in ein Nirgendwo. Sie irrte umher, sie schlief kaum in diesen heißen Nächten, die vom Gesang der Frösche, der Kröten, der Grillen erfüllt waren, von all diesen Klagelauten und Liebesseufzern, die die Dunkelheit zerrissen. Sie lief nackt durch das Gras, immer wieder fuhr sie mit der Hand über ihren verhaßten Bauch; sie weinte, und ihr Schluchzen vermischte sich mit den Klagen der unzähligen Tiere.

Am folgenden Tag stand sie im Türrahmen des Ladens und rief ihrem Vater zu:

»Setz die Hochzeit für September an, wenn die große Hitze vorüber ist.«

Vincent Tordo war rund, überall: am Kopf, am Bauch, und sein Gesicht sah wie ein Vollmond aus. Tordo ging nicht, er rollte, legte dabei aber eine Leichtigkeit an den Tag, die er sich im Laufe der Zeit erworben hatte. Da er stets auf Genauigkeit bedacht war, hatte der Hotelbesitzer sich sein ganzes Leben lang bemüht, seinem äußeren Erscheinungsbild auch nach innen zu entsprechen: Er besaß keinerlei Ecken und Kanten, weder Bosheit noch Arglist, er war ein Mann von schlichtem Gemüt, ohne den kleinsten Widerstand, derartig eben, daß man ihn kaum wahrnahm. Dennoch gab es in Tordos Seele geheime Winkel, was die Liebe anging. Nachdem seine erste Frau von einem bösartigen Fieber dahingerafft worden war, hatte er begonnen, von der großen Liebe zu träumen, nicht eine jener Durchschnittsgeschichten wie die der Händler um ihn herum. Im Laufe der Jahre hatte er gelernt, einen Bogen um die betuchten Witwen, um die alten Jungfern, die geerbt hatten, wie auch um jene Kaufmannstöchter zu machen, die reich, aber häßlich waren. Tordo zog es vor zu warten. Er wartete, ohne zu wissen, auf wen, bis zu jenem Tag, an dem er seine Großcousine erblickt hatte, die dunkel war wie eine Kirsche und so geschmeidig und ungestüm, daß er bei ihrem Anblick erbebte. Er versteckte sich, um sie heimlich beobachten zu können, wenn sie am Hotel vorbeiging; dann errötete er und zitterte. Sie war die große Liebe, die das lange Warten und das Ausschlagen so zahlreicher guter Partien rechtfertigte. Innerhalb weniger Jahre hatte er ein hübsches kleines Vermögen angesammelt; dieses Geld erlaubte ihm zu kaufen, was er begehrte, also warum nicht auch die Tochter dieses alten Geizkragens Giacomo. Es war ihm nie in den Sinn gekommen, daß er diese Göttin anders erobern könne als mit Geld. Wenn er ein verziertes Möbelstück, einen Wandteppich, der von den besten Handwerkern gewebt worden war, begehrte, dann ließ er seine Louisdors in der Hosentasche klimpern. Natürlich wußte er, daß er auf diese Weise nur den Körper der Geliebten, das Objekt erwarb, sicher nicht ihre Liebe. Aber was die Liebe anging, so hatte Tordo davon genug für zwei. Er würde sich eben mit der eigenen Liebesfähigkeit begnügen. Das Auftauchen des Engländers, seine Beziehung zu Maria beunruhigte ihn keineswegs, ein solches Abenteuer konnte keine Zukunft haben. Und selbst als sich das Kind ankündigte, verspürte er keine Verzweiflung, vielmehr eine vage Hoffnung; dieses Kind würde einen Vater brauchen, und der würde er sein. Mit Giacomo und dem Notar wurde die Sache schnell abgewickelt. Die Mitgift spielte keine Rolle. Auch ohne Mitgift hätte er sie genommen, arm, verlassen und schwanger. Nun blieb nur noch abzuwarten, wie die Hauptperson sich dazu verhielt. Als er von Marias Entscheidung erfuhr, blieb Tordo ganz gleichmütig, fast ungerührt, wie jemand, der den Glauben nie verloren hat.

Die Unterschrift wurde vor einem königlichen Beamten geleistet: Die Sache war besiegelt. Maria und Vincent waren verheiratet. Die warme Septembersonne goß ihr perlendes Licht über einen vom Regen gewaschenen Himmel. Milde Düfte strömten durch die Gassen, eine undefinierbare Mischung aus Sommerende und Herbstbeginn. Maria war schön in ihrem schlichten weißen Kleid, das weit geschnitten war, um ein wenig den Umfang ihrer Taille zu kaschieren. Wenn sie saß, hätte man sie mit dem Tuch, das um ihr Haar gewickelt war, für ein junges Mädchen halten können.

Das Essen fand im Hotel statt, inmitten der kleinen Schar von Hotelgästen, die um diese Jahreszeit dort wohnten. Da es eine bescheidene Hochzeit war, ließ

Tordo keine außergewöhnlichen Speisen servieren: Es gab Geflügel, Kardonen mit Schinken, Artischockenragout, Omelett mit Rum, Bellet und Muskatwein. Die Gäste setzten sich an die Tische, ein wenig überrascht vom Anblick dieses über Fünfzigjährigen, der vor Glück strahlte, und seiner jungen Frau, die kühl und einsilbig war. In Marias Augen lag weder Scham noch Bedauern, sie sah im Grunde auch niemanden wirklich an, sondern blickte durch die Leute hindurch. Es war kaum jemand anwesend. Von Marias Seite: Giacomo, der in einem neuen Anzug steckte, dem ersten seit seiner eigenen Hochzeit vor zwanzig Jahren; er war steif und wortkarg, aber sein Blick wanderte unentwegt zwischen Maria und seinem Schwiegersohn hin und her, ein eisiger, maliziöser Glanz lag darin. Von Vincents Seite: der Bruder aus Levens, ein mittelloser Notar, der groß und mager war, seine Gattin, deren Züge traurig von ihrer einstigen Schönheit kündeten, und ihr Sohn Joseph. Ein merkwürdiger Junge im Alter von fünfzehn Jahren, krauses Haar, das Gesicht eines Piraten, mit spitzer Nase und einem zu großen Mund, der viel über seine erwachenden Triebe verriet. Die Tatsache, daß Maria eben erst geheiratet hatte, hielt ihn nicht davon ab, ihren Blick zu suchen und ihr lange und aufdringlich in die Augen zu sehen. Am Ende des Tisches hatte Aglaée Platz genommen, eine korpulente Frau, ohne die das Hotel, wie sie stets beteuerte, schon längst geschlossen hätte; sie kümmerte sich um alles hier, um die Küche, um die Ordnung auf den Zimmern und um die Gäste. Lange Zeit hatte sie gehofft, Vincent von seinen Träumereien abbringen zu können und ihm die Sicherheit ihrer opulenten vierzig Jahre schmackhaft zu machen. Das Auftauchen dieses Weibstücks hatte ihre Hoffnungen zerstört, endlich die »Chefin« zu werden. Vincent saß neben seinem zarten Täubchen und jubilierte vor Glück. Er war hochrot angelaufen, er glühte förmlich, dem Schlaganfall nahe.

Nachdem das flambierte Omelett und ein gutes Tröpfchen zum Dessert serviert worden waren, stimmte Aglaée mit ihrer durchdringenden Stimme, die eine der Stützen des Chors von Sainte-Réparate war, Lieder an, in denen von geraubten Küssen unter Laubgängen die Rede war. Das gute Tröpfchen und die Hitze trugen dazu bei, die steife Atmosphäre ein wenig zum Schmelzen zu bringen. Als Joseph an der Reihe war, sprang er wie ein Teufel auf, und aus seinem großen Mund erklang die todtraurige Weise von einem Hirten aus dem Piemont. Er starrte dabei ungeniert zu Maria hinüber. Während er sang, vergaß sie ein wenig die Bürde dieser trostlosen Hochzeit. Die süße Traurigkeit des Liedes gefiel ihr. Als sie an der Reihe war, wagte keiner, sie um ein Liebeslied zu bitten.

Die Sonne schien noch, als die Gäste sich verabschiedeten, Maria und Vincent blieben allein zurück, sie saßen einander am Tisch gegenüber. Maria wußte, daß sie als erste sprechen mußte.

»Ich bin ziemlich müde, es wäre sehr freundlich von Ihnen, Vincent, wenn Sie mir mein Schlafzimmer zeigen würden.«

Vincent hatte nur darauf gewartet.

»Maria, Sie sind jetzt hier zu Hause, das Hotel gehört Ihnen, das Personal wird Sie mit ›Herrin‹ anreden müssen.«

Sie folgte ihm die Wendeltreppe hinauf, das Hotel besaß drei Stockwerke, dreißig Zimmer, einige mit zwei Betten, einige mit einem einzigen Bett – diese waren den Adeligen vorbehalten. Jedes Zimmer verfügte über einen Kamin, und jeden Morgen wurde das Wasser in den Krügen gewechselt. Es war das einzige Gasthaus der ganzen Stadt. Das Schlafzimmer des Hoteliers ging zur Place Saint-Dominique hinaus, von dort aus konnte man das Kloster und die Kaserne des sardischen Regiments sehen. Nach dem Glockenläuten ertönte das Horn, nach dem Gebet erklangen die Fanfaren; der Platz, der vor einigen Jahren vergrößert und verschönert worden war, galt als ein Ort, den man sich unbedingt ansehen mußte und auf dem man gern gesehen wurde. Maria blickte auf das große Bett, den weißen Blumenstrauß, der auf den Nachttisch gestellt worden war. Die letzten goldenen Sonnenstrahlen tanzten im Raum, es roch nach Lavendel und getrockneten Orangenschalen. Das ist also mein Bett, sagte sie sich, meine Welt, mein Leben, und sie fügte hinzu: Für immer. Sie drehte sich zu ihrem Gatten um.

»Nun möchte ich gerne allein sein.«

Vincent, der sie von Kopf bis Fuß beäugt hatte, blieb reglos stehen.

»Maria, bis zu Ihrer Entbindung werden wir in getrennten Zimmern schlafen, das ist doch selbstverständlich. Ich schlafe nebenan, Sie brauchen nur an die Wand zu klopfen, wenn Sie etwas benötigen. Ich lasse gegen acht Uhr eine leichte Mahlzeit servieren, ich erwarte Sie.«

»Danke, ich habe keinen Hunger, ich gehe zu Bett, bis morgen früh, Vincent.«

Der Hotelier zog sich zurück und warf beim Hinausgehen einen letzten Blick auf dieses schöne, stolze Mädchen. »Sie gehört mir ... sie gehört mir«, trällerte er, während er die Treppe hinunterging.

Maria zog die Vorhänge zu, entkleidete sich und betrachtete ihren prallen Bauch im Spiegel: »Ich gehöre ihm ... ja, ihm, und das Kind in meinem Bauch ebenfalls. Ich besitze nichts mehr. Nichts. Oh, Benjamin, warum bist du fortgegangen, warum hast du mich verlassen? Benjamin, komm zurück, dieses Kind gehört dir.« Sie schlug sich sanft auf den Bauch, doch allmählich wurden die Schläge stärker und stärker. »Und ich, ich gehöre dir auch!« Sie hüllte sich in ihre Bettdecke, die nach Orangenblüten duftete, und vergrub ihr Gesicht tief in den Kissen. Dort, ließ sie zum ersten Mal an diesem Tag ihren Tränen freien Lauf, sie weinte; ihre Finger zerkratzten die Laken, die für den Liebesakt parfümiert worden waren, diese groteske Feier des Fleisches. Sie sprang auf und erbrach sich in einen Eimer, der am Fuße des Bettes stand. Dann öffnete sie das Fenster, von der Kaserne drang Musik herüber, es begann zu regnen. Später, sehr viel später schlief sie ein, beide Hände auf die Stelle gelegt, wo das Herz des Kindes schlug.

Jeden Morgen wachte Maria vom Donnern der Pferdehufe auf: die Abfahrt der Wagen Richtung Vallée du Paillon, Vésubie, Roya ... Das Hôtel d'York bot einen regelmäßigen Fuhrbetrieb an, und die von der Aussicht auf die lange Fahrt und die möglichen Wegelagerer etwas kleinlauten Reisenden fanden sich bereits bei Morgengrauen hier ein. Man wärmte sich mit einem Glas Glühwein, die Reicheren leisteten sich Kaffee, der in großen Schalen serviert wurde. Die Sonne war noch nicht aufgegangen, da klopfte Aglaée bereits an der Tür und trat, ohne die Antwort abzuwarten, ein.

»Madame, es ist angerichtet ...«, rief sie immer, ohne daß Maria je herausfand, ob es ironisch gemeint war oder ob es einfach ihre Art war, die neue Chefin zu begrüßen. Brot, Butter, Milch, Honig, Feigenkonfitüre, Mutter und Kind würden nicht verhungern. Draußen knallten die Fuhrmänner mit ihren Peitschen, die Pferde schnaubten ungeduldig, die Wagenräder trieben die zerfurchten Pflastersteine auseinander. Es war ein Tag wie jeder andere, vom Fenster aus sah Maria die Fackeln vor den verrotteten Pferdeställen und weiter hinten das finstere Loch der Nacht. Ihr Tagesablauf? Nachdem sie sich gewaschen und angezogen hatte, ging sie für gewöhnlich in den großen Saal hinunter, in dem die Emigranten nach und nach zum Frühstück erschienen; sie waren aus der Provence, aus Aix, aus Versailles, aus Paris vor dem geflohen, was einige als die Revolution bezeichneten. Sie hatten ihre Perücken, ihren Puder, ihre Diener, ihre Koffer und alles, was sich über etliche Meilen transportieren ließ, mitgebracht. Sie hatten auch ihre Arroganz und ihren Hochmut nicht zurückgelassen, das alles war nur ein böser Alptraum, aus dem sie schon bald erwachen würden, in einer Woche, einem Monat, länger nicht, dann würden sie zurückkehren ins Königreich Frankreich, in dem der König sich allein vor Gott zu rechtfertigen hatte. Sie hießen Rohan-Chabot, Herzog de la Trémouille, Graf de Castellane, Graf de Montcorps, Fürst de Talmont, Marquise de Sabran, Marquis de Grimaud, Monsieur de Beauval, Parlamentsrat der Provence, Pfarrer Ravel, Parlamentsrat des Dauphiné. Sie alle hatten gespürt, daß sich etwas zusammenbraute, und waren dem Beispiel des Grafen von Artois – des Bruders des Königs – gefolgt, der am Turiner Hof bei seinem Schwiegervater Victor-Amédée Schutz gesucht hatte. Jetzt hieß es erst einmal abwarten. Sie warteten in diesem erbärmlichen Saal, der ihrer unwürdig war, sie warteten auf ihren Zimmern, in denen die Familien eng zusammengepfercht hausten und wo man sich aufs Bett setzen mußte, um Platz zu machen. Sie blieben stundenlang mit baumelnden Armen sitzen und betrachteten das Wetter, blickten auf Frankreich, warteten und unterhielten sich, erzählten sich Tausende von Malen das Undenkbare, die Katastrophe, die nicht auf ein Erdbeben oder auf einen Vulkanausbruch zurückzuführen war und sich dennoch ereignete, obwohl sie sich nie hätte ereignen dürfen. Die Männer richteten ihre Schwerter in den Wind, in den Regen und erstachen den Feind, vor dem sie geflüchtet waren. Die Frauen nähten, weinten, schalten ihre Dienstboten, die sie mitgebracht hatten wie ihr Gepäck. Befehle erteilen, Befehle befolgen – das beruhigte sie noch am meisten.

In diesem Gasthof des Königreichs von Piemont-Sardinien, in diesem elenden Nest, wo die Einwohner wie Türken aussahen, beim kleinsten Sonnenstrahl halbnackt durch die Straßen liefen und sich in einer Barbarensprache unterhielten, die keiner verstand, stellte Maria die einzige Rettung für die Neuankömmlinge dar. Sie kannte die Sitten und Gebräuche dieser Hinterwäldler und diente ihnen als Dolmetscherin. Nicht etwa, daß sie besonders liebenswürdig oder freundlich gewesen wäre, aber sie wußte, wo man Milch für die Kinder auftreiben konnte, sie wußte, wohin mit der schmutzigen Wäsche, die sie sauber gewaschen und gebügelt zurückbrachte, sie kannte die Orte, wo man Schnupftabak, Zunder, Puder für die Perücken, Rouge für die Wangen, Salben und Cremes bekam.

»Paß auf, daß du dich nicht überanstrengst, meine Schöne«, ermahnte Vincent sie regelmäßig.

Doch Maria ermüdete nie, sie bekämpfte ihre Langeweile: Diese verängstigten Leute zu bedienen half ihr zu vergessen. Die Ankunft der Emigranten hatte aus ihr die wahre Chefin gemacht.

Vincent, der im siebten Himmel schwebte, beobachtete, wie sie hin- und herlief, stets zu Diensten und bereit, auf die zahlreichen Wünsche dieser Heerschar von Franzosen einzugehen, die den Hotelier die Zurückhaltung seiner Engländer stark vermissen ließ. Was sollte er tun, wenn die Wintergäste einträfen? Sein Haus war zum Bersten voll vom Keller bis zum Dachboden! Aber diese Sorgen brauchte er sich nicht zu machen, die Engländer würden nicht wiederkommen, wie sollten sie das von Aufständen erschütterte Frankreich durchqueren? Viel mehr mußte Vincent diese gepuderten und manierierten Franzosen fürchten. Wenn er gut gelaunt war, brachten sie ihn ja noch zum Lachen, diese Damen, die sich schon am frühen Morgen ihre Schönheitspflästerchen aufklebten, diese gelackten Herren, die in zu engen Kniehosen herumstolzierten, mit den Degenspitzen, die ihnen gegen die Schenkel schlugen. Unter ihnen war sogar ein Priester, der ein Paar Schuhe mit so hohen Absätzen trug, daß er außerstande war, bis zu der höchstens zwanzig Meter entfernten Kirche zu gehen; um dorthin zu gelangen, mußte er sich auf einem Stuhl hinübertragen lassen.

Maria sprach kaum mit Vincent. Sie sah ihn auch nicht an. Seiner Freundlichkeit begegnete sie mit kühler, stummer Höflichkeit. Aber Vincent beschwerte sich nicht; hatte er doch schon Jahre gewartet und gehofft, so konnte er auch noch gut ein paar weitere Wochen ausharren. Für die Entbindung hatte er ihr ein Zimmer herrichten lassen, das schönste und geräumigste von allen; bei den ersten Wehen würde er einen Geburtshelfer rufen.

Das wollte Maria nicht, es widerstrebte ihr, sich nackt vor einem Mann zu zeigen, eine Hebamme würde völlig ausreichen. Aber was dieses Thema anbelangte, erwies sich Vincent als fortschrittsgläubig. Ein Geburtshelfer – eine Errungenschaft der angelsächsischen Länder – schien ihm geeigneter als eines dieser Hexenweiber mit ihren Bräuchen aus uralten Zeiten. Trotz seiner mangelnden Bildung hatte Vincent Vertrauen in die Engländer.

Einer, der sich des öfteren unter die kleine Schar der Adeligen mischte, war der schlaksige Neffe Joseph mit der Adlernase und dem großen Mund. Er brach schon frühmorgens in Levens auf und lief unermüdlich ohne Pause, bis er um zwölf Uhr den Gasthof erreichte, mit vom Marsch geröteten Wangen, hungrigem Magen und glänzenden Augen. Er nahm in der hintersten Ecke des Saales Platz, und Aglaée brachte ihm einen Teller Bohnensuppe. Von dort aus hatte er einen guten Überblick, doch das Treiben war ihm egal, er sah Maria an, und nur sie, er sah sie an wie ein Eroberer, kerzengerade und mit gierig blitzenden Augen. Wenn er da war, zupfte Maria sich die Haare unter der Mütze zurecht, es war dumm, aber sie konnte nicht anders. Er lächelte sie an, und sie lächelte zurück, das war schließlich ganz natürlich unter Verwandten. Vincent fragte ihn, was er hier tue, und jedesmal erfand Joseph, der sich nicht aus der Fassung bringen ließ, einen neuen, durchaus triftigen Vorwand. Er kam, um Stoff für seine Mutter zu besorgen, Kalk für den Garten seines Vaters oder ein Buch, das man in Levens nirgends auftreiben konnte, Federn, Hefte, eingelegte Orangen, die man nur in einigen kleinen Läden in der Rue Droite fand, nicht wahr, also würde er erst am nächsten Morgen den Rückweg antreten, der Onkel könne ihn sicher für eine Nacht beherbergen? Sicher konnte er. Für Joseph bedeutete dies ein paar Stunden mehr bei Maria. Maria kümmerte sich zwar um die Bälger der Emigranten, sie legte nie eine Pause ein, nicht einmal um ihn zu begrüßen, aber das machte ihm nichts aus, lieber betrachtete er sie, als daß er sich mit ihr unterhielt, denn mit Worten verstand Joseph nicht umzugehen. Er labte sich an ihren abrupten Bewegungen, und ihm schwindelte beim Anblick ihrer Brüste, die unter dem Caraco wippten, ihres langen Nackens mit dem dunklen Haaransatz, ihrer wundervollen Augen, deren Schwarz das ganze Gesicht zu verschlucken schien und deren Glut nie erlosch, ein ständiges Flackern. Erst wenn die Emigranten sich in ihre Zimmer zurückzogen, Aglaée die Kerzen ausblies und nur das Feuer im Kamin noch den Raum erhellte, erhob sich Joseph widerwillig, da es sich nicht gehörte, noch länger sitzen zu bleiben. Er verbrachte die Nacht in einem Kämmerchen unter der Treppe, schlief aber nicht, sondern lauschte auf die Atemzüge der schlafenden Maria. Er war sicher, daß sie es wußte und es ihr nicht mißfiel.

In der Woche vor Weihnachten fand eine wahre Flut von Gottesdiensten statt, die Franzosen beteten, daß die Zukunft wie die Vergangenheit aussehen möge, die

Nizzaer, daß sich nichts verändern möge. In der Kirche Sainte-Réparate leckte der graue Weihrauch über die Gesichter der Gläubigen. Das Glockengeläut hallte bis Einbruch der Dunkelheit durch die Straßen. Die Stadt wirkte hin- und hergerissen zwischen Furcht und Gottvertrauen. Nie waren die Nächte so finster gewesen.

Es war sieben Uhr abends – die Glocken läuteten noch –, als Maria das Fruchtwasser verlor. Sie stand mitten in dem großen, ins Halbdunkel getauchten Saal, in den der Abendnebel drang. Etwas Warmes strömte über ihre Schenkel, ihre Beine, Aglaée stürzte auf sie zu, hob ihre Röcke und rief:

»Das Fruchtwasser, das Fruchtwasser!«

Maria war zum Lachen zumute, als sie all diese Flüssigkeit aus sich herausfließen spürte.

Aufgeregt schreiend lief Vincent durch den Saal. Die Frauen scheuchten ihn fort. Maria wurde in das für die Entbindung vorgesehene Zimmer gebracht, die Fenster wurden verschlossen, die Vorhänge zugezogen und Kerzen angesteckt. Der Raum füllte sich mit Leuten, Nachbarinnen, Unbekannten, alten Frauen mit einem Rosenkranz in der Hand, alle in Schwarz gekleidet. Sie zermahlten Kräuter zwischen ihren Fingern: Eibisch, Moschus, Melisse, Beifuß. Aglaée und die Hotelbediensteten hielten am Bett Wache. Maria kannte diesen Brauch. Sie wußte, daß sie nicht klagen oder verlangen durfte, allein gelassen zu werden. Die Entbindung war eine Frauenangelegenheit. Das Kind konnte nur kommen, wenn es von all diesen grimassierenden Gesichtern mitgeschoben, -gezogen und -gerufen wurde. Sie war ihnen ausgeliefert. Schließlich kam die Hebamme mit ihren Instrumenten, ihr Kopf glich einem Adler. Sie schob Aglaée zur Seite, und ohne ein Wort zu sagen, spreizte sie Marias Beine, und eisige Hände, lange, dünne Finger drangen wie Eisenstäbe in sie ein.

»Der Muttermund ist gut geweitet, die Sache wird problemlos ablaufen.«

Sie sprach mit dünnen, knitterigen Lippen. Plötzlich ein dumpfer Aufschrei, der mehreren Kehlen zugleich entsprungen war: der Geburtshelfer. Ein Mann! Ein junger Mann, groß, dünn, kahl und glatt. Mit tonloser Stimme befahl er der Hebamme, das Feld zu räumen. Der Adler zischte wütend:

»Die Öffnung ist gut, weit genug, wir brauchen Sie hier nicht.«

Wie eine Fliege, die sich eben auf seine Wange gesetzt hätte, jagte der Geburtshelfer diese Bemerkung mit einem Fingerschnipsen fort.

»Ich bin auf Wunsch von Monsieur Tordo hier und werde so lange bleiben, bis das Kind da ist.« Er sprach mit einem provençalischen Akzent, der scharf wie eine Rasierklinge war.

Um zehn Uhr setzten die Wehen ein, die Frauen holten Maria aus dem Bett und ließen sie ein paar Schritte durchs Zimmer gehen, wobei sie Psalmen aufsagten. Der Geburtshelfer verfolgte dies alles mit über der Brust verschränkten Armen. Wie aus dem Nichts tauchte plötzlich ein Kohleofen auf, den ein paar alte Weiber herbeigeholt hatten. Sie warfen duftende Kräuter darauf und stellten ihn zwischen Marias Beine. Ihren Hintern, über den der Rauch leckte, rieben sie mit grünem Olivenöl ein. Die Wehen hörten wieder auf, die Alten hielten dies für ein schlechtes Zeichen und stellten den Ofen, der das Kind unwiderstehlich nach draußen locken sollte, beiseite.

Das leise Knistern der Kerzen, die Wärme der Bettlaken und der Decken, der Geruch der verbrannten Kräuter, des Öls, die beißende Luft, Maria schloß die Augen.

»Sie schläft!« rief die Hebamme.

Was tun? Nichts. Vincent, der hinter der Tür gewartet hatte, ging wieder in den großen Saal hinunter, wo die Emigranten ihr Abendessen verzehrten: Milchsuppe, Kardonen und Schinken. Einer der Gäste stimmte alte Lieder vom Ruhm der Könige Frankreichs an. Im Halbdunkel vor dem großen Kaminfeuer schliefen am Boden die Kinder auf Kissen, die noch aus den früheren Salons stammten, die Damen hielten sich verstohlen ein feines Leinentüchlein vor die Nase. Würde Vincent dieses Kind lieben, das Kind des Engländers? Er dachte nur an die Mutter, die ihm in einigen Wochen endlich gehören würde, großer Gott, er wollte, daß sie lebte und gesund war, er wollte ihre Jugend, ihr heißes Blut, damit sie ihm Kinder, diesmal seine eigenen, schenken konnte. Sie durfte nicht sterben! So viele Frauen starben bei der Geburt. Er schenkte sich ein Glas süßen Glühwein ein, niemand, niemand würde ihm sein Glück rauben.

Die Wehen setzten mitten in der Nacht von neuem ein, und so heftig, daß man den Augenblick für gekommen hielt. Maria wölbte das Becken vor, die Frauen stellten ihre Beine auf, die Alten hielten den Atem an: »Komm. Komm«, flüsterten sie. »*Véné aqui. Véné aqui* …« Maria stieß einen gellenden Schrei aus, als würde man ihr das eigene Fleisch ausreißen. Sie stammelte voller Scham, dann schrie sie erneut auf und spie schäumenden Speichel aus. Die Frauen hielten sie an den Schultern, die Hebamme an der Taille fest; sie drehte Maria zur Seite und gab ihren Helferinnen die Anweisung, ein Klistier zu setzen. Maria spürte, wie sich das Wasser verteilte, der Schmerz wurde stärker, ihr Bauch glich einem brodelnden Lavakessel.

»Ich habe genug!« schrie sie, aber niemand beachtete sie, sie existierte nicht, da lag ein Körper, und drumherum war eine aufgeregte, ungeduldige Schar von Leuten versammelt, die sie durchkneteten und an ihr herumzerrten. Der Geburtshelfer näherte sich, seine Hände glitten in sie hinein, sie spürte, wie sich die Finger im Innern bewegten, drehten und wanden, tasteten.

»Das Kind kommt mit dem Kopf zuerst, die Öffnung ist geweitet, die Größe des Beckens ist optimal ...«

Er hatte immer noch diesen Hirtenakzent, der zu der Niederkunft einer Ziege gepaßt hätte. Ja, das war es, nichts anderes war sie, nicht mehr und nicht weniger, eine Ziege, eine widerspenstige Ziege. Mein Gott, mach, daß es kommt und es endlich vorbei ist. Aber das Kind saß fest wie das schlechte Gewissen. Ich werde es hassen, sagte sie sich, ich hasse es jetzt schon ... Sie weinte, während das Wasser des Klistiers aus ihr herausfloß.

»Sie muß zur Ader gelassen werden, das wird sie weiten.«

Der Geburtshelfer hatte den Satz kaum in den Raum geworfen, da ergriff er schon ihren Arm und machte einen Einschnitt am Ellbogen.

»Ich halte nichts davon«, bemerkte die Hebamme. »Wozu soll der Aderlaß gut sein, der Kleine ist da, er sucht nur noch den Ausgang, das ist alles.«

»Ja«, fiel ihr der Geburtshelfer ins Wort, »aber er findet ihn nicht, und wenn er ihn nicht findet, dann liegt es daran, daß es einen Widerstand gibt, der nicht nachläßt. Der Aderlaß wird die Blutgefäße dehnen.«

»Oder auch nicht ...«

Sie sprechen über mich, der Hirte und der Adler, der Adler und der Hirte, als würde ich nicht existieren.

Das ausströmende Blut schwächte sie, ein sanfter Nebel umhüllte sie, ein laues Gefühl der Ohnmacht. Die Wehen ließen nach ... schlafen. Eine neue Ruhephase begann, es war tiefe Nacht. Von der Kirche schlug es zweimal, die Alten waren immer noch da, sie schliefen, über ihren Rosenkranz gebeugt, mit weit offenem Mund. Aus diesen schwarzen, klaffenden Öffnungen stieg ein Geschnarche auf, das bereits ihr letztes Röcheln anzukündigen schien.

Vincent schrak aus dem Schlaf hoch, der Glühwein hatte ihn müde gemacht. Aglaée saß ihm gegenüber und wachte.

»Und?« fragte er.

»Nichts ... sie taugt nicht zum Kinderkriegen, deine Kleine.«

»Sei still!«

»Ich habe noch nie eine Entbindung gesehen, die so lange dauert, meiner Meinung nach will sie nicht, daß es herauskommt, es ist die Erinnerung an den Engländer, die hält sie zurück.«

Vincent erhob sich, es war kalt, im Kamin war die Glut schon erloschen. Er stieg die Treppe hinauf, wobei er darauf achtete, daß die Holzplanken nicht knarrten. Er schob die Tür auf; ein übler Geruch schlug ihm entgegen. Kerzen brannten auf dem Nachttisch der Gebärenden. Man könnte meinen, es sei eine Totenwache, fuhr es ihm durch den Kopf, der Raum war in Dunkelheit getaucht, ein düsteres Schwarz, in das sich das Schnarchen der alten Weiber mischte. Der Geburtshelfer wandte den Kopf zu ihm um, er schien der einzige zu sein, der nicht schlief.

»Was ist los?« flüsterte Vincent.

»Es geht voran, Monsieur Tordo.«

»Es dauert ziemlich lange ... Ich brauche mir doch keine Sorgen zu machen? Ich erinnere Sie noch einmal daran: Wenn es nötig ist, zögern Sie nicht, ich will die Mutter, und zwar lebend.

Der Geburtshelfer nickte. Das Kind opfern. Er mußte hier raus ... Seine Ehre stand auf dem Spiel. Es würde nicht einfach werden, sich bei all den Frauen hier durchzusetzen, die seit Jahrtausenden gewohnt waren, Wache zu halten. Er war mit Gewalt in ihre Sphäre eingedrungen, ein Mann in einem Frauengemach, ein Wolf unter Schafen. Die Entbindung der Hoteliersfrau war seine erste in dieser Grafschaft.

Ich werde sterben, dachte Maria, als der Tag anbrach, ich werde sterben, genau wie meine Mutter ... Sie spürte, wie das Blut langsam, fast unentschlossen durch ihre Adern floß, sich vom Herzen entfernte und in ein Meer aus Watte zu sickern schien. Sie starb ganz sanft ... Sie starb, und mit ihr Benjamins Kind.

Im Speisesaal hatte keiner daran gedacht, den Kamin oder die Leuchter anzuzünden, auch an nichts anderes. Draußen regnete es, man konnte weder Himmel noch Horizont erkennen, der Saal lag im Dunkeln. Wo blieb der Kaffee, wo blieben die Omeletts, die kleinen Pasteten, die Brote mit Käse und Bergschinken? Vincent saß niedergeschlagen in der Küche. »Was ist, mein Freund!« riefen ihm die Emigranten zu. »Was soll sein?« entgegnete Vincent. »Meine Frau bekommt ein Kind.« Das war sicher keine ausreichende Antwort, aber so war es nun einmal. So blieb den Familien nichts anderes übrig, als ihre eigenen Domestiken herunterzuschicken, um das Frühstück vorzubereiten. Der Hotelbesitzer wohnte der Invasion seiner Küche mit größter Gleichgültigkeit bei. Was sollte er mit diesem Teufelsbalg tun, wenn es seine Nase nicht bald heraussteckte? Wenn das Kind nicht kommen wollte, dann mußte man es eben, verflucht noch mal, holen. Vincent ging in die Rue Malonat zu einem Chirurgen, der den Leuten die Geschwüre herausriß und dafür bekannt war, einem wegen einer Lappalie lustvoll den Bauch aufzuschlitzen. Der Mann zögerte zunächst, doch letztlich siegte die Überzeugungskraft von Vincents Louisdors, und er akzeptierte, zu dieser Frau zu gehen, die dabei war, den Preis für ihren Fehltritt zu zahlen. Der Geburtshelfer hatte gerade den dritten Aderlaß eingeleitet, als der Chirurg das Zimmer betrat.

Trotz ihrer Apathie spürte Maria, wie nun andere Finger schmerzhaft in sie eindrangen, Finger, die sie ohne jede Schonung, ohne jedes Feingefühl abtasteten. Der Chirurg nahm sich Zeit. Er schien Gefallen daran zu finden, da drinnen herumzuwühlen. Er kam zu dem Ergebnis, daß die Gebärmutter träge sei.

»Vielleicht mit einer Zange?«

Der Geburtshelfer fuhr zusammen, offenkundig war er hier von Hexen und Scharlatanen umzingelt; wenn er wenigstens einen seiner Meister um Rat hätte fragen können. Aber die waren weit weg. Er mußte selbst entscheiden.

Er sah den verknöcherten alten Mann entsetzt an.

»Ich bin kein Mörder, Monsieur.«

»Sicher, sicher, aber in der Zwischenzeit riskiert die Mutter ihr Leben.«

Der Geburtshelfer wandte sich ab, er wußte wohl, daß die Mutter in Lebensgefahr schwebte. Der Clan der alten Weiber, angeführt von Aglaée, und die Hebamme, sie alle hatten sich verschworen und beschlossen, das Kind zu töten.

»Nicht die Zange!«

Maria stemmte sich auf die Ellbogen, sie mußte etwas unternehmen, ihr Kind vor der Zange retten, diesen Eisengriffen, die das Baby packten, ihm den Kopf zerdrückten, ein Bein oder einen Arm abrissen, es meist sogar töteten. Sie fühlte sich so schwach, so hilflos, so schuldig, Gott wollte nicht, daß sie dieses Kind der Wollust zur Welt brachte. Sie fiel auf das Kissen zurück. Es bewegte sich doch aber! Herrgott, ja, es trat sie in den Bauch, es sträubte sich, es wollte leben. Damit es leben konnte, mußte aber auch sie leben. Wie von Sinnen erhob sie sich. Die Alten bekreuzigten sich und wichen voller Entsetzen zurück: der Leibhaftige! Der Leibhaftige! Sie war besessen. Alles drängelte zur Tür, stürmte hinaus. Innerhalb weniger Augenblicke blieben in dem Raum nur die Frau mit der Zange, Aglaée und der Geburtshelfer zurück. Maria schlug sich gegen den Bauch und begann zu hüpfen. Dabei schrie sie: »Wirst du endlich herausfallen ... Wirst du endlich herausfallen!«

Dann brach sie ohnmächtig zusammen, ihr Bauch wurde von Krämpfen geschüttelt. Erneut tauchte der Geburtshelfer seine Hände in die geöffnete Scheide. Er tastete sich sanft und behutsam vor. Doch im Innern war sie wie ausgetrocknet, keine Feuchtigkeit, keine Flüssigkeit, eine Trockenheit wie in der Wüste.

»Wir wollen sie baden.«

»Sie sind verrückt«, schnaubte die Hebamme.

»Seien sie still, bringen Sie mir eine Sitzwanne, so etwas muß es doch irgendwo in diesem Hause geben.«

Aglaée erklärte Vincent, daß sein »Geburtshelfer« nun vollständig verrückt geworden sei. Er wolle die Gebärende ins Wasser legen. Wimmernd stieg Vincent die Treppe hinauf. Eine Sitzwanne, warum nicht? Wasser, warum nicht? Wenn sie das Neugeborene darin ertränkten. Eine Sitzwanne, davon gab es in dem Hotel nur eine, die hatte der Pfarrer mit den Lackschuhen. Vincent trug sie gemeinsam mit dem Geburtshelfer hinüber.

»Ich lehne jegliche Verantwortung dafür ab«, zeterte die Hebamme. Warmes Wasser wurde in Eimern und Krügen heraufgebracht, die Wanne füllte sich allmählich. Der Geburtshelfer und Vincent setzten Maria in die Wanne; das Wasser reichte ihr bis zu den Schultern. Vincent war verwirrt und versuchte, die Nacktheit dieser Frau, die ihm gehörte, doch deren Körper er noch nie gesehen hatte, nicht zu betrachten.

Im lauen Wasser fühlte Maria, wie sie leicht wurde, eine wohlige Mattigkeit überkam ihre schmerzenden Glieder. Sie spürte die einsetzende Trägheit, ein Nerv nach dem anderen entspannte sich, der Widerstand löste sich, das Wasser drang sanft in sie ein, spülte den Druck der knetenden Hände fort, das Wasser wusch alles, umspülte alles, mit dem Wasser kam das Vergessen, das sich wie ein Schleier zwischen sie und ihr Gedächtnis legte, wie eine unbekannte Empfindung, voller Wonne und Reinheit. Jemand öffnete die Fenster, ein graugoldenenes Licht flutete ins Zimmer, die Luft war mild, eine leichte, feuchte Brise blies die Kerzen aus, die die alten Frauen angezündet hatten. Und in diesen Frieden, diese Ruhe drang plötzlich Marias Schrei. Das Köpfchen hatte die Schwelle zur Welt überschritten, der Oberkörper folgte. Der Geburtshelfer durchtrennte die Nabelschnur. Das Kind war geboren. Ein Junge. Maria wollte ihn nicht sehen.

Aglaée und die Hebamme hoben sie aus der Wanne, wickelten sie in ein großes Leinentuch und wollten sie ins Bett legen.

»Nein«, sagte Maria, »bringen Sie mich auf mein Zimmer zurück.«

Für nichts auf der Welt wieder in dieses Bett mit diesen Laken, diesen Decken, diesen Krügen, all diesem Grauen.

»Es ist ein schöner Junge«, sagte der Geburtshelfer.

»Danke«, erwiderte Maria.

Erst als sie auf ihrem Zimmer war, willigte sie ein, daß man ihr das Kind brachte. Sie betrachtete das winzige Gesicht. Da war er nun, Benjamins Sohn. Sie hatte gesiegt ... Sie schloß die Augen.

»Wie wollen Sie ihn nennen?« fragte Vincent schüchtern vom Flur aus.

»Jean-Jacques«, antwortete Maria.

Zweiter Teil

Herbst 1792
Frühling 1793

»Er [Masséna] besaß viele der Wesenszüge, die die Geschichte Heinrich IV. zuschreibt. Er war stark gebaut, unermüdlich, ritt Tag und Nacht durch die Fels- und Berglandschaft ... Er konnte nichts, beherrschte nicht einmal die Rechtschreibung, aber er besaß eine beharrliche Seele und ließ sich nie entmutigen.«

Stendhal,
Das Leben Napoleons

Benjamin Davis
Var-Armee, 10. Division
Stationiert in Nizza
Place Saint-Dominique
1. Oktober 1792

Mrs Penelope Rivers Pitt
Daffodils Cottage
St. James Street
London

Liebe Freundin,

heute regnet es ununterbrochen, ich habe mich in ein Café am Korso zurückgezogen, wo ich diesen Brief schreibe. Ich kann mir vorstellen, daß Sie lachen würden, wenn Sie mich hier mit der blauweißroten Kokarde am Hut sähen. Ja, ich habe mich nun endgültig in den Dienst dieser jungen Republik gestellt, die ich so lange inbrünstig herbeigesehnt habe. Und ich glaube nicht, daß ich damit England verrate, die neue Regierung in Frankreich ist friedliebend und will gegen niemanden Krieg führen, es sei denn, er versucht, ihre eben erst erworbene Freiheit anzugreifen. Ihr Verwandter William Pitt wird sein Bestes tun, um jeglichen Konflikt mit Frankreich zu vermeiden. Im Moment halte ich frohen Herzens an meinen Ideen fest, hier in dieser völlig mittellosen Armee. Stellen Sie sich nur vor, wir haben keine Uniformen, keine Schuhe, so bringt jeder mit, was er besitzt, das einzige, woran wir von den anderen zu unterscheiden sind, ist diese Kokarde, die uns nicht nur hilft, uns untereinander zu erkennen, sondern auch, und das ist das Wichtigste, uns zu einen. In meinem Bataillon gibt es alles, Handwerker, die ihre Werkstatt zurückgelassen haben, um zu den Waffen zu greifen – einige haben sich nicht einmal die Mühe gemacht, vorher ihren Kittel abzulegen –, aber auch Bürger und sogar ein paar Adelige, die dem Vorbild unseres Melchior d'Anselme nachfolgen, um in den Dienst einer gerechten Sache zu treten. Es heißt, die neuen Ideen hätten ihn überzeugt, als er in der Nähe von Yorktown in den Vereinigten Staaten gegen die Engländer kämpfte! Dieser große Mann mit der langen Nase hat mich sehr freundlich in seinem Führungsstab willkommen geheißen. »Sie werden unser Thomas Paine sein«, hat er mir zugerufen. Das ist eine große Ehre. Ich habe Ihnen viel von Paine erzählt, diesem Mann, der den Großmut besaß, die amerikanischen Siedler in ihrem Kampf für eine gerechte Sache zu unterstützen, obwohl er Engländer war. Heute ist er Abgeordneter des neuen Nationalkonvents. Was für ein Schicksal! Ich beneide ihn. Aber ich will Ihnen zunächst von unserer Ankunft in Nizza berichten: Wir standen vor dem Var, die Sonne schien, mein Herz schlug schneller, der Fluß war ruhig, als würde er schlafen, derselbe Fluß, in dem ich vier Jahre zuvor beinahe mein Leben gelassen hätte. Vier Jahre war es her! Plötzlich fühlte ich mich, als sei ich um ein ganzes Jahrhundert gealtert. Ich fand alles wieder, die Gerüche, die Farben, die Natur, die Olivenbäume, die aussahen, als seien sie mit silbergrauer Asche bestäubt. Wir wateten durch das Wasser, das uns gerade mal bis zu den Knien reichte, die Trommeln immer voraus, es stimmt, daß dieser gleichmäßige Rhythmus einem die Kraft gibt, immer weiter zu marschieren, und die Zuversicht, daß man siegen wird. Aber es gab nichts zu besiegen, die sardischen Armeen waren in die Berge geflohen, kein einziger Kanonenschuß, weit und breit keine feindliche Uniform. Wir glitten durch die Landschaft wie durch Samt. An unserer Seite stand Le Seurre, Sie erinnern sich sicher an ihn, den französischen Konsul? Wie hat er es bloß geschafft, als Konsul des Königs das Jahr 1789, die Konstituiernde Versammlung und die Legislative zu überleben! Ich mag diesen Mann nicht sonderlich, er macht sich über nichts Illusionen, was ihn nicht daran hindert, sein Spiel zu spielen, und das besteht darin, komme, was da wolle, seinen Posten zu bewahren; eine gewisse Portion Zynismus scheint manchmal durchaus nützlich zu sein. So hatte der Konsul das Gerücht in die Welt gesetzt, wir seien fünfunddreißigtausend Mann, die die Grafschaft erobern wollten. In Wirklichkeit sind wir nicht einmal zehntausend. Das erklärt die Flucht der sardischen Truppen wie auch der Behörden, des Senats, des Gerichts und der Archive. Der totale Zusammenbruch!

Wir hielten weit vor der Stadt, ungefähr auf Höhe der Kapelle Sainte-Hélène, bei den Sümpfen, wo ich einst Kräuter zu sammeln pflegte. D'Anselme war müde, er leidet unter rheumatischen Schmerzen, was der Grund für die ständige Anwesenheit seiner Schwester Rosa Félicitée Françoise ist, die ihn massiert und pflegt … Verzeihen Sie, Penelope, ich schweife ab … Sie werden meine Ausdrucksweise zögerlich und umständlich finden. Doch Sie wissen, daß ich meinem Herzen und nicht etwa der Philosophie oder der Politik gefolgt bin, wenn ich mich in die Var-Armee rekrutieren ließ, das stellte für mich die einfachste Möglichkeit dar, die Grenze zu überschreiten. Mein Leben lang werde ich Ihr Bild vor mir sehen, Penelope, an einem sanften, milden Sommernachmittag in London, als Sie mir die so wunderbare und zugleich so furchtbare Nachricht überbrachten, daß ich sehr wahrscheinlich Vater werden würde. Erst später habe ich verstanden, daß Sie nicht nachtragend waren, sondern den aufrichtigen Wunsch verspürten, mein Schicksal möge sich erfüllen. Ihre Großzügigkeit, Penelope, erlaubt mir heute, Ihnen in meiner tiefen Einsamkeit mein Herz auszuschütten. Sie sind die einzige Person, der ich von meinen Qualen erzählen kann, und ich darf mich glücklich schätzen, daß Sie noch ein wenig Interesse und Anteilnahme an meinem Leben zeigen.

Dies nun ist mein Anliegen, Penelope, Sie können sich meine Ungeduld vielleicht vorstellen: Ich bin hin- und hergerissen zwischen Reuegefühlen und dem Wunsch, meine Fehler wiedergutzumachen. Ich erhoffe mir von dieser Revolution, von diesem Krieg eine Gelegenheit, Maria um Verzeihung zu bitten und unser Kind lieben und hegen zu dürfen. Ist es dazu schon zu spät? Die Unmöglichkeit, diese Frage zu beantworten, treibt mich fast in den Wahnsinn, und es wird jeden Tag schlimmer.

An diesem Samstag, dem 29. September, konnte ich es kaum erwarten, daß der Bischof Valperga käme, um uns die Schlüssel der Stadt zu übergeben, damit wir Ruhe und Ordnung in ihr wiederherstellten. Für die anderen hatte dies keinerlei Bedeutung, Nizza war nur eine weitere Stadt, hier gab es wieder ein paar Flaschen leerzutrinken und ein paar Frauen zu erobern, ob sie es nun wollten oder auch nicht. Für mich war es jedoch die Rückkehr in den Garten Eden, Penelope, in dieses seltsame und schöne Land, das mich glauben ließ, das Paradies könne es bereits auf Erden geben. Mein Herz schlug höher, als wir an Ihrer Villa vorbeikamen, ich sah das Teleskop des werten Herrn Cooper wieder, und ein Stück weiter das Haus, in dem ich geliebt hatte, Sie und – warum sollte ich es verbergen – Maria. Die geschlossenen Fensterläden und der verwahrloste Garten machten einen schrecklich trostlosen Eindruck. Ich hatte zwar nicht ernstlich gehofft, noch Spuren von Marias früherer Anwesenheit zu entdecken, aber dieses trübselige, verschlossene Haus ließ nichts Gutes erahnen. Nizza ist klein, ich hatte nie daran gezweifelt, sie wiederzusehen, ein wenig, als hätte sie immer auf mich gewartet, auf dem Chemin des Anglais, vor der Villa, in der Sonne, die Haare im Wind. Wie dumm, nicht wahr? Drei Jahre lang hat dieses Bild meine Tage und Nächte erfüllt, und an diesem Tag, dem 29. September, lief ich nun genau diesen Weg entlang, unter Trommelwirbel und blauweißroten Fahnen, aber Maria war nicht da. Die düstersten Gedanken gingen mir durch den Kopf: Und wenn sie nun die Stadt verlassen hatte, und wenn sie nun mit einem anderen Mann zusammenlebte, womöglich verheiratet war? Der restliche Weg verwandelte sich für mich in einen Kreuzweg, ein Teil der Truppe schlug seine Biwaks an der Place Victor auf, der andere, zu dem ich gehörte, gegenüber vom Hôtel d'York, wo ich bei meiner Ankunft in Nizza auch einmal gewohnt hatte, das Hotel war ebenfalls geschlossen. Liebe Penelope, Sie wären erstaunt gewesen, die ganze Stadt war wie ausgestorben, überall verbarrikadierte Fenster und nirgends auch nur der Schatten eines fliegenden Händlers oder einer Fischverkäuferin. Wo waren nur all die Nizzaer hin? In Panik geflüchtet? Wir entdeckten Spuren von Plünderungen. In der Rue Saint-François-de-Paule lagen zertrümmerte Möbel über den Boden verstreut, die Türen waren eingeschlagen, die Schaufenster zersplittert. Ein furchtbarer Anblick, Vandalen hatten unser Kommen, die Ankunft der Freiheit gefeiert.

Nachdem ich mein Bündel abgestellt hatte, ging ich zum Meer hinunter, die Abenddämmerung breitete ihr glühendes Farbenspiel über der weiten Bucht aus, die Bergspitzen der Maures hoben sich dunkel von einem rosaroten Himmel ab. Ich war wie beim ersten Mal überwältigt, Penelope, etwas Unsagbares schwebte über diesem paradiesischen Ort; ein kleines Reich, das vom Zorn Gottes verschont geblieben war. Angesichts dieses Schauspiels, das der *Iliade* würdig gewesen wäre, überkam mich plötzlich die Angst: Riskierten wir nicht, diesen heiligen Frieden zu zerstören? Wozu braucht die Schönheit denn überhaupt die Freiheit? Penelope, ich richte diese Frage an mich selbst.

Am folgenden Tag, einem Sonntag, kam die Bevölkerung aus ihren Verstecken gekrochen, ein paar Leute aus dem Volk, Kleinbürger und Händler, allen voran der Notar Tiranty und sein Freund Blanqui. D'Anselme veranstaltete ein großes Fest auf der Place Victor, dieser schönen, so italienisch anmutenden Piazza, wo die Straße nach Turin beginnt. Diesen Weg sind die Emigranten, auch zahlreiche Nizzaer, auf ihrer Flucht gegangen. War auch Maria unter ihnen? In der Mitte des Platzes stellte d'Anselme den Freiheitsbaum auf; es folgte ein Augenblick tiefer Ergriffenheit, als wir jene Hymne anstimmten, die die Freiwilligen aus Marseille bei ihrem Einzug in Paris gesungen hatten und die uns seither überallhin begleitet. Ich finde sie persönlich schöner als das etwas blutrünstige *Ça ira*, aber es ist letztlich ja nur ein Lied. Auf diesem herrlichen Platz, in der für diese Jahreszeit noch warmen Sonne vergaß ich meine düsteren Gedanken vom Vortag, die Freiheit ist überall schön. Ich litt, und zugleich war ich doch glücklich. D'Anselme, den die ganze Situation offenbar beflügelte, verlas eine Erklärung, die anschließend überall angeschlagen wurde:

»Der Konvent wird seine gesamten Kräfte darauf verwenden, die entwürdigenden Spuren des Feudalismus für immer zu beseitigen. Damit wir dieses Glück mit euch teilen und euch von den herrschenden Mißständen befreien können, dafür wurde Nizza erobert. Wir werden in dieser Stadt, die von den gemeinen Sklaven der Tyrannei und von den feigen Verwaltungsbeamten verlassen wurde, eine provisorische Regierung errichten.«

Das komischste daran ist aber, wen d'Anselme als Bürgermeister berufen hat – dreimal dürfen Sie raten: unseren lieben Konsul! Aber ist es denn wirklich komisch oder beunruhigend? Die Feier wurde mit Tänzen und Gesängen fortgesetzt. Obwohl mir nicht der Sinn danach stand, mich zu amüsieren, stand ich mit einem

Glas Wein in der Hand da, als ich plötzlich Angelina entdeckte. Erinnern Sie sich noch an meine alte Köchin? Sie rührte in einem Kessel Polenta und deutete dabei ein paar Tanzschritte an. Angelina! Die die Ankunft der Franzosen feierte ... Kann man je sagen, daß man einen Menschen kennt, auch wenn man ihm sehr nahe steht? Sie erkannte mich sofort, und ich gestehe, daß sie ein wenig erstaunt war, mich mit der Kokarde und dem Dreispitz zu sehen. »Monsieur!« rief sie. Ich glaube, daß sie sogar ein wenig schockiert war, obwohl sie, was mich betrifft, ja schon so einiges gewohnt war: ein Gentleman, der barfuß durchs Gras geht und in seine Wäscherin verliebt ist. Dieser selbe Gentleman aber in den Reihen der Revolutionsarmee, nein, das hätte sie sich nie vorzustellen vermocht. Als ich sie nach Maria fragte, verfinsterte sich ihr Gesicht, dann streckte sie den Arm aus und zeigte auf eine dicke Frau, die auf dem Podest hockte und lauthals die Revolutionslieder mitsang. »Aglaée wird Ihnen alles erzählen«, sagte sie und verstummte. Ich trat auf die üppige Frau zu und erkannte sie wieder, sie bediente die Gäste des Hôtel d'York, ich hatte sie seinerzeit im Verdacht, die Geliebte des Chefs, eines eher unscheinbaren Mannes, zu sein.

Erkannte auch sie mich wieder? Ich weiß es nicht. Aber als sie mich vor dem Podest stehen sah, unterbrach sie ihren Gesang. Ich winkte ihr zu, und sie sprang trotz ihres beachtlichen Gewichts behende herunter und stellte sich vor mich. Ohne Umschweife fragte ich sie nach Maria, so als gäbe es keinen Zweifel, daß sie mir Auskunft geben könne. In einem einzigen grausamen Satz erfuhr ich alles. »Maria ist mit ihrem Mann geflohen, was soll ich Ihnen sagen, sie hatten das Hotel in einen Unterschlupf für Aristokraten verwandelt. Aber eigentlich hat für ihn – den Armen – das ganze Unglück damit begonnen, daß er sie mit ihrem dicken Bauch geheiratet hat. Kennen Sie sie, Bürger?« Ich stammelte irgend etwas und rannte fort. Ich hatte mit einem Schlag Antwort auf alle meine Fragen. Durch meine Schuld war Maria mit einem Dickwanst verheiratet worden! Penelope, ich wollte auf der Stelle sterben, mir drehte sich alles, ich konnte mich kaum noch auf den Beinen halten. Ich habe mich unter mein Biwak gelegt, von dort aus hatte ich das Hotel im Auge, in dem kein einziges Licht brannte. Wo mochte sie in diesem Moment sein?

Am folgenden Morgen wurden wir von einem sintflutartigen Regen geweckt, die Führung beschloß, uns in den von den Flüchtlingen verlassenen Häusern unterzubringen. Mir wurde das Hôtel d'York angeboten, ich willigte ein, wahrscheinlich weil ich noch mehr leiden wollte. Die Tür wurde aufgebrochen, und wir sind hineingegangen. Ich habe mich in das oberste Stockwerk zurückgezogen, wo sich die Privaträume befinden. Diese Nacht werde ich also in Marias Bett verbringen, o grausame Ironie des Schicksals. Penelope, entschuldigen Sie die Länge meines Briefes, es wird Nacht, vom Café aus, wo ich Ihnen schreibe, sehe ich, wie die Fackeln hinter den Hotelfenstern angezündet werden. Es ist Zeit für das Abendessen.

Verzeihen Sie mir, geliebte Penelope, und bis bald, so hoffe ich.

Benjamin

Es herrschte drückende Hitze, als sie aufgebrochen waren, einige ritten auf Maultieren, die meisten gingen jedoch zu Fuß, die Damen mußten ihre feinen Schuhe in den groben Staub setzen. Sie kamen nur mit Mühe voran, der beschwerliche Weg nach Turin führte geradeaus über die Berge zu einer weit entfernten Ebene, der Poebene. Sie hatten ihr Silber, ihre Kleidung, ihre Erinnerungen, die Gemälde, ihr ganzes Leben, sie hatten Jahrhunderte zurückgelassen. Den letzten Rest Gold trugen sie am Körper, im Gürtel oder tief unter den Röcken versteckt, dort, wo die Hand der roten Mörder nicht wagen würde herumzuwühlen, so hofften sie zumindest. Sie folgten dem Lauf des Paillon–Flusses, und das war noch gar nichts: Hier war der Weg noch eben, aber sie spürten bereits das Gebirgsmassiv vor sich, die Gewalt der Berge, der Weg verlor sich in diesem Labyrinth aus Steinen und verkrüppelten schwarzen Bäumen, um sie herum ragten ungeahnt hohe Gipfel empor, eine geheimnisvolle Landschaft, die einem den Atem raubte, Schluchten, in die bedrohliche Wasserfälle hinabstürzten und wo schwarze Abgründe gähnten. Genau dort mußte man hindurch, die Alten wie die Jungen, die Frauen, die Kranken und auch jene, die in ihrem bisherigen Leben nur über Parkettböden geschritten waren. Sie hatten keine Wahl, entweder dies, oder es drohte ihnen die Vergewaltigung, der Tod durch die Guillotine oder an einem Laternenpfahl, die unerhört grausamen Tode durch die Männer der Revolution, diese entfesselte Armee der Gott- und Vaterlandslosen, die sich am blauen Blut der Aristokraten berauschten. Die Angst trieb sie das Flußufer entlang, das dürstend auf das Ende des Sommers wartete, das verdorrte Gras und das Schilf zerfielen zu

Staub, die Erde war brüchig wie die tote Haut einer Schlange, sie verletzten sich an den Füßen, knickten um, stolperten, strauchelten, der Boden ertrug all diese Sonne nicht mehr, mit der er sich tagein, tagaus vollgesogen hatte, ohne daß auch nur ein Tropfen Wasser oder eine feuchte Brise die verhärtete Wunde seiner entblößten Eingeweide gelindert hätte.

Weiter unten hatte der Paillon zu atmen aufgehört, auf seinem Rücken trieben tote Fische; er verästelte sich in den Felsbecken und blieb in den herabhängenden Zweigen der Bäume hängen, es gab keine Strömung mehr, und er besaß nicht mehr die Kraft, noch weiter Richtung Meer zu fließen, ausgedörrt siechte er vor sich hin. An seinen geschundenen Ufern, von denen ein fauliger Geruch aufstieg, hockten hungrige, nackte Kinder, die mit den Händen im stinkenden Schlamm wühlten, auf der Suche nach Kaulquappen, während sie dem nicht enden wollenden Flüchtlingsstrom nachschauten. Er verlor sich im grauen Licht der flirrenden Hitze, die unsichtbare Sonne schien die Luft wie unter einer dicken Glasglocke gefangenzuhalten. Kleine Fliegen nisteten sich in den vor Anstrengung offenstehenden Mündern ein, die Haut klebte unter dem Batist, unter den schlaff herabhängenden Spitzen und der löchrigen Seide.

Die Reiter der Königlichen Armee mit ihren weißen Mänteln ließen die Zügel der Pferde hängen, hinter ihnen rollten die Gepäckkarren, danach die Kanonen, die hohe Staubwolken aufwirbelten, und am Ende lief die Truppe, die eigentlich die Stadt hätte verteidigen sollen und sich statt dessen kampflos ergeben hatte – sie alle auf dem Weg ins Piemont. Wer hatte sie aufgefordert, ihre Stellung zu verlassen, oder waren sie von allein gegangen? Von der anderen Seite des Var, so hieß es, würden dreißig-, vierzig-, fünfzigtausend Soldaten anrücken. Die Zivilisten hatten im Morgengrauen als erste die Flucht ergriffen, all jene, die am meisten um ihr Leben zittern mußten, die Richter, die Steuerpächter, die Gutsverwalter. Einige ließen sich auf dem Rücken eines Maultiers von einer Seite auf die andere schaukeln, andere gingen zu Fuß. Und sie alle, die den langen Marsch noch aufrecht angetreten waren, gingen nun gebeugt, schlurfend, mit zerzauster Perücke, offenem Hemd, schweißüberströmt, ächzend, unfähig, einen klaren Gedanken zu fassen, und mit nur einer Hoffnung im Herzen: ihre frühere Welt wiederzufinden, die Zivilisation, die Welt von damals, die ewige Welt, mit einem Gott und einem König. Würden sie je dort ankommen? Sie waren so erschöpft und hungrig. Reiter zogen an ihnen vorbei, die sie eigentlich hätten beschützen sollen, Soldaten des Königs von Turin, Victor-Amédée, der, wie es hieß, schwach und zu jedem Zugeständnis bereit war, selbst denjenigen gegenüber, die seinen Cousin Ludwig gefangengenommen hatten. Der brave Amédée wollte keinen Krieg, aber er würde ihn von den Franzosen dennoch bekommen, einen Krieg für die »Freiheit der Völker«, wie sie es nannten, einen Krieg ohne Gefangene und ohne Kompromisse. Der »Krieg für die Freiheit« kannte keinen Waffenstillstand, keinen Teilfrieden, dieser Krieg ging bis zum bitteren Ende, denn jene, die ihn führten, hatten Hunger, Hunger auf Speise, auf Reichtum, auf Geld, auf Gold, auf gutgefüllte Speicherböden, auf volle Keller, auf frisch abgefüllte Flaschen, und sie waren überzeugt, daß die Welt voller Gold, voller Silber, voller gefüllter Speicher sei und daß es dumm wäre, darauf zu verzichten.

Maria hat sich ein Tuch vor den Mund gebunden, um weniger Staub schlucken zu müssen, diesen Staub, der in den Mund dringt, sich unter die Zunge legt, den Gaumen austrocknet, ein zäher klebriger Staub, der zwischen den Zähnen knirscht und sich nicht ausspucken läßt. Die Sonne wird fahl, es herrscht eine bleierne Hitze, man erkennt weder den Horizont noch den Weg;

um voranzukommen, darf man seinen Blick nicht von den Fersen des Vordermanns lösen. Der Weg beginnt steiler zu werden, weiter vorn hört man die Wagen der Armee rollen, man hört das Weinen von Kindern, all die Geräusche übergroßer Anstrengung. Die Wasserflaschen sind leer. Um frisches Wasser zu bekommen, wird man L'Escarène noch vor Einbruch der Nacht erreichen müssen. Maria will nicht nachdenken. Wozu auch? Sie brauchte gar nicht bei dieser Hals über Kopf flüchtenden Gruppe zu sein, weder ist sie Aristokratin, noch gehört sie zu den Prälaten oder Richtern, was hat sie also Böses getan? Sie hat Emigranten Unterschlupf gewährt, was ist schon dabei! Als die republikanischen Armeen anrückten, bekam Vincent es mit der Angst zu tun, seine alte Angst vor den Franzosen flammte wieder auf. Vincent, der wie ein altes Faß aussieht, das zu erschöpft ist, um noch weiterzurollen. Maria würdigt ihn keines Blickes, sie verbietet sich jegliches Mitgefühl und verspürt nicht einmal Haß, nur Gleichgültigkeit. Sie läuft immer ein paar Schritte vor ihm, mit dem Gang der Zweiundzwanzigjährigen, einer jungen Frau ohne Illusionen, die ihre Seele fest verschlossen und den Schlüssel fortgeworfen hat. Auf dem Maultier schläft Vincents Tochter Catherine, deren Hemdchen mit grauschwarzer Spucke vollgesabbert ist. Maria hat sich Vincent hingegeben. Er hat sich auf sie gestürzt, groteskes Zeug gestammelt, sie hat sich geöffnet und ihn in sich eindringen lassen, das war der Preis gewesen, den sie zu bezahlen hatte. Gar kein so hoher Preis, wäre da nicht der Ekel gewesen; Vincent machte eifrig ein paar Stöße, es dauerte nur wenige Sekunden, dann fiel er wie ein morsches Stück Holz hechelnd, stumpfsinnig und mit verdrehten Augen auf sie. Das Kind war schnell gemacht. Sie hatte es unbeschwert im Bauch getragen und ebenso sorglos in die Welt gesetzt. Ah, das war etwas anderes gewesen als bei dem Kind des Engländers, dem Sproß der Sünde.

Sie hatten den Jungen bei den Tordos in Levens in Obhut gegeben. Dort wuchs er mit Schweinen, Federvieh und Kaninchen auf, hatte immer ein schmutziges Gesicht und war stets von einer ganzen Schar von Cousins umringt. Jean-Jacques, das Kind der Liebe, das Kind des Philosophen, krabbelte auf allen vieren, schimpfte, zankte sich mit den anderen um Maikäfer und Regenwürmer, wurde nie gewaschen, nie gekämmt und nur mit Mais und gekochten Bohnenhülsen ernährt, denn das Innere hob der Notar für sich selber auf.

Anfangs ging Maria noch jede Woche zu ihm hinauf, Jean-Jacques war noch ein Baby, sie brachte ihm frische Wäsche, küßte ihn, roch an seiner milchigen Haut. Doch mit der Zeit kam sie immer seltener. Wozu auch? Ihn nur für wenige Stunden zu sehen war dasselbe wie ihn gar nicht zu sehen. Und dann war da noch der böse Blick der Familie, vor allem der Notarsgattin, die sie ihre ganze Verachtung spüren ließ. Und da war der junge Joseph mit seinen lüstern vorgewölbten Lippen und seinem begehrlichen Blick. Sie brauchte seine Wollust nicht. Eine Zeitlang hatte sie sich noch geschmeichelt gefühlt, doch dann begann die Sinnlichkeit des Jungen sie zu verwirren, sie beschloß, nicht mehr hinzugehen. Sie vergaß Jean-Jacques. Sie vergaß alles. Sie lief einfach weiter.

In L'Escarène gibt es bereits nichts mehr, weder Brot noch Wein, nur das Wasser aus den Quellen. Die Militärs haben ihre Biwaks aufgeschlagen, ihre Karren, Kanonen und Pferde stehen auf dem großen Platz, auf den die vielen Erschöpften strömen. Die Priester in ihren verschmutzten Soutanen drängeln sich durch die Menge, um in die Kirche zu gelangen, wo der Gemeindepfarrer ihnen Asyl und ein Stück Brot gewähren wird. Auf dem Kirchplatz werden Feuer angezündet, nicht weil es kalt gewesen wäre, sondern um ein wenig Trost zu spenden und sich ein wenig aneinanderzudrängen, wie zu Zeiten der ersten Höhlenmenschen. Die Dorffrauen nehmen sich der kleinen Kinder an und geben ihnen die Brust. Solange es noch Milch gibt!

Milch hat Maria noch, sie weckt Catherine und stillt sie. Auch sie hat Hunger. Vincent hat das Hotel wie ein Dieb verlassen, alles ist dort zurückgeblieben, das Brot, der Wein, Salz und Zucker: »Auf nach Turin … auf nach Turin!« brüllte er durch die Flure und schob Aglaée zur Seite, die stolz die blauweißrote Kokarde trug. Vincent lehnt gegen einen Baumstamm, Maria hat ihm eine Flasche Wasser gebracht. Zwischen zwei Schlucken bedankt er sich bei ihr, sie hat ihm bereits wieder den Rücken zugekehrt, Vincent kann nicht mehr stehen, seine Füße sind geschwollen wie Wassermelonen. Maria läuft mit Catherine auf dem Arm durch die Straßen des Dorfes, sie steigt über die schlafenden Greise und Kinder. Die Damen, die nicht nur ihre Bediensteten und ihr Gepäck, sondern mittlerweile auch ihren Hochmut verloren haben, setzen Tee auf, zumindest jene, die zufällig welchen mitgenommen haben. Sie tun sich schwer in ihren zu weiten, zu langen, zu schönen, ihren zerrissenen Kleidern, die voller Flecke und toter Insekten sind, mit ihren ungeschickten Händen zerbröseln sie ein paar Kekse; zum ersten Mal in ihrem Leben sind sie für hungrige Mäuler verantwortlich, sie tun sich schwer, mit einer ruckartigen Kopfbewegung werfen sie ihr offenes Haar, das ihnen ins Gesicht fällt, nach hinten. Die jüngeren unter ihnen irren mit flehenden Blicken umher, als würden sie auf irgend etwas warten, aber auf was? … Auf Mitleid, Respekt und Achtung ihres Titels, ihrer Herkunft oder wenigstens ihrer Menschenwürde? Es mangelt an allem, selbst am Notwendigsten, wie sollen sie dieses Desaster überleben? Sie sind auf alles gefaßt. Auf was genau? Sich verkaufen, verschenken, hingeben zu müssen … Sie gestehen es sich nicht ein, aber man kann es an ihrem verlorenen Hundeblick ablesen. Werden sie einen Abnehmer finden?

Weiß Maria, warum sie durch die überfüllten Gassen von L'Escarène läuft? Sie sucht nichts Bestimmtes. Oder vielleicht doch, etwas Eßbares. Am Dorfausgang, in der Nähe eines Waschplatzes, begnügt sie sich mit einem Grasbüschel, das sie lange und sorgfältig kaut, um den Hunger zu überlisten. Gras mit viel Wasser, das bläht den Magen auf, beruhigt ihn. Sie setzt ihre Tochter neben sich und lehnt den Kopf gegen die Mauer, ein friedlicher Augenblick, endlich allein, abseits vom Lärm, den Rufen, den Schreien, dem Gelächter, ja Gelächter, woher kam das nur? Sie ist fast schon eingeschlafen, als eine massige Gestalt sich röchelnd neben sie auf den Boden fallen läßt, das Röcheln eines Greises, das sich in einen trockenen, rauhen Husten verwandelt. Eine große schwarze Silhouette mit vorstehenden Augen, mit vom Durst und vom Staub aufgesprungenen Lippen. Ein Prälat mit flachsblondem Haar, mindestens ein Bischof, doch alles, was einst die Würde seines Amtes zusammengehalten hatte, lag nun eingefallen, zusammengesunken und aufgedunsen da. Ein Bischof, ja, der Bischof von Fréjus. Er hatte ein Jahr im Hôtel d'York gelebt und sich stets die feinsten Speisen bringen lassen: Wild entsprechend der Jahreszeit, Süßwasserfische im Frühling, Tiefseefische im Sommer, Thunfisch und Wolfsbarsch, Drachenköpfe und Sankt-Peters-Fische, ein wahrer Gourmet; das mußte man gesehen haben, wie er sich mit der Serviette die Lippen abtupfte, sorgfältig, sacht, ein Prälat von hohem Rang, mit vornehmem Lächeln, der nur Brokat und Seide trug. Eine wohlklingende, sanfte Stimme, wie eine Violine oder etwas Ähnliches. Eine eindrucksvolle, durchdringende, dennoch aber samtweiche Stimme, die einen an Gott glauben ließ und an die heilige Kirche. In dieser Nacht hat er keine Stimme und auch keine Spucke mehr, er trägt die Soutane, nicht irgendwelche zerschlissenen Lumpen, und sieht sie flehend an … Maria reicht ihm mit den

Händen etwas Wasser. Er bedankt sich mit den Blicken, nähert seine geschwollenen Lippen, trinkt ausgiebig, brennender Atem steigt aus seiner Kehle auf. Zwischen zwei Schlucken Wasser schnappt er nach Luft, dann fällt sein Kopf auf die Knie der jungen Frau, sein ganzer Körper zittert, seine Beine strecken sich bebend aus, eine gelbe Flüssigkeit strömt aus seiner Soutane, ein Rinnsal, das gar nicht mehr aufhört, sein Kopf wird schwerer, er sinkt in Marias Schoß, das Keuchen läßt nach, verebbt. Ruhe, Stille, er ist eingeschlafen, nein, er ist gestorben. Hier, auf ihrem Schenkel, in ihrem Geruch, in ihrer Wärme.

Sie schiebt ihn beiseite, nimmt ihr Kind, erhebt sich und kehrt zum Platz zurück, der Lärm hat nachgelassen, die Flüchtlinge schlafen unter den Torbögen, auf dem Pflaster. Die Kinder wurden auf Stroh- und Heubündel gelegt, die Damen haben ihre Schmuckbeutel zu Kopfkissen gefaltet. Vom Kirchturm schlägt es zwölf.

Die letzte Flüchtlingsgruppe hat die Nachricht mitgebracht: Die Franzosen seien bereits in Nizza, widerstandlos wie in ein Stück Butter seien sie in die Stadt eingedrungen, sie nähmen sich nicht einmal die Zeit, ein wenig auszuruhen, sie werden kommen und sich die Pfaffen und die Aristokraten holen. Sie sind uns auf den Fersen, es gibt keine Armee mehr, die sie aufhalten könnte. Hat es überhaupt je eine gegeben? Man hat ihre Kokarden und ihre Fahnen schon an den Ufern des Paillon gesichtet. Wir müssen es bis zum Gebirge schaffen, bis zur Zitadelle von Saorge, dort gibt es wenigstens eine Garnison! Oder wird man uns vorher massakrieren? Wie ein endloses Band windet sich der Weg den Berg hinauf, immer höher, bis er im Blau und Schwarz des Gebirgsmassivs, der Felsen und Steineichen verschwindet, deren Äste sich voller Schmerz zum Gebet emporrecken.

Es wird langsam hell, als Maria und Vincent sich mit leerem Magen und nur etwas frischem Wasser erneut auf den Weg machen, der Zukunft entgegen. Vincent überschlägt im Kopf, wieviel Geld er mitgenommen hat: Da ist der Gürtel, den er um den Bauch trägt, dann der zweite unter dem Hemdchen von Catherine, die beiden Beutel mit Gold unter Marias Wäsche, und dann immerhin ein ansehnlicher Wechsel, der bei den Banken in Turin eingelöst werden könnte. Ein hübscher kleiner Batzen, mit dem man die Dinge getrost auf sich zukommen lassen kann. Nur einen Fuß vor den anderen setzen und nicht auf den Schmerz achten, der seinen Schenkel durchbohrt. Um ihn zu lindern, hatte er feuchte Tücher herumgewickelt, aber sie verrutschen beim Gehen und behindern ihn, dann muß er sich verbergen und das Ganze zurechtrücken, in dieser Zeit aber gewinnen Maria und das Maultier einen so großen Vorsprung, daß er gezwungen ist, zu rennen, und das ganze Spiel beginnt wieder von vorn. Maria könnte auf ihn warten, aber sie tut es nicht, bemerkt sie seine Not überhaupt? Sie wird ihn nie lieben, das hat er von Anfang an gewußt. Er hatte geglaubt, daß die Geburt des Kindes, seines Kindes, etwas daran ändern würde. Aber nicht die Spur davon, im Gegenteil. Das bißchen Zärtlichkeit behält sie ausschließlich dem Kind vor. Und er? Er könnte am Wegrand zusammenbrechen, sie würde ihm nicht einmal zu Hilfe eilen. Sie meint es nicht böse, er exisitiert nur nicht für sie. Das ist alles.

Die Sonne ist aufgegangen, doch hinter einem so schweren Wolkenvorhang, daß kaum ein Strahl hindurchdringt. Die Luft ist derartig zäh, daß man meint, sie kauen zu müssen. Noch gestern drangen von allen Seiten Schreie, Gewimmer, Aufruhr herüber, heute morgen herrscht nur noch Stille, eine angstgeschwängerte, verstörende Stille. Hunger und Müdigkeit haben den Stolz besiegt, ein Tag und eine Nacht haben gereicht, um die Kleider in Lumpen, den Hochmut in Unterwürfigkeit zu verwandeln. Für ein Stückchen Brot und einen Schluck Milch hat der Dünkel sich demütig verneigt und in den Staub geworfen. Alle Scham ist verflogen, die Damen heben ihre Kleider, ihre Röcke vor aller Augen. Man hat weder die Zeit noch die Kraft, sich zu verstekken. Die Würde, wenn denn noch ein wenig davon übrig ist, hebt man sich für andere Dinge auf, vielleicht für später, wenn diese Barbaren über uns herfallen werden, ganz am Ende, im Angesicht des Todes. Was nützt es jetzt noch, daß man Jahrhunderte und ganze Ahnengalerien hinter sich hat, daß man einer edlen, verfeinerten Zivilisation angehört, die auf die Ehre und die Liebe zum Schönen gegründet ist? Denn wenn einem die Luft ausgeht und der Weg ansteigt, zieht man eben sein Hemd aus, man sabbert und pinkelt, so wie man atmet, und notfalls schlägt man sich auch um ein wenig Nahrung. Man grüßt nicht mehr, man sieht sich nicht mehr an, man geht mit gesenktem Kopf weiter, denn der Weg ist weniger beschwerlich, wenn man nur die eigenen Füße anstarrt.

Maria tut so, als erkenne sie ihre früheren Hotelgäste nicht, denen sie so viele Wünsche erfüllen mußte. All diese arroganten, launischen und verwöhnten Marquisen und Präsidentinnen, die man bedienen, verhätscheln und trösten mußte. Oh! Sie tut es nicht aus Verachtung, ganz im Gegenteil, sie will sie nur nicht in ihrem Stolz verletzen. Eine vom Wind zerzauste Marquise in Gegenwart einer dreckverschmierten Baronin zu sein ist kein allzu großes Übel, man bemitleidet sich gegenseitig; aber dem Blick seiner Wirtsfrau ausgesetzt zu sein, einem Blick, der zwangsläufig urteilt, ist entwürdigend. Maria zögerte daher einen Augenblick beim Anblick der Marquise de Cabris, die sich an einen Karren angebunden hatte, auf dem ihr hohlköpfiger Gatte, der Marquis Paul-Louis, lag. Ferdinand, der Lakai, zog, die Marquise schob. Maria erinnerte sich an ihre Ankunft im Hotel, als sei es gestern gewesen: Eine wappenverzierte Karosse kam vorgefahren, uniformierte Diener, Pferde, die wie für eine Parade geschmückt waren, und auf der Rückbank ein Gnom, ein Hampelmann: der Marquis mit seinem breiten, dümmlichen Lächeln auf den schlaffen Lippen. Sie erinnerte sich auch an den Blick der Marquise, Louise de Mirabeau, der Schwester Mirabeaus, dessen bloßer Name die Flüchtlinge erzittern ließ, ein aufbegehrender, verzweifelter, wütender Blick, den zwanzig Jahre gemeinsamen Lebens mit diesem kleinen Monster ein wenig besänftigt hatten. Übriggeblieben war nur ihr unbeugsamer Lebenswille, ein glühendes, wildes Verlangen, wie der feurige Glanz eines Diamanten im Halbdunkel.

Die Marquise war arrogant und grausam, dabei so voller sehnsüchtiger, wollüstiger Begierde, so voller Lebenshunger, daß sie bei all ihrem häßlichen Charakter eine große Schönheit ausstrahlte. Wie Feuer unter dem Eis. Die Marquise verschlang die Männer, jeden Tag, mehrmals am Tag. Das Zimmer im zweiten Stock hallte von ihren Schreien, ihrem Lachen, ihrem Stöhnen wider. Sie nahm sich kaum die Zeit, den Marquis in seinem Sessel in den Flur zu schieben. Der jeweilige Liebhaber sah perplex auf den Gehörnten, der nichtsahnend dasaß und vergeblich versuchte, sich eine Pfeife anzuzünden, dabei ein Loch in sein Spitzenjabot oder in seinen Rock brannte und vor sich hin murmelte: »Es lebe der König, es lebe die Königin ...« Nachdem er den ganzen Zunder verbraucht und den Inhalt seiner Pfeife über seine Brust verteilt hatte, schlief er ein, ohne etwas von dem Lärm, den seine Gattin auf der anderen Seite der Tür veranstaltete, mitzubekommen. Ach, die Wollust ... Maria hörte dieser Dämonin zu, die außerstande war, ihre ohrenbetäubenden Liebesschreie zu unterdrücken. In solchen Augenblicken erinnerte sie sich an ihr eigenes Stöhnen, an Penelopes höfliches Seufzen, doch das war nichts, was sich auch nur im entferntesten mit diesem Orkan vergleichen ließ, konnte denn eine Frau eine so peitschende Wollust empfinden? Das wackelnde Bett, die Schreie des Mannes, die Litanei der Frau durchdrangen die stickige Stille der Sommernachmittage ... Manchmal spürte Maria, wie ihr ganzes Wesen von einem unkontrollierbaren Beben erfaßt wurde, so daß sie der Marquise in ihrer lustvollen Raserei am liebsten gefolgt wäre. Sie faßte sich jedoch schnell wieder, sie war schließlich nur ein Mädchen aus dem Volk, und die hatten kein Recht auf derartige Ausschweifungen. Man mußte schon dazu geboren sein, um sich diese Zügellosigkeit erlauben zu können. Die Zimmernachbarn protestierten im übrigen nicht. Solange die Marquise über die verderblichen Ideen ihres Bruders Schweigen bewahrte, konnte sie sich fleischlichen Genüssen hingeben, mit wem und so oft sie wollte. »Es lebe der König ... Es lebe die Königin«. Der Dummkopf harrte stundenlang aus. Maria gab ihm zu trinken und zu essen, wischte ihm nach jedem Happen den Mund. Wer hätte sich sonst um ihn gekümmert? Wenn sich der Löffel seinem Mund näherte, ergriff der Idiot ihr Handgelenk und hielt es fest, viel fester als nötig, um zu vermeiden, daß die Suppe danebenkleckerte. Er umklammerte es förmlich, und seine grauen Augen schienen sie um etwas anzuflehen, das er nicht mit Worten ausdrücken konnte. Schließlich kam die Marquise wieder aus ihrem Zimmer, mit tiefen Ringen unter den Augen, eine seltsame, schöne Müdigkeit lag in ihrem besänftigten Gesicht. Sie strich mit zarter, matter Hand über den kahlen Schädel des armen Tors, ein Streicheln, das sich über seine Stirn und entlang seiner Wangen fortsetzte. Der Marquis schloß die Augen ... glücklich, beruhigt und froh. In der Zwischenzeit schlüpfte der Liebhaber rasch an der Marquise vorbei. Was für Männer waren das? Es war egal, grobe oder feine, Diener oder sardische Offiziere, solange sie nur jung, groß und stark waren. Blond oder braun, die Marquise hatte keine Vorlieben.

In Sospel kostete das Brot bereits sechs Pfund, für ein wenig Schinken oder Wurst zahlte man das Doppelte. Maria ging zu einem Bauern, dessen Hof etwas abseits des Weges lag, und verhandelte mit ihm um ein Stück Schweinefleisch, Eier, Brot und Käse. Sie breitete ein großes Tuch aus, und sie aßen im Gras hinter einer verlassenen Hütte. Der Himmel verdunkelte sich noch stärker, schwarz-graue Wolken ballten sich an den Berggipfeln zusammen. Mit einemmal wurde es kühl, der Wind drang durch die Kleider und salbte die Haut mit seiner Feuchtigkeit. Kurz vor dem einsetzenden Regen kam die Marquise an, sie hatte den alten Narren mit dem Lakai am Wegrand zurückgelassen und lief durch das hohe Gras geradewegs auf sie zu. Maria und Vincent erhoben sich, die Marquise bedeutete ihnen jedoch, sitzen zu bleiben. Wortlos sah sie auf den Schinken und den Ziegenkäse. »Wollen Sie sich zu uns gesellen?« fragte Maria. Die Marquise nickte. Sie winkte den Lakai und ihren Dummkopf herbei, der noch immer auf seinem Karren saß. Wortlos verschlangen sie alles, Vincent kehrte zu seinen alten Gewohnheiten zurück und bediente. Dann bat die Aristokratin, die nichts mehr besaß, weder ihr Gepäck, das sie auf dem Weg verloren hatte, noch einen Liebhaber, der sie in ihrem Unglück begleitet hätte, Maria in ganz ungezwungener Weise um etwas Wäsche. Die Marquise blieb eine Marquise, die Haltung ihres Kopfes zwang einen, sich vor ihr zu verneigen, selbst auf diesem Feld war sie noch so stolz, als würde sie gerade Gäste auf ihrem Schloß in Grasse empfangen. Sie bedankte sich und machte sich wieder auf den Weg, immer noch den Gatten vor sich her schiebend. War Ferdinand, der Lakai, ihr Liebhaber? Wenn nicht, würde er es wohl noch am selben Abend werden.

Die Wolken barsten, eine wahre Sintflut ging hernieder. Die seit Monaten ausgetrocknete Erde verwandelte sich in Schlamm, das Wasser sickerte nicht ein, sondern floß über die aufgesprungene Erdkruste und bildete reißende Wasserfälle, die von den Hängen herabstürzten. In wenigen Minuten waren die Flüchtlinge in dichten Nebel gehüllt, sie fanden sich zu kleinen Gruppen zusammen und suchten unter verkrüppelten Eichen Schutz. Man sah nichts mehr, weder den Weg noch die Schlucht, noch den Roya, der sich weiter unten mit dem herabprasselnden Wasser vollsog. Es gab keinen Himmel mehr, nur noch einen dunklen, schweren, endlosen Vorhang und ein ohrenbetäubendes Getöse. Tausend, zweitausend, dreitausend Menschen irrten in diesem Regen umher, wateten durch den Schlamm, die Maultiere weigerten sich, auch nur einen Schritt weiterzugehen. Sie würden alle umkommen, entweder durch das Schwert der Franzosen, oder vor Kälte, oder vor Angst. Die weiter oben gelegenen Dörfer ragten in den Sturm, in die brodelnden Wolken hinein. Dort auf dem Berg, in Saorge, befanden sich eine Garnison und Speicher, die mit Vorräten und Stroh für das Vieh und die Menschen gefüllt waren, hinter dicken Mauern prasselten in riesigen Kaminen Feuer aus Olivenholz. Der Weg führt steil und schnurgerade hinauf, es würde sie viel Mühe kosten, um bis dorthin zu gelangen, ja, aber wenn man dann endlich oben war!

Die Kinder froren, man versuchte, sie mit Mänteln und Decken zu wärmen, sie drängten sich unter den triefenden Röcken ihrer Mutter aneinander. Vor allem durfte man nicht hinfallen, wer zusammenbrach, sank in den Schlamm, ins faulige Gras, in den matschigen Boden ein. Weiter vorn glaubte Maria den Karren der Marquise mit dem dürren kleinen Monster zu erkennen, undeutlich sah sie die Umrisse des Wagens auf seinen zwei wackeligen Rädern. Den schroffen Abhang auf der rechten Seite des Weges, der bis zum Roya-Fluß hinabfiel, konnte man ahnen, aber man sah ihn nicht. »Halten Sie sich mehr links«, schrie eine Stimme, »bleiben Sie an der Felswand!« Doch der Karren, der Karren des Marquis fährt weiter geradeaus ... Auf einmal schnellt er hoch, bäumt sich auf, überschlägt sich, die Räder ragen in die Luft, ein Schrei, und der Idiot stürzt in die Schlucht; ein tierischer Schrei, das Gefolge stoppt voller Angst, sie horchen dem Schrei hinterher, der in die Tiefe gleitet, leiser wird, sich im Rauschen der Wasserfälle, im Getöse der schäumenden Fluten verliert und erlischt. Ohnmacht ... Fassungslosigkeit ... Erstarrung ... Dann, im trommelnden Regen, in der Stille des Regens, das Wimmern der Marquise, ein Aufbegehren, ein Schluchzen, sie kniet am Rande des Abgrunds, sie will sehen, durch den zürnenden Himmel hindurchblicken, sie schlägt mit dem Kopf gegen den Fels und läßt sich in den Schlamm fallen, sie brüllt aus Leibeskräften, so laut, daß der Flüchtlingsstrom innehält ... »Paul-Louis!« mit einem solchen Willen, dem Schicksal zu trotzen, einer solchen Kraft, einer solchen Inbrunst ... Aber Paul-Louis antwortet nicht. Nie mehr. Tot, der Schwachkopf. Die Marquise kümmert sich nicht um die Hände, die sie davon abhalten wollen, durch das Gestrüpp in die Schlucht hinabzusteigen ... Sie rutscht aus, steht wieder auf, rutscht erneut, der Regen spült das Blut aus ihrem Gesicht, von ihren Armen, Ferdinand folgt ihr, auch er macht sich auf die Suche nach seinem Herrn, der dort irgendwo zerschellt in der Tiefe liegt. Ein paar andere nehmen denselben Weg, man überläßt einen Marquis de Cabris nicht dem Wasser, also organisiert man sich, greift hilfesuchend nach Händen, nach Armen, nach Schenkeln. Man stößt sich an der Felswand, schlägt gegen die Kanten, kraucht durch das dornige Gestrüpp, das wie Urwald aus den Felsspalten sprießt und mit den Steinen verwachsen scheint. Ganz unten am Flußufer liegt der Schwachkopf, entstellt, das Wasser hat ihn noch nicht fortgerissen, aus seinem zertrümmerten Schädel sickert eine weißliche Flüssigkeit, und an Stelle der Augen hat er zwei dunkle Höhlen. Wie ein großer Vogel mit gebrochenen Flügeln liegt er auf ein paar Ästen über dem tosenden Fluß. Er wird verschnürt und an die Felswand gelehnt ... Von oben zieht man ihn vorsichtig hoch, damit das Seil nicht reißt. Der Hampelmann baumelt in der Luft hin und her, die Schwerkraft läßt ihn wie eine Marionette zusammenfallen, er sieht aus wie ein Strohbündel, das bei jedem Hauruck der Männer ein Stück höher gezerrt wird. Schließlich entdeckt die Marquise einen Pfad aus den Zeiten der Römer, den man seit Jahrhunderten vergessen hatte; an einigen Stellen kommt man nur auf Knien weiter, während das niedrige Geäst der Bäume einem über den Rücken peitscht. Der Weg zieht sich endlos hin ... Ferdinand zieht und schiebt seine Herrin. Als die Marquise den Hauptweg wieder erreicht, sieht sie wie eine Bettlerin in Lumpen aus, der Schwachkopf liegt bereits im Gras unter einem Tuch, das zum Schutz vor dem Regen über ihn gespannt wurde. Die Marquise nähert sich, sie schreit nicht, sie weint nicht, sie streckt ihre Hand aus und streichelt das entstellte Gesicht des Marquis, genau wie sie es immer im Flur nach ihren Liebesspielen getan hatte, nur daß sie sich dieses Mal noch über ihn beugt und ihn dahin küßt, wo einmal seine Lippen gewesen waren. Sie verlangt einen Priester, Priester gibt es jede Menge, einen Priester, der das Totengebet spricht. Die Marquise hat sich wieder in die Marquise verwandelt, sie gibt Anweisungen, fordert ein Maultier und legt ihren Mann quer darüber. Ihre Befehle werden befolgt. Die Leute, alle Leute hier auf diesem Weg sind der Ansicht, daß es Dinge gibt, die einfach gemacht werden müssen, egal ob sich eine Katastrophe ereignet hat oder nicht, ob es regnet oder nicht, ob Revolution ist oder nicht. Ein Mitglied des Adelsstandes hat soeben seine Seele ausgehaucht, er war einer von ihnen, ein Cousin, ein Mitglied der großen Familie, er war der Marquis de Cabris. Sie folgen dem Maultier, und diejenigen, die einen Hut besitzen, nehmen ihn ab. Die Marquise sucht einen schönen Baum auf einem kleinen Hügel aus, er ist kerzengerade gewachsen, eine steinharte Pappel. Man gräbt eine Grube, und bevor das Wasser eindringen kann, wird der Leichnam des Marquis hineingelegt, in ein mit dem Familienwappen besetztes Tuch gehüllt, keiner weiß, woher es plötzlich aufgetaucht ist, aber das Wappen ist da, und für die Marquise und alle, die um das Grab herumstehen, macht das den entscheidenden Unterschied.

Der Eingang nach Saorge ist von Soldaten versperrt, es werden nur Militärpersonen durchgelassen. Fort mit euch Emigranten! Kehrt um, nehmt den Weg, der über den Col de Tende führt … Wir haben Hunger! … Wir haben Durst … Wir frieren … Die Militärs lassen nicht mit sich verhandeln, sie haben gerade genug Lebensmittel für sich selbst, und die Truppen werden bald zurückkehren, das hier ist eine Festung, kein mondänes Refugium. Ein Offizier, der etwas großzügiger ist als die anderen, verteilt ein paar Brote. Man schlägt sich darum. Der Marquis ist schon vergessen. Sie setzen sich an den Fuß der Kasematten, sie sind zu erschöpft, um umzukehren. Der Regen hört nicht auf, und die Nacht bricht an. Unmöglich, ein Feuer zu machen, unmöglich, Tee oder Kaffee aus den sorgfältig unter den Röcken versteckten Resten zu kochen. Nichts! Wirklich nichts? Nein, nichts. »Ich gehe nach Nizza zurück«, beschließt Maria. »Nein« protestiert Vincent. »Du kannst ruhig bleiben, ich habe keine Angst vor den Franzosen, warum sollten sie mir etwas tun?« Sie kehrt ihm den Rücken zu, sucht in der Menge nach der Marquise und entdeckt sie, wie sie an der eisigen Mauer der Wehranlage lehnt. Die Marquise erhebt sich, wieder flackert diese kleine Flamme in ihren Augen, die Flamme des Lebens, sie mag verwitwet und ruiniert sein, vor Kälte zittern, doch sie ist immer noch stolz und schön.

»Madame, ich kehre um.«

»Sie haben recht.«

»Und Sie, Madame?«

»Ich gehe weiter, was bleibt mir anderes übrig?«

Maria möchte sie am liebsten umarmen, ihr zumindest die Hand geben, aber sie wagt es nicht und begnügt sich mit einem Knicks, den die Marquise mit einem Kopfnicken beantwortet, dann fügt sie hinzu:

»Ich möchte Sie um einen Gefallen bitten, ich habe einen Brief für jemanden, der in meinem Haus in Grasse wohnt. Kann ich ihn Ihnen anvertrauen?«

»Gewiß, Madame.«

»Aber Sie müssen ihn selbst überbringen.«

»Sie können sich auf mich verlassen, Madame.«

Maria entfernt sich, die Marquise weiß nicht, wohin sie geht, aber sie kennt ihren Platz. Und Maria, was weiß sie? Hat sie einen Platz? Eines ist sicher, irgend etwas sagt ihr, daß sie umkehren muß, diese Gewißheit reicht ihr für den Rückweg. In ihren Armen trägt sie in einen Schal gewickelt das Kind.

Seit vier Tagen war sie nun unterwegs durch Regen und Kälte, hatte zu Goldpreisen etwas Brot und Käse gekauft und in Scheunen auf durchnäßtem Stroh übernachtet. Sie war Bürgern aus Nizza begegnet, die wieder »runtergegangen« waren, nachdem sich der erste Sturm gelegt hatte, man sagte »unten«, wenn man von der Stadt sprach. Sie hatten es eilig gehabt, um zu überprüfen, was von der Zerstörung verschont geblieben war, und die Schäden zu begutachten. Man sah den Ladenbesitzern ihre Besorgnis an. So langsam man hochgegangen war, so schnell rannte man wieder hinunter. Von der Ortschaft Drap an standen die ersten Posten der französischen Armee, da kehrte natürlich die Angst zurück. Die Franzosen! Sie hatten wahrhaftig nichts Beruhigendes an sich, sahen aus wie Wilde, unrasiert, mit ihrer schlampigen Uniform und der blauweißroten Kokarde überm Auge: lauter betrunkene Bengel, die meisten von ihnen waren noch keine zwanzig Jahre alt. Sie lachten und spotteten, sie konnten jeden Moment über einen herfallen; und dann ihre Art, die Damen zu begutachten, sie mit den Blicken förmlich auszuziehen und sich mit ihrem lüsternen Lächeln an ihnen zu vergreifen.

Maria hält nach einem warmen Quartier für die Nacht Ausschau, eine letzte Anstrengung, ihre Füße sind wund, trotz des Strohs und der Lumpen, ihre Beine sind steif vor Kälte, bei jedem Schritt verzieht sie das Gesicht, das Kind schreit, seit dem gestrigen Tag gibt ihre Brust nur noch Wasser. Jetzt nur noch durch die Absperrungen, danach kommt die Stadt, dort wird sie warme Milch und Pasta finden. Und ein Bett! Es heißt, daß alles geplündert worden sei. Aber sie werden doch nicht die Hotelbetten gestohlen haben! Sie drückt Catherine an ihre Brust, versucht sie mit ihren Armen zu schützen, seit Tagen sind die Kleider und die Decken mit Wasser vollgesogen, auch wenn sie sich nachts auszieht, es hilft nichts, es bleibt nicht genug Zeit, damit sie trocknen, sie muß die kalten, klammen Sachen wieder anziehen. Das große Leinentuch, das sie sich um die Haare gebunden hat, trieft vor Nässe, manchmal ist all dieses Wasser, all diese Kälte so schmerzhaft, daß sie vor Wut schreit. Aber sie muß weiter. Sie sieht Lichter. Sie sieht sie schon seit einer ganzen Weile, jedesmal glaubt sie, sie sei schon angekommen, noch hundert, zwanzig, zehn Schritte, doch nein, die Nacht und die Wegbiegungen täuschen sie, die Lichter entfernen sich wieder. Weiter ... Soll sie noch eine Nacht im illusorischen Schutz eines Schuppens verbringen, in dem vergeblichen Versuch, das Kind zu wärmen? Nein! Da vorn befindet sich ein Posten ... Endlich ... Im Innern des kleinen Raums sieht sie einen Ofen und einen Mann, der über einem kräftigen Feuer in einem dampfenden Kessel rührt. Allein der Anblick wärmt sie, sie schließt die Augen, dieses Mal hat sie es geschafft. Ein Soldat taucht aus der Dunkelheit vor ihr auf und richtet sein Gewehr auf sie, das schwache Licht der Laterne, die unter dem Dachstuhl des Schilderhauses hängt, läßt die Regentropfen am Lauf der Waffe glitzern.

»Wohin gehst du, Bürgerin?«

Bürger, Bürgerin. Maria hat diese Wörter schon oft von den Flüchtlingen unterwegs gehört, und doch wendet sie den Kopf, um jemand anderes zu suchen. Aber da ist niemand, mit Bürgerin ist sie gemeint.

»Ich gehe nach Hause, Bürger.«

Man hat ihr ans Herz gelegt, alle so anzureden, vor allem nie zu vergessen, Bürger zu sagen. Der Mann wird das Kind in ihren Armen sehen, er wird sich barmherzig zeigen ... oder nicht barmherzig, wie heißt das jetzt? Freigiebig? Brüderlich? Ja, brüderlich, oder wie auch immer, Hauptsache, der Regen hört auf und das Kind braucht nicht mehr zu frieren. Egal, sie versucht es einfach.

»Bürger, kann ich eine Minute hereinkommen, nur eine Minute, meiner Kleinen ist so kalt.«

Der Soldat zögert, er würde es schon erlauben, aber er hat Angst, sich eine Rüge einzuhandeln, der Oberst ist noch da, der Kerl will heute einfach nicht verschwinden. Nicht gerade umgänglich, dieser Masséna, sagen die Alten, die schon zu Zeiten des Königtums unter ihm gedient haben. Freiheit und all diese Sachen, das ist ja ganz schön, aber nun mal zurück zu den ernsten Dingen … Es wird gemunkelt, daß ein paar Schlauköpfe, die besonders klug sein wollten, von ihm ohne langes Zögern an die Wand gestellt und erschossen wurden. Feinde des Vaterlands, hat der Oberst bemerkt. Niemand hatte gewagt, ihm zu widersprechen. Gut, aber in diesem Fall …

»Also komm herein.«

In der Wache ist es warm, Maria läßt sich auf einen Stuhl fallen und legt das Kind auf ihren Schoß, sie atmet schwer, die Wärme treibt ihr das Blut ins Gesicht, sie läuft rot an. Das Kind schreit lauter als zuvor.

»Hätten sie wohl etwas Milch?«

Der Mann, der am Ofen steht und rührt, nickt und zeigt auf einen Topf. Ein kleiner Milchrest, es ist Kuhmilch. Maria nimmt sich eine Schale, gießt die heiße Milch hinein und flößt sie dem Kind Schluck für Schluck ein. Der Kleinen laufen noch immer Tränen übers Gesicht, die breite schwarze Spuren auf den Wangen hinterlassen. Mein Gott, was der Mann kocht, ist Polenta!

»Polenta? Sind Sie von hier?« fragt Maria.

»Aus Antibes.«

»Das sieht gut aus.«

»Na klar.«

Sie hat ihre letzte Kraft aufgebraucht, sie ist der Ohnmacht nahe, der süße, intensive Geruch des Maisbreis umgibt sie. Sie sieht, wie die Flüssigkeit zu kochen beginnt und sämig wird. In ihrem ganzen Leben ist sie noch nie so hungrig gewesen.

»Gib der Bürgerin einen Teller Polenta.«

Eine Stimme dringt aus dem hinteren Teil des Raums, Maria dreht sich um, sie sieht nichts, dann schemenhaft eine dunkle Gestalt an einem Tisch. Die Gestalt richtet sich auf, geht zum Ofen hinüber und stellt sich neben ihn im kargen Licht der Öllampe. Maria kennt sich mit Dienstgraden nicht aus, aber sie kann sich vorstellen, daß dieser Mann befiehlt. Er sieht gut aus mit seinem Rock und den geschmeidigen Lederstiefeln, im Halbdunkel erkennt sie etwas grobe Gesichtszüge, eine vorspringende Nase, keinerlei Feinheit in diesem Gesicht, aber Schläue, der Mund ist schmal, die Haare nach der neuen Mode kurzgeschnitten, er trägt einen Backenbart, der ihm bis in den Kragen reicht. Nichts Außergewöhnliches, ein Durchschnittsgesicht, und trotzdem zeigt es Stärke und Entschlossenheit. Eine Stärke, die auf ihre Stunde wartet. Es dürfte nicht ratsam sein, ihn zu verärgern, die Schlauheit, die seine ganze Person ausstrahlt, dürfte dann leicht in Grausamkeit umschlagen.

»Woher kommst du, Bürgerin?«

Maria hört den Akzent der Berge heraus, er klingt gröber als der von der Küste, die Worte schlagen wie Kiesel gegeneinander.

»Ich wollte auf die andere Seite, aber ich habe es mir anders überlegt.«

Warum sollte sie einen Mann anlügen, der ihr einen Teller Polenta gibt? Der Oberst setzt sich rittlings auf einen Stuhl, immer noch halb im Schatten.

»Wer bist du?«

»Ich bin Maria, die Frau von Tordo.«

»Von den Tordos aus Levens?«

»Ja, mein Mann ist Vincent.«

»Vincent!«

Ein Grinsen huscht über sein Gesicht, während er aus der Jackentasche eine Prise Tabak hervorholt.

»Hast du keine Angst zurückzukommen, fürchtest du dich nicht vor den Franzosen?«

»Nein, ich fürchte mich vor niemandem.«

»Teufel! So etwas sollte man nie behaupten ...«

Endlich der Teller, er ist randvoll und dampft! Maria taucht den Löffel ein, den ihr der Soldat reicht. Eins, zwei Löffel, und schon setzt ein Völlegefühl ein, es ist so lange her, daß sie etwas gegessen hat, die Polenta brennt in ihrem Magen, ihre Zunge fühlt sich an wie Feuer.

»Laß dir Zeit.«

Wenn er nur aufhören würde, sie mit diesem durchdringenden Blick anzustarren, der sie auszieht, taxiert, der so selbstsicher und unerschütterlich ist, unverrückbar wie ein riesiger Stein mitten auf dem Weg. Noch zwei, drei weitere Löffel, nein, sie kriegt wirklich nichts herunter.

»Schmeckt dir meine Polenta nicht?« poltert der Soldat und räumt den Teller ab.

»O doch, Bürger! Aber mein Magen ist zu, ich bin es nicht mehr gewohnt zu essen.«

»Und wo willst du nun hin?« fragt der Oberst.

»Nach Hause, ins Hôtel d'York.«

»Verdammt, da hast du aber noch ein ziemlich langes Stück zu laufen, Bürgerin.«

»Ich werde es schon schaffen, es geht mir jetzt besser.«

»Es liegt auf meinem Weg, ich bringe dich hin.«

»Ich möchte keine Umstände machen, Bürger.«

»Oberst ... Du machst mir keine Umstände, was sind das für veraltete Ausdrucksweisen. Du wirst dich umstellen müssen, Bürgerin.«

Die beiden Pferde laufen tapfer durch den Regen, der Wagen holpert über Löcher und Radspuren, sinkt manchmal ein oder gerät ins Schleudern. Ein Peitschenhieb, und die Tiere rücken alles wieder ins Gleichgewicht. Der Oberst hält straff die Zügel. Abgesehen von der Laterne, die am Verdeck des Wagens hängt, herrscht völlige Dunkelheit. Nichts ist zu hören außer dem nicht enden wollenden Prasseln des Regens, dem leisen Wiehern der Pferde und den Atemzügen des Obersten, die sie anzutreiben scheinen, als würden die Kraft dieses Mannes und sein Blut sich auf die Kraft und das Blut der Pferde übertragen, die feurig und ungestüm durch die Dunkelheit galoppieren. Maria spürt diese Unbändigkeit, dieses Temperament, durch den Plaid, die Decken, die triefende Kleidung hindurch. Eine wundervolle Wärme umgibt sie plötzlich und schützt sie vor der Nacht und dem Regen. Feuer und Rauch kündigen die Stadt an, unterhalb der Straße brüllt der Fluß wie ein sterbendes Tier. Um das Feuer herum, unter dem Regen sitzen essend und trinkend Soldaten. Sie rufen: »Wer da?«, und der Oberst antwortet: »Masséna«. Die Absperrungen werden geöffnet, die Männer heben den Arm zum Gruß. Maria glaubt zu träumen. Die Stadt schläft nicht, trotz des Regens kann man in die Fenster sehen, da halten Männer Reden, andere tanzen, hier und da sieht man Frauen am Arm eines Mannes gehen, überall sind die Lichter angezündet, wie in einem Märchen, man sieht glitzernde Kristalleuchter und venezianische Lampen, man hört das Parkett unter den Füßen knarren. Die Türen der Häuser stehen offen, einige sind aufgebrochen worden, und auf dem Treppenabsatz haben sich große Menschentrauben versammelt. Halb entblößte Frauen hängen an den Schultern von Lastenträgern. Hier und da sieht man auch verlassene Kinder, die weinend auf der Straße sitzen, Prostituierte, die laut singend aus den Schenken kommen. Überall stehen Militärs, die stolz ihr Bajonett und die Kokarde schwingen und »Es lebe die Republik« rufen. Bücher liegen zerfleddert und durchgeweicht auf den Fahrwegen verstreut. Man sieht die Kirche Saint-François-de-Paule im fahlen Kerzenlicht, die Heiligenstatuen sind wie Karnevalsfiguren ausstaffiert worden, jemand hat ihnen Pumphosen und grellbunte Jacken übergezogen, an Stelle der Gesichter befinden sich große grinsende Pappköpfe, die die Zunge herausstrecken. Über dem Altar hängt Jesus Christus mit einem Kürbis zwischen den Zähnen, vor dem armen Hampelmann brennt ein Feuer, es sind Beichtstühle, die dort verglühen, und auf den steinernen Fliesen um das Feuer lieben sich Paare. Auf der Place Saint-Dominique stehen die Biwaks der Soldaten, und das Hôtel d'York strahlt wie ein festlicher Kandelaber. Durch seine geöffneten Fenster klingen Fetzen von Musik.

Maria zögert einen Augenblick, bevor sie aus dem Wagen steigt, sie fühlt sich so wohl in der Nähe dieses Obersten, seiner Wärme und seinem Tabaksgeruch, sie hat keine Lust, diesen Männern gegenüberzutreten, deren Schatten sie über die Zimmerwände huschen sieht.

»Kommen Sie!«

Der Oberst zieht an dem Tuch, das sie sich um die Schultern gelegt hat.

An seiner Seite betritt sie das Hotel, Rauchschwaden steigen ihr beißend in die Augen, der Speiseraum hat sich in einen Schlafsaal verwandelt, in den übereinandergestellten Betten schlafen einige Männer bereits, andere würfeln, die Luft ist stickig von Qualm, von Schweiß, vom Geruch all dieser Männer, Offizieren und einfachen Soldaten. Was haben sie mit den Möbeln, den Schränken, den Konsolen gemacht, mit dem großen Gästetisch, den gedrechselten Stühlen, der Eichenanrichte, dem Silberzeug und dem Porzellan? Auf den Teppichen brennen kleine Öfen, an den Wänden hängen tropfende Öllampen. Der Raum ist in Halbdunkel getaucht, hier und da einige Lichtkegel, die der Rauch verschlingt; auf der Treppe, die zu den Zimmern führt, liegen Gewehre, Bajonette, Patronentaschen ... Hier bin ich nicht mehr zu Hause, ich bin nirgendwo mehr zu Hause, denkt Maria. Sie kann gleich wieder gehen, ihnen alles überlassen. Sie hat keine Lust mehr zu kämpfen. Sie will jetzt nur noch schlafen, Tag und Nacht schlafen.

Der Oberst greift sich eine der triefenden Öllampen und hält sie an Marias Gesicht, dann sagt er mit einer Stimme, die einen Kanonendonner übertönen würde:

»Bürger! Ich bin Oberst Masséna von der zweiten Var-Armee, einige von euch kennen mich, vor euch steht die Bürgerin Tordo, sie ist hier zu Hause, ich möchte, daß ihr sie gut behandelt und daß sie ihre Wohnräume im ursprünglichen Zustand wiederfindet. Wer sich der Bürgerin gegenüber nicht korrekt verhalten sollte, wird es mit mir persönlich zu tun bekommen. Verstanden? Gebt das an die anderen dort oben weiter.«

Sogar jene, die schon schliefen, haben ein Auge aufgemacht und aufmerksam zugehört, kein Gemurmel, völlige Ruhe. Alle Blicke richten sich auf Maria, Gott, muß sie ihnen häßlich und schmutzig erscheinen, mit diesem Kind auf dem Arm. Der Oberst nimmt die Lampe wieder von ihrem Gesicht. Als sie beide im Dunkeln stehen, möchte sie ihm danke sagen, aber es kommt ihr so dumm vor, daß sie lieber schweigt. Wieder spürt sie die Intensität dieses Blicks, der ohne zu zaudern auf ihr ruht, der Blick eines Siegers, der erobertes Land betritt.

»Geh, Bürgerin ...«

Er fügt nichts weiter hinzu. »Geh, Bürgerin.« Was für ein Unterschied zu der martialischen Stimme von eben, sie ist jetzt leicht brüchig, als habe sich ihre Autorität in Samt gehüllt. Maria geht durch den großen Saal, sie hört noch immer die Stimme des Obersten, nichts sonst ... »Geh, Bürgerin ...« Sie steigt die Treppe hinauf, und die beiden Worte klingen in ihr nach. Sie sind warm und sämig wie die Polenta von vorhin.

Sie öffnet die Schlafzimmertür, schlafen, endlich schlafen, ein schwacher Kerzenschein flackert auf dem Sekretär, der ihr als Waschtisch diente, und in diesem warmen Licht erblickt sie die Hand eines schreibenden Mannes. Sie nähert sich ihm, er schaut auf, sie geht weiter auf ihn zu, dieser Mann muß jetzt fort und ihr das Zimmer überlassen. »Bürger, verzeihen Sie, aber …« Der Mann steht auf, nimmt sie in die Arme und drückt sie so fest an sich, daß sie keine Luft mehr bekommt. Sie erkennt seinen Geruch wieder, seine Arme, seine Brust, bevor sie überhaupt sein Gesicht sehen kann. »Benjamin!« Sie legt das Kind auf das Bett. Auf die stumme Frage des Engländers antwortet sie mit einem Kopfschütteln. »Er ist älter«, flüstert sie. »Natürlich« sagt er und weicht einen Schritt zurück. Sie setzt sich aufs Bett, Benjamin auf den Stuhl, sie starrt auf den Boden, er blickt aus dem Fenster, dann schaut er sie an, doch er sieht nichts als einen Schleier. Von unten dringen Schreie herauf, ein weinseliges *Ça ira* wird angestimmt, eine Frauenstimme kreischt, vom Lager wehen beißende Gerüche und Rauchschwaden herüber. Wird denn hier nie mal geschlafen? Maria verschränkt die Arme vor der Brust, preßt die Beine zusammen, sie versucht dieser Welle, die in ihr hochsteigt, Herr zu werden, aber es ist stärker als sie, Krämpfe schütteln ihren Körper, ein heftiges Zittern überkommt sie. Benjamin umfaßt ihre Beine, ihre Taille, doch sie schiebt ihn weg. »Lassen Sie mich!« schreit sie. Er bleibt erstarrt stehen, wie versteinert von diesem Schrei, war es Angst oder war es Haß? Er weiß es nicht. Er wartet, bis das Zittern nachläßt. Er sucht nach Worten, die sie beruhigen könnten, aber ihm fällt nichts ein. Er müßte ihr alles erklären, aber was genau? Ihr sagen, daß er sie über alles liebt, daß er für sie da ist. Aber wie soll er ihr schwören, daß er sie liebt – nach drei Jahren des Schweigens? Wieso sollte sie ihm glauben? Und auf dem Bett liegt dieses schlafende Kind, das nicht seins ist. Beweis genug, daß das Leben ohne ihn weitergegangen ist. Er hatte es nie in Erwägung gezogen, daß seine Rückkehr womöglich gar nicht erwünscht sein könne. Wo ist ihrer beider Kind? Warum ist es nicht bei der Mutter? Sie verachtet ihn, das ist es, und mit ihm das Kind, das zu irgendeiner Familie gesteckt, verstoßen wurde. Gott, war das der Preis für die Sünde? Es gibt keinen unschuldigen Akt, das Böse existiert. Er sieht sie an, wie sie in ihren nassen Lumpen zittert. Er führt sich ziemlich egoistisch auf. Er beklagt sich über sie! Wo sie so gelitten hat. Nun hat er sie wiedergefunden, was für eine Freude könnte das sein, doch sie verhalten sich wie zwei Schauspieler, die nicht imstande sind, den Lauf der Tragödie zu verändern. Noch einmal geht er auf sie zu, die junge Frau zittert nicht nur, sie fährt zusammen, er streckt die Hand nach ihr aus, hebt ihren Kopf, wischt ihr die Tränen aus dem Gesicht, die Spuren des langen Marschs, der Zeit, der Tage voller Verzweiflung und Kälte. Sie läßt es mit sich geschehen, ohne ihn anzusehen. Ja, sie hat sich verändert, ihre Gesichtszüge sind entschlossener, ernster geworden, sie hat die Frische der Unschuld verloren, doch ihr Mund blüht noch immer, er gleicht einer Frucht, von der man gerade den Tau gewischt hat, und die Augen, ihre Augen, die er mehr ahnt, als daß er sie sehen kann, sind noch schwärzer geworden, die frühere Schamhaftigkeit ist verflogen, an ihre Stelle ist ein geheimnisvoller Glanz getreten. Er hatte ein junges Mädchen verlassen und findet eine leiderfüllte Frau von ungewöhnlicher Schönheit wieder. Langsam, ganz vorsichtig, versucht er sie zu entkleiden. Wieder weist sie ihn zurück, doch dieses Mal ganz sanft.

»Ich bitte Sie, nein.«

Er wickelt sie in eine Decke, damit sie wenigstens nicht friert.

Der Lärm auf dem Platz läßt nach, man hört die Glocken des Dominikanerklosters. Die Ruhe draußen läßt das Schweigen zwischen ihnen unerträglich werden.

»Und unser Kind?«

»Wer hat Ihnen davon erzählt?«

»Penelope.«

Ein Lächeln, ein trauriges Lächeln.

Benjamin fühlt sich plötzlich ertappt, schuldig, schamerfüllt. Ich muß noch mal von vorn beginnen, denkt er.

»Lebt dieses Kind, Maria?«

»Ja, es lebt, es ist ein Junge.«

»Ich wußte es! Lebt es bei Ihnen?«

»Natürlich nicht, es lebt auf dem Land.«

Sie hätte beinahe hinzugefügt: »In der Familie meines Mannes«, aber sie zieht es vor zu schweigen.

»Warum haben Sie es verlassen, Maria?«

»Und Sie, haben Sie mich nicht verlassen?« Dann fügt sie etwas sanfter hinzu: »Ich habe es nicht verlassen, sondern meine Pflicht gegenüber der Gesellschaft erfüllt. Ich mußte heiraten, ein Kind bekommen, ein eheliches. Ihres habe ich fortgegeben, ja, das stimmt ...«

»Wie heißt es?«

Sie murmelt leise den Vornamen: »Jean-Jacques ...«

Jean-Jacques! Benjamin zündet sich mit klopfendem Herzen eine Pfeife an. In seinem Militärrock, der blauweißroten Hose und der kurzen Jacke, der Carmagnole, sieht er rührend und auch etwas komisch aus. Maria kann ein Lächeln nicht unterdrücken.

»Sie sind also in den Krieg gezogen?«

»Es war der sicherste Weg, um hierher, zu dir zu gelangen.«

»Ich mache Ihnen keinen Vorwurf, die Uniform paßt nur nicht zu Ihnen, das ist alles.«

»Ja, aber die Ideen, die sie verkörpert, die passen zu mir.«

»Die Ideen ...«

Sie beendet ihren Satz nicht, sie steht auf und geht in das kleine Bad hinter dem Wandschirm. Er beißt sich auf die Zunge. Er hat sich lächerlich benommen, schulmeisterlich, in diesem Augenblick, wo er seine übergroße Freude zum Ausdruck bringen, sich vor ihr auf die Knie werfen und sie um Verzeihung bitten müßte, fängt er an, von Ideen zu faseln, obwohl er überhaupt nicht daran dachte, obwohl es überhaupt nicht das war, was er hatte sagen wollen. Eitles Imponiergehabe. Er hört ein leises Plätschern, ihr Körper, der auf der anderen Seite des Wandschirms ins Wasser eintaucht. Er stellt sie sich nackt vor, doch es gelingt ihm nicht. Maria nackt, unmöglich, eine Art schwarzer Schleier legt sich zwischen den Begriff Körper und die wirkliche Maria. Dabei hat er sie, weiß Gott, nie so sehr geliebt wie jetzt. Ja, aber Nacktheit ist etwas anderes, ist Verlangen. Sie badet, er kann ihre Bewegungen wahrnehmen, aber die Geräusche dieses Körpers, der sich entspannt, ausstreckt, lockert, lassen in ihm keine Bilder aufsteigen. Die Angst, die Scham, die Reue lähmen ihn. Ich liebe sie ... Das bedeutet alles und nichts. Er steht auf, öffnet das Fenster und zieht gierig die Luft ein. Es regnet immer noch. Er wendet sich um, sie ist ins Bett geschlüpft, bis zum Kinn zugedeckt.

»Komm«, flüstert sie.

Er liegt neben ihr unter der Decke.

»Paß auf die Kleine auf.«

Er wagt es nicht, sich zu bewegen. Sie schläft sofort ein. Er fährt mit der Hand über ihr Haar, wie früher, vor langer Zeit, und ganz natürlich nimmt sie ihren alten Platz bei ihm wieder ein, sie schmiegt sich an ihn, während sein linkes Bein ihre Hüfte umschlingt. Dieser nackte Körper, von dem er sich kein Bild machen konnte, ist warm, er bewegt sich, liegt ganz dicht bei ihm, hingegeben, an ihn gepreßt.

Benjamin schläft nicht, draußen ertönen die Schreie der ersten Marktfrauen, die Erdbeeren feilbieten, die Rufe der Stalljungen, die die Pferde aus den Ställen holen, das Horn, das im Lager zum Wecken bläst, bald wird es Zeit, den Dienst anzutreten. Er steht behutsam auf, ihm bleibt noch ein wenig Zeit, d'Anselme wohnt ganz in der Nähe, rue Saint-François-de-Paule, und die Versammlung des Generalstabs beginnt nie vor neun. Er braucht keine Nacktheit mehr, die Lust ist da, er würde Maria gern wecken, sie in seine Arme schließen, sie streicheln. Wäre es nicht besser, sich auszusprechen und alles zu klären, bevor man sich liebte? Sicher. Ja, aber danach ... Er weckt sie mit einem Kuß, nimmt gierig ihre Lippen. Er dringt sanft in sie ein, er stöhnt, oder ist es eher ein Seufzer, sein mächtiges Verlangen, seine Liebe, die lange Enthaltsamkeit und dann diese weiche, zarte, feuchte Tiefe, die ihn warm umfängt, das ist zuviel, schon überflutet ihn die Lust und er sinkt matt aufs Bett. Sie streichelt ihm den Nacken. Für die Dauer eines Augenblicks hat sie alles wiedererlebt, die Leere, die Erfüllung, die Macht der Wollust. Alles, wie es in ihrer Erinnerung war, einer Erinnerung an etwas Vollkommenes, das es nicht mehr gibt.

Das Kind wacht weinend auf.

»Es braucht Milch ...«

Benjamin ist schon auf den Beinen.

»Ich geh welche holen.«

»Nein, ich bin doch hier zu Hause.«

Zu Hause! Benjamin läßt sich aufs Bett zurückfallen. Es hat also nichts verändert, ihre beiden so innig verschlungenen Körper, die Kraft ihrer Umarmung, ihre Lust. Es war alles umsonst.

Sie ist hinter den Wandschirm geschlüpft und läßt Wasser über ihre Brüste fließen. Ja, sie sind immer noch schön. Der Spiegel kann es bestätigen, ihre Brüste, ihr flacher Bauch, ihre runden Pobacken, nicht zuviel und nicht zuwenig, und das schwarze Dickicht ihrer Scham. Sie ist noch schön, trotz der zwei Entbindungen. Sie steckt ihre Haare hoch, setzt sich an den Frisiertisch, pudert sich, ein Hauch Rouge, sie lebt wieder auf. Es ist lange her, seit sie sich das letzte Mal geschminkt hat. Die Freude, Benjamin wiedergefunden zu haben. Bestimmt. Obwohl sie sich während ihrer so hastigen Umarmung, in der das Verlangen keine Zeit gehabt hat, in ihr aufzusteigen, dabei ertappt hat, daß sie an den Oberst dachte, an seinen undurchdringlichen, betörenden Katzenblick.

»Warum regnet es in dieser gottverdammten Gegend nur so häufig?« flucht d'Anselme, »man hat mir gesagt, hier sei immer schönes Wetter, verflixt noch mal. Hätten wir den lieben Gott nicht abgeschafft, würde ich sagen, daß er uns bestrafen will.«

Die Anwesenden brechen in wildes Gelächter aus, zwölf Männer um einen General im Morgenrock: seine Vertrauenspersonen, Generäle und Obristen, aber die heißen ja jetzt Brigadeführer, man kommt ganz durcheinander mit den Titeln. Und gerade die ehemaligen Aristokraten unter seinen Leuten, die sich zwar zur Republik bekannt haben, aber andauernd alles durcheinanderbringen, sprechen einen mit Herr an und siezen einen anstatt zu duzen. Doch, wer das Kommando hat, kommandiert, und es gibt wichtigere Dinge zur Zeit. Nizza ist isoliert, knapp viertausend Mann sind durch das Hochwasser im Var von ihrem Hinterland abgeschnitten, während im Norden und Osten die Österreicher und die Sarden stehen mit disziplinierten Regimentern und Berufssoldaten, die hundertmal besser bewaffnet sind als sie. Dort hat niemand mehr irgend etwas unter Kontrolle, die Menschen schweifen ziellos durch die Straßen und plündern die Keller der Geflohenen. Die Freiwilligenkorps in Marseille machen, was sie wollen, sie pfeifen auf jede Hierarchie und schlagen den Leuten beim kleinsten Mucks ihre Faust ins Gesicht. Die Soldaten der unteren Dienstgrade sind vorsichtig geworden, die einen schließen lieber die Augen, sehen und hören nichts, und dann gibt es Kerle wie Masséna. Der Oberst hat sich die guten alten Traditionen des königlichen Regiments bewahrt, beim kleinsten Verstoß gegen die Disziplin stellt er rasch die Ordnung wieder her, erst Gefängnis und dann, bei Rückfälligen, Erschießung, sei der Mann nun Marseiller oder nicht, Revolutionär oder nicht. Ordnung muß sein. Und wie gern fügt er dann mit einem breiten Grinsen hinzu: »Es ist immer noch besser, im Namen des Volkes erschossen zu werden als nach Gutdünken des Königs.«

Rose Félicitée, die Schwester des Generals, bringt Tee und verteilt Teller mit Gebäck, das nach dem langen Weg etwas weich geworden ist. »Bei dieser Luftfeuchtigkeit«, entschuldigt sie sich mit ihrem pferdeartigen Lächeln. Rose hat beschlossen, sich natürlich zu geben, und wandelt ungeniert in Hauskleidung zwischen den Soldaten ihres Bruders umher. Ihre fehlende Anmut dürfte als Schutz reichen. Dabei ist Rose nicht wirklich häßlich, sagen wir eher, daß kein Mann je auf die verrückte Idee käme, ihr nachzustellen oder ihr Komplimente zu machen: Rose ist die Schwester des Generals, und damit basta. Es ist immer nur von der Schwester die Rede, nie von der Frau.

Der General breitet seine Landkarten zwischen den Teetassen und den Kekstellern aus, über allem liegt der dichte Rauch der Pfeifen und Zigarren.

»Wir müssen der Wahrheit ins Auge blicken!« ruft der General und reibt sich den schmerzenden Rücken.

»Da diese dämlichen Sarden die Gelegenheit verpaßt haben, uns ans Meer zurückzudrängen, dürfen wir keine Sekunde verlieren und müssen zum Angriff übergehen, sonst werden sie es am Ende doch noch begreifen, so blöd sie sind, die Sarden. Seid ihr einverstanden?«

Alle sind einverstanden.

»Der Regen wird aufhören, er muß aufhören, zwölf Tage sind genug. Brunet, Sie werden mit zweitausend Mann das Paillon-Tal leerfegen, mindestens bis Sospel. Das Problem ist nur, daß ich in dieser Zeit bei einem eventuellen Angriff keinen Widerstand leisten kann, Sie werden sich also die Besten heraussuchen, um sie zu besiegen! Ich bleibe mit den Fußkranken, den Angsthasen und den Großmäulern hier, die noch nie einen Kanonenschuß gehört haben.«

»Wichtig wäre es«, bemerkt Eyssautier, der befehlshabende Kommissar, ein großer, lässiger Kerl, den der Konvent ihnen geschickt hat, »daß unsere Reservetruppen den Var überqueren.«

D'Anselme bricht in Gelächter aus.

»Was Sie nicht sagen! Und wie wollen Sie, daß sie diesen verfluchten Fluß überqueren, haben Sie ihn sich mal angesehen? Das Wasser ist so tief, daß man nicht einmal darin stehen kann! Ganz abgesehen vom Wind. Wir würden auf diese Weise alle unsere Männer, die Pferde und vor allem die Kanonen verlieren.«

»Ich habe eine Idee«, ruft Eyssautier mit seinem Pariser Vorstadtakzent. »Wir tragen alle leichten Boote, Schuten und Beiboote von Cagnes, Saint-Laurent und Antibes an einen Ort zusammen, bestreichen den Rumpf der Boote mit Pech, damit sie besser über die Takel gleiten, dann ziehen wir sie bis ans Flußufer und reihen sie aneinander. Sie werden schon so lange halten, bis die Truppen den Fluß passiert haben …«

D'Anselme überlegt einen Augenblick.

»Eine schöne Schinderei! Aber einverstanden, ich übertrage Ihnen die Sache, beeilen Sie sich, ich brauche die Verstärkung innerhalb der nächsten achtundvierzig Stunden.«

»Sie werden sie bekommen.«

Benjamin sieht aus dem Fenster, leise fallen die letzten Regentropfen, der Wind zerrt an den Wolken. Maria liebt ihn nicht mehr, oder weniger, schwer zu sagen, sie spricht nicht darüber. Er stellt ihr Fragen über ihre Heirat, Jean-Jacques' Geburt, ihr Leben mit dem Hotelier. Dann weicht sie aus und lächelt verlegen, sie hat das Hotel wieder in die Hand genommen, verhandelt über die Abreise der Militärs, damit sie Platz für die Politiker hat, die aus dem Departement Var, aus Marseille, aus Paris anreisen, alle diese Delegierten und Kommissare, die alles ändern werden, palavern, rauchen und trinken. Sie wirkt rätselhaft, anwesend und abwesend zugleich, als sei sie ständig auf Wanderschaft und nur zurückgekehrt, um zu anderen unbekannten Ufern aufzubrechen. Würden sie sich nie aussprechen können? Sie machte Inventur, zählte Messer, Gabeln, vertat sich, begann wieder von vorn, sie war mit den Gedanken woanders. Wenn sie wenigstens wütend auf ihn wäre, aber sie schien ihm nichts vorzuwerfen. Er hatte das schreckliche Gefühl, durchsichtig für sie zu sein, er setzte sich, rauchte seine Pfeife, sie brachte ihm zu essen, Mahlzeiten, die sie selbst zubereitete, da es keinen Koch gab, Suppe, Pasta. Sie schwiegen sich an, mitten in diesem ganzen Krach, den Scherzen der jungen Männer, die alle eine Affäre in der Stadt hatten und sich mit ihren Leistungen im Bett brüsteten. Sie ließen kein Detail aus. Die Freiheit, mein Lieber! Die Freiheit … Freiheit in den Alkoven und Betten. Aber mit welchem Recht urteilte er über andere? Viele dieser kaum zwanzigjährigen Männer würden ihr Leben lassen. Gewiß, sie hatten etwas Vulgäres. Aber die Revolution wurde ihretwegen gemacht, sie sollte ihnen Stolz und Würde verleihen. Wenn Maria ihm nur ihr Herz öffnen, ihm vertrauen würde, dann könnte er in diesem trostlosen Anblick vielleicht sogar eine gewisse Schönheit, etwas Erhabenes entdecken. Die Liebe taucht die Welt in Farben. Man wird großzügig, wenn man sich geliebt weiß. Ein Herz, das in der Brust einer Frau für einen schlägt, darin liegt die wahre Macht, die Freiheit. Wenn jeder Herzschlag deinen Namen flüstert, dann bist du unbesiegbar. Maria hatte ihm einst dieses liebende Herz geschenkt. Schlug es nun für einen anderen? Benjamin verjagt den schrecklichen Gedanken, nein, nur das nicht. Aber es wird Zeit, daß er sich wieder zu Wort meldet, schließlich ist er Berater des Generals!

»Masséna«, ruft d'Anselme, »sie kümmern sich um das Vésubie-Tal, sind diese Wilden dort eigentlich für oder gegen uns? Lantosque, La Bollène, Belvédère, ich will, daß Sie sich in allen diesen Ortschaften niederlassen. Seien sie hart, aber gerecht. Vergessen Sie nicht, daß Sie die französische Republik repräsentieren. Das gilt für Sie alle, meine Herren, Verzeihung, Bürger!«

»Kann ich den Bürger Davis mitnehmen?« fragt der Oberst, »er ist einer der wenigen, der sich in dieser Gegend gut auskennt, seine Hilfe wird für mich von großem Nutzen sein.«

»Wenn Sie wollen, Masséna, wenn Sie wollen. Nehmen Sie ihn mit ... Ah! diese verfluchten Rückenschmerzen, von der Schulter bis ins Kreuz und sogar noch tiefer, aber solange Sie hier sind, meine Herren ... Bürger! Rose, meine kleine Rose, hast du die Salbe zum Einreiben vorbereitet? Bürger, ich möchte Sie nicht länger aufhalten.«

»Wir werden unsere Seele dabei verlieren.«

»Wer spricht hier von Seele?«

In der brütenden Hitze des Refektoriums der Dominikaner sitzen etwa hundert Mann eng zusammengedrängt. Die Société populaire von Nizza tagt nahezu ununterbrochen. Tatsächlich sind nur wenige Nizzaer Mitglied dieser Volksgesellschaft, die anderen stammen aus Grasse, aus der Var-Region oder aus Toulon. Sie haben sich hier im Kloster einquartiert, nachdem sie im Namen des Gesetzes die Mönche verjagt haben. Welches Gesetzes? Nizza gehört doch nicht zu Frankreich. »Ja, aber Nizza ist von den Franzosen besetzt, also haut ab, ihr könnt froh sein, wenn wir euch nicht an die Laternen knüpfen.« Die Dominikaner hatten sich geweigert, vor den Republikanern zu fliehen. Nun hatte man sie auf die Straße gesetzt, das Volk brauchte ihre Räume. Christus, die Altäre, die Beichtstühle wurden herausgenommen, die Bibliothek wurde geleert, das Volk benötigte viel Platz. Ein paar Wände wurden eingerissen, das Refektorium in einen Versammlungssaal verwandelt, das Volk mußte zu Wort kommen dürfen. Seit drei Tagen und drei Nächten wurde ununterbrochen geredet. Man kam, man ging, man schlief an Ort und Stelle, aß die mitgebrachten Sardinenbällchen, erleichterte sich hinter den Säulen. Was wurde gesagt? Niemand verstand etwas, es hörte auch niemand zu. Um wirklich etwas mitzubekommen, mußte man sich in der Nähe des Podests aufhalten, dort, wo die Tiranty, Blanqui, Veillon und auch dieser Renegat Le Seurre das Wort ergriffen und nicht mehr losließen. Dort stand auch bleich und schwarzgekleidet Grandi, er trug den neuen Anzug von der Hochzeit seiner Tochter und wirkte vor lauter Feierlichkeit etwas steif, aber jederzeit angriffsbereit, schlau wie ein Fuchs, geschmeidig wie eine Katze, oh, er verstand zwar noch nicht alles, aber er hörte zu, er lernte, unsichtbar und stumm, er wartete ... Ja, er hatte gut daran getan, Französisch-Unterricht zu nehmen. Sechs Livres, ein Vermögen, aber es war gut angelegt, er bedauerte es nicht.

Im Publikum war auch ein gewisser Jaume, den niemand kannte und der sich als Staatsanwalt von Grasse vorstellte. Wie viele andere Leute aus der Var-Region war auch er gekommen, um den Bewohnern der Grafschaft die Republik zu bringen.

»Wer spricht hier von Seele?«

Jaume sprang jäh von seinem Stuhl auf, ihm war schon vor Stunden der Hintern eingeschlafen.

»Ich muß mich doch sehr wundern, daß derartige Ausdrücke, die einer verabscheuenswerten Vergangenheit angehören, in dieser Versammlung verwendet werden. Bürger, es muß endlich Schluß sein mit dieser Sprache, die Generationen von Menschen unterworfen und terrorisiert hat. Was wollen wir denn? Doch ganz einfach, daß Nizza samt diesem Gebiet, das ab sofort keine Grafschaft mehr ist, französisches Territorium wird, was es nie zu sein hätte aufhören dürfen. Nizza gehört seit jeher zur Provence, die wiederum zu Frankreich gehört.«

»Bürger Jaume ...«

Dieselbe Stimme wie vorhin unterbricht den Redner. Eine Stimme, die nicht laut zu werden braucht, um sich Gehör zu verschaffen. Dabray, der es satt hat, auf dem Podest zu paradieren, und sich in die erste Reihe der Versammlung gesetzt hat, mischt sich schon seit einer ganzen Weile regelmäßig in die Diskussion ein.

»Bürger Jaume, du irrst dich, die Grafschaft hat nie in irgendeiner Weise zur Provence gehört. Gewiß, eine Zeitlang waren wir von der Dynastie Anjou des Grafen der Provence und Königs von Neapel besetzt, ja und? Verändern vier Soldaten in einer Garnison die Mentalität eines Volkes? Später hat man uns den Savoyern überlassen, oder auch verkauft, wenn du willst, mit ihnen zusammen wurden wir erst Teil des Piemont und schließlich auch Sardiniens. Doch welcher Mensch aus Nizza kennt schon Sardinien? Keiner. Genaugenommen ist es ihm völlig egal, Sardinien interessiert ihn nicht. Der Nizzaer will seine Freiheit, das ist eine Tatsache, aber muß man, um frei zu sein, zwangsläufig Franzose werden? Ich sage nein. Ich ziehe die Knechtschaft unter meinesgleichen der uns von den Franzosen oktroyierten Freiheit vor.«

Lautes Pfeifen und Schreien übertönt die letzten

Worte des Anwalts. Blanqui richtet sich vom Podium aus direkt an seinen Freund.

»Séraphin, du bist wohl nicht recht bei Trost. Wir erleben hier einen historischen Augenblick, die gesamte Welt blickt auf uns, und du willst uns im Abseits liegenlassen, vergessen am Wegrand wie in den vergangenen vier Jahrhunderten der Unterdrückung?«

»Unterdrückung!« wiederholt Dabray spöttisch.

»Bürger«, Jaume schäumt vor Wut, »du hältst ketzerische Reden, die dir eines Tages ernsthafte Schwierigkeiten bereiten könnten.«

»Laß mich weiterreden, Bürger Jaume, ich fahre fort«, ruft Blanqui mit donnernder Stimme. »Séraphin, stamme ich etwa weniger aus dieser Grafschaft als du? Ja oder nein, antworte mir.«

»Aber das ist doch nicht die Frage«, erwidert Dabray. »Wenn Nizza französisch werden will, dann muß es dies selbst entscheiden, freiwillig.«

»Ja!« schreit Blanqui, »wir wollen zu dieser französischen Provence gehören, wo unsere wahren Wurzeln liegen, ich, Jean-Dominique Blanqui, geboren in Trinité, aus einer Bauernfamilie der Grafschaft stammend, ich sage ja zu Frankreich, ja zur Republik.«

Aglaée, die vorn in der ersten Reihe sitzt, will die Marseillaise anstimmen, doch man bringt sie zum Schweigen.

»Bürger, die Armeen der Revolution sind keine Erobererarmeen, es sind Befreiungsarmeen, die Zukunft der Grafschaft liegt in den Händen der Einwohner und ihrer Vertreter, Bürger, wir sollten eine Petition an den Konvent schicken, in der wir darum bitten, uns ab sofort als Teil der französischen Nation zu betrachten. Darum schlage ich vor, daß wir gleich dazu übergehen, diese Petition zu verfassen.«

Dabray steht auf und durchschreitet in aller Ruhe den Saal Richtung Ausgang.

»Du fliehst, Bürger«, ruft ihm Jaume zu.
»Nein, Bürger, ich gehe pinkeln, wenn du gestattest.«

Die Diskussion sollte noch Stunden dauern, Satz für Satz, Wort für Wort versuchte jeder hartnäckig seinen kleinen Beitrag vor den anderen zu verteidigen. Draußen hatte es zu regnen aufgehört, vom Meer kam Wind auf, der die blauweißroten Fahnen am Frontgiebel der einstigen sardischen Kaserne flattern ließ. Im Hôtel d'York brannten trotz der späten Stunde noch Lichter. Dabray sagte sich, daß er vielleicht ein Glas Wein trinken und eine Pfeife rauchen gehen sollte. Da gesellte sich ein Mann zu ihm, es war Blanqui.

»Ich lasse sie noch ein Weilchen weiterschwafeln ... ich wollte dich sprechen, Séraphin, ich verstehe das nicht, ein Mann wie du darf sich nicht derartig irren.«

»Wer sagt denn, daß ich mich irre?«

»Aber es ist doch ganz offenkundig, daß die Republik ...«

»Welche Republik? Die der Franzosen? Ich habe nichts gegen die französische Republik, solange sie französisch bleibt. Hier jedoch, Jean-Dominique, befinden wir uns auf der anderen Seite des Var, er ist nur ein kleiner unbedeutender Fluß, aber er läßt sich nur mit Mühe überqueren. Ihr versucht heute abend, den Fluß mit Worten trockenzulegen, die natürlichen Grenzen auszuradieren, ganze Jahrhunderte ureigenster Tradition auszulöschen.«

Die beiden Männer betraten den Speisesaal des Hotels, in dem Maria bei Kerzenlicht nähte.

»Können wir hier noch ein Glas Wein trinken, Bürgerin?« fragte Blanqui.

»Natürlich, meine Herren ... Oh, Verzeihung ... ich wollte sagen Bürger.«

»Zerbrechen Sie sich wegen solcher Nichtigkeiten nicht den Kopf«, sagte Dabray lächelnd.

»Aber das sind keine Nichtigkeiten, Séraphin«, protestierte Blanqui. »Erinnere dich, daß jene, die nicht auf unserer Seite sind, gegen uns sind, du hast nicht das Recht, nach deiner Nase zu handeln.«

»Ich handle überhaupt nicht nach meiner Nase. Ich will ja auch die Republik, aber meine eigene Republik mit von uns gewählten Vertretern, ich trete für die Unabhängigkeit dieses Landes ein, ich will nicht, daß sich Fremde dieses Landes bemächtigen.«

»Aber wer will sich denn bemächtigen?«

»Die Jaumes und all jene, die nach ihm kommen werden und aus uns machen wollen, was wir nicht sind: ganz normale Franzosen.«

»Uns fehlen die Voraussetzungen für die Unabhängigkeit, Séraphin. Wir müssen all diesen Leuten, die weder lesen noch schreiben können, die Freiheit erst noch beibringen, unseren Bauern, die noch immer im finstersten Mittelalter leben, all diesen bigotten, abergläubischen Frauen, du weißt es doch selber am besten, daß die Mehrheit unserer Mitbürger ihr Leben zwischen dem Pfarrer und der Hexe Masca zubringen. Glaubst du, daß solche Menschen sich für die Unabhängigkeit eignen und verantwortungsbewußte Staatsbürger sein werden? Die Unabhängigkeit ist was für später, zuerst die Republik, zuerst die Gleichheit, zuerst lesen lernen, lernen, daß die Erde rund ist, lernen, daß der Teufel sich nicht unter dem Bett versteckt.«

Die beiden Männer setzten sich an einen Tisch neben der Standuhr, sie waren die einzigen Gäste in dem großen Saal. Maria konnte nicht umhin, ihr Gespräch mitanzuhören, sie nähte gern abends, wenn alles ruhig war. In Wahrheit jedoch zögerte sie den Moment, in dem sie zu Benjamin hochgehen würde, so lange wie möglich hinaus, sie wußte, daß er nicht schlief, daß er auf sie wartete. Er verlangte nichts. Meistens legte sie sich wortlos neben ihn und schlief augenblicklich ein oder tat zumindest so.

Die Revolution! Die Revolution, das war Rousseau, das waren die Unterrichtsstunden bei Benjamin, aber auch der große Exodus, die Revolution war die Einsamkeit, die Revolution war ein Oberst mit vor Grausamkeit funkelnden Augen, die Revolution war jene Schulter, an die sie sich, vom Regen durchnäßt, gelehnt hatte, dieser Mann, den sie nicht kannte, der sie wie eine Beute anstarrte und der seit jener Nacht, in der er sie hergefahren hatte, jeden Tag für zwei, drei Minuten vorbeikam, sie von oben bis unten musterte, als würde er sie gleich mitnehmen wollen, dieser Mann, an den sie unentwegt dachte, dem nichts und niemand widerstehen konnte. Revolution hin oder her, er strahlte eine Stärke aus, die sie lähmte und in seinen Bann zog.

Dabray trank sein Glas Muskateller aus.

»Die Lebensbedingungen unter den Piemontesern haben uns nicht sonderlich schwer belastet, wir haben uns an sie gewöhnt und sind uns selbst doch treu geblieben, und alle Invasionen, selbst die der Sarazenen, haben uns nichts anhaben können. So wird es auch bleiben, solange wir unsere Seele nicht verkaufen – ich bestehe auf diesem Wort und bin stolz darauf. Unsere Seele ist unsere Unbekümmertheit, aber auch unser Stolz, unsere Unterwerfung, aber auch unsere geistige Unabhängigkeit. Wir sollten uns nicht mit Worten schmücken, die nicht die unseren sind. Unsere Zukunft ist die Ewigkeit.«

»Die Ewigkeit ist vorbei, jetzt sind wir im Zeitalter der Veränderung, alles muß sich ändern«, empört sich Blanqui. »Dein Pessimismus, Séraphin, betrübt mich. Du überläßt Männern wie Tiranty, vor denen man sich in acht nehmen muß, das Feld.«

»Aber, Bürger, mit der Republik, dieser französischen Republik, ist für die Tiranty und Konsorten die große Stunde gekommen.«

»Die Republik ist tugendhaft!«

»Ja, aber die Menschen, die sie errichten, nicht unbedingt.«

Nachdem die beiden Männer gegangen waren, blies Maria die Kerzen aus, schob den Riegel vor die Tür, warf einen letzten Blick auf den Kamin, um sicherzugehen, daß keine Asche danebengefallen war, die über Nacht ein Feuer entfachen könnte. Seitdem sie ohne Vincent hier lebte, hatte sich Maria an das Hotel gewöhnt, sie fand sogar Gefallen an ihren täglichen Aufgaben. Sich selbst überlassen, fühlte sie sich hier wohl, sie mochte den leicht modrigen Geruch des Holzes, die Sonne, die morgens über den Boden huschte, den Kaffeeduft am frühen Nachmittag, die Geschäftigkeit, die dem Abendessen vorausging, und dann abends die Stille, die nur gelegentlich von den Stimmen aus der Versammlung gestört wurde, die im ehemaligen Kloster tagte. Die Ungewißheit, in der alle lebten, der Eindruck, daß jeden Moment alles passieren konnte, verstärkte das fiebernde Gefühl in ihr. Nizza verwandelte sich in eine Frontstadt, jeden Tag zogen Truppen in die Berge hinauf, Maria hörte das Traben der Pferde, das Poltern der Wagen mit dem Nachschub und den schweren Kanonen. Manchmal wurde sie nachts oder am frühen Morgen vom Gleichschritt eines Regiments geweckt; in dem hämmernden Geräusch auf dem Pflaster schwang sowohl Begeisterung als auch Angst mit, der Lärm entfernte sich allmählich, bis er vollständig verschwunden war, übrig blieb nur das traurige Kläffen eines Hundes.

Sie öffnet die Tür, da steht er, mit einem Gesicht, dem man den Mangel an Schlaf und die Verzweiflung ansieht. Wie sie diesen Mann geliebt hat! Sie greift nach seinen Händen und legt sie an ihr Gesicht, sie küßt sie wie früher. Sie nimmt einen seiner Finger in den Mund, wie man es bei einem Kind tut, ihrem Kind. Wie sie diesen Mann geliebt hat, den ersten, den einzigen. Sie schmiegt sich in seine Arme, die sie umschließen. Heute abend will sie ihn lieben, und sei es nur, weil sie fühlt, wie verzweifelt er ist. Sie will nicht, daß er ihretwegen, durch sie leidet. Tränen stehen ihr in den Augen, und er sieht sie an. Er weiß, daß sie nicht seinetwegen weint, daß sie über ihre verlorene Liebe und die Verwirrung in ihrem eigenen Herzen weint, daß ihre Liebe zu ihm in diesen Tränen davonfließt.

»Ich gehe morgen fort«, sagt er, »mit Masséna nach Vésubie.«

»Mit Masséna!«

»Ja, er braucht mich, meine Kenntnisse über diese Gegend, es ist zum Totlachen.«

»Aber warum?«

Sie hat ihre Stimme unter Kontrolle halten können, sie ist blaß geworden, sehr blaß, aber sie hofft, daß Benjamin es in der Dunkelheit nicht bemerkt.

»Ich weiß nicht, es gibt Dutzende anderer Männer, die es besser machen würden als ich, ich bin ja nur ein Gelegenheitssoldat. Dieser Mann hat es auf mich abgesehen.«

Sie löst ihr Haar und bürstet es langsam.

»Er kommt oft hierher, wie mir scheint?«

»Ja.«

Wozu sollte sie lügen, die Verwunderte spielen. Davon abgesehen kann sie nicht gut lügen. Sie wünschte, daß nichts von alledem wahr wäre, sie wäre am liebsten tot. Reglos bleibt sie stehen, als sei dieses Ja ein furchtbares Geständnis, ein Zeichen ihres Verrats.

»Liebst du ihn?«

»Ich weiß es nicht.«

Er hebt sie vom Stuhl hoch, sie läßt es mit sich geschehen.

»Sieh mich an, Maria.«

Er schüttelt sie, sie reagiert nicht, wie ein dickköpfiges Kind, das hartnäckig schweigt.

»Sieh mich an ...«

Er stellt überrascht fest, daß er geschrien hat. Er läßt sie los, sie setzt sich auf die Bettkante, er in den Sessel neben das Fenster. Aus dem Kloster dringen Lärm, Beifall und Gesänge herüber, es klingt wie ein rauschendes Fest. Einige der Teilnehmer sind auf die Straße hinausgeströmt und brüllen aus Leibeskräften: »Nizza wird französisch, es lebe die Republik!« Es lebe die Republik ... Benjamin schließt die Augen. Nun marschiert also die Revolution, die neue Welt hat begonnen. Maria sagt nichts, sie ist wie ein Stein, ein kalter Stein, der weit weg ist.

»Er ist ein ungehobelter Kerl, mit der Listigkeit eines ehrgeizigen Mannes, eines Mannes ohne Tugenden. Himmel, diese Grausamkeit in seinem Blick! Er wird bestimmt seinen Weg machen. Ich spüre diese böse Kraft in ihm: Maria, du kannst doch nicht so blind sein?«

Was sagt er da? Er spricht von dem Oberst, aber den Oberst kennt sie nicht. Der Charakter des Oberst ist ihr völlig egal. Sie weiß nichts von diesem Mann. Der Mann ist da, das ist alles. Sie urteilt nicht. Sie stellt keine Fragen. Er ist da. Und Benjamin ist es nicht mehr. Ganz klar. In diesem Augenblick aber steht er vor ihr im Mondschein, unverändert, sie kennt jede Einzelheit an ihm, weiß, wie seine Haut sich anfaßt, kennt seine Art zu lächeln, zu essen, zu schlafen, zu gehen. Ja, alles, so wie er da drüben steht. Sie klopft neben sich aufs Bett, er soll näher kommen, noch näher. Er legt den Kopf auf ihren Schoß, sie streichelt ihm über das Haar.

»Oh! mein sanfter Herr ...«

»Schweig, sag das nicht ...«

Mein sanfter Herr. Vielleicht helfen die Worte, ihn in ihr Herz zurückzuholen. Mein sanfter Herr ... sie flüstert: »Mein sanfter Herr.«

»Ich liebe dich, Benjamin.«

Oh! natürlich, sie liebt ihn, sie liebt seine Güte, seine Klugheit, seine Sanftmut. Was wäre sie ohne ihn? Sie liebt ihn. Für immer. Sie liebt ihn, wie man einen Toten liebt.

Benjamin Davis
Var-Armee
Stationiert in L'Escarène
19. November 1792

Mrs. Penelope Rivers Pitt
Daffodils Cottage
St. James Street
London

Liebe Freundin,

ich sitze in der Falle. Stellen Sie sich vor, ich, in einer ausländischen Armee, irgendwo in den Bergen dieser ehemaligen Grafschaft. Wir führen Krieg gegen Redouten, greifen kleine Forts an; es ist ein tückischer Krieg, bei dem unsere Linien mal ein Stück vorrücken, dann wieder zurückweichen, ohne daß etwas Entscheidendes passiert. Stellen Sie sich allein das Gelände vor, meine Liebe, ein Labyrinth aus Bergkämmen, Hochebenen, Schluchten, Felsspalten, die von einer Reihe von nadelförmigen Gipfeln überragt werden, mit Pässen, über die zahlreiche Trampelpfade für Maultiere führen. Wir wissen nie, wo sich der Feind gerade befindet. Wir kennen ihn nicht einmal. Wir sehen nur selten österreichisch-sardische Truppen. Aber in diesen abgelegenen Gebieten müssen wir davon ausgehen, daß die gesamte Bevölkerung unser Feind ist. Die von Turin unterstützten Banditen kennzeichnet ihre Geschicklichkeit und ihr Haß, sie massakrieren die Dagebliebenen, terrorisieren diejenigen, die im Verdacht stehen, mit uns zu sympathisieren. Sie können sich die Zustände, in denen die Leute hier leben, überhaupt nicht vorstellen, einige von ihnen scheinen noch regelrecht in der Steinzeit zu leben: Es schlafen zehn, manchmal gar zwanzig Personen in einem Raum, ihre Armut ist unfaßbar. Sie kleiden sich mit Tierfellen, die abstoßend schmutzig sind. Wie hat man nur ganze Bevölkerungsstriche in solch ärmlichen Verhältnissen belassen können? Das Unbegreifliche daran ist ja, daß sie sich gar nicht beschweren, sondern ganz im Gegenteil für den König und die Kirche Partei ergreifen. Die Pfarrer, die selbst völlig ungebildet sind, haben einen entscheidenden Einfluß auf diese unwissenden Leute, sie üben große Macht über sie aus. Folglich blüht auch der Aberglaube. Ich habe mir nicht im entferntesten vorstellen können, daß im achtzehnten Jahrhundert noch ein solcher Obskurantismus herrschen könnte. Und die Leute leben hier wahrhaftig von der Hand in den Mund, nein, sie überleben, mit ein wenig Weizen, Maronen, Viehzucht, Milch und Käse. Olivenbäume, die, wie Sie wissen, den Reichtum dieser Region ausmachen, wachsen nicht in diesen Lagen, es ist zu kalt hier oben. Selbst uns fehlt es hier an allem möglichen, wir haben nur Brot, und das teilen wir mit den verzweifelten Kindern, denen wir allerorts begegnen, wenn wir durch die Dörfer laufen. Wir haben weder Olivenöl noch Speck, geschweige denn Fleisch, die Verbindung zum Generalstab ist so schlecht, daß wir von dort nichts erhalten. Das liegt einerseits natürlich am Zustand der Wege, andererseits aber auch – wahrscheinlich hauptsächlich – an der Schlamperei der Verantwortlichen. Es gibt zahlreiche Deserteure und ebensoviele Profitjäger unter ihnen. Ich muß nämlich hinzufügen, daß unsere Kompanie sich aus den Überresten der ehemaligen Königlichen Armee und ansonsten aus Freiwilligen zusammensetzt, die zwar voller guter Absichten sind, doch über keinerlei Erfahrung verfügen. Beim Singen am Anfang sind sie alle noch mit dabei, aber dann kommt irgendwann der Moment, wo es ans Kämpfen geht, wo man der Kälte, dem Hunger, der Krankheit trotzen muß. Ja, auch der Krankheit. Wir haben hier alles, Hautkrankheiten, die

Krätze, und vor allem, jene, die man auch als »Franzosenkrankeit« bezeichnet. Sie wissen schon, wovon ich spreche. Es ist keine sonderlich appetitliche Angelegenheit, ich gebe es gerne zu, aber es tut mir gut, mich Ihnen anzuvertrauen. Ich fühle mich hier so allein. Die wenigen Personen, zu denen ich innerhalb des Generalstabs Kontakt geknüpft hatte, sind fast alle an verschiedene Fronten gekommen. Hier, zwischen L'Escarène und Lantosque, wo unser Einsatzgebiet ist, kenne ich niemanden.

Doch es wird allmählich Zeit, daß ich Ihnen von unserem Colonel, André Masséna, erzähle, dem ich es zu verdanken habe, daß ich hier Kälte und Gefahren ausgesetzt bin, anstatt im Kreis des Generals d'Anselme in Nizza im Warmen zu sitzen und es mir wohl ergehen zu lassen. Dieser Mann ist ein schlauer Kerl, ein ehemaliger Hauptfeldwebel des provençalischen Jägerregiments, das sein Quartier in Antibes hatte. Er hat die königliche Armee aus Verzweiflung darüber verlassen, daß er nicht adelig und es ihm somit unmöglich war, Offizier zu werden. Mit dreißig Jahren stand er nun ohne Beruf und ohne einen Sou da. Was blieb ihm da schon übrig? Er hat die Tochter eines wohlhabenden Chirurgen geheiratet. Ohne die Revolution würde Masséna jetzt wohl irgendwo zurückgezogen leben und das Geld seiner Frau mehren, eine Beschäftigung, die ihn sicher ganz ausgefüllt hätte, wenn man den Gerüchten über seinen Geiz Glauben schenken darf. Aber noch mehr als das Geld liebt Masséna den Krieg. Die Revolution, die Anführer brauchte, hat den sehnlichsten Wunsch des Feldwebels erfüllt, sie hat aus ihm einen Offizier gemacht, der obendrein noch Oberst ist. Und der ist heute mein Chef. Aber das ist kein bloßer Zufall.

Muß ich Ihnen diesen Oberst noch weiter beschreiben? Ich gestehe, seine Person strahlt eine einzigartige Stärke und Vitalität aus, er ist ohne Zweifel ein Mann, der andere Menschen zu führen versteht, weder schön noch häßlich, aber er gefällt den Frauen mit seinen schwarzen Augen, seiner energischen Nase, seinem forschen Blick, in dem sich kühle Berechnung mit südländischem Charme paart. Ich hatte bei diesem Mann schon vor den Ereignissen hier ein ungutes Gefühl.

Ich habe Maria wiedergefunden, eine Maria, die ich kaum wiedererkannt habe. Das empfindsame junge Mädchen, das großherzige Kind voller Ideale und Liebe hat sich in ein vom Schicksal gezeichnetes, leiderfülltes Wesen verwandelt. Ja, leiderfüllt, es ist, als habe sich in ihr ein unerreichbarer Kern gebildet, eine Art kalter, unempfindlicher Diamant. Ich brauche Ihnen nicht zu sagen, wie sehr ich mich daran schuldig fühle. Während dieser paar Wochen habe ich es nicht geschafft, mit Maria ein klärendes Gespräch zu führen. Ich bin wie gelähmt, und sie ist gleichgültig, wie abwesend. Muß ich Ihnen sagen, daß ich es kaum gewagt habe, nach dem Kind zu fragen? Ich weiß, daß es ein Junge ist und daß er bei Verwandten von Marias Mann in Levens lebt (dem Dorf, wo der Oberst seine Kindheit verbracht hat, welche Ironie des Schicksals), in welchen Verhältnissen, das weiß ich nicht. Ist er gesund, sieht er mir ähnlich (die verzeihliche Eitelkeit eines Vaters)? Kein Wort. Penelope, Sie sehen, ich beginne mich feige zu verhalten, ich hätte darauf bestehen, ihr drohen müssen. Nichts von alledem habe ich getan und mich statt dessen damit begnügt, diese Frau zu beobachten; ja, sie ist eine Frau geworden. Ich hätte fortgehen, dieses Land und Maria verlassen sollen, einen Schlußstrich unter diesen Teil meiner Vergangenheit ziehen, der nur noch aus Schutt und Asche besteht. Doch Sie wissen ja selbst, Penelope, daß der Wille den Regungen des Herzens oftmals machtlos gegenübersteht. Die Gefühle sind irrational und gehen immer als Sieger aus dem Kampf. Ich habe in meiner grenzenlosen Naivität an der Überzeugung festgehalten, daß die zwischen Maria und mir entstandene Bindung unzerstörbar sei, und da ich zu Recht als der Schuldige angesehen werden muß, führte ich die Veränderungen, die ich bei ihr festgestellt habe, auf die zahlreichen von ihr erlittenen Schicksalsschläge zurück. Ich war so gutgläubig anzunehmen, daß ich mit viel Aufmerksamkeit, Sanftmut und Liebe, ja Liebe, Vergebung erlangen würde, daß wir unsere frühere Leidenschaft wiederfinden würden: Ich habe auf die Zärtlichkeit statt auf die Ereignisse gesetzt, doch das war ein großer Irrtum, Sie wissen es, Penelope, Sie haben es am eigenen Leib erfahren, daß Gefühle flüchtig sind und Versprechungen eine Illusion, zerbrechlich und schwach die Gewißheiten des Herzens. Ich wußte es nicht. Jedenfalls nicht so genau, in diesem Punkt, wie bei so vielen anderen Dingen auch, waren mein Wissen und meine Überzeugungen nur angelesen, meine Leiden nur imaginär. Mir fehlte die Auseinandersetzung mit dem Leben, die grausame Ohrfeige der Wirklichkeit. Seit einem Monat, Penelope, weiß ich, was leiden bedeutet. Haben Sie genauso gelitten? Bei Gott, wenn es so war, wie haben Sie mir bloß verzeihen können?

Sie ahnen es bereits, Maria fühlt sich, ohne daß sie es zugegeben hätte, stark zu dieser Person hingezogen, er hat es ihr ermöglicht, ohne Zwischenfälle in die Stadt zu gelangen, obwohl sie eine von den Flüchtlingen gewesen war. Er ist jeden Tag ins Hotel gekommen. Worüber mögen sie miteinander sprechen? Im Augenblick beobachten sie sich. Sie ist für ihn nur eine Beute. Und für Maria? Es fällt mir schwer zu verstehen, was sie an diesem groben Kerl so anziehend findet: seine Energie, seine Vitalität? Aber was können ihr solche militärischen Tugenden bedeuten? Ich muß gestehen, daß ich verzweifelt bin. Wenn ich genau bin, erscheint mir das Ganze unwirklich, ich habe manchmal den Eindruck, als sei es einer meiner Freunde, der von diesem Unglück betroffen ist. Nie habe ich auch nur eine Sekunde an der Liebe oder an der Treue Marias gezweifelt, ich war vollkommen überzeugt, daß sie auf mich warten würde, daß ihrer Liebe weder die Zeit noch die Ereignisse irgend etwas anhaben könnten. Dieser Mann, das kann ich Ihnen schwören, ist von tiefem Haß auf mich erfüllt. Jedesmal, wenn wir uns begegnen, spüre ich seinen Blick auf mir. Ich fühle mich regelrecht bedroht, Penelope, mein Leben liegt in seiner Hand, er kann mich nach Gutdünken mit einer gefährlichen Mission beauftragen, von der zurückzukehren ich wenig Aussichten hätte. Man braucht gar nicht so weit zu gehen, eine Kugel, die ihr Ziel verfehlt, das sind Dinge, die in jedem Krieg vorkommen. Und der unserige ist besonders niederträchtig. Wir waten durch Schlamm und Schnee (dieses Jahr herrscht eine schreckliche Kälte), wir sehen den Himmel nur wenige Stunden am Tag. Wir haben Angst, ohne recht zu wissen, wovor, vor feindlichen Angriffen, vor den Verwünschungen der Bevölkerung, vor der Trostlosigkeit der Umgebung? Vor zwei Wochen haben wir Lantosque erreicht, Masséna hat augenblicklich befohlen, Lebensmittel zu beschlagnahmen und sogenannte »republikanische Zahlungsaufforderungen« an die Bevölkerung ergehen lassen. In Wirklichkeit handelt es sich um eine Art Steuer, zu der alle verpflichtet wurden, die vermögend sind; aber auch jene, die nichts oder fast nichts haben, werden herangezogen. Daraufhin hat der Oberst Belvédère, das Nachbardorf, ebenfalls zu solchen Steuerzahlungen verpflichtet. Dabei setzte er allein auf die Angst der Bevölkerung. Doch es erschien niemand. Zwei Tage später ist Masséna mit dreihundert Mann, unter denen auch ich mich befand, aufgebrochen, um durch Repressalien größeren Druck auszuüben. In Belvédère hat er als erstes den Bürgermeister und seine Familie eingesperrt, dann den gesamten Stadtrat, und schließlich begann der große Beutezug. Die Soldaten stürzten sich in die Häuser und stahlen alles, was ihnen in die Hände fiel. Das hiesige Schloß wurde geplündert, die Möbel, die Teppiche, die Stoffe, die Bilder wurden aus dem Fenster geworfen. Masséna, der im Gemeindesaal residierte, rauchte derweil gemütlich, als sei nichts geschehen. Und da die Menschen nun einmal so sind, wie sie sind, erschien eine Frau, die uns zeigte, wo die Bewohner am Eingang des Dorfes ihre Schätze versteckt hatten. Masséna kümmerte sich höchstpersönlich darum. Tatsächlich fanden wir in einer Schlucht Gold, Silber, Kruzifixe und einige Familiengegenstände, die ausschließlich ideellen Wert hatten. Masséna wühlte darin herum, und in seinen Augen blitzte die Flamme der Begierde – ich erfinde nichts, ich stand direkt neben ihm. Danach kamen die Herden dran, wir stahlen Ziegen, Schafe, Lämmer, Esel, Maultiere. Alles. Die Bewohner betrachteten uns mit so abgrundtiefem Haß, wie ich ihn nie zuvor gesehen habe. Diese Leute werden uns noch Jahre später den Tod an den Hals wünschen. An einem einzigen Nachmittag haben wir die Ideale der Republik der gemeinsten Habgier geopfert. Als wir von Belvédère zurückkehrten, ging ich auf den Colonel zu und drückte ihm meine Verwunderung darüber aus. Und wissen Sie, was er mir entgegnet hat:

»Ist es Ihnen denn lieber, vor Hunger zu krepieren? Diese Leute besitzen Schafe, Ziegen, Federvieh, wir nicht … Diese Leute stehen im Dienst von Tyrannen, die sie ausbeuten, wir befreien sie von ihnen, da ist es doch normal, wenn sie uns danken. Ich habe ihnen angeboten, uns einen gerechten Zehnten zukommen zu lassen. Sie haben mit Verachtung und Schweigen geantwortet. Nun haben sie ihre Strafe erhalten. Ich kann nichts Schockierendes daran finden. Die Revolution, Bürger, ist kein Krieg mit Samthandschuhen, sollten Sie das jedoch so sehen, dann sind Sie hier fehl am Platze, dann gehören Sie zu denen, die uns bekämpfen. Die Zeit der Kriege unter Prinzen ist vorbei, heute kämpft die Republik für die Freiheit der Völker.«

»Selbst wenn es auf ihre Kosten geht?«

»Wenn es sein muß, gewiß. Die Freiheit muß man erlernen, wie alles andere auch.«

Höchst zufrieden mit seinem Konterschlag, trieb Masséna sein Pferd zum Galopp an.

Ich muß zugeben, daß ich verunsichert war. Und wenn dieser Mann trotz seiner Fehler, oder vielleicht gerade ihretwegen, recht hätte? Wer bin ich denn, daß ich mir anmaße zu urteilen? Jede einzelne Erfahrung beweist mir aufs neue, daß der Mensch nicht von sich aus gut ist, sondern erzogen werden muß. Die Revolution hat gewaltige Aufgaben zu bewältigen, sie muß nicht nur die Gesetze ändern, und die Menschen, die in ihrem Namen handeln, sondern sie muß auch, und ich würde sogar sagen vor allem, die alten Denkstrukturen aufbrechen. Kann dies sanft vor sich gehen? Ich fürchte nein, und ich fürchte, daß auch ich dann leider zu meiner Verantwortung stehen muß, das heißt, mich entweder zurückziehen oder mich beteiligen muß, ohne in diese Skrupel zu verfallen. Doch wenn die Revolution sich nicht nur verteidigen, sondern Gewalt anwenden muß, um sich durchzusetzen, so könnte ich es nicht ertragen. Ein Bürgerkrieg ist etwas Schreckliches, Gott möge mich davor bewahren, an solchen Greueltaten beteiligt zu sein. Wenn ich mit meinen Gedanken an diesen Punkt gelange, erinnere ich mich, daß ich Engländer bin und jederzeit in mein Land zurückkehren kann. Wenn ich aber die Revolution aufgebe, verlasse ich Maria, vielleicht wäre dies ja die Lösung? In optimistischen Momenten scheint es mir, als könne ich ihre Liebe zurückgewinnen, doch meist spüre ich in meinem tiefsten Innern und mit aller Macht das Gegenteil. Bleiben oder fortgehen? Was auch immer meine Entscheidung sein wird, so möchte ich doch vorher meinen Sohn einmal sehen. Diesen Wunsch wird Maria mir nicht verwehren können.

Ich schreibe Ihnen bei Kerzenlicht, es ist erst vier Uhr

nachmittags, doch es ist schon dunkel. Wir haben soeben erfahren, daß der General Castelberg und seine sechstausend Österreicher den Col des Fenêtres überschritten haben. Wir müssen auf jeden Fall verhindern, daß Castelberg sich mit den Truppen von Saint-André vereinigt, sonst sind wir »erledigt«, wie vor fünf Minuten ein Mann aus unserer Truppe zu mir sagte.

Penelope, ich setzte diesen Brief fort, nachdem ich ihn vierundzwanzig Stunden habe liegen lassen. Die Nachrichten sind nicht sonderlich gut, Sospel ist gefallen, General Brunet hat bei Berre den Rückzug angetreten. Kurz gesagt: Die österreichisch-sardischen Truppen stehen vor den Toren Nizzas. Wir werden also wieder wegen ernster Dinge kämpfen, das gefällt mir schon besser.

Adieu, Penelope, denken Sie an mich.

Benjamin

Aglaée stand vor Maria und beharrte darauf, ihren Dienst wieder aufnehmen zu wollen. Sie hatte die Bürgerin Tordo vom ersten Tag an geduzt. »Wer hier befiehlt, das bin ich, im Namen des Volkes, unseres Souveräns, beschlagnahme ich das Hotel, so wie das Gesetz es für die Güter der Emigranten vorsieht.«

»Ich bin nicht emigriert, schließlich bin ich ja hier«, hatte Maria erwidert.

»Ja, aber dein Mann ist nicht da.«

»Das Hotel gehört mir genauso wie ihm, es steht in unserem Ehevertrag, willst du ihn sehen, Bürgerin Aglaée?«

»Ich gebe nichts auf Eheverträge, davon abgesehen besitzen die damals geschlossenen Ehen keine Gültigkeit mehr.«

»Du hast recht, Bürgerin. Also bin ich nicht mehr mit dem geflüchteten Herrn Tordo verheiratet, und folglich gehört das Hotel nun vollständig mir.«

»Das wird man sehen.«

»Da gibt es nichts zu sehen, die Sache ist klar.«

Die Angelegenheit war damit erst einmal erledigt. Aglaée lief die Flure ab, sang eine Carmagnole, in die sie ein paar Strophen in Nizzaer Dialekt einstreute, wandte sich an die verschiedensten Leute, an Abgeordnete aus Marseille, an Pariser Kommissare, an diese ganze Armada, die aus Nizza gekommen war, um Ordnung zu schaffen und sich gegenseitig zu überwachen, darunter Vertreter der Bergpartei, Jakobiner, Girondisten und auch solche, die jedes Wort von Robespierre nachbeteten. In der ganzen Grafschaft wurden Listen darüber angefertigt, welche Besitztümer von Ausländern und Emigranten beschlagnahmt werden konnten. Die meisten

Kirchen und Klöster verwandelten sich in Kasernen oder Gefängnisse. Doch die Bevölkerung blieb phlegmatisch, sie sang nicht, sie lief nicht mit der phrygischen Mütze durch die Straßen, sondern überließ die ganze Angelegenheit den Franzosen und den paar Nizzaern, die sich französischer gaben als die Franzosen selbst. Das waren nur wenige, dafür schrien sie um so lauter.

Die Luft roch nach Schießpulver, der Feind stand vor den Toren der Stadt. Die Militärwagen schoben sich über die Place Victor in Richtung der Berge. Erschöpfte Soldaten schliefen nachts trotz Kälte und Hunger unter den Platanen. Aus dem Piemont aber kam kein Nachschub, ebensowenig aus dem Osten der Grafschaft; die wenigen Lebensmitteltransporte, die die Stadt erreichten, kamen kleckerweise aus dem Westen und aus der Umgebung von Grasse, wenn sie nicht zuvor von Räubern oder Deserteuren geplündert wurden oder Patrouillen die glückliche Gelegenheit nutzten, mit anderen Worten: Es kam fast nie etwas an, und die Stadt war im Begriff zu verhungern. Man aß Fisch ohne Öl und ohne Butter, und da das Holz knapp wurde, würde man ihn bald roh essen müssen. Im Hôtel d'York hingegen fehlte es den Abgeordneten, den Kommissaren und Deputierten des Konvents an nichts, die Bauern aus Baumettes, Fabron und Saint-Roch, die schlauer als die anderen waren, verkauften ihnen Eier, Geflügel, Kardonen und Mangold. Es wurde sogar Rindfleisch angeboten, das auf wundersame Weise die Militärkontrollen passierte. Aglaée kochte Schmorbraten und Ravioli, die Pariser machten zunächst lange Zähne, verlangten dann aber Nachschlag und fanden schließlich auch großen Gefallen an Vincents Grappa-Vorräten. Aglaée gurrte vor Freude, die Pariser klopften ihr anerkennend auf die Schulter, manchmal auch auf den Hintern, und sie stieß einen kleinen Schrei aus, man wußte nicht, ob aus Empörung oder vor Vergnügen.

Nachdem Benjamin und der Oberst abgereist waren, fühlte sich Maria erstaunlich befreit. Die Last der vergangenen Wochen war von ihr gewichen. Es war ihr ganz recht, daß dic bcidcn sich am selben Ort aufhielten, so war sie vor Gewissenbissen und Versuchungen gleichzeitig geschützt. In manchen Augenblicken hatte sie den Eindruck, als sei ihr Schicksal schon vorgezeichnet. Da war Catherine, ihr Kind, mit dem sie in Regen und Kälte durch die Berge geflohen war, und da war das Hôtel de'York: sie würde also Mutter und Hotelchefin sein. Hatte ihr Vincent nicht gerade erst einen langen, wirren Brief geschrieben, aus dem hervorging, daß er sich in Turin langweilte? Die Flüchtlingsschar hatte ihm keine andere Wahl gelassen: wenn er seinen Platz wahren wollte, mußte er ein Restaurant mit französischer Küche eröffnen! Aber im Grunde klagte er nur über eines, die Abwesenheit seiner Frau, ein Mann konnte schießlich nicht allen Aufgaben gerecht werden. Ein liebender Mann, ein reizendes kleines Mädchen, die Zukunft schien tatsächlich keine Überraschungen mehr für sie bereitzuhalten.

Da erinnerte Maria sich an den Brief, den ihr die Marquise von Cabris anvertraut hatte, und sie beschloß, nach Grasse zu fahren. Die klapprige Kutsche, die direkt vor dem Hotel startete, würde einen Tag dahin brauchen, wenn es nicht regnete. Der Weg war gefährlich, aber Maria dachte nicht an die Risiken, sie brauchte Luftveränderung. Der Wagen überquerte den Var auf der hölzernen Brücke, die d'Anselme über den aneinandergereihten Booten hatte errichten lassen. »Eine Brücke!« hatten die Bewohner gerufen, »die wird doch nie halten.« – »Dann bauen wir sie eben wieder auf!« hatte der General seufzend erwidert. Seitdem hielt sie, doch die Einwohner wagten sich nicht hinüber, sie zogen die Furt und ihre Fährmänner vor. Maria hatte Pissaladière und einen Schlauch Wein mitgenommen, den sie mit den gierig herüberstarrenden Mitreisenden teilte. Sie war gut gelaunt und großzügig, vielleicht wegen dieser Sonne, die so tief am Horizont stand, daß sie die Herbstlandschaft mit ihrem Gold überstäubte, einem so prachtvollen und dabei so zarten Gold, daß man fürchtete, es beim kleinsten Hauch fortzuwehen.

Sie kamen gegen vier Uhr nachmittags an, die letzten Lichtstrahlen wanden sich durch die Olivenbäume, hinter den Hügeln glitten die Berge durch das weite winterliche Blau des Himmels. Weiter unten, in der verwinkelten Stadt Grasse, auf den Plätzen und in den steilen Gassen tummelten sich große Menschenscharen um die Freiheitsbäume … Die Bewohner waren mit der Revolution beschäftigt. Unterdessen stapelten sich in den Gerbereien die Tierhäute, in den Destillerien vermoderte die Blumenernte: Iris, Rosen und Lavendel. Niemand arbeitete mehr, seit Beginn des Sommers wurde nur noch palavert, die Bürger, die Bauern, die Handwerker, alle hatten erhitzte Gemüter, tranken den Wein leer, der in den Kellern lagerte, und wenn man betrunken und richtig in Fahrt war, wurde eine der Kirchenglocken heruntergeholt und zu Kanonen umgegossen, die die Republik retten sollten. Aus einem der Klostergärten schlug den Reisenden der scharfe Geruch von Salpeter entgegen, der in Ateliers hergestellt wurde, die sich zwischen Lorbeersträuchern, Myrte und Erdbeerbäumen duckten. Die Stadt der Düfte stank nach Kanonenpulver.

Maria suchte nach dem Weg, sie drängelte sich durch die Menschenmengen, die Jean-Joseph Mougins de Roquefort, den Bürgermeister und Vertreter des liberalen Bürgertums, an der Laterne aufhängen wollten. Die Stadt war klein, aber es war ratsam, keine allzu große Aufmerksamkeit auf sich zu ziehen, vor allem wenn man den Brief einer Marquise de Cabris bei sich trug, der an einen Monsieur Fragonard gerichtet war. Maria kam an eine große, von prachtvollen Villen gesäumte Allee, die alle während der Herrschaft Ludwigs XV. errichtet worden waren, zu der Zeit, als die Parfumfabrikanten zu Reichtum gelangten und den Adel aufs Land verdrängten. Die Marquise hatte aus Trotz gegenüber der Familie ihres Gemahls darauf bestanden, in diesem Viertel der Geschäftsleute zu wohnen. Die Villa lag in einem verwilderten grauen Park, als sei sie schon vor hundert Jahren verlassen worden. War es möglich, daß jemand in dieser Öde lebte?

Als Maria am Eingang läutete, war bereits die Abenddämmerung mit ihrer verschwenderischen Farbenpracht aus Malven und welkenden Rosen hereingebrochen. Sie schlug den Kragen ihres Umhangs hoch, der den Regen und die Kälte, die schlechten Wege durchs Gebirge und die Greuel der Flucht miterlebt hatte. Plötzlich erblickte sie auf der linken Seite des Hauses ein schwaches Licht, und kurz darauf stand er vor ihr. Ohne ein Wort öffnete er das Gartentor, hielt seine Lampe an das Gesicht der jungen Frau und legte einen Finger auf die Lippen. Still. Maria folgte ihm auf Zehenspitzen durchs feuchte Gras, den Kiesweg meidend, zur Rückseite der Villa, wo man über eine Veranda ins Innere des Hauses gelangte. Der Mann öffnete eine unterhalb der Terrasse versteckte Tür, und beide stiegen eine kleine Treppe hinauf zu einem Wintergarten, der seiner seltenen Pflanzen allerdings beraubt war. Von der einstigen Blütenpracht waren nur ein paar zerbrochene Blumentöpfe und etwas Flechtwerk übrig, an dem sich früher herrliche Rosenstöcke hochgerankt haben mochten. In der Dunkelheit konnte man die Größe des Raumes schwerlich erahnen. Der Mann stellte die Lampe auf einen Hocker und setzte sich daneben auf einen kleinen Holzstuhl.

»Bleiben Sie so stehen«, sagte er leise. »Ich kann Sie nicht richtig sehen, nur wenige Einzelheiten, aber das ist sehr schön, so als würden wir auseinandergehen, ohne uns je gesehen zu haben. Sie haben die Haut dieser

Gegend, ich kenne sie, sie ist seidig und warm, ihre Wärme kommt von ihrer Farbe, sie ist vollgesogen mit Sonne bis zum Tod, sie riecht nach Trauben und trockenem Erdreich. Ich bin sicher, daß Sie nach Trauben riechen, wie die Septembertrauben. Sagen Sie nichts, Sie überbringen mir eine Nachricht. Ich habe sie erwartet, seit Wochen schon. Man verliert allmählich die Geduld bei all den Verrückten hier, die mich umbringen wollen, mich oder einen anderen. Egal wen, sie haben Blut geleckt, die Krämer träumen davon, ihre Messer in frisches Blut zu tauchen, ungestraft und mit dem Gefühl, es sei für eine gute, gerechte Sache.«

Maria reichte ihm wortlos den Brief der Marquise. Während er ihn las, hielt er die Lampe näher an sein Gesicht. Er mußte einmal sehr schön gewesen sein, seine Züge waren jedoch schlaff geworden und die Haut war von kleinen roten Äderchen überzogen, das Kinn und die Wangen waren die eines sechzigjährigen Mannes, eines Lebemannes jedoch, sein Mund hatte seinen vollkommen schönen Schwung bewahrt, vor allem die sehr kräftige Oberlippe, die eine ausgeprägte Sinnlichkeit verriet. Auch sein eindringlicher Blick hatte nichts von seiner Jugendlichkeit verloren, es lag in ihm noch immer etwas Eroberndes, Gebieterisches. Er las den Brief mehrere Male gierig durch, sein Gesichtsausdruck schwankte zwischen Heiterkeit und Ernst, und seine Lippen bewegten sich ständig, als müsse jedes Wort erst durch den Filter des Sprechens gehen.

Dieser Mann sah nicht wie die anderen Liebhaber der Marquise aus, dachte Maria, dafür war er zu alt und zu schlaff, vielleicht war er ein Verwandter oder ein Freund? Allmählich wurde ihr unbehaglich mit diesem merkwürdigen Kauz im Dunkeln, und dann hatte er von ihrer nach Trauben duftenden Haut gesprochen. Wie hübsch das klang. Sie war es nicht gewohnt, daß man ihr Komplimente machte. Benjamin sagte, daß er sie liebte, der

Oberst sagte nichts. Eine Haut wie Trauben. Sie hätte am liebsten an sich gerochen, um es zu überprüfen. Der Mann saß stumm da mit dem Brief in der Hand, dann fügte er mit leiser Stimme hinzu:

»Nun ist der Marquis also gestorben, der Arme, wissen Sie, daß sie ihn geliebt hat, freilich auf ihre Weise, die nicht schlechter war als andere. Einige werden es Mitleid nennen, ich sage dazu Verbundenheit, Verbundenheit ist etwas sehr Mächtiges, das wissen Sie auch. Die Wurzeln sind tief, sie sind wie Lianen, man glaubt sich leicht davon befreien zu können, und dann bemerkt man, daß man von vielen nur sehr schwer zu lösenden Knoten umschlungen ist. Aber lassen wir das ... Ich habe noch ein paar Flaschen Saint-Jeannet da, ein leichter, würziger Weißwein, eigentlich trinkt man ihn am Vormittag, aber was soll's, ich habe keinen anderen. Krieg ist Krieg, und Revolution ist Revolution!«

»Nein danke, mein Herr, ich darf nicht den Wagen verpassen, der heute abend zurückfährt, ich bin schon spät dran.«

»Von wo kommen Sie denn?«

»Aus Nizza.«

»Aus Nizza, mein Gott! Sie werden doch wohl nicht heute abend noch heimfahren. Das wäre Wahnsinn, Sie werden mir beim Abendessen Gesellschaft leisten! Sie brauchen nichts zu befürchten, ich bin ein alter Herr. Ich lebe allein, Sie werden mich unterhalten. Seit Wochen wage ich mich nicht mehr hinaus, ich lebe eingesperrt, weil ich jeden Augenblick befürchten muß, daß ein Haufen Verrückter dieses Haus hier überfällt.«

»Ich möchte Sie nicht stören.«

»Es ist trostlos hier und kalt, ich weiß. Aber wir können Kerzen anzünden und Wein trinken. Wenn wir betrunken sind, wird uns der Alkohol warm halten. Und wir werden sanft einschlummern wie die Kinder. Davon abgesehen, daß Sie noch ein Kind sind. Ein wenig unglücklich vielleicht, ich sehe es Ihren Augen an, ja, darin ist keine Freude. Es hätte welche darin geben können, aber es gibt keine mehr. Sie wird schon wiederkommen. Der Kummer ist, Gott sei dank, ebenso flüchtig wie alles andere.«

Sie würde bleiben, dieser Mann verdrehte ihr den Kopf, er nahm sie völlig gefangen mit den merkwürdigen Dingen, die er ihr sagte. Es schien, als würde er alles erraten, alles wissen, und alles war so vollkommen natürlich und im Grunde gar nicht so ernst zu nehmen. Eine Leichtigkeit war in ihm, so als würde sein Verstand die Dinge von sehr weit oben betrachten, zärtlich und mit heiterer Gelöstheit. Und was Maria besonders gefiel, war seine Lebendigkeit, dieser Schwindel, der einen ergriff, wenn man ihm zuhörte.

Sie folgte ihm in den hinteren Teil des großen Raumes, wo sich ein Herd, ein Sessel, ein niedriger Tisch und hinter einem Wandschirm, der mit Dorfszenen bemalt war, ein kleines Sofa befanden. Erst als sie neben dem Sessel stand, bemerkte sie, daß es sich bei dem Gegenstand, den sie beim Hereinkommen gesehen hatte, um eine Staffelei handelte, eine Staffelei ohne Gemälde. Sie kannte diesen Gegenstand von ihrem Vater, wo mochte er sie herhaben? Ihr Vater hatte sie benutzt, um Hanfleinwände daran aufzuhängen. Der Mann holte drei Kerzen aus dem Schubfach des Tisches, deren karges Licht den finsteren Raum erhellte.

»Wir werden den Wandschirm vor den Tisch stellen, auf diese Weise sind wir vor fremden Blicken geschützt, unsichtbar und trotzdem anwesend, ist das nicht die Definition des Absoluten? Im Augenblick hat es den praktischen Zweck, daß wir vor diesen Tollwütigen sicher sind, denn das Licht zieht sie an wie ausgehungerte Mücken.«

Wie von Zauberhand kamen unter dem Sofa Geschirr und Silber zum Vorschein, Silber, das mit dem Wappen der Cabris versehen war, Tischdecken aus Satin und Taft, mit goldenen Borten, sowie Servietten aus feinem Linnen, Relikte einstiger Pracht, makellos weiß im Glanz des Kerzenlichts.

»Ein wunderbarer Stoff«, schwärmte der Mann und streichelte mit der Hand über die Servietten, »ich verstehe was davon, ich bin der Sohn eines Tuchfabrikanten. Erstaunt Sie das?«

»Ja, gestand Maria.«

»Warum?«

»Mein Vater ist Kerzenhändler.«

Der Mann brach in lautes Lachen aus.

»Kerzen und Tücher: Wir zwei sind die Fermente der Zivilisation und des Raffinements, Satin, Brokat, Baumwolle, Leinen, Spitze, Taft, ich liebe Taft, sein Glanz ist wie das heitere Leuchten von Kinderaugen, klar, ohne Wolken, glücklich, auf der Welt zu sein, Taft strahlt Frische und Wohligkeit aus, Samt hingegen ist schon etwas lüsterner mit seinen Faltenwürfen, den dunklen Stellen, den Geheimnissen, vom Samt ist es nur ein Sprung bis zum Alkoven. Seide hingegen ist wie eine Haut über der Haut, der letzte Festungswall vor der Liebe oder auch die Einladung zum Vorspiel. Die Seide ist Frau, rein und verschwommen, ungreifbar wie eine Sommernacht, wild, ungezähmt, Wasser, das einem zwischen den Fingern zerrinnt. Kaum, daß man sie an die Lippen hebt, ist sie auch schon fortgeflossen. Ich liebe Seide, aber ich bin bei ihr auf der Hut, vorsichtig wie ein Fuchs.«

Während er die tausend Freuden der Stoffe aufzählte, griff er nach einem Topf, der auf einer Ecke des Herdes stand, und rückte ihn näher an die Flamme. »Ich ernähre mich von den Vorräten der Marquise, Gemüse und ein wenig Speck. Glücklicherweise sind noch zwei, drei sehr verständnisvolle Hühner da, die mir täglich mehr recht als schlecht zwei Eier legen. Daraus mache ich mir dann ein Omelett oder ich pochiere sie. Leider habe ich kein Brot mehr, dazu müßte ich hinausgehen, und darauf lege ich zur Zeit keinen besonderen Wert, es wäre dumm, sich für einen Laib Brot den Bauch aufschlitzen zu lassen. Aber Sie werden sehen: Meine Suppe ist schön dick, sie wird Ihnen schon den Magen füllen.«

Monsieur Fragonard nahm eine Presse und schüttete den Inhalt des Kochtopfs hinein, er schien sich gut mit solchen Geräten auszukennen, Maria hatte nie zuvor einen Mann gesehen, der mit solcher Selbstverständlichkeit eine Mahlzeit zubereitete. Seine Augen blitzten zufrieden, während er das Gemüse zerdrückte. Er summte selig vor sich hin, während er eifrig umrührte.

»Es ist nichts Besonderes, eine Bauernsuppe mit Speck, Bohnen, Kürbis aus dem Garten. Als ich dort spazierenging, entdeckte ich einige schöne Kürbisse, die niemand gepflückt hatte. Im Schuppen habe ich ein paar vergessene Zwiebeln gefunden, die noch völlig genießbar waren. Ich habe ein bißchen Speck hineingeschnitten, einen Rest Porree, aber der geht mir langsam aus, Möhren, Rüben, davon habe ich noch jede Menge, Knoblauch, eine Zwiebel und ein wenig Salz. Mit dem Salz muß ich aufpassen. Ich habe sie heute morgen aufgesetzt, eine gute Suppe braucht so ihre vier Stunden, meine hat doppelt so lange auf der Herdecke vor sich hingeköchelt, wie ein geduldiges altes Weib, das den Arsch im Warmen, aber kein Feuer mehr unter dem Hinterm hat.«

Er gluckste vor Vergnügen über sein Wortspiel und schüttete die Flüssigkeit in den Topf zurück, der gleich zu dampfen und zu brodeln begann. Das Feuer im Ofen, der Topf, das fröhliche Brutzeln ... Maria betrachtete diesen glücklichen Mann, ja, er war glücklich, und um sie herum herrschte tiefe Dunkelheit, die zwar beunruhigend war, aber auch Schutz bot. Die Gefahr war verschwunden, das Unglück lungerte in weiter Ferne, weit weg von diesem dunklen Zufluchtsort, den keiner kannte. Der Mann besaß schöne lange Hände mit schmalen Fingern, die Hände eines Aristokraten, dachte Maria, ein merkwürdiger Aristokrat, der Sohn eines Tuchfabrikanten war und ihr mit Freude – nein mit Begeisterung – eine Suppe kochte. Der Mann stellte die Suppenschüssel in die Mitte des Tisches, eine Porzellanschüssel. Er stellte die Kerzen so hin, daß jeder gut seinen Teller sehen konnte: Er tat der jungen Frau auf und dann sich selber. Sie aßen mit andächtigem Schweigen die safranfarbene Suppe.

»Sie ist verdammt gut«, stellte Maria fest. Sie dachte es wirklich.

»Ja, nicht übel, es fehlt ein wenig Schmalz, ich habe statt dessen Öl hineingetan, aber das ist nicht fett genug. Sie ist samtig, aber nicht cremig, genaugenommen ist sie auch nicht sehr samtig, sagen wir, daß ihre Konsistenz sämig genug ist, und nun reden wir nicht mehr darüber. Himmel, ich vergaß den Wein! Ich bin ein schlechter Gastgeber, Schande über mich!«

»Ich trinke kaum Wein.«

»Aber sicher trinken Sie Wein! Sie hatten nur noch keinen Liebhaber, der gerne Wein trinkt, das ist alles. Oder irre ich mich?«

»Ich hatte überhaupt noch nicht viele Liebhaber, Monsieur.«

»Das kommt noch, keine Sorge, ich kann Ihre Zukunft lesen, Sie werden dem nicht entgehen. Ich spüre die Glut in Ihnen, die stoßweise zu mir herüberdringt, dieses ganze Brodeln in Ihnen. Ich sehe Ihnen Ihre Wildheit an, Sie sind wie ein Tier, das im tiefen Wald lebt. Sie sind einem Gemälde von Rubens entsprungen, eine schlanke, geschmeidige Venus, aber wie brennend trotzdem! Rubens hätte Sie auf Laub gebettet gemalt, sicher etwas üppiger, aber nicht allzusehr, denn die Fülle ist in Ihnen, sie braucht sich nicht in den Formen auszudrücken, sie liegt im Innersten Ihrer Sehnsüchte verborgen.«

Er holte die Weinflasche aus einem geheimen Winkel hervor, sie war dick mit Staub bedeckt. Goldgelb floß der Wein in die kristallenen Gläser.

»Sehen Sie nur diese herrliche Farbe, kosten Sie, er schmeckt nach Haselnuß und rotleuchtendem Herbstlaub. Einfach wunderbar! Glauben Sie, daß so ein Glück eines Tages verschwinden könnte? Der Wein, das Fleisch, nein, so verrückt sind die Menschen nicht. Sie verlangen Freiheit: Aber was wollen sie damit machen? Sie sollten Glück fordern. Das Glück, ja, das wäre eine Revolution wert. Aber die Freiheit ist eine dürre Angelegenheit, sie ist unkörperlich, das Wort klingt gut in den Liedern, das gebe ich gerne zu, aber wie viele Menschen werden für dieses Wort sterben? Wie finden Sie ihn?«

»Wen ...?«

»Na, den Wein.«

»Wundervoll, und es stimmt, man könnte meinen, es seien Nüsse drin ...«

»Und Herbstlaub ...«

»Ja, Monsieur, es riecht wie der Rauch von brennendem Laub.«

»Sehen Sie, mein Wildkätzchen, Sie sind in der Lage, den Rauchgeschmack in einem Glas Wein zu erkennen, und behaupten, daß Sie keine große Liebhaberin seien! Kommen Sie ...«

Der Mann war verrückt, ihr drehte sich allmählich der Kopf von dem Wein, und dann dieser Rubens, ein Maler? Dann gab es also Maler, die etwas anderes malten als Madonnenbilder? Woher hatte er all das Zeug, dieser Monsieur Fragonard? Und was machte er eigentlich? Wenn er kein Aristokrat war, mußte er ja schließlich irgend etwas arbeiten. Seine Hände benutzte er nicht dazu, die waren viel zu fein, als daß er damit arbeiten würde. Er war sehr elegant, trotz der schlichten Kleidung: eine Samthose und eine grobe Wolljacke. Man brauchte nur zu sehen, wie er seine Suppe gegessen hatte, ganz geräuschlos, und von der Flüssigkeit war kein bißchen aus seinen Mundwinkeln getropft, im Gegensatz zu dem Oberst, den sie eines Tages dabei beobachtet hatte, wie er seinen Suppenteller ausschlürfte. Dieser Fragonard war weltmännisch, ein Genießer, aber vornehm. Warum hatte er über ihren Körper gesprochen, von der Farbe ihrer Haut und all den anderen Sachen? Wie konnte er Dinge wissen, von denen Sie selbst nichts ahnte? Sie hätte protestieren, sich dagegen wehren müssen. Was soll's, sie fühlte sich viel zu wohl, der Wein wühlte sie auf, und es stimmte, daß sie von Kopf bis Fuß glühte, das war die Suppe, obwohl es in dem riesigen Raum so kalt war. Ein wunderbares Gefühl, sie spürte den Pulsschlag in ihren Schläfen, in ihrem Innern wurde das Blut aufgewirbelt, wie ein wilder Reigen oder eine Kavallerieattacke. Ja, sie atmete schwer, sie tanzte reglos, und dieses ganze Wirbeln machte sie glücklich, sie fühlte sich wohl und entspannt – wie eine Katze mit vollem Magen. In ihrem Kopf drehte sich alles, links herum, rechts herum, immer im Kreis, ein irres Schwindelgefühl, sie blieb aber ganz gerade in dem Sessel sitzen, den ihr der Mann überlassen hatte. Sie mußte aufhören zu trinken. In diesem Augenblick verstand sie, daß der Mann recht hatte, sie war ein Tier, das nur noch unerfahren war. Sie war aus Fleisch, und das wollte gestreichelt, geknetet werden, Fleisch, Fleisch ... Ach! Sie wollte sterben, vor Wonne sterben. Ich bin eine Dämonin ... mein Gott, erbarme Dich ... Da begann sie auf einmal zu weinen, lautlos in ihren leeren Teller, in den Saint-Jeannet-Wein, auf die bestickte Tischdecke. Der Mann sah lächelnd ihre Tränen herabfallen und reichte ihr mit der einen Hand ein feines Taschentuch, während er mit der anderen nach der Kerze griff, um sich eine kleine Meerschaumpfeife anzuzünden, die das rosa Hinterteil einer aus dem Wasser steigenden Badenden darstellte. Die Nacht war schon fortgeschritten, sie rührten sich nicht.

Sie hörten die Äste der Bäume im Garten krachen, ungewohnte Geräusche, Knarren, Quietschen, dann den Regen, der auf den Wintergarten prasselte, ein heftiger Regenguß, den der Wind mitgebracht hatte. Er trank und rauchte. Sie tauchte ihre Lippen in den Wein, der allmählich lauwarm wurde. Er machte eine weitere Flasche auf. Die Kerzen blakten. Er redete.

»Ich habe geglaubt, daß die Dummheit mich nicht einholen würde, die meisten Schreihälse auf den Straßen kannten mich, einige von ihnen haben mich sogar auf die Welt kommen sehen, viele hatten mit meiner Familie Umgang gehabt; ich bin sicher, daß eine ganze Menge von ihnen meinem Vater noch so einiges schuldet, Betttücher, die nie bezahlt wurden, oder ein hübsches Tafeltuch für die Hochzeit, was auch immer! Nun krakeelen sie, und ich sitze hier im Dunkeln und verstecke mich wie ein Dieb. Ich hätte mit der Marquise fliehen sollen ... Aber warum, was wirft man mir vor?«

Er schwieg einen Moment und sah die junge Frau an, die nur mit Mühe die Augen offenhielt und, in den Sessel gesunken, zwischen Wachsein und Schlaf hin und her schwankte. Welche Unschuld in diesem Gesicht, das durch die Müdigkeit die friedlichen Züge eines Kindes annahm. Eine merkwürdige Mischung, sagte er sich, Wollust und ewiges Erstauntsein. Was denkt sie über mich? Über diesen alten Kerl in seinem finsteren Loch? Ach! Sie denkt überhaupt nichts, sie fühlt. Ein Tier, sie ist wie ein noch ungezähmtes oder widerspenstiges Tier, alles ist nur eine Frage des Zufalls, wem sie begegnen wird.

Aber was für ein Geschenk des Himmels indessen! Er redete. Mit ihr? Mit sich selbst?

»Ich spiele den Unschuldigen, dabei weiß ich genau, wessen ich mich schuldig gemacht habe, ich habe unnütze Dinge geliebt und sie gemalt, das Warten auf die Liebe, die Verstohlenheit der Liebe, Liebesspiele, zerknüllte Laken, umgeworfene Kissen, den Riegel, den die Liebenden vor die Tür schieben, gierige Körper, erfüllte Körper. Ich habe Frauen mit Engelsgesichtern gemalt, mit venusgleichen Leibern, junge Männer voller Begehren, auch weniger junge, die noch hoffen durften. Ich habe die Natur dargestellt, als sei sie der Garten Eden, wo Himmel, Wasser und Erde sich sanft berühren. Ich habe das Paradies auf Erden gemalt, eben das ist der Punkt, das ist es, was mir die alte und die neue Welt vorwerfen, hier begegnen sie sich einmal im gleichen Abscheu. Ich habe die Lust schöner gemalt als die Tugenden. Für die alte Welt war das ein Skandal, für die neue Welt ein Verbrechen.«

Er füllte Marias Glas erneut.

»Hören Sie mir zu?«

Auch er wurde allmählich betrunken, jetzt wollte er, daß sie ihm zuhörte. Ich verstehe nichts von alledem, was Sie mir da erzählen, das sollte sie ihm sagen. Ich bin zu müde, ich möchte schlafen. Ich wünschte, er würde mich in den Schlaf wiegen, in die Arme nehmen, mich festhalten, ich möchte einschlafen und dabei den Regen fallen hören, nichts weiter, nur dies, Arme, die mich umschlingen, der Geruch eines Mannes ... Mein Gott ... ich sehne mich so sehr danach. Gleich werde ich wieder anfangen zu weinen, es ist einfach furchtbar. Draußen heulte der Wind, und der Regen klatschte gegen die Scheiben. Er beschloß, den Ofen ausgehen zu lassen, die Kerzen zu löschen, dann würde es vollkommen dunkel sein. Wie gerne würde ich sie in die Arme nehmen, es ist so lange her, daß ich den Körper einer Frau berührt habe. Sie schläft ja schon ein ... sie wankt, sie wird zur Seite kippen ... Er erhebt sich, geht auf sie zu, ergreift ihre Hände, sie riecht wunderbar nach Frau, dieser sanfte, vanilleartige Geruch einer Frau. Er spürt, wie ihr Herz schlägt, ihre Brüste heben sich plötzlich, als würden sie jeden Moment aus ihrem Batistkerker schlüpfen. Sie sind zum Greifen nahe, direkt unter seiner Hand, ihm hingegeben, wogend. Vorsichtig bettet er Maria auf die Kissen. Nun schläft sie wirklich. Ihr linkes Bein berührt den Boden, ihr blaues Satinkleid fällt so, daß sich unter dem Stoff sanft die Form ihres Geschlechts abzeichnet. So könnte sie in eines seiner Bilder passen, es fehlt nur ein wenig Licht. Er nimmt eine Kerze und hält sie näher an die junge Frau, er läßt sie über ihren Hals und ihre Brüste wandern. Die Flamme züngelt über sonnengebräunte Dünen. Er stellt die Kerze auf eine der Armlehnen des Sofas. Sie seufzt. Er betrachtet die Schlafende.

Er hat sie die ganze Nacht angesehen, während draußen im Park der Wind am Laub der Bäume zerrte. Vor einem Jahr, vor sechs Monaten noch hätte er sie gemalt, ohne sie um Erlaubnis zu fragen, bei Kerzenschein. Er hätte sie gemalt wie ein Besessener, nun aber zog er es vor, sie zu betrachten und von Zeit zu Zeit die Augen zu schließen, um von ihr zu träumen.

Benjamin Davis
Var-Armee, 10. Division
3. Brigade
L'Escarène
Ein Tag vor Weihnachten 1792

Mrs. Penelope Rivers Pitt
Daffodils Cottage
St. James Street
London

Liebe Freundin,

Sie schreiben, daß England sich auf einen Krieg vorbereitet und daß ich nach Hause zurückkehren sollte. Ich bin ganz Ihrer Meinung. Ich möchte nur noch mein Kind sehen und werde dann nach England reisen. Ich höre auch deswegen auf Sie, liebe Freundin, weil ich glaube, daß Frankreich dem Wahnsinn verfällt. In Paris wird der König verurteilt. Ihm droht schlicht, daß man ihm den Kopf abschneidet. Ich kann mir einfach kein Land vorstellen, daß sein »Gemeinwohl« mit dem Blut eines Unschuldigen zementiert. Ja, dem Blut eines Unschuldigen. An den Händen des Königs von Frankreich klebt kein Blut. Es soll ein Symbol geköpft werden. Das ist entsetzlich und erfüllt mich mit Schmerz. Ja, liebe Penelope, ich habe auch Angst. Masséna ist verrückt. Der Mann führt sich auf wie ein römischer Tyrann. Er hat kein Herz und kein Gewissen, aber er versteht etwas vom Krieg und entfaltet auf diesem Gebiet, wie ich neidlos anerkennen muß, ein unglaubliches Talent. Wir haben eine ganze Nacht gekämpft, um Berre aus der Umzingelung zu befreien, und wir haben es geschafft.

Fragen Sie mich nicht, wie. Es war Nacht, finstere Nacht, das einzige Licht, das wir hatten, war das Feuer unserer Karabiner. Ich erinnere mich an eine Schlucht, die Österreicher waren über uns und schossen auf uns. Wir standen mit den Füßen im Wasser und hatten vor uns diesen grasbewachsenen Hang, den wir im Kugelhagel hinaufklettern mußten. Das Schrecklichste daran war, daß wir absolut nichts sehen konnten. Man mußte sich bücken und beten, daß einen beim Aufstieg keine Kugel traf. Es wurde »Vorwärts!« geschrien, und wir gingen vorwärts. Es wurde: »Zurück!« geschrien, und wir wichen zurück. Ich kann Ihnen schwören, wenn man einmal in so einer Situation steckt, stellt man sich keine Fragen mehr. Ich habe geschossen. Habe ich auch getötet? Keine Ahnung. Er geht nicht darum, jemanden zu töten, sondern selbst nicht getötet zu werden. Masséna auf seinem Pferd hat eine Vorstellung von dem Ganzen, er läßt uns in diese oder jene Richtung gehen, gibt Anweisungen, wie wir uns verteilen sollen, ob die Flügel oder das Zentrum agieren sollen … Und was für eine Vitalität! Dieser Kerl ist teuflisch schön im Kampf, seine Augen sprühen Funken, ich kann es nicht anders nennen, ein breites Grinsen zieht seine Lippen auseinander, seine Zähne blitzen im Dunkeln auf, und dann diese donnernde Stimme, die alles durchdringt, ohne sich zu überschlagen, sie übertönt Kanonenschüsse, Karabiner, Pferdegalopp. Bei alledem bleibt es mir ein Rätsel, wie er es anstellt, nicht niedergeschossen zu werden, wenn er auf seinem Pferd sitzt. Ältere Soldaten haben mir erzählt, daß Masséna kein Einzelfall sei, ihrer Meinung nach genießen die Anführer einen besonderen Schutz. Sie sind sozusagen unbesiegbar.

Ich bin eine Stunde lang im Gestrüpp versteckt geblieben, ohne zu wissen, was ich tun sollte. Die Front hatte sich in die eine Richtung bewegt, ich in die andere. Nachts und im Dickicht passiert es leicht, daß man sich verläuft. Normalerweise ist in solchen Fällen ein einzelner Mann fast schon ein toter Mann. In dieser Stunde hatte ich tausendfach Gelegenheit, mein Leben vor meinem Auge Revue passieren zu lassen, und ich schloß daraus, daß ich mich auf Abwegen befand und daß ich, falls das Glück mich aus meiner mißlichen Lage befreien sollte, nie wieder an einem Krieg teilnehmen würde. Ich schwor mir, England wiederzusehen, Sie wiederzusehen, Penelope, mich dem Schreiben zu widmen. Aber zunächst befand ich mich nun einmal an diesem gottverlassenen Ort und nahm an einem wenig rühmlichen Kampf teil, dessen Ausgang obendrein nichts an der Gesamtlage änderte. In dieser Nacht habe ich Männer sterben sehen, oder, genauer, ich habe sie wimmern, weinen, schreien hören. Es läßt sich nicht leugnen, ich tauge nicht zum Krieg, aber wofür tauge ich dann? In der Liebe scheine ich keinen Erfolg zu haben. Also schreiben? Was soll man nach Rousseau noch schreiben? Außer, daß er vielleicht nicht vollkommen recht hatte. Je mehr ich darüber nachdenke, desto weniger bin ich davon überzeugt, daß der Mensch von Natur aus gut ist. Wenn ich mit ansehe, wie Masséna handelt, dann fällt es mir schwer, an die ursprüngliche Unschuld der Seele zu glauben. Wenn Sie diesen Brief erhalten, wird Weihnachten bereits lange vorüber sein, versuchen Sie sich dennoch vorzustellen, wie ich hier einen Tag vor Weihnachten sitze, am Tag, an dem unser Erlöser geboren ist. Versuchen Sie sich die geplünderten Kirchen, die verstümmelten Kruzifixe vorzustellen, die Bauern, die gezwungen sind, sich zu verstekken, um die Geburt Christi zu feiern. Neulich haben wir in einem Weiler drei Franziskaner aufgefunden, die aus dem Kloster von Cimiez geflohen waren und in einer kleinen Kapelle mit dem wenigen, das ihnen zur Verfügung stand, notdürftig eine Krippe hergestellt hatten. Das Jesuskind war aus Pappe, Ochse und Esel aus Brotkrumen. Drei kleine verschreckte Mönche mit nackten

Füßen. Einige Soldaten, die sich im Kampf als tapfere Männer erwiesen haben mögen, sind auf die Mönche losgestürzt und haben unfaßbar brutal mit ihren Karabinern auf sie eingeschlagen. Die Mönche haben sich nicht gewehrt, was hätten sie auch tun können? Ich werde mich immer an ihren Blick erinnern, eine Mischung aus Schrecken und Resignation. Man hat sie gezwungen: »Es lebe die Republik, nieder mit den Priestern!« zu rufen. Sie haben gebrüllt, was man von ihnen verlangt hat. Dann wurden sie mit dem Säbel massakriert, Kopf und Mund waren bis zum Knochen aufgeschlitzt. In dem Augenblick trat Masséna dazu. Ich behaupte nicht, daß er hätte früher einschreiten können. Ich weiß es nicht. Er hat sich das Schauspiel angesehen, dann hat er mit einer raschen Handbewegung einen Gefreiten ausgesucht, der die Leichen zum Straßenrand tragen sollte. »Begraben wir sie?« habe ich ihn gefragt. »Tun Sie, was Sie nicht lassen können«, hat er mir geantwortet und kehrte mir den Rücken. Nicht ein Wort des Vorwurfs an die Schuldigen. Die Mönche waren leicht, ich habe den einen am Kopf gehalten, der Gefreite, ein brutaler Kerl, hat ihn an den Füßen gepackt. Er hat mir geholfen, ein kleines Grab zu schaufeln. Dann habe ich, ein Protestant, für die drei katholischen Mönche das Totengebet gesprochen. Der Kerl blieb schweigend neben mir stehen, aber er hat seine Kopfbedeckung abgenommen.

Wenn ich Ihnen von solchen alltäglichen Greueltaten erzähle, dann nur, um Ihnen einen Eindruck von meiner tiefen Verwirrung zu vermitteln. Ich, der ich die Revolution aus ganzem Herzen herbeigewünscht habe, sehe mich nun mit dem grausamen, niederträchtigen Verhalten der Menschen konfrontiert. Vielleicht befinde ich mich am falschen Ort. Die Revolution hat sicher auch ein würdevolleres, heroischeres, edleres Antlitz, dort, wo es um die Größe der Nation geht, an der Ostfront, im Konvent. Aber nun beende ich für heute meinen Brief, uns wurde befohlen weiterzumarschieren. Wir werden über Levens nach Grasse gehen, wo unser Oberst gefeiert werden soll, und einige Tage später werden wir nach Nizza zurückkehren. Levens! In diesem Dorf lebt mein Sohn. Ich hoffe, ihn sehen zu können, ihn zu sprechen, ich weiß nicht genau, wie ich mich verhalten werde.

28. Dezember

Ja, Penelope, ich habe ihn gesehen!

Levens ist ein großer Marktflecken, der als die Wiege der Grafschaft gilt, zahlreiche Familien, die sich später woanders angesiedelt haben, sind hier geboren, eine Handvoll Anwälte und Notare kümmert sich um die Vermehrung des Geldes der Landbesitzer. Wir, die »Blauen«, wie wir aufgrund unserer Uniform genannt werden, wurden mit verschlossenen Fensterläden, zugezogenen Vorhängen und leeren Straßen empfangen. Die wenigen Passanten, denen wir begegneten, bekreuzigten sich. Unser Ruf ist schlecht, das wußten wir bereits, aber noch viel schlechter, als wir angenommen hatten. Die Trommeln hallten schaurig durch die Straßen. Die Stadtverwaltung hat zwar den Freiheitsbaum aufgestellt und die *Marseillaise* gesungen, aber ohne rechte Inbrunst. Die jungen Männer, die hier die Waffen gegen uns gerichtet haben, gegen uns Franzosen, sind üble Burschen. Man hat den Kerlen eingeredet, wir seien die Verkörperung des Teufels. Unser Oberst hält sie allesamt für Mörder und Räuber, und er hat wohl nicht ganz unrecht. Diese Leute üben Terror aus, die Stadträte, die uns mit der Trikolore empfingen, haben schlicht ihr Leben riskiert. Nun denken Sie sicherlich, Penelope, daß ich vom Thema abschweife, aber das tue ich durchaus nicht. Maria hatte mir gesagt, daß Jean-Jacques vom Bruder ihres Mannes, einem gewissen Tordo, aufgezogen wird, einem Notar oder, genauer gesagt, von seinem Pächter. Als die Nacht hereingebrochen war, habe ich mich mit einer Pistole im Gürtel und einem Gewehr in der Hand auf den Weg dorthin gemacht. Die Gassen waren wie ausgestorben, es war kalt. Als ich einen dicken Fleischer nach der Adresse der Tordos fragte, sah er mich so verwundert an, daß es sich kaum beschreiben läßt. Ich wollte allein durchs Dorf gehen! Ich, ein »Blauer«! Das sei Wahnsinn! Zumal die Tordos auch einen Sohn hätten, Joseph, der auf seiten der Österreicher kämpfte. Ganz am Ende einer steilen Gasse stand ein Haus, vielmehr eine schäbige Hütte. In der Dunkelheit sah ich ein schwaches Licht, ich ging mit klopfendem Herzen darauf zu. Es gab kein Fenster, keine Tür, nur ein paar Bretter, die eine Art Raum bildeten. Direkt an der Erde brannte ein Feuer aus Rebenholz, und drumherum saßen mindestens zehn Personen: Greise, Kinder, Frauen, Männer, unter ihnen war mein Sohn. Aber wo? Welcher? In dem Augenblick wollte ich am liebsten fliehen und versuchen, diesen Anblick aus meinem Gedächtnis zu streichen, doch ich blieb. Sie sahen mich schweigend an, Polenta rann über ihre Finger, Polenta, die sie mit der Hand direkt aus einem großen Topf fischten, der auf der Flamme stand. Einer von ihnen erhob sich grunzend, es war ein alter Mann, sicherlich der Pächter selbst. Auch er hatte Angst, das spürte ich. Und ich bot sicher auch einen furchterregenden Anblick, wie ich da aus der Dunkelheit auftauchte, mit meiner Militäruniform, dem bedrohlichen Gewehr und der Pistole im Gürtel. Ein Ungeheuer. Ein Teufel. Ein republikanischer Teufel. Ich fragte nach Jean-Jacques. Der Greis sprach kein Französisch. Ich versuchte es mit Italienisch, das verstand er auch nicht, aber er starrte mich weiter ängstlich und lauernd an, bereit, mich anzugreifen. Da richtete ich den Lauf meiner Waffe auf seine Brust, und er wich zurück. Überall waren kleine und größere Kinder mit nackten Beinen und schmutzigen, zerkratzten Gesichtern, alle waren abgemagert und verwildert, ihre Augen glänzten – vor Fieber, Krankheit oder Hunger? Ich weiß es nicht. Welches war meins in diesem Gewimmel von ausgezehrten kleinen Kreaturen, die mehr wie Tiere denn wie Menschen aussahen? Eines von ihnen, das noch magerer als die anderen war, sah mich an, sein brennender Blick flog mir entgegen durch die Dunkelheit und den Rauch, er war voller Angst und Sanftmut. Oh, Penelope, dieser unendlich sanfte Blick! Er gab meinem Herzen einen Schlag, und eine große Wärme überflutete mich. Das war mein Junge! Ich zeigte auf ihn. Der Mann zögerte einen Augenblick, dann packte er das Kind brutal am Nacken, wie ein Kätzchen, und warf es mir vor die Füße. Ich bewegte mich nicht. Jean-Jacques blickte zu mir auf, ich reichte ihm die Hand, er tat, als sähe er sie nicht. Aber er starrte mich weiter an, die Angst war verschwunden, in seinen Augen war nur noch ein seltsamer Glanz, neugierig, verzehrend. Alle Worte waren überflüssig. Hätte er sie überhaupt verstanden? Das kleine Tier in ihm erkannte mich. Habe ich mir das alles nur eingebildet? Bei Gott, ich schwöre, daß es nicht so war. Plötzlich versteckte er sich hinter einem Jutesack. Ich blieb ratlos stehen und suchte ihn mit den Augen, dann ging ich langsam rückwärts und rief noch einmal: »Ich werde wiederkommen, ich werde den Kleinen holen kommen.«

Wie ich in unser Biwak zurückgekehrt bin, weiß ich nicht mehr, in meinem Herzen mischten sich große Freude und furchtbarer Schmerz. Dabei fühlte ich mich stark, Penelope, und bereit zu töten.

Können Sie das alles überhaupt nachvollziehen, dort in unserem sanften England, das so weit entfernt ist von solch extremen Gefühlen, von solcher Barbarei? Ich hoffe es. Beten Sie für mich, Penelope.

Benjamin

PS Das nächste Mal werde ich Ihnen aus Nizza schreiben, sobald wir Grasse hinter uns gelassen haben.

Am nächsten Morgen weckte Fragonard sie mit einer Tasse heißer Schokolade. »Sie ist leider nur mit Wasser zubereitet«, fügte er hinzu, während er ihr das dampfende Getränk reichte. Zum ersten Mal in ihrem Leben fand Maria sich beim Aufstehen in Gesellschaft eines Mannes, der weder ihr Vater noch ihr Mann, noch ihr Liebhaber war. Wie zerknautscht sie aussehen mußte, und die Augenringe, bei all dem Wein, den sie am Abend zuvor getrunken hatte! Als sie ihn fragte, wo sich denn die Örtlichkeiten befänden, zeigte der Mann in den Garten hinaus. Der Regen hatte aufgehört, doch nicht der Wind, ein kräftiger Ostwind, der bedrohliche Wolken vor sich herschob. Sie ging in den Garten, wo verwilderte Bäume, struppige Büsche und verwahrloste Eiben standen: Alles, was einst der strengen Geometrie und der Ausgewogenheit eines französischen Gartens gefolgt war, mit seinen schnurgeraden Alleen und rechteckigen Rasenflächen, war von wilden Blumen, hohem Gras und Unkraut überwuchert. Die Putten erstickten unter den Efeuranken. Im Rosengarten reckten die Zweige ihre schwarzen, gekrümmten Arme, an deren Ende noch ein paar verkümmerte, welke Blüten hingen, deren Farbe schon vergilbt war. Als Maria in den Wintergarten zurückkam, der nun in weißes Licht getaucht war, sah sie, daß der Mann älter war, als ihr am Abend erschienen. Und er sah auf einmal merkwürdig verletzlich aus, so als rechnete er mit etwas Unerwartetem, unsicher, ob er den Koffer schließen oder auspacken sollte. Schweigend tranken sie die Schokolade. Danach würde Maria gehen. Er bat sie, wiederzukommen. In seiner Stimme schwang keinerlei Flehen oder Verlangen mit, auch kein Schmerz, nein, seine Bitte hatte etwas ganz Natürliches, so als hätten sie einen Pakt miteinander geschlossen.

»Einverstanden, Monsieur Fragonard, ich komme nächste Woche wieder.«

Weihnachten. Ein Weihnachten ohne Kirche, ohne Glokken, ohne Messe, ohne Krippe, ohne Schmorbraten, ohne Teigtaschen, ein Tag wie jeder andere. Nur daß da diese silberne Sonne war, die durch die Zürgelbäume schien und lachte. Sie hatten draußen im Garten zu Mittag gegessen, die Tischdecke lag im Gras ausgebreitet, darauf silberne Messer und Gabeln, die Teller und der Wein, der in eine Karaffe gefüllt war, damit es festlich aussah. Sie hatten sich mit einem Speckomelett begnügt, die Vorräte gingen zur Neige.

»Bald wird es nur noch Eier geben, jedenfalls solange die Hühner mitmachen, und wilden Löwenzahn ...«

Er sagte dies ohne Traurigkeit, die Sache schien ihn sogar zu belustigen.

»Ich werde Ihnen Vorräte mitbringen«, sagte Maria.

»Nichts da, sonst werden die glauben, daß Sie sich mit mir eingelassen haben. Und sie wären in der Lage, Ihnen übel mitzuspielen.«

»Ich kann sehr diskret sein.«

»Maria, was sind Sie doch unschuldig, an dem Tag, wo sie es darauf anlegen, werden sie mich auch finden. Ich bin ein Überlebender auf Zeit, das mißfällt mir nicht unbedingt, ja mir gefällt diese Unsicherheit sogar, sie zwingt mich, jeden Augenblick so auszukosten, als sei es der letzte, so wie wir ihn heute, an diesem Weihnachtstag, erleben. Ist es nicht unglaublich, eine junge Frau und ein Greis, die zu Weihnachten in einem Garten ein Omelett mit Speck verspeisen, während um sie herum die Vandalen wüten?«

»Ich höre nichts. Die Stadt ist wie ausgestorben.«

»Um so besser, die Revolution sitzt am gedeckten Tisch, das ist ein gutes Zeichen.«

Es herrschte vollkommene Stille, eine winterliche

Stille, hinter den Hügeln ragten die verschneiten Berggipfel in das makellose Blau des Himmels. Was konnte an einem solchen Tag schon Schlimmes passieren? In diesem Garten befanden sie sich im Paradies. Maria legte sich in das hohe Gras, er setzte sich neben sie und sah sie unverhohlen an. Sie konnte seinen begehrlichen Blick spüren, der ihr alle Geheimnisse zu entlocken suchte, die ihres Körpers wie die ihrer Seele. Und dieser Blick gefiel ihr, sie offenbarte sich ihm, sie schmiegte sich an ihn, sie öffnete sich, ja, dieses Gefühl war so deutlich, daß sie ein wenig die Schenkel spreizte, er bemerkte es nicht, dazu war das Gras zu hoch, und schließlich war es eine ganz natürliche Bewegung, die auch nicht anstößig war, ein Körper, der sich ausstreckte, entspannte. Wie sollte er es ahnen? Ein unbekanntes, geheimes Lustgefühl überkam sie, langsam und gleichmäßig wie der Schlaf.

Da erhob er sich und ließ sie für einen Augenblick allein. Wer war dieser Mann, den sie weder liebte noch begehrte und der doch eine solche Wollust in ihr erregte? Er kam mit einem Buch in der Hand zurück, das ziemlich abgegriffen aussah, als sei es schon tausendmal gelesen worden. Er schlug es auf und begann laut zu lesen. Sie schloß die Augen.

Ich folgte dem Rat einer traurigen Weisheit,
Bin endlich weise; hab keine Geliebten mehr.
Sei stille, mein Herz. Darfst friedvoll ruhn
Auf edler Statt so erhabener Entsagung.
Ein Überdruß faßt meine zagende,
Ach, einsam in sich gefangene Seele?
Komm, o meine Leier! Du meine letzte
(So unschuldige) Liebe. Komm, meine Leier,
Die Weisen singe, die Griechenlands Leiern
die innige, junge Stimme einstmals gelehrt.
Allein bin ich? O Götter! Wo sind die Freunde?

Er hielt inne, ganz in das versunken, was er gerade gelesen hatte.

»Wissen Sie«, sagte er, »daß dieser Mann, der so schön von der Verzweiflung, der Weisheit und der Langenweile dichtet, erst dreißig Jahre alt ist? Er heißt André Chénier, er war Sekretär an der französischen Botschaft in London, in der Zeit vor den gegenwärtigen Ereignissen, was er heute macht, weiß ich nicht.«

Nach einer Weile fuhr er mit derselben zärtlichen Stimme fort:

Wenn alle Herzen mir künftig verschlossen,
An mich keiner denkt, mich nicht einer liebt ...
Verstoßen, verfemt zu sein lockt doch wenig.
Was freut ihn, wie lebt denn
Der Unselige, der, los aller Bande,
Kein Herz kennt, das seine zu stillen;
Keine Seele, die seine in Ängsten
Wie heiliges Asyl zu sänftigen, zu bergen;
Für den niemand hofft, der nie in Tränen
Den Trost weiß: Geh, ich habe Freunde,
Sie teilen mein Leiden, und bin ich auch fern,
Beklagen mein Los sie, stehn für mich ein?

Maria stützte sich auf die Ellbogen, so konnte sie ihm direkt in die Augen sehen, natürlich hatte er alles erraten, mit seinem Blick, der so lange über ihre Schenkel geglitten war, bis sie sich öffneten. Er hatte nicht einmal hinzusehen brauchen, er wußte es auch so. Er war der Zeremonienmeister, der ruhig und gelassen über diese unausgesprochene Sinnlichkeit, diese verborgene Wollust verfügte. Wie sie sich so aufstützte, entschlüpften ihre Brüste schamlos und bebend dem Mieder. Sie bemerkte das Funkeln in Monsieur Fragonards Blick, die Glut, die brutale Begierde. Sie bewegte sich nicht, nicht die kleinste Regung, sollten sie ihm doch gehören, sollte er sie nehmen, halten, mit seinen Händen umhüllen, lecken, verschlingen ...

»Nimm sie«, wollte sie schreien. Aber sie schwieg. Er erhob sich, nahm ihre Hand und sagte:

»Kommen Sie, ich werde Ihnen etwas zeigen ...«

Er zog sie in den hinteren Teil des Gartens; hinter einer Reihe von Orangen- und Zitronenbäumen duckte sich ein Gewächshaus. Sie traten in einen Raum, den die Sonne mit ihrem pulvrigen Licht in Gold tauchte. Von der einstigen Blütenpracht waren nur nackte schwarze Stiele übriggeblieben und ein paar leere, mit Spinnweben überzogene Pflanzkübel.

Am anderen Ende des Raumes hing zwischen zwei Deckenbalken ein grauer Vorhang. Fragonard zog ihn zur Seite, und es kamen mehrere Leinwände zum Vorschein, die zur Wand gekehrt standen. »Kommen Sie näher«, rief der Maler. »Helfen Sie mir, sie umzudrehen, Achtung, sie sind schwer ...« Die Leinwände waren riesig wie Segel. Sie brauchten eine Weile, sie alle gegen die Wand zu stellen, auf die das Abendlicht schien. »Und nun gehen Sie ein Stück zurück«, sagte Fragonard zu der jungen Frau. »Sie stehen viel zu dicht dran.«

Maria trat ein paar Schritte zurück. Ja, konnte es so etwas wirklich geben? Zuerst glaubte sie an eine Sinnestäuschung, einen Traum, vielleicht war sie eingeschlafen vorhin im Garten, ohne es zu merken? Aber in ihren Träumen hätte sie sich wiederum niemals vorstellen können, was nun vor ihr ausgebreitet stand. Diese Wesen lebten, anders war es nicht möglich! Sie rannte auf die Figuren zu, bereute diese kindische Anwandlung jedoch gleich wieder. Wie dumm von ihr! Sie legte ihre Finger auf die fließenden Stoffe, die sie in ihrer ersten Verblüffung für echt gehalten hatte, fühlte aber nur wieder die harte Leinwand, wie vorhin, als sie die Bilder bewegt hatte, und sah nur noch einen Haufen bunter Flecken, Schattierungen und Farben. Sie wich zurück ... und wieder erstand das Unglaubliche,

Frauen, Gärten, Schatten und dieses Licht, von dem man nicht wußte, woher es kam, das überall war. Sie waren lebendig, dort vor ihr, sie lächelten, sie bewegten sich, sie tanzten, ja, das war es, sie tanzten. Sie waren jung, schön, vornehme junge Herren und Damen, Kinder, Blumen, blühende Gärten, Blattwerk, Laubengänge, Statuen, Schalen, die von Früchten überquollen, und über all diesen Dingen der Himmel, nachtblauer Himmel und silberne Wolken. Und immer dieser reglose Tanz. Sie rührten sich nicht, und doch schienen sie in Bewegung begriffen. Man war geneigt, diesen fliehenden Gestalten hinterherzulaufen. Vier Leinwände, vier riesige Leinwände, aber sie gingen ineinander über, es war wie eine einzige grenzenlose Welt, ein betörendes Universum, zuerst nichts, dann plötzlich reißt ein Vorhang auf, eine Falltür öffnet sich, eine Mauer fällt ein, die Nacht schiebt sich zur Seite, und ein Zauberland kommt zum Vorschein. Nur Magie konnte ein derartiges Wunder entstehen lassen. Maria schoß der Gedanke durch den Kopf, daß dieser geheimnisvolle Mann sie verhext hatte und mit einem Zaubertrick das Unsichtbare sichtbar machte.

Da bemerkte sie zwischen den Blumen, vor den Farben eines Sommerabends, über den rankenden Rosen die beiden Liebenden, die sich vergnüglichen Spielen hingaben, einander ihre Liebe gestanden, sich suchten und wiederfanden, glühende Gedichte vorlasen, sich mal begehrten und mal zurückwiesen, nicht etwa, um zu leiden oder um unglücklich zu sein, sondern um das Warten mit seinem fiebernden Verlangen hinauszuzögern, ein Verlangen, das sich auf die Schattierungen, die Wolken, die Statuen und auf Maria selbst übertrug. Liebe erfüllte die gesamte Atmosphäre, sie konnte jeden Moment explodieren und in Wollust münden, doch das würde sich zu einer anderen Zeit, an einem anderen Ort ereignen, hier gab es nur das Vorspiel dazu, die Freude, die reine Freude, Hoffnung und keinerlei Bedauern, Traurigkeit oder Sehnsucht, nichts als dieses selige Lächeln, das dem Lächeln des anderen entgegenfliegt. Ein Kopf mit lockigem Haar neigt sich über einen weißen Hals, gleich werden seine Lippen sich auf die weiße Haut legen, aber noch tun sie es nicht, sie berühren sie nur, berauschen sich an dem Geruch dieses Halses, der einer betörend duftenden Blume gleicht. Weder der Lockenkopf noch der weiße Hals kennen den Schmerz, sie wissen nicht einmal, daß es ihn gibt. Nur der Betrachter weiß um ihn. Die Liebenden befinden sich in der sanften Ewigkeit ihrer Unschuld. Der Mensch, der dieses Gemälde gemalt hat, weiß auch darum, er hat das Glück und die Anmut eingefangen und sie nicht mehr losgelassen.

»Sind Sie das?« fragte Maria.

»Ich war es«, antwortete der Mann.

Was hätte sie ihm sagen können? In ihrer Frage schwang ihre ganze Unsicherheit, ihr Erstauntsein, ihre Bewunderung, ihre Verblüffung, aber auch all ihr Gefühl mit. Der Mann zündete sich eine Pfeife an und begann unwillkürkich den Pfeifenkopf zu streicheln.

»Ich wollte Ihnen zeigen, meine süße Maria, was meinen Ruf begründet hat und heute meine Schande ist. Eines Tages hat die Mode beschlossen, daß alles, was Sie soeben gesehen haben, nicht mehr zu sein hat, und so wurde ich zum alten Eisen geworfen, die Leute wollten auf einmal ernste Dinge, antike Themen, die Nachahmung der Griechen, gelehrte Sujets, wie mein Freund Jacques Louis David sie malt. Ich habe die Liebe gemalt, die Leichtigkeit der Liebe, aber sie wollten Helden, Freiheit, Gleichheit, patriotische Themen. Da stand ich da mit meinen Liebespaaren, die egoistisch nur an sich dachten, mit meinen Gärten, meinem Himmel, meinen Schäferidyllen. »Wir wollen Theater!« sagten sie, und ich darauf: »Ich gebe euch Träume!« – »Genug!« schrien sie. Also mußte ich meine Themen ändern oder verhungern. Können Sie sich vorstellen, wie ich diese Horatier male? Also bin ich gegangen. Diese Bilder habe ich für die

Dubarry gemalt, die Mätresse Ludwigs XV., aber dann hat sie meine Arbeiten abgelehnt, sie waren nicht mehr in Mode. Von einer Metze hätte ich mehr Einfühlungsvermögen in diese Szenerien des Herzens und des Fleisches erwartet. Die Bilder sind mir seit Paris gefolgt. Ich sagte mir, die Marquise wird ganz verrückt danach sein, sie hat keine Zeit gehabt, sie zu sehen, die Revolution ist ihr zuvorgekommen. Wissen Sie, was sie mir in dem Brief geschrieben hat, den Sie so freundlich waren, mir zu überbringen? Sie fleht mich an, Grasse zu verlassen, wo ich weder Freundschaft noch Schutz mehr finden würde, in Paris hätte ich es viel besser, an der Seite meines Freundes David, der zum Lieblingskünstler dieser Leute geworden ist. Ich werde auf sie hören, somit werden Sie, Maria, als einzige noch wissen, daß sich hier die letzten Spuren einer versunkenen Welt befinden.«

Er schwieg, und zum ersten Mal sah Maria in den Augen des Malers einen großen Schmerz.

»Ich werde traurig sein, wenn Sie fortgehen«, flüsterte sie.

Da ergriff er ihre Hand, hob sie an seinen Mund und hauchte einen Kuß darauf.

»Seien Sie nie traurig, Maria, das ist verlorene Zeit. Die Zeit muß man stehlen, einfangen, sie ist ein seltsamer Vogel, der ständig entflieht, das liegt in seiner Natur.«

Die Dunkelheit sank herab, sie konnten sich kaum noch erkennen, und das war gut so, es war besser: Da waren keine Bilder, keine Schönheit mehr, da war nur noch ihr Atem. Wenn sie die Ohren spitzten, konnten sie das Herz des anderen schlagen hören.

Neujahr kam, eine ungewöhnlich milde Luft brachte wilde Blumen zum Blühen, und aus den Orangen- und Zitronenhainen stieg ein süßer Duft. Das neue Jahr begann mit einer Flut von Wohlgerüchen. 1793 würde ein Jahr voller Früchte und Würze sein. Das Silber des

Meeres, das Blau des Himmels, das Gold der Felder, das Grau der Olivenbäume, das Samtschwarz der Pinien verliehen dem Winter eine frühlingshafte Anmut. Doch Maria war das Herz schwer, Monsieur Fragonard würde noch am selben Abend fortgehen, in Cannes das Schiff besteigen, über Antibes und Saint-Raphaël nach Marseille fahren und dann ... irgendwo am Ende des Weges lag Paris. Zumindest solange er nicht aufgehalten, mißhandelt oder umgebracht wurde. Es war so leicht geworden zu töten. Aus ganz Frankreich quoll der Geruch von Blut herüber, es gab Aufstände, Massaker, die Revolutionäre töteten die Feinde des Volkes, die Royalisten töteten die Freunde des Volkes, den Unterschied kannte man nicht so genau, wer eben noch angesehen war, konnte es eine Stunde später nicht mehr sein, ein falsches Wort, ein schiefes Lächeln, ein allzu beharrlicher Blick, und schon war man ein Gegner, wurde ausgeschlossen, geschmäht, hingerichtet. Monsieur Fragonard ging fort, um sich in den Schutz derjenigen zu stellen, die seine Kunst als überflüssig abgestempelt hatten. Maria würde ihn nicht wiedersehen, den väterlichen Freund mit den Augen eines Liebhabers, diesen Mann, der ihr den Rausch der Schönheit offenbart hatte, die dem Verlangen, der Illusion, einem Traum, einem flüchtigen Moment der Anmut entsteigt. Vielleicht war es besser, wenn er ging, ohne daß ihre Leiber sich vereint hatten. Es gab ein Geheimnis zwischen ihnen. Sie brauchte es nicht zu verstehen, das Rätsel allein füllte sie vollkommen aus.

Der Tag, an dem Fragonard abreiste, war nicht ein Tag wie andere. In den Straßen von Grasse hatte man auf den Plätzen Wimpel zwischen die Bäume gespannt, Kokarden an die Auslagen der Läden gesteckt, die Fenster blauweißrot dekoriert. An diesem Tag gab der Club der Sansculotten ein Fest für sein berühmtestes Mitglied, Oberst Masséna, der nach siegreichen Schlachten heimkehrte an der Spitze der Var-Armee.

Erst als sie Vence hinter sich gelassen hatten, waren sie aus der Kälte und dem Regen heraus. Danach war es köstlich, die Männer hängten ihre Strümpfe zum Trocknen in die Bäume, einige liefen mit nacktem Oberkörper herum, andere seufzten erleichtert, keine Berge mehr, keine dunklen Täler, kein Hinterhalt mehr, und keine Angst mehr im Bauch vor unsichtbaren Gefahren. Das Ende des Alptraums war absehbar, vor ihnen tauchten die ersten Weinstöcke und Lavendelfelder auf, und das Meer konnte man ahnen, ja fast schon riechen. Dann folgte der Anstieg nach Grasse, hier lebten fröhliche Menschen, die Französisch sprachen, und wenn einen hier eine hübsche Frau anlächelte, dann nicht, um einem ihr Messer in den Rücken zu stoßen. Masséna ritt stolz voran, sein Mantel flatterte im Wind, der federbesetzte Hut saß schräg auf seinem Kopf, er und seine Leutnants reichten sich den Wein herum und nahmen jeder einen kräftigen Schluck aus der Flasche, guten Saint-Jeannet-Wein. Masséna träumte vor sich hin, oder besser, er träumte nicht, das konnte er gar nicht, er versuchte sich seine Zukunft vorzustellen, bald würde er General sein, er, der in Zeiten der Monarchie nicht einmal über den Leutnant hinausgekommen wäre! Verflucht, man muß an sein Schicksal glauben. Jetzt würde er es den Königen zeigen, ob sie nun hier oder woanders waren, er würde der ganzen Welt zeigen, wozu er fähig war, er, der Sohn eines Nudelhändlers! Alles ging rasend schnell, mit siebenunddreißig Jahren war er noch nicht zu alt für den Ruhm. Natürlich durfte man für so etwas kein Schlappschwanz sein, aber er war kein Schlappschwanz, darüber hatte bislang noch keine der von ihm eroberten Frauen geklagt, nein, sie waren alle sehr zufrieden gewesen.

Heute war ein Neubeginn, die Triumphbögen, die Lieder, die Reden, man würde ihn krönen, hieß es. Eine republikanische Krone im römischen Stil, aber dennoch eine Krone, auf seiner Mördervisage, ha! Einige Kinder, die auf die Olivenbäume geklettert waren, schrien aus vollem Halse: »Es lebe Masséna, es lebe der Oberst …«, und die jungen Frauen in ihren Sommerröcken, das mußte man gesehen habe, was für Verheißungen in ihren Blicken lagen, verflixt, es war doch ein Jammer, nur einen Schwanz zu haben! Die Menge brüllte seinen Namen, er zog seinen Hut, und rasender Beifall brandete auf … Ein Bataillon der Nationalgarde mit Trommeln und Querpfeifen begrüßte ihn mit allen militärischen Ehren. Und die Jungs waren blitzsauber, nicht wie diese Lumpenbande, die hinter ihm her lief. Am Platz der Oratoriumskirche, die sich in einen Tempel der Freiheit verwandelt hatte, war eine mit Standarten und blauweißroten Blumengirlanden geschmückte Tribune errichtet worden. Er stieg vom Pferd und kletterte die Leiter zur Tribüne hinauf. Die Mitglieder des Clubs trampelten sich gegenseitig zu Boden, um ihm näher zu sein. Hinter dem Podest stand der berühmte Feigenbaum. Der Abgeordnete Ricord ergriff das Wort, ein gutaussehender Mann, der mit seinen Bändern herumstolzierte und gar nicht mehr aufhören konnte, die Helden zu feiern, die über die Dunkelmänner gesiegt hatten. Endlich war er am Ende, aber schon begann ein herkulisches Weib, in die Trikolore gewickelt, die Tugend, den Patriotismus, die Liebe zur Republik zu preisen, sie hielt eine glühende Rede, wobei sie regelmäßig mit dem Fuß aufstampfte und doch das Schluchzen in ihrer Stimme kaum unterdrücken konnte. Die Menge tat es ihr gleich. Masséna wußte nicht, was er tun sollte, er hatte Hunger und mußte pinkeln, sollten sie doch endlich zur Sache kommen, ihm die Krone aufsetzen, und dann her mit den Ravioli … Diese Nichtsnutze werden doch wohl an die

Ravioli gedacht haben? Die Frau erstickte fast an ihrer Rede, Ricord nutzte die Gelegenheit, um ihr die Krone zu entreißen und sie dem Helden auf die Stirn zu setzen.

»Bürger Masséna, ein solches Emblem gebührt nur denjenigen, die es verdienen: den Helden der Republik, der einigen, unteilbaren.«

Aus den hinteren Reihen erklang die Marseillaise, und alle stimmten in den Gesang ein, Masséna kannte den Text nicht so gut und öffnete den Mund in angemessener Größe, die Krone auf dem Kopf, stolz und tief bewegt. Unter den Platanen war ein Zelt aufgestellt worden, in dem das republikanische Bankett serviert werden sollte. Masséna nahm Platz, der Generalstab setzte sich um ihn herum; auf der anderen Seite des riesigen Gerüsts, das als Tisch diente, saßen die Repräsentanten des »Feigenbaumklubs«. Alle befragten den Oberst zum Krieg an den Grenzen, in Belgien und an den übrigen Fronten. Er hatte keine Ahnung, was im Osten und im Norden vor sich ging, also antwortete er, die republikanische Armee sei unbesiegbar, darüber waren sich alle einig, also wozu noch diskutieren. Wann würden die denn endlich mit dem Essen anfangen, Herrgott noch mal! Schließlich wurden Wurst und Schinken hereingetragen, danach die Suppe, bis jetzt war alles in Ordnung. Draußen herrschte ein Höllenlärm, der Sturm auf die Bastille wurde nachgestellt, eine hölzerne Festung mit riesigen Knallkörpern als Kanonen, darin die »Königliche Armee«, ein Dutzend Freiwilliger, die recht kleinlaut wirkten, da man ihnen gleich eine tüchtige Abreibung verpassen würde. Dann wurde zum Angriff geblasen. Es lebe die Freiheit! Nieder mit den Tyrannen. Nieder mit dem König! Das Volk stürmte die Bastille, und die Freiwilligen kriegten, wie geplant, kräftig was aufs Maul, die Schnellsten unter ihnen konnten sich gerade noch vor der Schlägerei in Sicherheit bringen. Die Mauern wurden niedergerissen, die Türme zerschmettert, das verhaßte Symbol fiel in sich zusammen … Auf den Ruinen wurde die Carmagnole getanzt und gesungen.

Endlich kamen auch die Ravioli. Sie hatten also daran gedacht … Es war zwar nicht viel Fleisch in der Füllung, aber damit war ihm auch gedient. Ravioli, es war schon eine ganz Weile her, daß er sich den Bauch damit vollgeschlagen hatte, das letzte Mal dürfte es im Hôtel d'York gewesen sein … Apropos, die Wirtin, die hübsche Kleine von damals unterm Regen, um die mußte er sich mal ernsthaft kümmern, sobald er wieder in Nizza wäre. Die würde er sich schnappen, das war besser als so ein Zufallsliebchen, sie schien nicht nur leere Versprechungen zu machen, die ging zur Sache, das spürte man hinter ihrer schüchternen Art, und dann dieser Mund und diese verflucht schwarzen Augen … Gewiß, sie hatte zwei Kinder, aber sie hatte sicher noch einen festen, jungen Körper, das würde ein Festschmaus. Der bloße Gedanke daran genügte ihm, und schon hatte der Oberst einen Ständer, beinahe hätte es ihm den Appetit verschlagen. Er nahm sich noch einen weiteren Teller Ravioli, die Anwesenden stießen einen bewundernden Seufzer aus. Dieser Masséna, also der hatte wirklich was in der Hose, die sich straff über seiner Männlichkeit spannte.

Auf dem Platz bekam man nichts von dem republikanischen Festmahl ab. Benjamin hatte sich mit anderen Offizieren unter eine Platane gesetzt, kaute an seinem Brot und trank sauren Wein aus der Flasche. Er hätte jetzt gern ein Bad, saubere Kleidung und ein richtiges Bett gehabt, aber heute stand dies außer Frage, vielleicht morgen in Nizza. Morgen … Morgen würde er diese Uniform für immer ablegen, er würde fortgehen und sich von Maria verabschieden. Wird er das Kind, ihr gemeinsames Kind erwähnen? Aber wozu, es war klar, daß sie es verstoßen und vergessen hatte, es gehörte in eine längst vergangene Zeit. Sie hatte recht, man mußte vergessen, aber er schaffte es nicht. In seinen Briefen an

Penelope spielte er den Vernünftigen, Verständigen, der er in Wirklichkeit nie gewesen war, heute noch weniger als zuvor. Er saß barfuß unter diesem Baum und aß dieses widerwärtige Brot, dabei fühlte er sich gar nicht so unwohl. Im Krieg war es ihm auch nicht schlecht ergangen. Das war zumindest eine Entdeckung gewesen: laufen, aufpassen, wohin man seinen Fuß setzte, essen, trinken, schlafen! Ah, schlafen. Er möchte lange, lange schlafen, wenn doch beim Erwachen seine Unentschlossenheit und sein Schmerz überwunden wären. Wenn er nur einschlafen und neben Maria aufwachen könnte, neben der Maria von einst, die ihn liebte und ihre Zeit mit der Liebe und mit Spaziergängen entlang der Felsen verbrachte, unter Pinien und Olivenbäumen, unter einem heiteren Himmel, in einer friedlichen Welt. So konnte er von der Revolution träumen, einer wohlerzogenen, sauberen Revolution ohne Geschrei, ohne Blut, ohne Tod, ohne Oberst Masséna … Von der Gleichheit zu träumen, was für ein Glück, welch süße Wonne … Theoretisieren und philosophieren … Wie schade, daß Rousseau vor dem großen Umsturz, zu dessen Anregern er gehörte, gestorben war. Auf welcher Seite würde er heute stehen, welchen Standpunkt würde er vertreten? Er fehlte, und Voltaire ebenfalls. Würde man ihnen heute Gehör schenken? Aber vielleicht war es gut so, die Zeit des Nachdenkens, der Analysen war vorbei, die Zeit der Militärs hatte begonnen.

Die Sonne verbarg sich hinter einer Wolke, und plötzlich wurde es kalt. Schließlich war ja erst Anfang Januar.

Nach der Wurst, der Suppe, den Ravioli, dem Kaninchen begann dem Oberst seine weiße Hose zu kneifen. Zum Verdauen gab es noch eine Rede von einem eitlen Gecken, der immerzu »Abschneiden!«, »Abschneiden!« brüllte. Was denn abschneiden? Köpfe. Es gab nur verhaltenen Beifall; nachdem der Magen mit Kaninchen und Ravioli gefüllt war, hatte man eher Lust zu schlafen als

Köpfe zu scheren. Zum Glück wurden in diesem Augenblick die Grappa-Flaschen aufgetragen, eine kräftige Sorte, weiß wie Schnee. Petroleumlampen wurden angezündet, und im Zelt verschwanden die Gesichter hinter dunklen Rauchschwaden. Überall um ihn herum wurde getanzt, die Schritte hallten bis nach draußen in die schwarze Nacht. Der Colonel trank ein Glas nach dem anderen, seine Augen glänzten feucht. Wie hieß sie noch gleich, dieses Luder aus dem Hotel ... Maria, ja Maria ... Ich will sie haben, ich werde sie reiten, Teufel, hab ich einen Mordsständer, ich muß sie noch heute nacht haben, sie gefällt mir, diese Spitzbübin, ich will sie und keine andere! »Es lebe Masséna, es lebe der Oberst.« Was wollten diese Idioten nun schon wieder? Masséna erhob sich, er warf einen riesigen Schatten bis ans Zeltdach. Ja, er würde sprechen ... Alles schwankte, begann sich zu drehen, verflucht, was haben die mir da in die Grappa geschüttet? ... Er stützt sich mit der Hand unauffällig auf den Tisch ... Zum Teufel noch mal, wenn ich bloß wüßte, was ich ihnen sagen soll ... »Bürger« ... mit donnernder Stimme. Stille. Keine Farandole mehr, kein Gesang, nur noch das Zischeln der Fackeln und der Öllampen.

»Bürger ... *Der Sieg öffnet uns singend die Schranken/ Die Freiheit leitet unsere Schritte.*«

Alle Versammelten erhoben sich und stimmten mit ein, der Gesang schallte durch die Gassen, bis in die hintersten Winkel der Stadt, in die Häuser. Die Frauen legten ihr Nähzeug zur Seite, die Männer standen auf und nahmen ihren Hut ab, das ging ins Blut, es war stärker als sie, es flutete von der Avenue herüber wie eine riesige Welle, es strömte übers Land, zwischen den Hügeln hindurch.

Die Republik ruft uns,
Wir wollen siegen und sterben lernen,

Ein Franzose muß bereit sein, für sie zu leben,
Für sie muß ein Franzose bereit sein zu sterben.

Der Gesang drang durch die dicken Mauern der Villa Cabris und hallte in den leeren Räumen wider. Fragonard verschloß seinen letzten Koffer. In einer Stunde würde die Berline abfahren und ihn nach Antibes bringen, ans Meer ... Den ganzen Nachmittag über war Maria unruhig gewesen, manchmal wie abwesend, als sei er schon fort, dachte der Maler. Sie hatten ohne Appetit das letzte Gemüse aus dem Garten gegessen, die letzte Flasche Wein getrunken.

»Hören Sie?« flüsterte Maria.

»Ja.«

»Es klingt schön, nicht wahr? Siegen oder untergehen ... leben oder sterben ...«

»Der Reim ist ein wenig simpel, aber die Wirkung ist gelungen, das will ich zugeben. Man könnte fast meinen, daß diese junge Republik tatsächlich für den Tod optiert.«

»Vielleicht weil sie viele Feinde hat?«

»Gewiß, und es ist noch lange nicht vorbei. Eine Republik, die einen König zum Tode verurteilt, begeht eine irreparable Tat, sie versinkt im bedingungslosen Krieg, in dem keinerlei Versöhnung möglich ist. Die Flucht nach vorn. Siegen oder sterben, genau, das ist die einzige Wahl, die man uns läßt. Müssen wir also sterben? Und was ist der Lohn dafür?«

Der Gesang wurde immer lauter, er hörte überhaupt nicht mehr auf, Maria öffnete die Tür des Wintergartens, kalte Nachtluft wehte herein.

»Gehen wir für einen Augenblick hin«, sagte Fragonard und legte der jungen Frau seinen Wollmantel über die Schultern.

»Haben Sie denn keine Angst, daß ...«

»Nein, es ist die Stunde der großen Gefühle, des

Ruhms, solange man weint, tötet man nicht. Wir wollen die Gelegenheit nutzen, lange wird es nicht dauern.«

Benjamin schritt auf das Zelt zu. In der eng zusammengedrängten Menschenmenge sah er den Oberst, und nie hatte er ihn so schön gesehen, das Licht der Fackeln unterstrich die Konturen seines Gesichts und hob es aus dem Dunkel. Um ihn herum überall feuchte Augen, ernste Männer, schöne Frauen. Alle waren ergriffen, selbst jene, die nicht genau wußten, was Republik eigentlich bedeutete. Aber sie begriffen, daß sie in diesem Augenblick mit ihrem Gesang etwas Großes anriefen, daß sie ihr Leben in die Hand nahmen, das hier in der Dunkelheit und im donnernden Klang ihrer Stimmen erstmals Bedeutung erlangte und sich mit Hoffnung, Kraft – mit einem Traum füllte. Die Republik existierte mit einemmal, und auch dieses neue Land, ein Frankreich, das ihnen gehörte, das sie verteidigen mußten, notfalls mit dem Leben. Früher war Frankreich ein König gewesen, jetzt waren sie selbst Teil davon, sie, die Einwohner von Grasse, die Franzosen der Provence, an die weder Paris noch Versailles je gedacht hatte. Diesen Colonel kannten die meisten nicht, sie wußten nicht einmal, warum er gefeiert wurde, gegen wen er gekämpft hatte. Doch das spielte jetzt keine Rolle. Dieser Mann da wirkte riesig hinter seinem Tisch, beleuchtet von den Fackeln, er war mehr als ein Soldat, er war Würde und Kraft, er war Frankreich. Reines Gefühl, dachte Benjamin, nichts als Emotionen, aber sie hatten mehr Gewicht als alle Bücher, alle Reden zusammen, dieser Rohling hatte recht, dieser Saukerl irrte sich nicht, was da aus ihm sprach, was da sang, war sein Instinkt. Das war die Revolution, sie konnte nichts anderes sein als das. Nichts. Ein großes Aufschäumen der Gefühle. Gern hätte er mit der Menge gesungen, seine Stimme mit dieser Hymne verschmelzen lassen, aber die Töne blieben ihm im Halse stecken. Er entfernte sich zitternd und mit klopfendem Herzen. »Es ist schön, so schön. Warum kann ich immer nur Zuschauer sein? Ich bin zu nichts zu gebrauchen, mein ganzes Leben ist zu nichts zu gebrauchen.«

Es war vorbei, Masséna ließ sich wieder auf seinen Stuhl fallen ... Er wurde von Leuten umringt und beglückwünscht, kleine Mädchen schenkten ihm Veilchensträuße, die Menge drängte ins Zelt. Eine Hitze war das ... Jetzt mußte er erst einmal ein Stündchen schlafen. Das Hotel? Ja, man hatte dem Oberst das schönste Zimmer vorbereitet, aber er sollte nicht vergessen, daß heute abend im Rathaus ihm zu Ehren ein großes Diner von der Gemeinde ausgerichtet würde. Gut, gut, nur ein wenig Schlaf vorher ... Er stand mitten in der noch immer ergriffenen Menge, und plötzlich traute er seinen Augen nicht.

Da stand sie, am Arm eines weißhaarigen Herrn, der ein wenig verkniffen wirkte, ein bißchen Ancien Régime. Maria, die Hotelbesitzerin aus Nizza, die hübsche Kleine von damals unterm Regen. Heute ist wirklich mein Tag! Sie sah ihn an, er konnte noch so betrunken sein, das, was da in ihren Augen glänzte, er konnte sich gar nicht irren, das waren geöffnete Schenkel, oder er hieß ab sofort nicht mehr Masséna. Er winkte ihr zu ... Maria rührte sich nicht. Sie dachte nicht daran, zurückzuwinken, sie war zu bewegt, zu verwirrt. Sie schaute nur, sie schaute diese mächtige Gestalt an, die alle anderen überragte, die kraftvollen Bewegungen, sie sah dieses Gesicht, diese Räubervisage, sie konnte nichts dagegen tun, trotz all der Körper, die zwischen ihnen einen Wall bildeten, spürte sie ihn wie Feuer in sich brennen.

»Sie werden ihm gehören«, flüsterte Fragonard.

»Nein!«

»Es ist stärker als Sie, meine Liebe. Widerstand ist zwecklos.«

»Aber ich liebe ihn nicht!«

Fragonard zuckte mit den Schultern.

»Sie begehren ihn, nur das Verlangen zählt, das Verlangen, meine Schöne, das ist die höchste Gnade, ein göttliches Zeichen. Das Verlangen … Wie ich Sie beneide, Maria.«

Der Oberst lockert den Gürtel seiner Hose, zieht seine Stiefel, seine Strümpfe, sein Hemd aus, er steht nackt da, bereit, in das heiße Wasser zu steigen, mit dem der Adjutant die Wanne gefüllt hat. Er taucht ins Wasser ein, lehnt sich gegen die Wanne und seufzt, der Adjutant schrubbt ihm den Rücken, seift und bürstet ihn. Marias Anblick hat den Oberst mit einem Schlag wieder nüchtern gemacht, er hat zwei Mann geschickt, sie zu holen. »Ich rate euch, findet sie, oder ich schneide euch die Eier ab, das ist kein Scherz.« Er hat ihnen die Frau und den alten Mann, in dessen Begleitung sie ist, beschrieben. Ihr Liebhaber? Nein, zu alt. Ihr Mann? Nein, zu vornehm für einen Hotelier. Egal, er zählt nicht. »Reib mich kräftig ab, heute abend muß ich gut riechen, heute nacht ist die Schöne aus dem Regen mein. Ich habe Glück, und Glück verdient man sich. Verflucht, die Revolution macht Spaß. Sie werden sie mir bringen, und ich werde sie hier auf diesem Bett nehmen, oder auch auf dem Sofa oder im Stehen gegen die Tür gelehnt. Glotz nicht, schrubb weiter, schrubb und lach nicht, du Idiot, so viele wirst du nicht zu sehen kriegen, die so gut ausgestattet sind wie ich. Ein Schwert, das eines Königs würdig ist, dem wird man nicht so bald den Kopf abschneiden … Genug gelacht, reich mir etwas von dem Lavendelwasser, ich werde ihn parfümieren. Groß und kräftig ist nicht genug, er muß auch gut riechen. Hör auf zu lachen, du Idiot …«

In dem Augenblick, als Benjamin sie erblickte, sah er auch die beiden Männer, die beiden bösen Geister des Colonels, zwei, die zu jeder Schandtat bereit waren. Maria ging mit ihnen. Er folgte ihnen heimlich durch die

Gassen, unter dem leuchtenden Blau der Knallkörper, durch das Gewirr des Festes, das überhaupt kein Ende nehmen wollte. Er war weder wütend noch traurig, noch unglücklich, ihn trieb nur noch die Neugierde. Ihr Gang wirkte entschlossen, fröhlich und leicht, ja sie schien sich zu beeilen! Nein, das war nicht sie! Vielleicht täuschte ihn das Licht der Fackeln. Aber andererseits wußte er, daß er sie selbst in der tiefsten Dunkelheit erkennen würde. Benjamin, du spionierst deiner Wäscherin nach! Kehr um. Du hast dich geirrt, sie hat dich betrogen, du mußt die ganze Geschichte vergessen. Liebst du sie etwa noch? Die drei betraten den Gasthof, hinter den Fenstern war der Generalstab versammelt, vor dem Eingang sturzbetrunken die Wachen, einige gehörten zu seinem Bataillon, nette junge Kerle, Freiwillige, denen man gesagt hatte, daß das Vaterland in Gefahr sei, und die nun wieder in Grasse waren, sternhagelvoll, ohne den Feind auch nur von weitem erblickt zu haben. Sie stieg die Treppe hinauf, er sah ihren Schatten am Fenster vorbeihuschen. Im zweiten Stock, der *étage noble*, ging sie den Flur entlang. Sie kam am letzten Fenster vorbei, die Männer vorneweg, jeder hielt eine Kerze in der Hand. Geschafft. Er sah, wie die zwei Schergen umkehrten, die Treppe hinunterstiegen und sich unter die Betrunkenen mischten.

Er geht auf und ab, die vielen Menschen sind verschwunden, die Gesänge verstummt, hier und da explodiert noch ein Knallkörper auf dem Cours, das ist alles, es herrscht tiefe Nacht. Er ist zu müde, um jemanden umzubringen. Jetzt gerade lieben sie sich, er verjagt dieses Bild, doch es kehrt immer wieder. Wie? Wie oft? Schreit sie? Und er, dieser Dreckskerl mit seinen großen Pranken, seinem dicken Wanst, mein Gott, wie war das nur möglich? Sein Vater, der Reverend, hatte recht gehabt, die Menschen sind frei, das Gute zu tun, und ebenso frei, sich dem Bösen zu verschreiben, mit ganzer Seele. Das Böse existiert. Es ist nicht das Produkt der

Gesellschaft, wie die Philosophen glauben, es steckt in uns, von Anfang an, seit dem verlorenen Paradies, seit dem Sündenfall. Adam und Eva, der Oberst und Maria. Es liegt kein tieferer Sinn darin, nicht einmal Ungerechtigkeit, nur Schmerz. Er läßt sich am Fuße eines Baumes zu Boden fallen. Es ist ein eisiger Wind aufgekommen, er weht Schnee und Eis von den Alpen herüber.

»Hast du Durst, Bürger?«

Der Mann ist näher gekommen. Auf seinen Schultern trägt er ein in zwei Hälften geteiltes Schaf, von den Läufen tropft noch ein wenig Blut.

»Beschlagnahmt für den Oberst, tausend Stück Hornvieh, sechstausend Brote ... Die Republik hat Opfer verdient, na, Bürger, willst du meine Flasche? Du siehst nicht sonderlich gut beieinander aus. Und das bei einem Soldaten der Republik.«

»Ja, gib schon her und verzieh dich, sonst schieß ich dir das Hirn raus.«

»Du bist nicht gerade sehr liebenswürdig, Bürger. Trotzdem gebe ich dir meinen Wein.«

Der Mann geht fort, der gespaltene Kopf des Schafes baumelt zwischen seinen Beinen. Benjamin leert die Flasche mit einem Zug und schläft mit dem Gewehr in den Armen ein.

Wieder ist eine junge Perle aus seinem Leben gegangen, die letzte vielleicht? Nachdem er Maria verlassen hatte, schlenderte Fragonard durch die Straßen und pfiff dabei vor sich hin. Merkwürdig, ihre Faszination für diesen Haudegen der Revolution, diesen Aufschneider; die Frauen hatten immer noch Überraschungen für ihn bereit. War sie nicht wunderbar, diese Wucht der Leidenschaft, diese Gewalt des Sexus? Das Leuchten in ihren Augen, als dieser Kerl vor ihr auftauchte, der sich kaum auf den Beinen halten konnte? Sie hatte es nicht einmal bemerkt, vielmehr, sie hatte etwas anderes bemerkt.

Aber was? Was sieht eine Frau in einem Mann? In dem Mann, der sich gleich auf sie legen, in ihr Intimstes eindringen wird? Herrliches Geheimnis. Das ist es, was man festhalten müßte, dieses unsagbare Geheimnis. Wird ihm noch genug Zeit bleiben? Nein, es ist zu spät, er ist nicht mehr verrückt genug dafür. Die Berline hatte Verspätung, die Place Clavecin sah aus wie jeder andere Platz an jedem anderen Ort, wären da nicht die gefälligen Farben der Häuser gewesen, dieses mediterrane Flair, das selbst noch nachts zu spüren war. Fragonard saß auf einem seiner Koffer. Warum sollte er sich Sorgen machen? Pünktlichkeit war eine Sache des Ancien Régime gewesen. Statt der Berline kam ein Konvoi von mehreren mit Planen bedeckten Karren, ein schwerer Konvoi, der die hübschen pastellfarbenen Häuser erschütterte, und hielt auf dem Platz. Die Männer gaben den Pferden Futter, dann wurden die Planen aufgedeckt. Unter ihnen kamen zwei riesige Arme aus dunklem Holz zum Vorschein. Die Männer verrichteten schweigend ihre Arbeit, ohne die üblichen Schreie und Flüche. Die beiden Arme ragten empor, sie waren genau gleich lang. Andere Männer tauchten hinter dem Karren auf, zu viert trugen sie ein Dreieck, das mit einem schwarzen Tuch verhüllt war.

Fragonard trat näher. »Was transportieren Sie da, meine Herren?« Die Männer warfen ihm einen finsteren Blick zu. Sie hoben das Tuch an, darunter lag eine Masse aus Stahl, die im Mondschein glänzte, und an dieser Masse hing eine schräge Klinge, ein gewaltiges, breites Beil. Fragonard tat einen Satz nach hinten.

»Die Guillotine, Bürger. Morgen wird sie bereit sein.«

Langsam, ganz vorsichtig entfernte sich der Maler, als könnte die Schneide ihn verfolgen.

Endlich kam die Berline. Die Koffer wurden verstaut, die Pferde galoppierten davon. Fragonard schloß die Augen. Er weigerte sich, noch einen letzten Blick auf seine Stadt zu werfen.

Dritter Teil

Sommer 1793

Als könne man angesichts all dieser aufgerissenen Mäuler des Bürgerkriegs noch von der Menschlichkeit Zeugnis ablegen! Als könne man inmitten des Konflikts der niederen Wahrheiten die höhere Wahrheit überbringen! Als könne man beweisen, daß es jenseits von Königen, von Revolutionen, jenseits der irdischen Fragen noch die menschliche Seele gibt in ihrem unendlichen Mitgefühl.

Victor Hugo,
Dreiundneunzig

Zwölftausend bewaffnete Männer müßten eigentlich einen gewaltigen Lärm verursachen, aber dem war nicht so, es herrschte vollkommene Stille, nur ein leichtes Raunen war zu hören, wie das ferne Gemurmel eines Wasserfalls. Zwölftausend Mann im Nebel, mit leerem Magen und nicht einmal etwas warmem Wasser als Ersatz für einen Kaffee, das alles, weil es verboten war, Feuer anzuzünden. Um sechs Uhr morgens wollten sie aufbrechen. Es war Juni, ein Sauwetter, zum Teil schneite es sogar. Diese verfluchten Berge! Die meisten von ihnen hatten noch nie so hohe Berge gesehen, sie kamen aus Marseille, aus dem Hérault, aus der Drôme, dem Vaucluse, Einberufene und Freiwillige, sie kamen aus der Ebene und aus dem Süden. Aber diese Berge waren eine Folge von Schluchten, Felsspalten, Abgründen, Hängen, die man unter Gewehr- und Kanonenhagel würde hinaufklettern müssen. Sie unten, in der Nähe von Tuech und Ventabren, die Österreicher oben, sie hockten gemütlich auf den Berggipfeln des Authion mit ihren Kanonen, ihren warmen Decken, ihrem guten Essen und dem traditionellen Schluck aus der Schnapsflasche, bevor es in den Kampf ging. Man lief dichtgedrängt zwischen stürzenden Felswänden, von denen das Wasser rieselte, allen voran die Reiter, die Dragoner und die Husaren, hinter ihnen die wogende Menge der Infanteristen, wobei der rote Helmbusch der einzige Farbfleck in dieser wolkigen, ausfransenden Menschenmasse war. Schnee fiel, Eis sickerte zwischen Kragen und Hals, das Schlimmste jedoch war, daß man nicht das geringste sah, man konnte den Blick noch so häufig gen Himmel richten, es gab keinen Himmel, das einzige, was man noch erkennen konnte, war das Hinterteil der Pferde und dieses dunkle Felsmassiv, das den Horizont versperrte wie ein gewaltiges Tier. Ein Tier mit dem Namen Authion.

Man hat ihnen gesagt, die Republik sei wieder einmal in Gefahr, es gehe um Siegen oder Sterben … Zu Zeiten des Königs hieß es noch: Stirb und halt die Schnauze! Jetzt geht es immer noch ums Sterben, aber mit schönen Worten und Gesang, und wer will, kann auch an diese verfluchte Revolution glauben. Doch inzwischen sieht es wirklich schlecht aus, die englische Flotte hat sich vor Nizza gezeigt, im Landesinnern laufen die Royalisten wieder erhobenen Hauptes umher, ganze Provinzen erheben sich, nicht nur im Westen, auch in der Umgebung von Marseille und Toulon. Die Aristokraten da oben auf ihrem Berg, die spüren, daß jetzt oder nie der Moment gekommen ist, anzugreifen, Richtung Meer zu marschieren und Nizza zurückzuerobern. Also muß man schneller sein und sie von ihren Höhen vertreiben. Zwölftausend Mann sind sie, auf drei Kolonnen verteilt, an der Spitze der rechten Kolonne steht der Bataillonsführer Martin, die mittlere befehligt Oberst Despinoy, die linke wird von Masséna angeführt. Massénas Männer fühlen sich als etwas Besonderes, sie sind zwar nicht besser untergebracht als die von Martin oder Despinoy, sie haben genauso großen Hunger und auch nur ein bißchen trockenes Brot und geschmolzenen Schnee, um sich den Magen zu füllen. Aber Masséna versteht es, ihnen Mut zu machen, er allen voraus, und noch von weitem sieht man seinen erhobenen Säbel blitzen. Die Männer folgen der funkelnden Schneide, der Colonel ist noch am Leben, und wenn er es schafft, warum nicht auch wir! Beim Angriff verhärten sich seine Gesichtszüge, sie versteinern förmlich, dann ist er furchtbar anzusehen. Seine Stimme schallt durch die Reihen, und alles fängt Feuer, bis hinunter zum letzten Infanteristen. Marmor und Feuer, das ist der Colonel mit seiner blauweißroten Schärpe um den Bauch, Masséna mit seinem berüchtigten Säbel, der den Feind immer erst kühn herausfordert, bevor er blitzschnell in ihn eintaucht.

Ja, Massénas Männer fühlten sich anders, aber das lag nicht nur an seinem Säbel oder an seiner donnernden Stimme, nein, es lag an dem Husaren an seiner Seite, dem Husaren mit der blaugestreiften Hose, dem grünen Rock, der sich über der Brust spannte, und dem zerzausten Federbusch im Haar. Dieser Husar war eine Frau. Die Frau des Colonels, seine Geliebte. Frauen, die ihren Männern folgten, gab es reihenweise in den Quartieren: Kantinenwirtinnen, Marketenderinnen, Wäscherinnen, echte und falsche Huren, ja sogar Ehegattinnen. Jeder vögelte, dem sich die Gelegenheit bot und der keine Angst vor der Lustseuche hatte. Man nannte sie „suiveuses", Begleiterinnen, diese Soldatenweibchen, einige kamen aus Liebe, andere fürs Geld und manche für beides. Aber eine Amazone wie die vom Colonel, das war eine Ausnahme. Die mußte man gesehen haben beim Angriff mit ihren zwei Pistolen im Gürtel, wie sie neben dem Oberst ritt, manchmal sogar vor ihm, eine echte Kriegerin. Natürlich gehörte sie dem Oberst, abends zog sie sich mit ihm in sein Zelt zurück, aber wenn sie auf ihrem Pferd saß und durch die Reihen jagte, ohne je ihren schwarzen Araberblick zu senken, dann war sie die Frau von allen. Es war dieser Husar, der sie anders machte.

Man behauptete, sie sei die Frau eines Hotelbesitzers, man behauptete auch, sie habe zwei Kinder, eines von dem Hotelbesitzer und eines von Davis. Ja, Benjamin Davis, einer von ihnen! Das war das tollste. Wenn ihnen der Gesprächsstoff ausging, über das Brot, das nicht eintraf, und die fehlenden Decken, über die Grausamkeit des Feindes, der den Verwundeten die Kehle durchschnitt, um ihnen das wenige zu rauben, was sie besaßen, dann seufzten sie tief und kamen auf den verrückten Engländer zu sprechen, diesen Davis, der an ihrer Seite kämpfte, ein »Herr«, den der Oberst mit anderen

Aufklärern regelmäßig auf Erkundung ausschickte, vor allem dahin, wo es am gefährlichsten war. Und das ließ dieser Davis sich gefallen! Einige behaupteten, der Grund dafür sei, daß der Engländer sich rächen wolle und auf eine Gelegenheit warte, dem Oberst in den Rücken zu schießen. Andere dachten, er warte, bis die Husarin genug von ihrem Oberst habe und zu ihm zurückkehre. Doch der vorherrschende Eindruck war, daß er den Tod suchte, eine Art Selbstmord durch eine österreichische Kugel oder ein sardisches Messer. Abends, nachdem sie lange an der täglichen Brotration gekaut hatten, halfen die Amazone, der Oberst und dieser Herr Davis ihren rebellierenden Magen, die Kälte, die bis in die Knochen drang, und vor allem die Angst zu vergessen, die Angst vor der Dunkelheit, vor den Banditen, vor dem Angriff des kommenden Tages. Die furchtbare Angst, in einer Felsspalte zu krepieren, ohne noch einmal das Dorf, die Eltern, das Lächeln der Versprochenen gesehen zu haben.

Wind kam auf und zerriß die Wolken, unter einem violettfarbenen Himmel kamen die Berggipfel zum Vorschein, die Böen wirbelten den Schnee auf, im Nu waren die Gesichter mit einer feinen Eisschicht überzogen. Und mit der ersten Sturmböe setzte, wie ein natürliches Phänomen, ein Stein- und Kugelregen ein, so gewaltig wie ein Hagelschlag und so gleichmäßig wie ein Gewitterregen. Es war unmöglich, auseinanderzustreben, auf der einen Seite klaffte der Abgrund, auf der anderen ragte steil die Felswand auf. Bei der ersten Kanonenkugel scheute Massénas Pferd. Der Oberst begriff sofort die Situation. Sie befanden sich in einem Engpaß, eine geradezu perfekte Beute. Er richtete sich auf und schrie aus Leibeskräften: »Vorwärts, so schnell wie möglich, schnell, vorwärts!« Sie mußten den Kugelhagel hinter sich lassen, sie mußten beim Feind sein, bevor der die Schußrichtung ändern konnte. Er gab seinem Pferd die

Sporen, ein paar Reiter folgten ihm, es war der reine Wahnsinn, durch eine solche Brühe zu galoppieren, man konnte weder vorn noch hinten irgend etwas erkennen. Wenn ich von der Truppe abgeschnitten werde, sagte er sich, bin ich verloren ... Er jagte seinem Tier die Sporen in die Flanken. Aber es ist unsere einzige Chance. Seine Augen brannten, seine Lippen waren vor Kälte aufgesprungen, seine Hände umklammerten steif die Zügel. Der Zweispitz flog davon. Mit bloßem Kopf galoppierte er weiter, den Säbel aus alter Gewohnheit gezogen, aber weit und breit war niemand, nur der Wind und der Kugelhagel. Hinter ihm stürzten seine tapfersten Husaren zu Boden. Wie konnten sie nur in eine solche Falle tappen ...! Das war der Fehler General Brunets gewesen, der in seinem Lager im geschützten L'Escarène saß und diese Attacke im Detail ausgearbeitet hatte. »Das Sicherste ist es, sie über die Flügel und über die Mitte gleichzeitig anzugreifen, sie werden einfach nicht genug Artillerie haben ...« Nicht genug Artillerie! In seinem ganzen gottverdammten Leben hatte er noch nie ein so sorgfältig vorbereitetes Kanonenfeuer erlebt.

Maria hatte sofort reagiert und war dem Oberst nachgeritten. Sie konnte nichts erkennen, sie galoppierte wie er durch graue Nacht, grau wie der Rauch des Schießpulvers, der ihr in Nase und Mund stieg. Vom ersten Tag an hatte sie diesen Geruch nach Pfeffer und Salpeter gemocht, er war kräftiger als Tabak und berauschender als der Lavendelduft in den Destillierkolben von Grasse. Sie liebte den Moment des Angriffs: die Ruhe, die ihm vorausgeht, das Wiehern der Pferde, der angehaltene Atem, dann wie ein Knall der Befehl, und im selben Moment das ohrenbetäubende Donnern der Hufe. Im Galopp reduziert sich die Landschaft auf Farben und Linien, die rasend schnell an einem vorüberziehen. Man denkt an nichts anderes als an diese Geschwindigkeit, die einen hochreißt und nach vorn wirft. Man vergißt seinen

Körper, er scheint einem vorauszureiten, er ist so leicht, daß man zu fliegen glaubt. Der Oberst hatte ihr das Reiten beigebracht, sie hatte lernen müssen, mit dem Tier allein fertig zu werden. Sie war oft gestürzt, jedesmal war sie ohne zu zögern sofort wieder aufgestiegen. Er sagte: »Preß die Knie zusammen, straff die Zügel, laß sie locker, links, rechts, jetzt nachgeben.« Sie hatte alles gelernt: wie man mit Pferden umging, wenig schlief, auf Essen und Trinken verzichtete, Lieben, Schreien, Brüllen, Bewegungen, eine Unmenge neuer Bewegungen, auf dem Pferd liegen, sitzen, hocken, der Körper war zur einzigen Sprache geworden. Und sie hatte das Schweigen gelernt. Die Worte verschwanden, man vergaß sie, nichts wurde mehr durch gesprochene Sprache ausgedrückt, obwohl der Oberst Tag und Nacht redetete. Sie verstand nicht, wovon er sprach, die Worte glitten über sie hinweg, Gebrauchswörter, Befehle, Flüche, Strategien, auch Zahlen, er liebte Zahlen, er liebte das Geld, das Geld und den Krieg, den Krieg, der ihm ermöglichte, welches zu verdienen. Er baute sich seine Zukunft auf, er sah sich bereits als General, er sah sich – mein Gott, warum nicht? – bereits nach der Macht greifen und die Ordnung wiederherstellen. »Revolution ist gut für eine Weile, aber jetzt, wo wir diese verfluchten Aristokraten vor die Tür gesetzt haben, brauchen wir eine starke, autoritäre Regierung.« Er träumte. Er sah sich bereits dort. Sie erwiderte nie etwas darauf. Ihr waren seine Träume egal, sie verachtete seine Pläne, sie haßte ihn, aber mehr noch haßte sie sich selbst dafür, daß sie seine Brutalität hinnahm, seine Vulgarität und all die Lust, die er in ihr entfachte. Jeden Morgen schwor sie sich aufs neue, sich von ihr zu befreien, dann, wenn das Gewicht des Mannes auf ihr verschwunden war, in jenen Morgenstunden, in denen sie weit geöffnet, bebend, mit feuchter Haut und dem Saft der Wollust auf ihren Schenkeln dalag. »Es ist unglaublich, wie naß du sein kannst«, grunzte er, wenn er in sie eindrang. Dieser Satz, den er der erstbesten Hure hätte zurufen können, fachte ihre Lust noch mehr an, und voller Ekel spürte sie, wie sie selbst zur Quelle wurde …

Flirrende Ruhe. Vor ihnen erstreckt sich das Plateau, wellt sich einige Male sanft, bevor es ein letztes Mal steil zum Kamm des Gebirges ansteigt. Sie halten, hinter ihnen das Schlachtfeld, vor ihnen die Kugeln, die auf die Kanonenschüsse gefolgt sind. Sie befinden sich auf der Grenze zwischen zwei Höllenreichen.

»Wir warten auf unsere Männer, dann geben wir das Zeichen zum Angriff.« Masséna hat eine Entscheidung getroffen. Nur vorwärts, eine Passage finden, und weiter. Man kann sich doch nicht in einer unbekannten Schlacht umbringen lassen, in einem dieser anonymen Gemetzel, die die Geschichte alsbald wieder vergißt. Es muß doch eine Passage, irgendeine Spalte in diesem Berg geben. Um hier herauszukommen, müssen wir angreifen, die österreichischen Vorposten niedermetzeln und unter der Felswand durchschlüpfen, wo weder Gewehr- noch Kanonenkugeln hingelangen können. Das würde zu großen Verlusten führen, aber was konnte er anderes tun? Der Oberst glaubt an seinen Glücksstern, doch mehr noch glaubt er an seine Unverwundbarkeit. Er sieht die Männer um sich her, alles Krieger, die weit herumgekommen sind, die bereits unter dem König gedient haben, Vierzigjährige, Kerle wie er, die meinen, daß der Krieg ein Beruf wie jeder andere ist, mehr nicht. Und, Revolution hin oder her, das hier lohnte den Tod nicht.

»Los geht's«, ruft der Oberst. Und zu Maria: »Du bleibst hier und wartest, bis sich die Lage beruhigt hat, dann kehrst du ins Lager zurück.«

Das sagt er vergeblich, er weiß, daß sie ihm folgen wird, nicht aus Liebe, nein, aber aus … Er weiß im Grunde nicht, was es ist. Er wird aus dieser Fremden, seiner Geliebten, nicht klug. Es ist auch nicht der richtige Moment, sich darüber Gedanken zu machen, sie kann schließlich tun und lassen, was sie will. Er reißt an den Zügeln, preßt die Knie in die Flanken des Pferdes, unter dessen Schritten der frische Schnee davonweht, Eiskristalle schwirren ihm ins Gesicht, sie gleiten über seine trockenen Lippen. Es sind vielleicht fünfzig Dragoner und Husaren, die dem Oberst folgen. Sie haben ihre Pistolen durchgeladen, den Säbel gezückt und ein Tuch oder einen Schal um Nase und Mund gebunden, sie reiten wie der Teufel, mit der Lust zu töten im Bauch, dieser schrecklichen Lust, die den Unterschied ausmacht. Sie bilden lauter kleine blaue Tupfer auf dem Schnee, rote und blaue, wie ein Feuerwerk am hellichten Tag. Als der erwartete Beschuß beginnt, rufen sie gemeinsam aus vollem Halse, als hätten sie es vorher verabredet: »Es lebe die Republik! Es lebe die Nation! Nieder mit den Tyrannen!« Das Echo trägt ihre Stimmen weiter, es klingt, als seien sie tausend Mann und nicht diese lächerliche Schar Reiter, die verzweifelt ihrer Vernichtung zu entkommen sucht.

Die österreichischen Vorposten sind nicht mehr weit, schon kann man die weißen Umhänge der Offiziere erkennen, die Männer stützen sich mit einem Knie auf, schießen, gehen einen Schritt zurück und beginnen von vorn. Eine beeindruckende Gewehrsalve wird in die Kolonne gefeuert, einige Männer fallen. »Vorwärts!« brüllt Masséna, die Pistole in der einen, den Säbel in der anderen Hand. Diese Attacke, das weiß er genau, ist nichts als eine Flucht, ein Desaster, das er in den Griff zu bekommen sucht. Er galoppiert so schnell, daß er sich vom Rest der Reiter absetzt, nur noch gefolgt von einer Handvoll Offiziere und Maria. Maria, die ihren Kamm und ihr Tuch verloren hat, Maria mit wehendem Haar und vom schnellen Ritt geröteten Wangen, Speichel fließt über ihr Kinn. Seltsam und schön, als sei sie einem Gemälde entstiegen, aber in diesem Augenblick hat

Schönheit keine Bedeutung. Vereinzelte Reiter stoßen von hinten zu ihnen, für einen Augenblick kommt man sich gegenseitig ins Gehege. In dem Tumult verliert Maria die Kontrolle über das Tier, sie versucht sich festzuhalten, aber das Pferd wirft sie ab. Sie stürzt zu Boden, kopfüber in den nassen Schnee. Watteartige Stille umgibt sie, sie hört nichts mehr vom Lärm der Schlacht.

Als sie die Augen wieder öffnete, war sie überrascht von der Ruhe, keine Kanonenschüsse mehr. Vorsichtig stand sie auf, aus Angst, eine Gewehrsalve abzubekommen, doch es gab keine Gewehre und keine Kanonen mehr. Sie hörte das Läuten einer Glocke. Eine Glocke! Sie horchte auf, es war schon so lange her, daß sie diese vertraute Musik aus ihrer Kindheit nicht mehr gehört hatte. Kam dieser Klang aus einem Dorf, das in der Hand der Royalisten war? Verwirrt blieb sie sitzen, leise von der Melodie gewiegt, und schloß die Augen: Sie sah sich als Kind, wie sie dem Glockenläuten der Kirche Sainte-Réparate gelauscht hatte, das ihr Zimmer mit donnerndem Klang erfüllte. Die Morgenmesse, das Hochamt, die Vesper, das Angelusläuten. Das Läuten teilte den Tag mit unfehlbarer Genauigkeit ein. Sie schmeckte Blut in ihrem Mund und fuhr sich mit dem Finger über die verwundeten Lippen, dann stieß sie einen Schrei aus: Um sie her lagen Dutzende Tote, einige zur Hälfte unter den aufgeschlitzten Bäuchen ihrer Pferde, andere mit zertrümmertem Kopf. Überall, wo ihr Blick hinfiel, war der Schnee rot und braun gefärbt und mit Trümmern, Gewehren, zerrissenen Uniformen, zerstörten Sätteln und blutigen Schuhen übersät. Erst da bemerkte sie, daß aus diesem Haufen ein Stöhnen zu vernehmen war. Die Toten waren nicht alle tot. Die Berggipfel begannen sich blau zu färben, eine eisige Sonne glitt über die Hochebene, es wurde schon Abend! Also war es fast zwölf Stunden her, daß sie gestürzt war? Maria meinte, es wären nur Minuten gewesen. Sie stand auf und blickte über das Schlachtfeld. Hände reckten sich ihr entgegen. Der Oberst hatte ihr beigebracht, daß man warten müsse, daß der Wagen für die Verletzen immer kam ... Maria lief schneller, stieg über die Sterbenden, stolperte, fiel hin, richtete sich wieder auf. Sie rannte, stürzte, weinte vor Wut und Ohnmacht. Da erblickte sie, an den Berghang geschmiegt, einen Wald. Ohne nachzudenken lief sie darauf zu. Als sie in die dunkle Masse der Lärchen eintauchte, stolperte sie über den ersten Kadaver, wich zur Seite und sah ein Bild des Grauens: zerstückelte Leichen hingen im Geäst der Bäume. Die Royalisten hatten ihnen eine Falle gestellt, sie hatten den »Blauen« mit einer im Dickicht versteckten Kanone aufgelauert. Maria schrie auf und erbrach sich, Erbrochenes rann ihr aus dem Mund über die rote Jacke und den hohen Kragen ihres Waffenrocks. Sie sackte zusammen, sie fühlte ihre Beine nicht mehr, sie hatte keine Kraft mehr, sie weinte. Gott setzte sie harten Prüfungen aus, er bestrafte sie für ihren Verrat, ihre Gleichgültigkeit, diese grausame Kälte in ihr. Sie wurde wieder ein kleines Kind, das Trost sucht, ein Kind, nichts anderes. Das war die Wahrheit! Alles übrige, das Böse, es war nur eine einzige große Lüge.

Der Wind, der sich im Laufe des Tag gelegt hatte, kam erneut auf, der Wald ächzte, die Lärchen bogen sich, und im Heulen des Sturms meinte Maria auch menschliches Gewimmer zu erkennen. Befanden sich in diesem Berg von Leichen noch Überlebende? Angst befiel sie, sie wagte sich keinen Schritt weiter. Die Nacht brach herein. In der Ferne sah sie ein fahles Licht, wie ein Leuchten auf der Bergwand. Plötzlich dachte sie an jene Banden bewaffneter junger Bauern, die die französischen Soldaten terrorisierten. Es hieß, daß sie nie jemanden gefangennahmen. In dieser weiten Gebirgslandschaft hatten sie ihre Schlupflöcher in Grotten und verlassenen Schäferhütten. Sie waren immer gegenwärtig, aber man sah sie erst im letzten Augenblick, wenn es ans Sterben ging. Und so wie sie ausstaffiert war, als Husar, gab Maria eine hervorragende Beute ab. Eine Frau, als Mann verkleidet, in der verabscheuten Uniform der Franzosen; ihr Schicksal war besiegelt. Sie würden sich nicht einmal damit begnügen, sie hinzurichten, sie würden sie bestrafen. Schmerz, Tortur, Folter, ein unendlich langer Todeskampf. Diese Vorstellung erfüllte Maria mit solchem Entsetzen, daß sie fast ungeduldig wurde: Alles war besser, als hier im Dunkeln reglos zu warten, bei diesem Wind, der wie das Wimmern von Sterbenden klang. Sie brauchte einen Unterschlupf, sie mußte zur Hochebene zurückkehren und auf den Karren für die Verwundeten warten. Gerade wollte sie sich umwenden, als eine Hand nach ihrem Fußgelenk griff. Der Schrei blieb ihr in der Kehle stecken. Sie schaute hinunter, sah einen Arm, eine Uniformjacke mit den Aufschlägen eines Offiziers. Ihr Herz raste, sollte sie sich losreißen, fliehen? Doch sie wagte es nicht, sie beugte sich hinunter und versuchte die Finger des Verwundeten zu lösen. Für einen Augenblick schossen ihr Geschichten durch den Kopf, die man sich abends im Biwak erzählte, von Toten, die sich noch bewegten, von Geistern, die über das Schlachtfeld irrten, all jene Soldatenlegenden, die man sich erzählte, um sich gegenseitig Angst zu machen. Die Hand war kalt, aber sie spürte unter ihren Fingern einen rasenden Pulsschlag, sie schob die Zweige auseinander, ein Oberkörper kam zum Vorschein, der keine sichtbaren Verletzungen aufwies, dann die Umrisse eines Gesichts, dessen Züge sie nicht erkennen konnte. Sie beugte sich noch tiefer hinab, und der Schatten nahm Formen an. Die Augen beobachteten sie, große, sanfte Augen, sie kannte diesen Blick ... Sie legte sich hin, ihr Gesicht ganz nah an dem des Verletzten, dieser Blick, diese Blässe, diese breite Stirn: Benjamin! Sie zuckte zusammen, wollte aufspringen, aber die Hand packte ihren Arm.

»Bleib!«

Sie erstarrte in der Fluchtbewegung, aber überließ ihren Arm dem Engländer, der ihn noch immer hielt.

»Benjamin ...«

Sie flüsterte Benjamin, Benjamin, Benjamin ... Ließ sich der Länge nach in den Schnee fallen, ganz dicht neben den Engländer, der sie mit diesem sanften, traurigen Ausdruck ansah, den sie so gut kannte. Sie nahm die Hand, die ihren Arm umschloß, drückte sie so fest sie konnte, küßte sie, rieb sie an ihrer Wange. Sie weinte, sie lächelte. Es kam ihr gar nicht in den Sinn, daß er verletzt sein könnte, daß er vielleicht sterben würde. Sie wußte nicht mehr, ob sie glücklich sein oder vor Scham sterben, ob sie ihn mit Küssen bedecken oder so weit wie möglich fliehen sollte. Wie er sie hassen und verachten mußte ... Sie streichelte noch immer seine Hand, ganz mechanisch, wie man einen Hund oder eine Katze streichelt, die sich auf dem Schoß einrollt. Sie verschränkte seine Finger mit den ihren, ach, wie vertraut ihr diese Hände waren. Die Zeit war nicht vergangen, es gab keine Vergangenheit, kein Nachdenken, kein Gewissen. Mein Gott ... Nur dieses übermächtige Gefühl, das in ein nervöses Schluchzen mündete, in ein Erschauern der ganzen Seele. Benjamins Blick verschleierte sich, sein Gesicht wurde von einer schmerzhaften Grimasse verzerrt. Maria versuchte durch ihre Tränen hindurch den Grund dieses Leidens zu entdecken, da bemerkte sie im Schnee die blutige Masse aus abgerissener Haut, zertrümmerten Knochen, zerquetschten Muskeln und aufgerissenem Fleisch, an dem der verbrannte Stoff der Hose klebte. Vom Knie bis zum Fuß war Benjamins linkes Bein abgetrennt.

»Ein Kanonenschuß«, sagte er.

»Ich werde Sie tragen.«

»Red keinen Unsinn, Pitchounette.«

Pitchounette ... Ihr wurde schwindlig, Pitchounette ... Er hatte es nicht vergessen ... Pitchounette. Sie versuchte ihn hochzuheben, doch er schrie laut auf.

»Laß mich ...«

»O nein! Ich werde Sie retten, Herr.«

Alles kehrte zurück, die Worte, die Kraft und die Gefühle. Sie benötigte fast nichts, nur zwei Bretter, und draußen, auf der Ebene, würde sie schon irgendeinen Karren finden. Zwei Bretter, die würden doch über den Schnee gleiten? Wenn sie das Bein gut festgebunden hätte, würde sie ihn nur noch zu ziehen brauchen. Sie küßte ihn auf die Stirn, ein ganz impulsiver Kuß.

»Ich komme gleich wieder.«

Sie lief los, um etwas zu besorgen, Brot zu kaufen, nichts Besonderes. Das Leben ging weiter. Das Böse. Welches Böse? Alles begann wieder von vorn, sie brauchte nur zwei Bretter, einen kaputten Karren. Und wer weiß, vielleicht würde sie sogar ein Pferd finden, auf das sie den Verwundeten legen könnte? Sie rannte und war fröhlich. Sie lief durch den Wald, erreichte die Hochebene, es war hell wie am Tag bei dem silbernen Licht des Vollmonds. Sie rannte durch den Schnee, der vom Nachtfrost wieder hart geworden war, seit dem Nachmittag schien sich nichts verändert zu haben, immer noch die vielen Leichen, in deren Kleidern der Wind spielte. Der einzige auffällige Unterschied war die Stille, diese vollkommene Stille. Hatte man die Verletzten abgeholt? Waren sie alle tot? Waren auch die Pferde gestorben, oder fortgerannt? Maria suchte den Boden nach einen passenden Stück Holz ab. Ein einziges würde schon genügen, sie spürte genug Kraft in sich, um Benjamin zu ziehen, wenn nur das verletzte Bein auf irgend etwas ruhen konnte. Die Nacht war ideal, sie mußte sich beeilen, das Mondlicht und die Kälte nutzen.

Wie aus dem Nichts tauchte es plötzlich auf und lief auf sie zu, ein großes, schönes Pferd mit schwarzem Fell. Maria hüpfte vor Freude. Gott liebte sie. Der Rappe blieb stehen. Vorsichtig, ganz langsam ging sie einen Schritt auf ihn zu.

»Komm, mein schönes Pferdchen, komm!«

Es wandte den Kopf zur Seite und wieherte, rührte sich aber nicht von der Stelle. Es wartete und spielte den Gleichgültigen, ein prachtvolles Tier mit Sattel, Geschirr, Zügeln, es schien nicht einmal erschöpft oder ängstlich, vielmehr froh über diese Begegnung. Darauf hätte sie wetten können.

»Du hast dich gelangweilt, so allein, was? Komm, ich werde dich ein wenig unterhalten.«

Das Pferd kam auf sie zu, Maria griff nach den Zügeln. Sie hielt es fest.

Voller Freude spürte sie, daß das Pferd wohl schon seit dem Morgen ungeduldig darauf wartete, wieder geritten zu werden, pfeilschnell jagte es davon, sog tief die Luft ein und blies sie mit silbernen Dunstwölkchen wieder aus. Sie erreichten den Wald, aber hier drang kein Mondlicht mehr ein, und so stießen sie in ihrem Trab immer wieder gegen unheimliche Formen; jedesmal begann das Pferd ängstlich zu wiehern und weigerte sich einen Augenblick, weiterzugehen. »Hör mal, du kannst mich jetzt nicht im Stich lassen«, sagte Maria. »Ich habe nur dich auf dieser Welt, ich werde dir Benjamin auf den Rücken legen. Du mußt schön brav sein. Ich sage es dir gleich, er hat ein kaputtes Bein. Ich werde ihn quer über dich legen, und du wirst ganz sanft mit ihm umgehen, ganz sanft, ja! Vor allem darfst du nicht scheuen ... Er ist auch ganz sanft, ihr werdet euch gut verstehen. Du wirst ihn genauso lieben wie ich, ja, wie ich.«

Sie waren da. Benjamin schien zu schlafen, er war ohnmächtig geworden. Maria nahm etwas Schnee und rieb damit über das Gesicht des Verwundeten ... Benjamin öffnete erstaunt die Augen.

»Du bist wiedergekommen ...«

Seine Stimme war schwach.

»Ja, Herr, und ich habe ein Pferd mitgebracht, ein sehr liebes Pferd, ich glaube, gemeinsam werden wir Sie aus

Ihrer Lage befreien. Ich werde Sie hochheben, es wird weh tun. Versprechen Sie mir eines ... Sagen Sie nichts, Sprechen ermüdet ... Versprechen Sie mir, daß Sie mir vertrauen werden. Ich weiß, daß ich es nicht verdiene. Versprechen Sie es mir dennoch?«

Benjamin nickte und schloß die Augen.

Es gab keine hundert Lösungen für das Problem: Sie mußte das Pferd bewegen, sich hinzuknien, dann mußte man den Verletzten samt diesem fleischigen Etwas, das nur noch an einem Hautfetzen hing, hochhieven. Als ob das Pferd ihre Wünsche erraten könnte: Es stemmte seine Beine gegen den Boden und ließ sich auf die Knie fallen. Maria umfaßte Benjamins Schultern, zog ein wenig, doch der große Körper, der im Schnee gefangen war, sträubte sich. Maria zog fester ... Der Engländer stöhnte auf, auch die Ohnmacht, in die er zurückgesunken war, konnte nicht verhindern, daß er Schmerzen litt. Sie schaffte es nicht, er war zu schwer, zu starr, als daß sie ihn auch nur ein kleines Stück fortziehen konnte. Sie setzte sich neben das Pferd und war den Tränen nahe, was sollte sie bloß tun? Hilfe holen? Bis zum Lager würde sie mindestens drei, vier Stunden brauchen, das hieße sieben, acht Stunden, wenn nicht mehr, um mit einem Karren zurückzukommen, und bis dahin, dessen war sie sich sicher, würde er tot sein. Sie zitterte in der Dunkelheit, aber sie mußte ihren Herrn retten. War es Liebe? Reue? Vielleicht beides, vielleicht etwas anderes, der ungebrochene Wille ihrer Seele. »Ich muß nachdenken, du hast mir beigebracht, nachzudenken. Ich muß einen Weg finden, um dich aus dieser Situation zu befreien. Wenn du mit mir reden könntest, Herr, mir sagen könntest: Tu dies, tu das ... Ich tue gern, was du sagst ... Benjamin, hilf mir, du wirst doch nicht hier sterben wollen, das ist kein Ort für dich.«

Das Pferd schnaubte ungeduldig, es wieherte und schüttelte seine Mähne. Maria stand auf. War das die

Lösung? Sie nahm die Zügel und band sie sorgfältig um Benjamins Handgelenke. Dann gab sie dem Pferd das Zeichen aufzustehen.

»Langsam, Pferdchen, ganz langsam.«

Das Tier ließ sich Zeit, zog die Lefzen hoch, stemmte sich auf die Hinterbeine, die Muskeln zeichneten sich deutlich unter dem Fell ab. Der Körper des Engländers hob sich aus dem Schnee. Maria umklammerte ihn fest, so, nun mußte sie ihn über den Sattel ziehen. Das Pferd ging in seine Wartestellung zurück. Maria band die Zügel von den Handgelenken des Verletzten los und bückte sich, so daß Benjamins Oberkörper über ihre Schultern glitt. Die Entfernung zwischen ihr und dem Pferd war lächerlich klein, aber Maria mußte sie auf Knien überwinden und jede Bewegung genau abschätzen. Das Pferd neigte seinen Hals, als wollte es ihr entgegenkommen. Ich werde es schaffen, sagte sich Maria. Sie spürte weder ihre Beine noch ihre Schenkel mehr, sie waren vor Kälte starr geworden, und Benjamin lag so schwer auf ihrem Nacken, daß ihr die Luft wegblieb.

»Ach, mein sanftes Pferdchen, komm ein Stück näher heran. Ja, genau so ... der liebe Gott hat mir das klügste Pferd der Welt geschickt. Ich werde es schaffen. Wenn ich nur nicht einsinke.«

Obwohl der Schnee gefroren war, begann er unter dem Gewicht doch zu brechen, und die Knie der jungen Frau sanken ein. Benjamin drohte ihr vom Rücken zu gleiten, Maria hielt ihn allein noch mit der Kraft ihrer Arme. Das verletzte Bein stieß auf, der Verwundete stöhnte laut; Maria heulte vor Wut und Verzweiflung. »Oh, Gott, so hilf mir doch.« Sie fand ihren Glauben wieder, den Glauben ihrer Kindheit, als sie noch auf dem kühlen Marmor der Kirche Sainte-Réparate gekniet hatte. »Gegrüßet seist du Maria, voll der Gnade.« Der Atem des Pferdes wärmte ihr Gesicht. Sie hatte es fast geschafft. Sie legte sich flach auf den Boden, der reglose

Körper glitt über das Tier, das stillhielt. Maria lief auf die andere Seite und zog den Verletzten am Kragen. Gewiß, sie hatte nicht bedacht, daß sein Kopf den ganzen Weg über nach unten hängen würde, aber dagegen konnte sie nun wirklich nichts tun. Sie schnalzte mit der Zunge, und das Pferd stellte sich wieder auf die Beine. Für Maria bedeutete das den ersten Sieg, sie lehnte sich einen Augenblick gegen die Flanken des Tieres und verschnaufte. »Danke, lieber Gott.« Vor ihr lag noch der ganze Weg bis zum Lager von Tuech. Und zum ersten Mal fragte sie sich, was wohl aus Masséna und der kleinen Armee geworden war, hatten sie die Sarden und die Österreicher vom Authion verjagen können? So wie sie die Lage einschätzte, war die Attacke eine Katastrophe gewesen. Waren also die Franzosen überhaupt noch in Tuech, hatten die Sarden und die Regimenter der Emigranten einen Gegenangriff gestartet? Das einzige Ziel, das sie ansteuern konnte, war das Lager, von dem sie im Morgengrauen losgeritten waren, das war bald vierundzwanzig Stunden her. Ein halbes Jahrhundert! Und wenn die Franzosen nicht mehr am Tuech waren, was sollte sie dann machen? Und wenn sie dort waren, was, wenn Masséna lebte? Die beste Lösung wäre, wenn die Franzosen noch da wären und Masséna tot. Maria stellte dies ganz sachlich fest, während sie den Abstieg begann. Sie lief der aufgehenden Sonne entgegen, die Berggipfel leuchteten bereits im Orangerot des neuen Tages, während die Täler und die tiefer gelegene Landschaft noch in graublaues Dunkel getaucht waren. Es war noch immer bitterkalt, aber im Gegensatz zum Vortag würde herrlicher Sonnenschein sein.

Entlang der Felswand, an der so viele Männer ihr Leben gelassen hatten, traf Maria auf die ersten Karren, auf die unterschiedslos Verwundete und Leichen geworfen wurden. Soldaten in zerfetzen Uniformen humpelten, auf ihr Gewehr gestützt, Richtung Tal. Sie blickten kaum auf, als das seltsame Gespann an ihnen vorüberzog, eine Frau in Husarenkleidern, die ein schwarzes Kürassierpferd am Zügel hielt, quer über ihm ein Generalstabsoffizier mit dem Kopf nach unten und einem Bein in der Luft. Bei dem Bein war nichts mehr zu machen, man würde es schnell abtrennen müssen, bevor sich ein Brand bildete.

Die Männer hatten sich in das Lager am Tuech zurückgezogen, mitsamt der Artillerie, die ihnen in diesem Nebel nichts genutzt hatte. Ein Lager, das keines war, eher eine Basis für Kanonen, mit zwei Hütten und ein paar Zelten, es gab kein Nachtquartier und schon gar nichts für die Verletzten. Das Wasser wurde von weit unten geholt, und über einen so abschüssigen Weg, daß Mut dazu gehörte, aufrecht auf ihm zu gehen.

Masséna saß an einem großen Tisch, den man in einer Schäferei beschlagnahmt hatte, und notierte die Zahl der Verluste: fast dreitausend Tote, Verletzte, Vermißte und eintausendfünfhundert Gewehre. Eine Katastrophe. Er schrieb an den Konvent. Er wußte, welcher Sprache man sich bedienen mußte, um Brunet zu erledigen, diesen unfähigen Kerl, der seit Jahrhunderten kein Pulver mehr gerochen hatte. »Am 12. Juni haben wir das Lager am Braous angegriffen. Dort sind alle Streitkräfte des Piemont konzentriert. Nach fünfstündigem, unerbittlichem und mühsamem Kampf mußten wir einsehen, daß wir es nicht bis hinauf schaffen würden. Ich bin drei- oder viermal gestürzt und habe meinen Säbel verloren. Ich werde nicht länger das Opfer von Leuten sein, die hier Angst und Schrecken verbreiten. Ihr könnt Euch keine Vorstellung vom Ausmaß des Grauens bei diesen Gefechten machen ...«

Er hatte sich nicht direkt über Brunet beschwert, aber sie würden verstehen: »Ich werde nicht länger das Opfer von Leuten sein ...« Dieses Mal, weiß Gott, hatte er wirklich geglaubt, draufgehen zu müssen! Zu sterben war er schon bereit, aber mit gezogenem Säbel an der Spitze eines tapferen Husarenbataillons, irgendwo an der Mosel oder am linken Rheinufer, dort, wo man auch Ruhm erlangte. In diesem Kampf am Grunde einer Schlucht hätte er nicht nur sein Leben, sondern auch seine Ehre verloren, und obendrein war auch noch Maria verschwunden. Diese dumme Gans! »Bleib hinter uns!« Von wegen! Sie konnte ja nicht hören. Dieses Mädchen war nicht zu greifen, unbezähmbar. Er hatte Männer nach ihr ausgeschickt und ihnen gesagt, sie sollten ihn benachrichtigen, wenn man sie unter den Verletzten oder den Toten gefunden hätte. Was er am meisten bedauerte, war, daß er keinen Sommer mit ihr gemeinsam erleben würde, er stellte sie sich vor in einem dünnen Hemd, wie sie am Ufer eine Tischdecke ausbreitete, auf die sie gefülltes Gemüse und ein paar Flaschen Weißwein stellte. Nach dem Essen hätten sie sich geliebt und wären dann eingeschlafen. Sich in der Mittagshitze zu lieben war einfach wunderbar, wie damals, als er an den Stränden von Cagnes den Wäscherinnen hinterherlief, diesen kessen Dingern, die sich zwischen zweimal wringen flachlegen ließen.

Erst sah er nur einen Staubwirbel, dann sie, und neben ihr lief ein großes schwarzes Pferd, über dem ein Körper hing. Sie durchquerte die Alm, wo die Pferde und Männer jeden Grashalm niedergetrampelt hatten. Sogar von weitem erkannte er den Mann, der da über dem Pferd lag: der Engländer! Er hatte versucht, ihn loszuwerden, doch umsonst, dieser Teufelskerl bot dem Tod die Stirn. Als sie vor ihm stand, sah er, sie war wieder das wilde Kind von einst, mit zerzausten Haaren, das Gesicht von getrockneten Tränen und Staub zerfurcht. Sie war schön, und ihr Blick glänzte fiebrig.

»Er muß behandelt werden«, sagte sie schlicht.

Masséna warf einen Blick auf Benjamins verletztes Bein, verzog das Gesicht und rief:

»Bring ihn zum Chirurgen, wir werden ihm die Haxe abschneiden. Wenn er nicht schon längst tot ist.«

»Er ist nicht tot, und er wird nicht sterben.«

»Das weißt du also, ja?«

»Ja, das weiß ich.«

Sie standen sich eine Weile schweigend gegenüber.

»Soll er doch vor die Hunde gehen«, sagte der Oberst und senkte den Kopf, um sich wieder an seinen Brief zu setzen.

In einem der drei großen Salons der ersten Etage, gegenüber dem Marmorkamin, hing ein Spiegel, der die gesamte Wand einnahm. Giacomo Grandi saß mit dem Rücken zum Kamin, das Gesicht dem Spiegel zugewandt. Er betrachtete sich ausgiebig und geriet bei seinem Anblick in höchste Verzückung: Er trug einen schwarzen Anzug mit langen Rockschößen und darunter eine kurze Weste, eine Krawatte, lilafarbene Strümpfe und ein paar weiche Lederstiefel. Ein Vermögen. Nachdem er sich lange genug bewundert hatte, lief er durch die einzelnen Räume der einstigen Villa von Miss Penelope Pitt, die vor kurzem beschlagnahmt und zu einem Preis von eintausendzweihundertundsechzehn Francs an ihn verkauft worden war ... Giacomo hatte seine Louisdors blitzen lassen, das war doch was anderes als die Assignaten der Republik. Diskret, natürlich. Eine Handvoll für den Staat und eine für Tiranty, diesen Geier. Das Gold hatte er in einem alten Wollstrumpf aufbewahrt, Tiranty hatte ihn mit seinen schlanken Fingern vorsichtig angehoben und in der Hand gewogen, dann hatte er mit dem Kopf genickt. Das Gewicht schien ihm zuzusagen. Keiner hat's gesehen. Die Emigranten hatten ihre Häuser verlassen, der Konvent hatte sie nationalisiert, dann wurden sie für eine Handvoll Feigen weiterverkauft. Aber mit Tiranty und Grandi blieb alles innerhalb der Grafschaft, es gelangte lediglich in andere Hände. Und es diente der Rettung dieser Gebäude, die sich ansonsten die Franzosen unter den Nagel gerissen hätten. Als ob die nicht schon genug geplündert hätten. Bei den Sansculotten mußte man allerdings auf der Hut sein, damit es einem nicht erging wie dem armen General d'Anselme, dem man Untreue vorgeworfen hatte, ausgerechnet ihm, der die Ordnung wiederherstellen wollte. Zu spät. Er war nach Paris gerufen worden, und man hatte nie wieder etwas von ihm gehört. Das Wichtigste war, immer zu wissen, aus welcher Richtung der Wind wehte, und rechtzeitig den Kurs zu wechseln, bevor der Sturm losbrach. Giacomo, der zur Société populaire gehörte, hatte schnell begriffen, daß er auf die Fanatiker, die Extremisten setzen mußte; gemäßigte Ansichten führten in den Tod. Und er hatte seine Macht durch Ausdauer erworben. Morgens war er der erste, noch vor zehn Uhr, und abends der letzte, der nach elf Uhr noch da war, und dazwischen nahm er sich kaum die Zeit, pinkeln zu gehen. Er blieb auf dem Podium sitzen und wetterte gegen die Feinde, wenn es nötig war, sang, drohte, schmeichelte, war jakobinischer als die Jakobiner und radikaler als die Anhänger der Bergpartei, die aus Paris gekommen waren.

Giacomo spürte, daß viel Dramatik notwendig war, um aus einem so unbedeutenden Menschen wie ihm eine wichtige Persönlichkeit zu machen. Dramatik und Elend. Es fehlte an Brot, Getreide, Mehl, Salz, Milch und Butter, und was die Soldaten nicht beschlagnahmten, wurde von gierigen Halsabschneidern entwendet und weiterverkauft. Mal war es das Getreide, mal das Salz, so konnte man innerhalb weniger Wochen ein hübsches kleines Vermögen anhäufen. Für Dramatik sorgten die Front in den Bergen und Ex-König Victor-Amédée persönlich, der an der Spitze einer Armee von zwanzigtausend Mann im Begriff stand, Nizza einzunehmen und so die Verbindung zur Stadt Toulon wiederherzustellen, die den Engländern in die Hände gefallen war. Für zusätzliche Dramatik sorgten die Föderalisten in den südlichen Departements, die zur Verfassung von 1791 zurückkehren und den kleinen Ludwig XVII. auf den Thron setzen wollten. Das Fortbestehen des Konvents hing an einem seidenen Faden, und Giacomo klammerte sich fest daran.

Der Coup, der ihn am meisten mit Stolz erfüllte, war ihm jedoch an dem Tag gelungen, als die Förderalisten in Nizza einen Aufstand auslösen wollten. Eines Morgens waren in der Bucht vier Fregatten vor Anker gegangen. Gegen acht Uhr ließ die eine ein Boot zu Wasser, in dem zwei Offiziere saßen. Eine Unverfrorenheit. Diese Renegaten mit ihren Spitzenhemden, naja, sie trugen natürlich keine Spitzenhemden, aber sie hatten genau die Haltung, baten darum, zu den Volksvertretern geführt zu werden. Das Volk war er, naja er, und die Vertreter des Direktoriums, die Paulani, die Gastaud und noch einige andere, aber es war nicht nötig, sie zusammenzurufen, da sie ohnehin alle in der Versammlung saßen. Sie überlegten eine Weile und beschlossen dann, schriftlich zu antworten. Man wandte sich zu Giacomo um, diese Geschichte war die Gelegenheit für ihn, sich zu profilieren. Und es kam ganz natürlich über ihn, wie das Schreiben zum Schriftsteller kommt, wie die Malerei zum Maler, es war wie eine Eingebung. Er erhob sich und begann seine Rede, ein wahrer Redeschwall, und die treue Aglaée schrieb alles mit: »Mögen alle Tyrannen der Erde zugrunde gehen! Ewiger Krieg den Königen und allen ihren Sklaven! Die französische Nation verhandelt nicht mit Tyrannen; sie wird ihnen mit Kanonen antworten.« Er zögerte ein wenig bei den Kanonen, die Kanonen gehörten dem Militär, aber das Militär gehörte wiederum auch zum Volke, woraus folgte, daß er als der Repräsentant des Volkes über die Kanonen verfügen konnte, wenn das Volk dies entschied. Die Versammlung nahm die Rede mit lauten Vivat-Rufen auf. Der kleine Robespierre, der seinem berühmten Bruder sehr ähnlich sah, mit leicht hängenden Mundwinkeln und schmalen Lippen, die wie mit einem Bleistift gezogen waren, beglückwünschte die Autoren zu dieser wundervollen Erklärung. Man ließ die beiden Offiziere herein und Robespierre verlas die Erklärung. Die Masse schrie: »An die Laterne mit ihnen! Nieder mit den Verrätern! Nieder mit dem Königtum! Es lebe die Freiheit! Es lebe die Revolution!« Man verband ihnen die Augen und führte sie samt Brief in der Hosentasche zurück zum Meer. Dieser Brief, den sie ihren Vorgesetzten überbringen sollten, rettete den beiden Burschen das Leben, Robespierre hätte sie ansonsten gern der Menge überlassen. Ja, das war ein schöner Morgen. Seitdem versuchte Giacomo Grandi einzuschätzen, wieviel Gewicht er beim Direktorium des Departements besaß. Ricord und Robespierre hatten ihn zum Hôtel d'York bestellt, um ihn über die Versorgungslage und die Stimmung in der Bevölkerung zu informieren.

Als er das Hotel betrat, dachte er an Maria, weder zärtlich noch mit schlechtem Gewissen, er sagte sich nur ganz schlicht, daß er eines Tages sein »Gut« in Besitz nehmen würde: das Haus des Engländers. Oh, nicht etwa, weil es das schönste und größte gewesen wäre, nein, bei diesem Haus ging es ihm um Rache. Nun aber stand er erst einmal vor den beiden Abgesandten des Konvents, die sich nicht einmal die Mühe machten, ihm ein Glas Wasser, geschweige denn einen Platz anzubieten, während sie sich an frischem Obst und Rosé delektierten. Er mußte mit der Wahrheit ein wenig jonglieren. Nizza befand sich unter der Aufsicht von Grasse, einer Stadt, die ihren Patriotismus unter Beweis gestellt hatte. Die beiden wußten genau, daß man in Paris die Grafschaft mit Argwohn betrachtete. Er würde sich hüten, ihnen zu sagen, daß in der Menge, die die beiden Renegaten ausgebuht hatte, seinen hellhörigen Ohren auch die Rufe »Es lebe der König!« nicht entgangen waren. Er würde sich hüten, ihnen zu sagen, daß die Bevölkerung, die den Franzosen zunächst mißtrauisch gegenübergestanden hatte, sie mittlerweile ehrlich haßte. Die Bevölkerung, das hieß der kleine Mann: Fischersleute, Fischverkäuferinnen, für die der Seegang und die Windgeschwindigkeit von größerer Bedeutung waren als die Zerrüttung der Girondins; diese Leute fanden immer einen Weg, um einen Pfarrer aufzutreiben und in irgendeinem Keller eine Messe abzuhalten. Das aber würde er ihnen nicht sagen, nicht aus Liebe zum kleinen Mann, sondern aus Eigeninteresse. Seine Jakobiner und Bürger à la Tiranty mußten auch weiterhin der alleinige und ausschießliche Vertreter des Volkes bleiben. Die Bevölkerung ist ein vager Begriff, sie hat keinen Vertreter, die Bevölkerung, sie ist alles und nichts; Das Volk ist etwas anderes, ein Volk existiert. Eines Tages hatte ihm Tiranty gesagt: »Das Volk ist eine Entität.« Eine Entität? Das mußte etwas sehr Mächtiges sein, eine Entität. Vielleicht etwas Griechisches? Die Griechen waren ja in Mode.

Während Robespierre und Ricord sich mit Pflaumen und saftigen Birnen vollstopften, berichtete er ihnen von dem Brotmangel, der auf den Mangel an Getreide zurückzuführen war. Er würde sich als Freiwilliger melden, um trotz der Blockade Getreide aus Genua zu holen. Mit den Leuten in Genua konnte man sich immer einig werden. Getreide gab es offenbar auch in Tarascon. Er bot sich an, sechshundert Schiffsladungen zu begleiten. Die anderen hörten ihm zu, diese Getreidegeschichten langweilten sie. Aber dafür waren sie doch da. Trauten sie ihm nicht? Er versicherte ihnen, daß er keinerlei schlechte Absichten hegte, er wollte keinen Sou für sich haben. Er habe nur das Wohlergehen der hungernden Gemeinde im Auge. Davon abgesehen handelte es sich nur um einen Vorschlag, die Bürger sollten es sich durch den Kopf gehen lassen und dann entscheiden. Wenn es einen gab, bei dem man auf der Hut sein mußte, so war das Ricord, er stammte aus Grasse, und diese Leute liebten die Nizzaer nicht. Der Gedanke, in Genua Getreide zu kaufen, mißfiel ihm. Er hatte beschlossen, eine umfangreiche Liste anzufertigen, die festhielt, wo in der Stadt und auf dem Land Weizen, Roggen, Hafer, Mehl und

Stroh vorhanden waren, und jeden zu bestrafen, der falsche Angaben machte. Also stand es nicht mehr zur Debatte, ob er nach Genua fahren sollte? Nein. Nach Tarascon? Robespierre nickte, aber Ricord sah ihn seltsam an. Mit diesem Bürger würde es noch schwierig werden. Tarascon hatte er jedenfalls schon in der Tasche. Genua hatte er zur Ablenkung genannt und Tarascon nur wie beiläufig erwähnt. Genua! Als ob er sein Leben aufs Spiel setzen würde für ein paar hundert Ladungen Weizen. Er war stark, er war schlau. Aber manchmal spürte er bereits die kalte Klinge an seinem Hals. In solchen Augenblicken dachte er an seine Frau und weinte.

Jeden Morgen lief er durch den Garten hinunter zum Meer, meistens die mittlere Allee entlang, am Teleskop vorbei, das immer noch, auf den Himmel gerichtet, im Unkraut stand und inzwischen längst verrostet war.

Jeden Tag sagte er sich von neuem, daß er dieses Monstrum, das seinen Park entstellte, zertrümmern würde, doch wozu andererseits, da ihm der Himmel ohnehin schnurz war. Heute wollte er erst einmal seinem Komplizen, dem Notar Tiranty, einen Besuch abstatten. Zu Fuß, gezwungenermaßen, da weit und breit keine Kutsche und erst recht keine Sänfte mehr aufzutreiben war, weil dies als Sklavenarbeit galt und mit dem Ancien Régime verschwunden war.

Giacomo fand Tiranty in dem weitläufigen Gemüsegarten hinter seinem Anwesen, das im Laufe der Zeit immer größer geworden war. Victor verleibte sich nach und nach das ganze angrenzende Gelände ein, von der Paillonmündung bis zum Charité-Hospiz, welches zwar alles Sumpfgebiet war, man jagte dort Schnepfen, aber eines Tages, wenn die neuen Stadtviertel sich ausdehnen würden, würde es im Wert erheblich steigen. Auf Tiranty war in solchen Dingen Verlaß. Sein Posten als Notar und Gerichtsschreiber am neuen Handelsgericht hatte ihn ins Zentrum der Umwälzungen katapultiert, die mit der großen Emigrationswelle begonnen hatten. Tiranty kaufte beschlagnahmte Güter oder ließ sie zu grotesk niedrigen Summen aufkaufen. Giacomo gehörte zu der Organisation und ließ sich als Käufer der Grundstücke eintragen. Victor hatte ihm anvertraut: »Giacomo, weißt du, warum ich dir traue? Weil du ein alter Halunke bist. Man darf nie Geschäfte mit ehrlichen Leuten machen. Eines Tages gewinnt die Ehrlichkeit wieder die Oberhand. Aber mit dir riskiere ich nichts.« Wenn ich nur früher lesen und schreiben gelernt hätte, sagte sich Giacomo, dann wäre ich heute reicher als er.

Victor Tiranty brachte mit seinen dreißig Jahren ein ganz schönes Gewicht auf die Waage. Er, der früher so elegant gewesen war, konnte sein Doppelkinn durch keine noch so geschickt gebundene Krawatte verbergen. Und er hatte in einer Zeit zugenommen, als Magerkeit noch eine patriotische Tugend bedeutete. Um seinen Embonpoint zu kaschieren, trug der Notar weite Kleidung, Hemd, Hose und Weste fielen locker über seinen Wanst, was ihm die neugierigen Blicke der anderen eintrug, da es Mode war, enge Sachen zu tragen, so eng, daß man nur mit Mühe hineinschlüpfen konnte. Doch er tröstete sich damit, daß er zum Beispiel nicht eingesperrt war wie seine Freunde Blanqui und Dabray. Wie oft hatte er ihnen geraten, vorsichtig zu sein. »Nun, da wir Franzosen geworden sind, brauchen wir uns doch nicht mehr in die Querelen zwischen Jakobinern und Girondisten, mit anderen Worten, zwischen Paris und der Provinz einzumischen. Wir sind doch kein Föderalstaat, meine Freunde, also ist unser einziges Interesse Paris und nochmals Paris. Seit gerade mal ein paar Monaten sind wir Franzosen, und schon wollt ihr eure Rechte geltend machen. Welche Rechte? Laßt uns doch erst einmal Franzosen sein, seid ihr nicht froh darüber? – Sicher, hatten die Abgeordneten geantwortet, Franzosen und Nizzaer! – Nizzaer! Wen wollt ihr denn mit eurem

Akzent beeindrucken, der alle Pariser zum Lachen bringt? – Eben, wir wollen, daß sie aufhören zu lachen und uns respektieren. – Dann sollten wir ihnen Grund dazu geben, Bürger, wir haben uns der Republik verschrieben, bevor wir uns Frankreich verschrieben haben, laßt uns also beweisen, daß wir gute Bürger sind, laßt uns den Krieg in den Bergen gewinnen, dann werden wir uns schon von selbst melden. Sie hatten nicht auf ihn gehört, und nun drohte ihnen die Guillotine. Wie ärgerlich! Er würde sich für sie verwenden müssen, ja, aber er durfte sich dabei nicht kompromittieren. Victor hatte nicht die geringste Lust, seinen eigenen Kopf auf Spiel zu setzen. Er mußte lediglich erwirken, daß seine Freunde hier vor Gericht gestellt würden, hier konnte man ihnen nichts vorwerfen. Aber wenn entschieden wurde, sie nach Paris zu schicken, oder nach Grasse, dann stellte sich die Frage nicht mehr, ob sie dem Beil entrinnen würden.

Von weitem sah der Notar wie ein friedfertiger Bauer aus, der, mit Strohhut und Leinenhose bekleidet, die ersten warmen Sommertage genoß. Er tarnt sich, dachte Giacomo. Der Notar hob eine Hand und grüßte ihn.

»Komm näher, Bürger, du meine Güte! Du hast dich aber in Schale geworfen für die Versammlung, wo du den Volksvertreter mimen willst.«

»Ich ›mime‹ nicht den Vertreter, ich bin einer«, protestierte Giacomo.

»Das weiß ich doch, das weiß ich doch. Und ich habe da auch gleich etwas sehr Wichtiges, das ich dem Volksvertreter zeigen möchte.« Er bückte sich und griff aus einem Korb eine Art braune Wurzel, die wie ein Ei ausah, nur größer und dicker. Giacomo sah das Ding angewidert an.

»Weißt du, was das ist?« fragte der Notar.

»Nein.«

Tiranty lächelte.

»Unser zukünftiger Reichtum, Giacomo. Was du hier siehst, ist eine Kartoffel, sie kommt aus Deutschland oder Holland, dort bauen sie sie seit bald fünfzig Jahren an.«

»Und das Zeug kann man essen?«

»Aber klar, schau mal.«

Mit einem breiten Messer schnitt der Notar das Gemüse entzwei; ihr weißliches, leicht wäßriges Fleisch kam zum Vorschein.

»Schau sie dir genau an, Giacomo, was du hier siehst, ist das Brot der Zukunft. Selbst König Ludwig hat es noch gegessen, er nannte es das Brot der Armen.«

Giacomo rieb seinen Finger über die Schnittstelle der seltsamen Knolle und kostete.

»Aber das hat ja überhaupt keinen Geschmack!«

»Sie muß gekocht werden.«

»Mit der Schale?«

»Mit oder ohne, ganz wie du willst. Stell dir mal vor, wir pflanzen hier Kartoffeln an! Es fehlt uns an Getreide, es fehlt uns an Brot und an Mehl, und hier ist der Ersatz dafür. Die Kartoffel ersetzt gleichzeitig Brot, Mehl und Nudeln. Ganze Landstriche haben die Hungersnot dank diesem Gemüse überstanden, in den Provinzen des Vivarais und des Dauphiné hat sich die Bevölkerung sogar vermehrt. Das ist Brot, verstehst du, Brot, das man aus der Erde holt und gleich essen kann, ohne daß man's erst mahlen muß. Und vor allem ohne Steuern und Kontrollen. Die Frage war bisher nur, ob die Kartoffel auch bei uns wächst. Nun, Giacomo, sie gedeiht bestens, genausogut wie Artischocken, Kürbis und Mangold.«

Giacomo sah das erdige Gewächs zweifelnd an.

»Na, willst du sie mal probieren?« fragte Tiranty.

»Nur zu gern, doch die Arbeit ruft«, knurrte Giacomo.

»Sie kann ruhig noch ein wenig weiterrufen, ich habe von der Köchin ein Hachis zubereiten lassen, einen Hackbraten ›à la Parmentier‹, nach dem Namen eines

Apothekers Antoine Parmentier, der sich seit mehreren Jahren bemüht, die optimale Nahrung für das Volk zu finden. Dieser Parmentier hat sich in die Kartoffel vernarrt, und da hat er, wie mir scheint, vollkommen recht.«

»Victor, ich habe einfach keinen Hunger. Und im übrigen, Tiranty, bin ich gekommen, um mit dir über das Haus des Engländers zu sprechen. Denkst du nicht auch, daß der Moment nun gekommen ist?«

Der Diener trug inzwischen einen Stockfisch herein, der die dunkle Farbe eines Ziegels hatte.

»Riech auch mal daran, Volksvertreter ... Willst du nichts davon abhaben?«

»Nein!«

»Um so besser, dann bleibt noch etwas für meine Vier-Uhr-Mahlzeit übrig. Was sagtest du gerade?«

»Der Engländer ...«

Tiranty aß schweigend mit verklärtem Gesichtsausdruck und einem genüßlichen Lächeln um die Mundwinkel.

»Der Engländer!« sagte er mit vollem Mund. »Dieser Teufel wurde bei der Schlacht am Authion verletzt, er ist ein Held der Republik. Es wird schwierig werden, ihm seinen Besitz fortzunehmen.«

»Allein das Volk entscheidet, wer ein Held ist und wer nicht!« rief Giacomo. »Dein Held ist Engländer, und wir befinden uns mit England im Krieg, also ist dein Held einfach ein ausländischer Agent, ein Spion dieser Lady Pitt, der sich an die Tyrannen verkauft hat.«

»Er wäre für die Republik beinahe gestorben!«

»Na und? Kanonen erkennen keine Spione, die sich, sagen wir, am falschen Ort aufhalten.«

»Was willst du eigentlich?« seufzte Tiranty.

»Denunzier ihn bei Robespierre dem Jüngeren, dem Abgesandten des Konvents hier im Departement – als Spion, der im Auftrag des Auslands handelt, ich kümmere mich um den Rest.«

»Du gehst ganz schön ran, Bürger! Weißt du, daß es sich um einen Offizier Massénas handelt, der beim Konvent in hoher Gunst steht?«

Giacomo lächelte.

»Masséna kann ihn nicht ausstehen. Sie liegen miteinander im Wettstreit um das Herz meiner Tochter.«

»Du verstehst dich auszudrücken, Giacomo, die Revolution hat dir die Sprache verliehen. Du bist der lebendige Beweis für die absolute Notwendigkeit, daß man das Volk erziehen muß. Du sagtest also, Masséna sei bereit, einen Offizier seines Generalstabs wegen einer bloßen Vögelei in den Tod zu schicken, denn darum geht es doch, selbst wenn es deine Tochter ist, die gevögelt wird?«

»Das habe ich nicht gesagt, aber es wäre sehr verwunderlich, wenn er laut dagegen protestieren würde.«

Tiranty schob seinen leeren Teller beiseite.

»Giacomo, kommen wir zur Sache, angenommen, ich übernehme diese Rolle, das kann ein gefährlicher, wenn nicht sogar kompromittierender Schritt sein ...«

Giacomo breitete zwischen dem Stockfisch und dem Hachis ein Stück Papier aus, das er aus der Tasche gezogen hatte.

»Wirf mal einen Blick hier drauf, Notar, das liegt in Rimiez, auf dem Land, ganz in der Nähe deines Grundstücks. Schau mal, ein großes, einstöckiges Haus, ein schönes Grundstück, auf dem man Oliven, Feigen, Wein und – warum nicht – auch Kartoffeln anbauen kann, wenn dir so viel daran liegt.«

»Wieviel?« fragte Tiranty und zündete seine Pfeife an.

»Für dich umsonst.«

»Wem gehörte es?«

»Dem ehemaligen Grafen Saint-Victor. Ich habe dieses Grundstück höchstpersönlich auf die Liste der beschlagnahmten Güter der Emigranten setzen lassen.«

»Warum behältst du es nicht für dich?«

»Ich mag das Land nicht, Notar. An der Küste, ja, da bin ich schon eher interessiert.«

»Richtig, jetzt erinnere ich mich, ich weiß, wovon du sprichst, ein schönes Haus, gutes Land, schöne Bäume. Da ließe sich drüber reden. Wo steckt dein Engländer zur Zeit?«

»In der Wagenkolonne mit den Verletzten aus dem Lager von Tuech, ihm fehlt ein Bein.«

»Das ist Pech, erst kein Bein mehr, und dann auch noch der Kopf!«

Die beiden Männer brachen in schallendes Gelächter aus.

Nachdem er sich beruhigt hatte, ergriff Giacomo Tirantys Hand.

»Victor, es gefällt mir, wie wir uns verstehen.«

»Sicher«, sagte der Notar. »Willst du wirklich nichts von dem Stockfisch? Er ist einfach köstlich!«

»Nein, danke, wirklich, aber ich bin schon spät dran. Wir werden in der Sitzung über die Getreidefrage sprechen.«

»Nutz die Gelegenheit und laß ein Wort über die Kartoffel fallen, so ganz nebenbei, nur um ein wenig Interesse zu erwecken, ohne zuviel Neugier.«

»Du kannst dich auf mich verlassen, Notar.«

»Ich weiß, Giacomo. Ich weiß.«

»Soll er doch vor die Hunde gehen!« hatte der Oberst gesagt.

Niemals ... Maria nahm das Pferd wieder beim Hals, das Tier hatte verstanden, es zeigte weder Müdigkeit noch Ungeduld. Den ganzen Weg über hatte es die Schlaglöcher von den Kanonen und die schlammigen Stellen vermieden, in denen die Hufe einsanken. Es zögerte, hielt an und versuchte das Hindernis zu umgehen; wenn es keine andere Lösung gab, ging es so nah wie möglich am Abgrund entlang. Maria folgte ihm blindlings, und wenn sie ab und zu nach den Zügeln griff, dann nicht um das Tier zu leiten, sondern um sich festzuhalten und nicht in die Schlucht zu fallen.

Die Schäferei am Fuße des Berges war in ein Lazarett verwandelt worden. Schon am Eingang des Gebäudes lagen die Verletzten, und es kamen immer neue hinzu, sie wurden auf Gewehren getragen und auf Kanonenrohren, die mit Tüchern aneinandergebundenen waren, oder einfach auf den Schultern ihrer Kameraden. Maria blieb stehen, entsetzt über die Schmerzensschreie, die aus dem Inneren drangen. »Zweihundert seit heute morgen!« rief eine Stimme. « Zweihundert! Aber Maria mußte hinein. Sie ließ Benjamin, der noch immer bewußtlos war, bei dem Pferd und betrat den Raum; hinter der Tür türmte sich ein Haufen mit abgetrennten Gliedmaßen bis ins Gebälk ... Sie senkte den Blick, Blut floß am Boden, ein schwärzliches Rinnsal ... Drei Bretter auf Holzböcken bildeten den Operationstisch, auf dem die Chirurgen amputierten. Trotz der furchtbaren Schreie hörte man noch die Säge und das Eisen, die sich durch die Gliedmaßen fraßen. Der fade Geruch von frischem Blut überdeckte alle anderen Gerüche, nach Urin, nach Tabak, nach den Tieren, die hier seit Jahrhunderten geschlafen hatten. Ja, das Blut überdeckte alles, ein widerlicher Geruch, der einem den Magen umdrehte. Maria zitterte, sie erstickte fast bei dem Anblick, es schien ihr, als könnte, was sich da im Licht einiger Kerzen und einer Öllampe, die von einem Deckenbalken hing, auf diesen Brettern ereignete, nur ein Werk der Hölle sein. Es war die Hölle. Konnte man sich größeres Leid vorstellen? Welche Sünden, welche Verbrechen hatten diese Männer begangen, deren Qualen ihr Gesicht bis zur Unkenntlichkeit verzerrten? Mutter! schrien sie aus dem Abgrund ihres Schmerzes, und wen sollten sie auch sonst anrufen?

Mutter ersetzte Gott, Mutter hatte ein Gesicht, eine Stimme, eine Hand, die einen streicheln konnte, Gott hatte nichts von alledem. Maria dachte an das Paradies von Monsieur Fragonard. Sie schloß die Augen, ein sanfter Dunstschleier riß auf, und zwei junge, gepuderte Männer, die einer goldblonden Venus nachjagten, erschienen vor ihr. Sie öffnete die Augen, einer der Helfer kam auf sie zu.

»Ja …«, sagte er.

»Ich habe einen Verletzten draußen. Auf dem Pferd.«

»Wo ist er verletzt?«

»Am Bein.«

»Chef, ein Bein!« rief der Helfer einem der Chirurgen zu, der ein gutmütiges, breites Hundegesicht hatte, mit einem Schnurrbart, in dem kleine Schweißtropfen hingen.

»Bring ihn her, Junge.«

Der »Junge«, ein dunkelhaariger Bursche mit Schnurrbart und provençalischem Akzent, versuchte den Verletzten vom Pferd zu heben.

»Vorsicht«, sagte Maria.

»Helfen Sie mir, ihn auf meine Schultern zu legen, es sind nur ein paar Schritte, so ist es einfacher.«

Der Helfer stellte sich neben das Pferd und beugte sich vor, Maria hob Benjamin sanft an, zuerst den Kopf, dann die Schultern, den Oberkörper, und als seine Beine gerade herunterhingen und fast den Boden berührten, schlang der junge Mann seine kräftigen Arme um die Hüften des Verletzten und richtete sich mit einem Ruck auf.

»Na bitte«, sagte er zufrieden.

Der Chirurg ging auf Benjamin zu. »Ist er wenigstens nicht allzu unterkühlt? Nein, es geht. Sonst ist es verlorene Liebesmüh, dann muß man erst warten, bis die Wärme zurückkehrt.«

Maria ergriff Benjamins Hand.

»Raucht ihr Freund?«

»Ja.«

»Wunderbar, holen wir die Pfeife, wir werden sie ihm in den Mund stecken, damit er sich nicht die Zunge abbeißt.« Und zu seinem Helfer: »Ist noch Schnaps da, Kleiner?«

»Nein, Chef, kein einziger Tropfen.«

»Mademoiselle, haben Sie nicht zufällig etwas Alkohol dabei, um ihn ein wenig zu benebeln?«

Maria, die in Benjamins Kleidern nach der Pfeife suchte, hielt inne.

»Im Biwak müßte noch etwas Malaga sein.«

»Malaga, kein sonderlich starkes Zeug, aber dann müssen wir wohl damit auskommen! Beeilen Sie sich, Mademoiselle, Ihr junger Mann hat schon allzu lange warten müssen. Wenn das Bein erst anfängt, schwarz zu werden, dann geht's los mit der Gangrän, in dem Fall können Sie sich von ihrem Angebeteten gleich verabschieden.«

Die Pfeife! Den Malaga! Sie rannte durch die Felder zum Lager von Masséna, der Oberst liebte süßen Wein. Aufgeregt drang sie in Massénas Zelt ein.

»Er ist tot«, knurrte er, ohne sie anzusehen.

»Nein, aber ich brauche etwas von Ihrem Malaga, geben Sie mir die Flasche.«

»Kommt nicht in Frage.«

Gut, dann würde sie ihn eben stehlen. Sie hob den Deckel der Offizierskiste, in der Masséna seinen Schnaps, seinen Tabak und seine Spielkarten aufzubewahren pflegte.

»Rühr nichts an, ich verbiete es dir.«

»Dann werden Sie mich umbringen müssen, André. Ich werde schreien, ich werde Alarm schlagen, so daß alle Welt es hört. Stellen Sie sich mal vor, wie der Konvent darauf reagieren wird. Eine Frau in Husarenkleidung im Zelt eines Offiziers. Und schon kriegen Sie weder Brunets Kopf noch Ihre Ernennung zum General.

Denn so etwas Ähnliches schreiben Sie doch gerade. Sie schreiben doch nie ohne ein persönliches Interesse, Colonel.«

Masséna zögerte. Maria drohte ihm? Dieses Weibstück wäre durchaus imstande ... Wie konnte ich mich mit einer solchen Verrückten einlassen? Sie ist verrückt, dessen bin ich mir sicher. Soll sie doch ihren Malaga haben, es ist mir letztlich egal.

»Nimm die Flasche, aber ich warne dich: Ab sofort bist du nicht mehr die Freundin von Masséna, nur noch eine Soldatenbraut, weniger als nichts, eine Hure.«

»Sie sagen es, Colonel, ich bin eine Hure ...«

Sie stürzte sich auf die Flasche, verließ das Zelt und durchquerte erneut das gesamte Lager, das kostbare Gebräu fest umklammernd.

»Wir haben die Pfeife gefunden!« rief der Chirurg.

Maria warf einen Blick auf Benjamin, es sah aus, als ob er schliefe, als sei er abwesend, aber der Schmerz zuckte in regelmäßigen Abständen über sein Gesicht, der ganze Körper wurde von entsetzlichen Krämpfen geschüttelt. Der Chirurg zerschnitt die Hose und ließ nur dort etwas Stoff, wo er bereits am Fleisch festklebte.

»Reiben Sie ihn mit Öl ein, Mademoiselle«, sagte der Chirurg.

Maria nahm ein Fäßchen, das mit Olivenöl gefüllt war, und begann die Schenkel des Engländers einzureiben.

»Schneller, viel schneller, Sie müssen stärker reiben, reiben Sie ihn vollständig damit ein.“

Die junge Frau goß sich das Öl über die Hände und begann ihn von der Wunde bis zum Unterleib einzureiben. Der Chirurg hatte ein Stück von der Unterhose übriggelassen, sein Geschlecht war damit noch bedeckt, Marias Finger näherten sich dieser Grenze, die sie bei der Liebe nie überschritten hatte, bei dieser wohlerzogenen, gesitteten Liebe, die sie miteinander gehabt hatten. Wie würde sie sich heute auf diesen Körper werfen, wie würde sie ihn verschlingen, sie würde alles tun, ihn glücklich zu machen, ihm Schreie der Lust zu entlocken, sie würde ihn streicheln, ihn überall küssen. Benjamin würde seine Scham verlieren, sie würde ihn reiben, so wie sie es jetzt tat, aber nicht gegen den Tod, sondern für das Leben, für die Liebe. Sie rieb ihn, die Haut saugte die Flüssigkeit auf und begann grünlich zu glänzen. Maria setzte all ihre Kraft daran, diesem leblosen Körper so viel Wärme zuzuführen, daß er diesen fürchterlichen Schmerz der Amputation überstand. Sie hatte beschlossen, daß er leben würde, und lange genug, damit sie ihm alle geraubte Liebe zurückgeben könnte, und ihre Liebe würde so stark sein, daß er ihr verzieh.

»Das genügt jetzt ...«

Der Chirurg schob sie beiseite. Der Helfer beugte sich über Benjamins Schultern und drückte sie mit dem ganzen Gewicht seiner Arme und seines Oberkörpers auf den Operationstisch.

»Die Pfeife«, rief der Chirurg.

Maria schob den Pfeifenstiel aus Bruyèreholz zwischen Benjamins farblose Lippen.

»Legen Sie sie gut zwischen die Zähne. Und nun schauen Sie weg.«

»Nein, es wird schon gehen.«

»Es wird nicht gehen, ich befehle Ihnen, sich wegzudrehen, es wird nicht lange dauern.«

Maria wandte sich ab. Ihr Blick ging in den großen Raum, in dem die Operierten lagen. Niemand kümmerte sich um sie, sie hatten keine Kraft mehr zu rufen, sie wimmerten nur. Was sie genau hörte, war die Säge, die sich in das Fleisch bohrte, das Eisen, das sich in den Knochen fraß, mit einem Geräusch, das ihr durch Mark und Bein ging. Benjamin stieß einen Schrei aus, einen einzigen furchtbaren Schrei. Maria stürzte zu Boden, der Schrei gellte in ihr nach. Als sie sich wieder erhob, war an der Stelle des Beines nichts mehr: Der Chirurg vernähte bereits die Wunde, sein Assistent stillte die Blutung. In Benjamins Mund lag die Pfeife, in zwei Teile zerbrochen. Sein Gesicht war bleich.

»Das hat nichts zu bedeuten, er ist in Ohnemacht gefallen«, rief der Chirurg. »Das ist normal, geben Sie ihm den Rest von dem Malaga. Los, ruhig die ganze Flasche.«

Der Helfer öffnete ein wenig die Lippen des Verletzten, warf die Pfeife weg, schob die Kiefer auseinander, und Maria legte den Flaschenhals an Benjamins Mund.

»Gießen Sie langsam«, sagte der Chirurg. »Lassen Sie ihn zwischendurch atmen ... sehen Sie, seine Augen beleben sich wieder.«

Es war nur ein ganz kurzes Aufflackern, just das Bewußtsein war zurückgekehrt. Maria flößte Benjamin vorsichtig Schluck für Schluck ein. Sein Blick ruhte auf ihr. Sie lächelte, sie strich ihm übers Kinn und nahm die Flasche weg. Sie war sicher, daß er etwas sagen wollte. Er murmelte:

»Ist es vorüber?«

»Ja, mein Geliebter«, erwiderte Maria.

Es war das erstemal, daß sie ihn so nannte.

Benjamin wurde auf den Boden zu den anderen Amputierten gelegt. Maria setzte sich mit gekreuzten Beinen neben ihn; dann begann ein endloses Warten bei Kerzenschein. Es gab weder Tag noch Nacht. Manchmal sah man über der Tür die Sonne glitzern, der Frühling war nun auch hier oben angekommen, der Berg ruhte, der Schnee schmolz. Im Schafstall hörte man auf, Gliedmaßen abzuschneiden, die Chirurgen konnten endlich schlafen. Die meisten Operierten starben, und wegen der Wärme brachte man sie schnell nach draußen. Aber auch die von Wundbrand Befallenen wurden nach draußen getragen, damit sie die anderen nicht ansteckten. Sie starben, umgeben von Fliegen, Sonne und Gestank. Und drinnen, in der heißen, feuchten Luft, würden nur die

Zähesten überleben. Es gab kein Verbandszeug mehr, nur noch Hemden und Kleider, die man in Fetzen riß. Maria opferte alles, was sie an Wäsche noch auf dem Körper trug. Sie wechselte jeden Tag die Verbände. Den ganzen Rest des Tages wischte sie dem Engländer den Schweiß von der Stirn oder den Speichel vom Kinn. Sie schlief neben ihm und achtete darauf, daß sie sein verletztes Bein nicht berührte. An den ersten beiden Tagen hatte man ihr eine Suppe gebracht, dieselbe, die auch den Verwundeten serviert wurde und die widerlich war, danach nichts mehr. Als sie sich beschwerte, entgegnete man ihr, sie sei weder verwundet, noch sei sie Kantinenbesitzerin oder Marketenderin oder sonst irgend etwas. Sie müßte zahlen. Mit Geld bekäme sie Suppe und mehr, viel mehr. Geld hatte sie aber nicht. Wozu auch, wenn man Massénas »Husarin« war? Doch jetzt war sie nur noch eine als Mann verkleidete Frau in einer zerrissenen Uniform. Eine Frau, die in den Wald und bis auf die Berghänge laufen mußte, um eine Quelle zu finden, wo sie ihre Kleider ausziehen und ihre Haut von all dem Ungeziefer reinigen konnte, das sie sich im Schafstall eingefangen hatte. Sie versuchte ihren Hunger ein wenig zu stillen, indem sie etwas Suppe von Benjamins Teller nahm; er aß ja fast nichts. Eines Abends kam der junge Arzthelfer mit dem provençalischen Akzent und brachte ihr ein Stück Fleisch mit viel Fett und ein wenig Magerem.

»Man muß sich schließlich gegenseitig helfen«, sagte er mit einem gütigen Lächeln. Dann zeigte er auf Benjamin. »Sie lieben ihn, nicht wahr?«

»Ja.«

»Das ist schön, mein Mädchen wartet in Tarascon auf mich, das heißt, wenn sie noch wartet.«

»Aber natürlich tut sie das!«

»Sie sind sehr lieb, aber an Abenden wie diesem stellt man sich so manche Frage. Die Nacht ist so schön, also kommt man auf Gedanken, man kann nicht umhin, sich Dinge vorzustellen, das liegt nur an diesen milden Nächten, an dieser Ruhe. Während der Schlacht denkt man nicht daran, erst danach, dann springt es einem an die Kehle, zuerst der Mangel, der Mangel ist schmerzhaft, aber angenehm, ja angenehm, doch dann sagt man sich, daß es in dem Land noch Männer gibt, die schöner und reicher sind, tja, und dann kommt der Zweifel, wegen nichts, und sehen Sie, Bürgerin, das ist nicht schmerzhaft, das ist einfach unerträglich.«

»Ich weiß.«

»Wirklich?«

»Ja, wirklich. Aber Sie müssen sich immer daran erinnern, wenn Ihre Freundin Sie liebt, dann wird sie Sie auch in Ihrer Abwesenheit lieben, und selbst wenn das Unglück es wollte, daß sie eine Schwäche hätte, oh!, eine ganz kleine, unbedeutende Schwäche für einen anderen, dann müssen Sie ihr verzeihen.«

Der junge Mann dachte einen Augenblick nach und fügte dann mit einem breiten Lächeln hinzu:

»Natürlich werde ich ihr verzeihen, solange ich nichts davon weiß.«

Es kam der Befehl, die Verletzten zu evakuieren und nach L'Escarène und Nizza zu bringen, Masséna übernahm das Kommando im Truppenlager von Fougasse, das den Armeen von De Wins und Saint-André die Küstenstraße versperren sollte. Zwanzig Planwagen kamen eines Morgens noch vor Sonnenaufgang vorgefahren, und augenblicklich begann die Evakuierung. In jeden Wagen wurden circa fünfzehn Verwundete gepfercht, solche, die im Sterben lagen, wie auch Männer mit Wundbrand, Soldaten ohne Arme, Soldaten ohne Beine, wahllos. Man mußte sich beeilen, damit man die große Mittagshitze vermied. Benjamin wurde mit elf anderen Männern auf den nackten Holzboden eines

Wagens geworfen, ohne irgendeine Eisenstange oder ein Brett, an dem sie sich hätten festhalten können; mit den ersten Schritten der Pferde begann der Leidensweg. Die armen verstümmelten Körper fanden nirgends Halt, sie fielen übereinander und verletzten sich gegenseitig. Um zehn Uhr begann die Sonne auf den Konvoi herniederzubrennen, eine gnadenlose Sonne, die eine dunstige Hitze hervorrief. Zu den Schmerzen kam der Durst, die trabenden Pferde wirbelten einen dichten weißen Staub auf, der Hals und Nase austrocknete. Die Reise sollte zwölf Stunden dauern – zwölf Stunden nach den Plänen des Generalstabs –, doch als der Abend hereinbrach, hatten sie erst die Hälfte des Weges hinter sich. Ein Sonderdienst machte die Runde, teilte ein wenig Brühe aus und lud die Toten von den Wagen. Was sie umgebracht hatte, war vor allem der Durst gewesen. Ein Durst, der das Fieber anregte. Wasser! Wasser! Es gab kein Wasser, und so wurde es durch Wein ersetzt. Aber die Verwundeten erbrachen den Wein gleich wieder, den die Hitze ungenießbar gemacht hatte. Nie zuvor hatten diese Wagen den Beinamen »Todeskarren«, den ihnen die Soldaten gegeben hatten, mehr verdient.

Maria folgte dem Konvoi zu Fuß. Niemand hatte sie irgend etwas gefragt. Niemand wunderte sich über diesen Husar in Lumpen mit dem zerzausten Haar und den bloßen Brüsten unter dem Hemd … Wichtig war allein die nächste Wegbiegung und die darauffolgende, dieser qualvolle Abstieg, der kein Ende nehmen wollte. Das Gewicht der Wagen ließ die Pferde erlahmen, mehrere waren schon zusammengebrochen. Maria kannte diesen Höllenweg gut, es war derselbe, den sie schon auf der Flucht mit Vincent Tordo gegangen war. Sie war ihn hinauf- und auch wieder hinabgestiegen, in Kälte und Regen, zusammen mit vielen anderen Flüchtlingen, dann allein mit ihrem Kind auf dem Arm. Er bot ihr keine Überraschungen mehr, sie wußte, daß man sich mit ihm arrangieren mußte, um zu überleben, daß man sich auch die Zeit nehmen mußte, in seine Stille zu lauschen, um die verborgenen Wasserläufe aufzuspüren und die schattigen Plätze unter grünen Eichen, die in den Felsspalten kauerten. Wasser fand sie immer, manchmal weit entfernt vom Konvoi, aber sie war flink, und so bereitete es ihr keine Mühe, ihn wieder einzuholen. Sie füllte die beiden Wasserflaschen, die sie bei der Abfahrt eingesteckt hatte, füllte sie bis zum Rand mit klarem, herrlich frischem Wasser, das einer unterirdischen Bergquelle entsprungen war. Dann holte sie den Konvoi ein, zog sich in den Karren hinein, in dem der Engländer und seine Gefährten vor Hitze matt lagen, gab allen etwas zu trinken und lief sofort wieder los.

Auf ihren Wegen aber dachte sie an das merkwürdige Verhalten Benjamins, seitdem sie sich oben im Gebirge wiedergefunden hatten. Er sprach wenig oder gar nicht. Zu Anfang hatte sie dieses Schweigen für Erschöpfung gehalten. Allmählich ließ die Erschöpfung nach, aber er sprach noch immer nicht mit ihr. Dennoch schien er nicht verärgert zu sein, seine Augen blickten zärtlich, aber es war, als seien Worte überflüssig. Nie klagte er, nie bekam er einen Wutanfall, nie protestierte er, er schien sich selbst gleichgültig geworden zu sein. Eines Abends war er, auf Maria gestützt, bis an den Rand der Ebene gehumpelt und hatte ins Tal geblickt, wo ein dichter Wald stand, den die Abenddämmerung fast schwarz erscheinen ließ. Westlich hinter den Wäldern, dort wo das Meer lag, flammte der Himmel in leuchtenden Farben, von heftigem Rot bis zu zartem Rosa, das inmitten dieses Feuers ein wenig Ruhe versprach. An diesem Abend erzählte Maria ihm zum ersten Mal von ihrer Begegnung mit Monsieur Fragonard.

»Durch Sie habe ich gelernt, daß ich fähig bin, selbst zu denken und zu handeln. Durch Sie habe ich gelernt, frei zu sein. Ich habe begriffen, daß ich zu einer Welt gehörte, die viel größer ist als jene, die vor meinen Augen liegt. Durch Sie habe ich auch gelernt zu zweifeln, zu leiden, ich habe Rousseau gelesen, ich, die ich vorher überhaupt nicht lesen konnte. Ich war nichts, Sie haben aus mir jemanden gemacht, ein Individuum ... Niemand in meiner Straße, niemand um mich herum hat die geringste Vorstellung davon, was ein Individuum ist. Daß man einzigartig ist, von der Geburt an bis zum Tod – wie viele Menschen sind sich dessen bewußt? Das ist der Grund, warum ich an die Revolution glaube. Und die Revolution, die haben Sie mir gebracht. Nun geht sie alle etwas an, jeder muß sie sich erobern. Verzeihen Sie, ich wollte Ihnen ja eigentlich von dem Maler erzählen, dem ich in Grasse begegnet bin. Seien Sie beruhigt, wir haben uns nicht geliebt, jedenfalls nicht so, wie man es gemeinhin versteht. Sie haben mir die Vernunft geschenkt, Benjamin, und Monsieur Fragonard den Traum, die Phantasie. Sehen Sie nur diese Farben, diesen melancholischen Himmel, jetzt stellen Sie sich zwei Liebende vor, die einander jagen, dort unten im Wald, zum Beispiel, sie laufen voreinander weg und finden sich wieder, doch das Schöne daran ist weder ihr Weglaufen noch ihr Sichwiederfinden, es ist diese Farbe, diese Magie des Himmels. Vielleicht drücke ich mich nicht sehr verständlich aus. Wenn Sie diese Bilder gesehen hätten, könnten Sie mir ihr Geheimnis bestimmt erklären. Ich weiß, daß ein Geheimnis in ihnen steckt, aber ich bin nicht in der Lage, es zu benennen. Manchmal glaube ich es fast zu berühren, für einen Augenblick, doch dann fällt in meinem Kopf eine Art Vorhang, den ich nicht beiseite zu schieben vermag.«

Während dieses langen Monologs saßen sie beide an ein Kanonenrohr gelehnt auf der Erde, die Nacht hatte den Himmel allmählich erobert, einen Sommerhimmel, in dem unzählige Sterne funkelten. Benjamin hatte ihr schweigend zugehört. Die kühle Luft, die von den Berghängen strömte und vom Duft wilder Kräuter und schmelzenden Eises erfüllt war, ließ sie erschauern. Und in dem Augenblick, da sie aufstehen wollte, begann Benjamin zu sprechen.

»Rousseau, Fragonard, da verstehe ich schon, was wir dir beigebracht haben. Aber ich stelle mir viele Fragen, was den Oberst Masséna anbelangt.«

Maria sprang auf.

»Verurteilen Sie mich nicht! Sie hätten nicht fortgehen dürfen. Oder aber Sie hätten früher zurückkehren müssen. Ich habe schlecht gehandelt, das weiß ich, mit Masséna, mit Tordo, als ich ihn geheiratet habe, und auch als ich unseren Sohn fortgab. Ja, Herr, so ist es. Man hätte mir nicht gleichzeitig das Bewußtsein und den Geschmack an der Freiheit beibringen dürfen. Das sind Dinge, deren Umgang man erlernen muß, ich habe nicht damit umgehen können. Ich leide darunter, eine schlechte Frau, eine schlechte Mutter zu sein. Je mehr ich an Sie, je mehr ich an Fragonard glaube, desto mehr schäme ich mich, so geworden zu sein. Sie hätten mich in meiner Unwissenheit lassen sollen, ein einfaches Mädchen, ein bißchen dumm, ein bißchen abergläubisch, aber anständig. Sie hätten mich nehmen sollen, wie man die Mädchen hier nimmt, indem man sie einfach ins Gras legt, ich hätte mich nicht gewehrt, bestimmt nicht, weil Sie mir gefielen und weil Sie mir immer noch gefallen. Jetzt lassen Sie uns zurückgehen, Sie werden sich noch erkälten.«

»Ja, ich bedauere es«, murmelte Benjamin. «Man hätte die Welt so lassen sollen, wie sie war, mit all ihren Ungeheuerlichkeiten. Rousseau hat sich geirrt. Mein Vater hingegen hatte recht, das Heil findet man nur im Himmel, nicht auf Erden.«

Benjamin schlang seinen Arm um die Schultern der jungen Frau; so gestützt gingen sie beide zurück.

»Ich glaube nicht, daß Sie recht haben, Herr«, sagte Maria und griff nach der eiskalten Hand des Engländers.

Benjamin Davis
Im Gefängnis von Grasse
Departement Var
Frankreich
August 1793

Mrs. Penelope Rivers Pitt
Daffodils Cottage
St. James Street
London

Liebe Freundin,

ich habe Ihnen seit Monaten nicht mehr geschrieben, und dieser Brief wird sicherlich mein letzter sein. Ich weiß nicht einmal, ob er Sie erreichen wird, ich übergebe ihn einem unserer Leidensgenossen, der ihn seiner Tochter anvertrauen wird. Sie wird versuchen, daß er Ihnen auf dem Weg über die englische Flotte, die vor Genua Anker geworfen hat, überbracht wird. Sie können sich kaum vorstellen, welchen Gefahren sich Menschen aussetzen, die einen schlichten Brief wie diesen weiterbefördern. Aber wenn angesichts der Tyrannei viele kapitulieren, so gibt es doch auch andere, die sich dagegen auflehnen und ihre Ehre darein setzen, das Gesetz des Terrors zu brechen.

Liebe Penelope, dies ist mein letztes Bekenntnis. Bitte, akzeptieren Sie es, weder die Geliebte noch die Freundin, aber die Empfängerin des Testaments eines Mannes zu sein, der sterben wird, sobald sein Urteil gesprochen ist, also morgen oder spätestens übermorgen. Ich schreibe auf den Knien, ein wohlwollender Gefängniswärter (so etwas gibt es!) war so freundlich, mir Papier, Tinte und eine Feder zu überlassen. Welch ein Glück, diese Gegenstände in meinen Händen halten zu dürfen; sicher ist dieses traurige Stück Papier von schlechter Qualität, ich fürchte auch, daß die Tinte die Seereise nicht überstehen wird, und was die Feder anbelangt, so hakt sie auf dem rauhen Papier. Trotzdem, was für eine Freude! Es gibt so viele Menschen, die all das nicht haben. Dieses Glück, Wörter aneinanderreihen zu können, erscheint unserer zivilisierten Gesellschaft so selbstverständlich, aber es braucht nur sehr wenig, Penelope, das kann ich Ihnen versichern, damit alles kippt. Wie konnte Frankreich, das Land der Ausgewogenheit, der Vernunft, der Logik, das Vaterland von Descartes und Voltaire, innerhalb weniger Monate in eine solche Barbarei fallen, in der die wildesten Instinkte zutage treten? Wie konnten kultivierte Menschen, die in ihrer Mehrheit Freiheit und Brüderlichkeit, eine gerechtere, menschenfreundlichere Gesellschaft wollten, dahin gelangen, daß sie sich wie blutrünstige Stammeshäuptlinge aufführen? Ich verstehe es nicht. Der Mann, Penelope, der Ihnen diesen Brief schreibt, ist in seinem kurzen Leben gescheitert. Wenn ich einfach nur verzweifelt wäre, aber das ist es nicht ... Die Hoffnung ist es, die mir angst macht. In ihrem Namen wird gemordet. Wir befinden uns hier zu vierzig in einem unterirdischen Verlies, das nur ein winziges Fenster hat, durch welches ein wenig Tageslicht hereinscheint. Man hat uns hier heruntergebracht und dann die Falltür über unseren Köpfen zugeschlagen. Es ist so heiß, daß wir, um atmen zu können, im Kreis gehen, damit jeder einmal am Fenster nach Luft schnappen kann. Muß ich erwähnen, daß der Gestank unerträglich ist, daß wir nur einen Eimer zur Verfügung haben, ich wiederhole, nur einen, für Männer und Frauen gemeinsam. Nachmittags, wenn die größte Hitze herrscht, wird manch einer ohnmächtig, ein alter Mann ist sogar tot zusammengebrochen, sein Herz hat aufgehört zu schlagen ... Das Unerhörte daran ist, daß wir das alles schon ganz normal finden. Überlebensinstinkt oder tiefe Gleichgültigkeit? Es bleibt keine Zeit mehr, über solche philosophischen Fragen nachzudenken, mir selbst schon gar nicht, denn über mich ist das Urteil bereits verhängt, ich bin ein Idiot gewesen, mein Fehler bestand darin – und ich fürchte, es gibt viele andere, die ihn auch begangen haben –, nicht nur an den Menschen geglaubt zu haben, was bereits unverzeihlich war, sondern an die Menschen, was ein Verbrechen ist.

Und da ich schon von Verbrechen spreche, die vierzig, die hier in dieses Gefängnis gepfercht wurden, was haben sie verbrochen? Von mir einmal abgesehen (ich komme noch darauf zurück), und abgesehen auch von einigen Priestern, die sich geweigert haben, den Schwur zu leisten, Sie sehen, ich bin sehr nachsichtig mit der Revolution, ich beginne, das Unannehmbare zu akzeptieren, nämlich die Gefangennahme von widerspenstigen Priestern! Die andern? Nichts. Worte. Worte, für die sie von anderen diensteifrigen Menschen denunziert wurden. Die meisten sind Bürger, Handwerker und ein paar Leute aus dem Volk. Kein einziger Aristokrat. Die meisten von ihnen haben der Republik sogar zugejubelt. Im Gegensatz zu Nizza wird in Grasse die Begeisterung für die Revolution wirklich gelebt und gespürt. Grasse ist seit Jahrhunderten französisch, Nizza erst seit einigen Wochen. Aus zufällig aufgeschnappten Gesprächen und Geständnissen habe ich herausgehört, daß es einige hier gibt, die sich über die Ankunft der Engländer in Toulon gefreut haben, wie jener Waffenschmied, der unklugerweise gerufen haben soll: »Der Engländer will von Toulon nach Marseille, um die Farandole zu tanzen. Schade, daß er noch so weit von hier entfernt ist!« Eine junge Frau hat bei der Nachricht, daß Toulon eingenommen sei, gerufen: »Na, dann werden unsere Hosenscheißer von Patrioten mal so richtig eins auf den Arsch kriegen …« Oder ich erzähle Ihnen von einem Gelehrten, der hier in Begleitung seiner recht hübschen und durchaus nicht dummen Tochter ist. Sie haben nichts gesagt, nichts gemacht, nichts geschrieben, aber ich vergaß zu erwähnen: Dieser Monsieur Calvy de Vignolet, das ist sein Name, hat auch einen Sohn, der emigriert ist. Nicht etwa, daß sein Sohn in irgendeiner Weise Anhänger des Ancien Régime gewesen wäre, er war einfach nur Katholik, der an dem Tag, als die Revolution beschlossen hat, auf alle Priester Jagd zu machen, die ihrem Eid treu blieben, es vorgezogen hat, sich auf den Weg ins Ausland zu machen. Leider hinterließ er zwei Geiseln, seinen alten Vater und seine arme Schwester, die ich vorhin bis unter die Haarspitzen rot werden sah, als ein Mann, ganz offensichtlich ohne sich irgend etwas Böses dabei zu denken, sein Glied entblößte, um zu urinieren. Ich habe gesehen, wie das junge Mädchen die Augen vor Entsetzen aufriß und ihr Vater sie voller Scham und Reue in die Arme nahm, voll Reue darüber, daß er nicht in der Lage gewesen war, ihr nach einem Leben, das dem Studium und den Geistesdingen gewidmet war, eine solche Situation zu ersparen. Eine Scham, die ich gut nachempfinden kann. Auch Maria war so ein Kind aus dem Volk, das ich »erziehen« und, wenn schon nicht bilden, was meines Erachtens überflüssig ist, so doch wenigstens mit dem Wissen in Berührung bringen wollte, das ich für unverzichtbar hielt. Unverzichtbar? Dieses Wissen, was hat es ihr geholfen? Mich zu lieben? Ein Fehler, auf den diese ganze Tragödie zurückzuführen ist. Ja, eine Tragödie. Aus unserer Liebe ist ein Sohn hervorgegangen, den sie weder kennen- noch liebengelernt hat. Sie hat einen Mann geheiratet, den sie von ihrem Vater aufgezwungen bekam und mit dem sie nun ein zweites Kind hat, das ihr, wie sollte es anders sein, gleichgültig ist. Was blieb ihr da als Zukunft? Sich ins Abenteuer stürzen? Das tat sie dann auch mit einem Oberst der Revolutionsarmee, den sie verachtet, obgleich sie sich von ihm angezogen fühlt, aus Gründen, die zu erklären ich hier keine Lust und schon gar keine Zeit habe. Nun hat sie die Orientierung verloren und ist nicht in der Lage, ihr Leben wieder in den Griff zu bekommen. Zu ihrem persönlichen Drama kommt das der Revolution: die vollständige Umwälzung aller Werte. Dieses Mädchen, dem nie etwas Böses widerfahren sollte, durchlebt eine Tragödie, die zu groß für sie ist. Ich verfluche das Schicksal, zu dessen Entwicklung ich beigetragen habe. Ich hielt mich für einen Demiurgen. Aus reiner Eitelkeit! Ich werde meinen Dünkel in Liebesdingen wohl mit meinem Kopf bezahlen, wie trefflich! Dabei hat sich Maria in all diesen Stürmen großartig verhalten, sie hat mich in den Bergen vor dem sicheren Tod gerettet und dabei kein Risiko gescheut. In diesem Augenblick, da ich Ihnen schreibe, wird sie unterwegs sein, um etwas zu meinen Gunsten zu erwirken. Tut sie es aus Mitleid, um wiedergutzumachen, was sie für ihren Fehltritt hält, oder einfach aus Liebe? Ja, aus Liebe, trotz ihres Verrats. Ich lasse mich zu dem Glauben hinreißen, daß sie aus Liebe handelt; und von plötzlicher Euphorie ergriffen sage ich mir, daß es folglich doch nichts zu bedauern gibt, daß ich beigetragen habe, aus einem anonymen Wesen einen Menschen zu machen. Oh, wenn Sie wüßten, Penelope, wie mich manchmal regelrechte Fieberanfälle überkommen.

Als wir nach einer schrecklichen Fahrt auf einem Planwagen zusammen mit vielen anderen Verwundeten Nizza erreichten, wurde ich von der Gruppe getrennt und aus Rache hierher gebracht. Von wem? Warum? Ich weiß es nicht. Der Grund für diese Verlegung ist jedenfalls ein ganz simpler: Hier in Grasse wird guillotiniert. Sicher haben Sie von diesem grauenhaften Gerät gehört, einer Art Klinge, die man heruntersausen läßt und die einem die Kehle durchtrennt. Ich habe in einer (englischen!) Zeitschrift eine Beschreibung dieser Hinrichtungsform gelesen. Ein Gelehrter schrieb ungefähr dies:

Die Muskeln ziehen sich zusammen, die Gedärme verkrampfen, das Herz schlägt unregelmäßig, der Mund verzerrt sich zu einer schrecklichen Grimasse, die Pupille bleibt von lebendiger Klarheit. Bis nach Nizza ist die Guillotine noch nicht vorgedrungen, daher schickt man jene, denen man den Tod wünscht, in die Stadt der Blumen. Was für ein liebliches Bild, die Stadt der Blumen! Man hat mich in einem Wagen bis hierher gekarrt, Maria ist mir über die Berge gefolgt, meist zu Fuß, und schließlich im geheimen Einvernehmen mit den beiden Wachen zu mir in den Wagen gestiegen. Wir ahnten bereits, daß diese Änderung des Ziels nichts Gutes verhieß, trotzdem waren wir für die Dauer der Reise zwar nicht glücklich, das würde ich nicht sagen, aber doch gelassen. Wir fuhren durch eine betörend schöne Landschaft, in der Rosen, Nelken, Anemonen, Jasmin und Lavendelfelder leuchteten und im Wind flirrten, in so vollkommener Weise, daß sie wie lebendige Bilder aussahen. Eine Schönheit, die einem den Atem raubt, und mittendrin standen mühsam arbeitend Männer und Frauen wie vor hundert Jahren und wie es vermutlich auch noch in hundert Jahren sein wird. Frauen mit Strohhüten und bis zum Knie gerafften Kleidern, alte und junge, und Männer mit gegerbter Haut, die ihren Tabak kauten. Wie friedlich diese Menschen aussahen, meine liebe Penelope, ich wäre so gern einer von ihnen gewesen und hätte mir gewünscht, wie sie der Feldarbeit nachzugehen und bei Einbruch der Dämmerung Kräuter zu sammeln, um dann glücklich zu der Frau zurückzukehren, die ich liebe und die mich liebt. Ich habe nie von etwas anderem geträumt, nie etwas anderes ersehnt. Warum bleibt mir dieser bescheidene Wunsch versagt? So vollkommen versagt. Wäre ich in unserem Königreich bei Ihnen geblieben, wäre ich sicher ein friedlicher Mensch geworden, der morgens schreibt und den Rest des Tages die Erde umgräbt und Kräuter sammelt; wir würden durch unsere sanfte englische Landschaft spazieren, an die mich einige Plätze hier in Grasse erinnern, wenn die brütende Sonne nicht wäre. Aber dieses bescheidene Leben, hätte es Ihnen zugesagt? Ich fürchte nein. Und selbst wenn es Ihr Wunsch gewesen wäre, so hätten Sie es nicht gekonnt. Daher ist alles gut, wie es ist.

Die Nacht bricht herein, und mit ihr beginnt das Wimmern, das Weinen. Morgen werden wir einer Parodie von Gerichtstribunal vorgeführt werden. Wessen man mich beschuldigen wird? Ich weiß es nicht, doch ich glaube, das Urteil schon zu kennen: Tod. Adieu, Penelope, wie gern hätte ich ein letztes Mal mit Ihnen an meiner Seite das Meer betrachtet. Sie mögen das bezweifeln, doch Sie waren mir immer sehr teuer, um nicht zu sagen unentbehrlich. Sie haben Anmut mit Klugheit, Toleranz mit Aufrichtigkeit zu vereinen gewußt. Ich habe Ihnen viel Kummer bereitet, liebe Penelope, ich habe es nicht verstanden, Sie zu lieben, und sicher wären die Dinge anders gelaufen, wenn die Zeiten und die Umstände andere gewesen wären. Ich habe dennoch eine letzte Bitte an Sie, wenn ihre Umsetzung Ihnen auch unmöglich erscheinen mag, ich weiß, dennoch: Ich lasse meinen Sohn hier zurück. Hätte ich ihn retten, ihn mitnehmen und gemeinsam mit ihm nach England zurückkehren können? Das Schicksal hat es anders entschieden. Ich wünsche mir, Penelope, daß, wenn eines Tages wieder ruhigere Zeiten einkehren sollten, Sie sich seiner annehmen. Und wie? Ich bin nicht in der Lage, es mir heute vorzustellen. Aber ich zweifle keinen Augenblick an Ihrer Fähigkeit, Unmögliches möglich zu machen. Dieses Kind wartet auf ein Wunder. Vielleicht wird es von seiner Mutter kommen? Ich bete dafür. Aber wenn nicht … Sehen Sie, ich werde ruhiger scheiden, wenn ich weiß, daß Sie die Bürde auf sich nehmen, die ich Ihnen anvertraue. Penelope, Sie waren mir immer sehr wichtig und Sie werden es bis zu meinem letzten Augenblick bleiben.

PS Ein letztes: Man hat mir das linke Bein oberhalb des Knies amputiert. Sie sehen, selbst wenn ich das Revolutionstribunal überleben sollte, werde ich Schwierigkeiten haben, Kräuter zu sammeln und mich der Feldarbeit zu widmen. Summa summarum, wie ich schon weiter oben geschrieben habe, ist es so wohl das beste.

Ihr ergebener Benjamin

Das Gericht tagte in einem Kloster, unweit der Villa der Marquise. Der Nachmittag neigte sich seinem Ende zu, die heißeste Stunde des Tages war gekommen, wo die Mauern, die sich den ganzen Tag über mit Sonne vollgesogen hatten, ihr flirrendes Licht zurückwarfen, das die Augen blendete und die Kehle austrocknete. Die Angeklagten wurden in Fünfergruppen hereingebracht; sie wurden hinter eine Absperrung geführt und warteten, bis sie an der Reihe waren, im Stehen und schweißüberströmt. Unter dem Gewölbe des ehemaligen Speisesaals saß seit zehn Uhr morgens eine neugierige Menschenmenge. Die Schaulustigen kamen mit ihren Familien, der Gatte trottete seiner Frau hinterher, die ihren Stuhl der Tochter überließ, die ihren Platz wiederum für den Bruder freimachte, der ihn seinerseits dem Vater übergab, sobald dieser von seinem kleinen Spaziergang zurückgekehrt war. Es wurde gegessen, gestrickt, diskutiert und auch geschlafen, wenn der Wein und die Hitze einen schläfrig gemacht hatten.

Maria saß in der ersten Reihe, kerzengerade und ohne eine Bewegung. Der Vorsitzende, ein ehemaliger Fuhrunternehmer, blätterte in seinen Papieren, verlor sich ein wenig darin, hatte dann einige Mühe sich wieder zurechtzufinden, bewahrte aber stets seine Würde; man spürte, daß er sich geehrt fühlte, diesen Posten einzunehmen und auf diesem Sessel sitzen zu dürfen, er hatte ganz ohne jeden Zweifel seine Berufung gefunden. Ihre Blicke begegneten sich von Zeit zu Zeit. Woran dachte er, während er die junge Frau betrachtete. Sicher fragte er sich, ob sie die Ehefrau oder die Geliebte von einem der Vorgeladenen war. Ihre Unbeweglichkeit, die Art und Weise, wie sie ihn anschaute, als würde sie versuchen, in ihn hineinzublicken, machte ihn neugierig. Aber er irrte sich. Maria sah ihn an, ohne ihn wahrzunehmen. Sie durchlebte noch einmal diese seltsame Woche seit Benjamins Verhaftung. Sie hatte sofort beschlossen, ihm zu folgen. Die Wachen hatten ein Auge zugedrückt und ihr gestattet, gemeinsam mit ihm in dem Planwagen zu fahren. Nie waren sie sich näher gewesen als auf dieser Reise von Nizza nach Grasse. Sie brauchten nicht einmal miteinander zu sprechen, sich kaum anzusehen, die bloße Anwesenheit des anderen ließ alle bittere Erfahrung in Vergessenheit geraten, löschte die Zeit aus. Beim Trab der Pferde fanden sie zu der Süße der früheren Tage zurück, verschmolzen mit der Landschaft, der Ruhe, der Hitze der Sonne, der Wonne des Schattens. Für einige Stunden hatten sie miteinander die vollkommene Liebe gelebt, jenes tiefe, ruhige Gefühl, eins zu sein, wie es nur Weise und Toren kennen. Ein Moment der Gnade, der sie verklärte. Der Tod, der am Ende der Reise wartete, zählte nicht, sie dachten nicht einmal an ihn. Ohne Schmerz waren sie auseinandergegangen, was sie erlebt hatten, war zu stark gewesen, um Raum zu lassen für die Angst. Insgeheim dachte jeder, daß die Dinge ihren Lauf nehmen würden, dieses Stück Weg genügte, und weiterzudenken hieß den Teufel herauszufordern. Gestand sie sich ein, daß er sterben könnte? Beruhigte sie sich damit, daß sie ihm in den Tod folgen könnte und ihre Geschichte so zu einem schmerzlosen, würdevollen Ende fände?

Maria mietete sich in einem Gasthof ein. Doch seitdem Grasse zum Sitz der Präfektur des gesamten Departements Var geworden war, gab es in der Stadt nur noch wenig Betten. Die junge Frau zog es vor, im Flur zu schlafen, anstatt sich mit anderen Frauen ein Zimmer zu teilen, die ebenfalls auf die Verkündung des über ihre Männer verhängten Urteils warteten. Sie träumte auf einem Sofa, das hinter einem Wandschirm stand; das ständige Kommen und Gehen der Menschen, deren Schatten im Kerzenschein über die Wand huschten, störte sie nicht. Sie träumte davon, daß alles von vorn begann. Alles, das war die Liebe mit Benjamin, das einzig Wirkliche, das sie in diesem Leben besessen hatte, alles andere hatte nur Leere hinterlassen. Sie schlief erst ein, wenn die kühle Morgenluft sich über die Platanen im Hof legte.

Man hatte sich die schwerwiegendsten Fälle für das Ende der Sitzung aufbewahrt. Seit dem Beginn der Anhörung am Morgen war noch kein Todesurteil gesprochen worden. Als die letzten fünf Angeklagten auf den Sitzreihen hinter dem Tisch des Verteidigers Platz nahmen, warf die Dämmerung ihre langen Schatten über den Saal. Der Präsident und die Beisitzer hatten ihre Krawatten und ihre Hüte schon vor Stunden abgelegt. Die Geschworenen, die neben dem Podest saßen, erwachten bei der Ankunft der letzten Gruppe aus ihrer Betäubung. Endlich war man mit den Lappalien durch! Maria betrachtete sie alle genau, sie wußte, der eine war Parfumhersteller, der andere Notar, der nächste ein Makler, der daneben Koch ... sie erinnerte sich nicht an jeden. In dem Dämmerlicht, das den Saal durchflutete, sahen sie alle gleich aus: streng und linkisch, aus ihrem normalen Umfeld gerissen, um eine Rolle zu spielen, die ihnen über den Kopf wuchs, sichtlich bemüht, diesen Mangel dadurch zu kompensieren, daß sie sich übertrieben ernst gaben. Von denen war nichts zu erwarten. Der öffentliche Ankläger war ein ehemaliger königlicher Staatsanwalt, der mittlerweile begriffen hatte, daß er bei jeder Sitzung einen Kopf zum Rollen bringen mußte, damit nicht sein eigener fiel. Die Anwälte waren völlig unbedeutend. Sie hatten ihren kleinen Auftritt und verschwanden wieder, mitunter hatten sie sich nicht einmal ihre Klienten gemerkt. Der Präsident schien als einziger etwas Würde zu besitzen, vielleicht sogar Menschlichkeit.

Benjamin kam als letzter hinter den vier anderen Angeklagten herein. Zwei Wachen stützten ihn und brachten ihn zu einem Platz, dessen Sitzfläche etwas tiefer war, damit er seinen Beinstumpf darauflegen konnte. Er trug das weiße Leinenhemd, das Maria ihm hatte zukommen lassen, indem sie einen der Gefängniswärter bestach. Die Krankheit und das Leid verliehen seinem Gesicht einen tiefen Ernst. Noch nie hatte sie eine so eigenartige Schönheit an ihm gesehen, ein wenig verschleiert, ja fast verächtlich. Einige der Männer, die im Laufe des Tages an dem Richter vorbeigezogen waren, hatten auf ihre adelige Herkunft gepocht, aber allein Benjamin Davis besaß, ohne daß er ein Wort zu sagen brauchte, nur aufgrund der Haltung seines Kopfes und seiner feinen Gesichtszüge alle Merkmale des wahren Adels. Er wird ihren Neid auf sich ziehen, dachte Maria voll Sorge. Also ihren Haß. Wenn dieser Kerl doch wenigstens nach unten sehen würde! Doch er senkte den Blick nicht, er begnügte sich damit, Maria nahezu teilnahmslos anzusehen. Es war unmöglich, in diesem Blick das kleinste Zeichen des Einvernehmens zu erkennen. Natürlich wollte er sie auf diese Weise schützen – dennoch, ein Leuchten, eine Bewegung, ein Aufblitzen wären ihr lieber gewesen. Doch nichts. Selbst der Präsident wirkte erstaunt, aber er hatte verstanden: Das war er.

Die Öllampen wurden angezündet, ein fahles Licht schien auf das Podium; wenig später hefteten sich ganze Armeen von Fliegen auf das matte Glas der Lampen und auf die klebrig–feuchte Haut der Richter. Bei den ersten vier Angeklagten fiel das Urteil schnell. Ein aufsässiger Pfarrer, ein Ölhändler, der den Zeugenaussagen zufolge die Ankunft der Engländer in Toulon bejubelt hatte, selbiges galt auch für die beiden anderen, den Schmied und den Bauern. Der Ankläger forderte das Todesurteil für jeden von ihnen. Die Verteidiger machten geltend, daß die Angeklagten unwissentlich gehandelt hätten und voller Reue seien, daß sie fortan der Republik dienen wollten, und müßten sie auch ihr eigenes Blut vergießen. Der Pfarrer schwieg, die anderen beteuerten, was ihr Anwalt gesagt hatte. Der Pfarrer wurde zu lebenslänglicher Haft verurteilt, die drei Bewunderer Englands wurden aufgefordert, sich zu den Waffen zu melden, um fortan gegen die Engländer zu kämpfen. Wir sind alt, protestierten sie, worauf der Präsident entgegnete, daß es nie zu spät sei, um für die Republik zu sterben.

Maria hatte den Debatten nicht folgen können, sie war in ihrem Warten erstarrt, diesem unerträglichen Warten, das kein Ende nahm. Als endlich Benjamin an die Reihe kam, war es bereits Nacht. Zu den Öllampen hatte man einige Kerzen gestellt. Aus dem hinteren Teil des Saals drang noch immer das Geschrei und Gelächter der Menge; einige Zuschauer aber hatten sich auch in die Sitzreihen gelegt und waren eingeschlafen. Benjamin erhob sich mühsam, von zwei Wachen gestützt.

»Wie heißen Sie?«

»Benjamin Davis.«

»Wie alt sind Sie?«

»Fünfunddreißig Jahre.«

»Leben Ihre Eltern noch?«

»Nein.«

»Aus welcher Gegend stammen Sie?«

»Aus Chatham, Grafschaft Kent, England.«

»Warum haben Sie Ihr Land verlassen?«

»Beim ersten Mal, um den Kontinent zu bereisen.«

»Sind Sie lange in Nizza geblieben?«

»Ungefähr ein Jahr.«

»Wohin gingen Sie, als Sie Nizza verließen?«

»Ich bin nach Hause zurückgekehrt, als mein Vater starb.«

»Sind Sie dort mit Mitgliedern der Regierung zusammengetroffen?«

»Keineswegs.«

»Warum haben Sie sich freiwillig bei der Var–Armee gemeldet?«

»Um für die Republik zu kämpfen und auch um die Frau, die ich liebe, wiederzusehen, ein Nizzaerin.«

»Besitzen Sie Zeugnisse des Konvents, die bestätigen, daß Sie der Revolution treu ergeben sind?«

»Nein.«

»Haben Sie Zeugnisse von irgendeiner Société populaire?«

»Nein.«

»Wem waren Sie unterstellt?«

»Oberst Masséna.«

»Wo haben Sie in Nizza gewohnt?«

»Bei der Armee, dann im Hôtel d'York, das von meiner Freundin geführt wird.«

»Warum sind Sie nicht aus der Armee ausgeschieden, nachdem Sie sie wiedergefunden hatten?«

Benjamin zögerte einen Augenblick, der Präsident blieb hartnäckig.

»Antworten Sie.«

»Ich wollte gegen die Feinde der Republik kämpfen.«

»Die Zeugen behaupten etwas anderes.«

»Was behaupten sie?«

»Daß Sie einer Frau gefolgt sind.«

»Ja, vielleicht.«

»Vielleicht oder gewißlich?«

»Gewißlich.«

»Es geschah also nicht aus Patriotismus?«

»Ich habe meine Pflicht erfüllt, Bürger und Präsident, der Beweis ist, daß ich in der Schlacht am Authion dieses Bein verloren habe.«

»Sein Bein zu verlieren ist ein großes Unglück, es ist jedoch kein Zeichen für Patriotismus.«

Der Präsident ließ Benjamin wieder Platz nehmen und bat den Gerichtsschreiber, die Anklageschrift zu verlesen. Der Mann war groß, mager und hatte eine gelbliche

Haut; er las die Anklageschrift in rasendem Tempo herunter. Benjamin wurde des Komplotts mit den Feinden der Republik bezichtigt, er wurde beschuldigt, den englischen Tyrannen die Stellung der französischen Truppen verraten und sich in den Generalstab des tapferen Oberst Masséna eingeschleust zu haben, um ihn beeinflussen und aushorchen zu können. Es folgte ein langes Schweigen. Man hörte, wie die Insekten gegen das Glas der Lampen stießen. Eine Brise, die von den Hügeln herüberwehte, brachte die Kerzen zum Flackern, der Ruß stäubte wie ein Schwarm Käfer zur Decke auf. Der Gerichtsschreiber rief die Zeugen auf. Alles Belastungszeugen, wer waren sie, woher kamen sie? Weder Benjamin noch Maria waren ihnen je begegnet. Sie wußten alles über den perfiden Engländer, seine machiavellistischen Pläne, seine Hinterlist, einer von ihnen hatte mit eigenen Augen gesehen, wie er Dokumentenrollen, die sicherlich die Stellungen der französischen Armee verrieten, einem Meldereiter übergeben hatte, der weder Italienisch noch Französisch sprach, sondern eine Sprache, die ganz offensichtlich die des abscheulichen Mister Pitt war. Es waren sechs Männer, sechs Ratten, die dem Angeklagten nie in die Augen sahen. Ratten, die stolz die blauweißrote Kokarde und die phrygische Mütze trugen.

Nach den Zeugen kam der Ankläger. Er brauchte seinen Kopf, es gab nur noch diesen einen. Auch zu Zeiten der Monarchie hatte er Unrecht erlebt und ebensoviele Köpfe von Unschuldigen rollen sehen. Das gehörte nun einmal zu seinem Beruf. Also belastete er Benjamin schwer als Spion, der aus England gekommen war, um die neuen Ideen besser bekämpfen zu können, und der so unverfroren gewesen war, dafür in die französische Uniform zu schlüpfen! »Dieser Mann, sehen Sie ihn sich genau an, er denkt wie ein Engländer, er denkt wie ein Verräter, ja, der Mann, der vor Ihnen sitzt, hat sogar ein Bein geopfert, damit Sie, Bürger Geschworene, Mitleid mit ihm haben.

Der Verräter hat sich als Held getarnt! Dieser Mann ist zu uns gekommen, um dem Feind Informationen zu liefern, und um dies zu bewerkstelligen, hat er eine eurer Töchter zu seinen Gunsten beeinflußt, die heute vielleicht selbst eine Agentin des Auslands ist ...« Er wies mit dem Finger auf Maria, die immer noch still und aufrecht dasaß.

»Dieses Mädchen«, fuhr er fort, »das so niederträchtig war, sich einem Engländer hinzugeben, verdiente sie es nicht gleichermaßen, vor Gericht gestellt zu werden? Dieses Mädchen hat am Verrat teilgehabt, sie hat dem Verräter als Alibi gedient, ich fordere, Herr Präsident, daß auch über diese Frau gerichtet werde.«

Der Präsident unterbrach den Ankläger:

»Bürger, begnügen Sie sich für den Augenblick damit, Ihr Plädoyer zu halten, und sonst nichts.«

»Ich bestehe darauf«, erwiderte der Ankläger.

»Ich auch.«

Die Verhaftung des Mädchens wäre das i–Tüpfelchen, das Meisterstück gewesen. Doch er mußte zum Wesentlichen zurückkommen, dem Kopf des Engländers, und zwar schnell, denn er hatte Hunger, er war müde, er wollte seine Abendpfeife rauchen und einen Blick auf seine Zwiebeln, seine Artischocken und seine Zucchini werfen, all dieses Glück, das er so sehr vernachlässigt hatte, und weshalb? Wegen einer Revolution, nach der keiner gefragt, die keiner gewollt hatte. In der Tat, man mußte geschickt sein und den Hintern zusammenkneifen, sonst verlor man womöglich den Kopf. Kommen wir also zum Ende. Allein das Ende zählt.

»Bürger, heute abend in Grasse, in dieser Stadt, die das Vorbild revolutionären Patriotismus ist, und die stolz sein darf auf ihre Komitees und Sociétés populaires, Bürger, hier in Grasse muß Recht gesprochen werden, dieser Mann verdient den Tod. Die Engländer sind in Toulon, sie sind in Marseille, morgen sind sie vielleicht schon hier!«

Um die Wirkung seiner Worte zu unterstreichen, schwieg er einige Sekunden. Die Anwesenden überkam ein Schaudern. Er hatte gesiegt.

»Die Engländer werden schon morgen bei uns sein, so wie sie heute in Toulon sind! Ihre Stiefel, ihre Dudelsäcke und ihr fürchterliches Gelächter kann man bereits hören; man kann schon die Ketten der Sklaverei und des Despotismus rasseln hören. Und diese Leute werden mit Sicherheit kein Mitleid zeigen. Sie werden uns morgen bestrafen für die Freiheit, die wir heute genießen. Zeigen Sie kein Mitleid, lassen Sie uns ihren Vorreiter köpfen. Ich fordere Sie auf, für Benjamin Davis' Tod zu votieren, Bürger, für seinen Tod, für nichts anderes.«

Das darauffolgende Schweigen wurde von Beifall und einigen Jubelrufen »Es lebe die Republik« zerrissen, die aus dem hinteren Teil des Saals ertönten.

Der Verteidiger war müde. Gott, war er müde, er hatte schon den ganzen Tag über geschwitzt, während er auf diesen letzten Fall wartete, doch was auch immer er sagen würde, es könnte den Engländer nicht vor seinem Schicksal bewahren. Es war eine von vornherein abgekartete Sache. Seine Karriere hatte der Anwalt bei Ausbruch der Revolution begonnen, das waren schlechte Zeiten für einen Verteidiger. Er war reiner Statist. Und vor allem durfte man nie von der Unschuld eines Klienten ausgehen. Man versuchte, die Geschworenen zu einem milden Urteil zu bewegen, appellierte an die Großzügigkeit der Republik. Mehr zu tun hieß sich großer Gefahr auszusetzen. In Paris hatte man schon erlebt, wie Anwälte mitten in ihrem Plädoyer verhaftet wurden. Gut, der Mann war ein Spion, alles sprach dafür. Aber ein Spion, der bereits gestraft genug war, durch eine Kanonenkugel seiner eigenen Freunde, der Österreicher. Er hatte ein Bein verloren, konnte man ihn nicht einfach lebenslänglich ins Gefängnis schicken, damit er jene Leute verfluchen konnte, die aus ihm einen Krüppel gemacht hatten?

»Beweisen wir den Tyrannen, daß die französische Republik großherzig ist. Wir verlangen nicht den Tod des Engländers, aber wir begegnen ihm mit aller gebührenden Verachtung.«

Das war alles. Der Präsident faßte die Anklage für die Geschworenen zusammen und gab ihnen Gelegenheit, noch einige Fragen zu stellen. Niemand hatte noch Fragen. Die Geschworenen zogen sich zur Beratung zurück. Die beiden Wachen begleiteten Benjamin erneut hinaus in einen kleinen Raum, der gleich neben dem großen Saal lag. Es wird nicht länger als zehn Minuten dauern, meinte Marias Nachbar, und er irrte sich nicht. In Begleitung des Präsidenten kamen die Geschworenen nach einer Viertelstunde zurück. Auch Benjamin wurde wieder hereingeführt, und der Saal erhob sich. Der Präsident verlas das Urteil. Die Geschworenen der französischen Republik hatten sich für das Todesurteil ausgesprochen. Der Präsident sah zu Maria hinüber und deutete ein verlegenes Lächeln an. Sie schaute zurück, er konnte nichts dafür, das wußte sie sehr wohl. Sie ging auf Benjamin zu, die beiden Wachen ließen es geschehen. Er war erschöpft, mehr erschöpft als alles andere. Sie nahm seine Hand und küßte sie.

»Ich werde Sie hier herausholen, Herr.«

»Das würde mich wundern, Pitchounette ...«

Da überkam es sie, es war stärker als ihr Wille, Haltung zu bewahren, all die unterdrückten Tränen brachen aus ihr heraus, und sie begann hemmungslos zu schluchzen. Der Tod! ... Aber warum? Warum? ... Dieser Mann, den sie liebte, den sie bewunderte, würde ihretwegen geköpft werden. Ihretwegen! Nein, das durfte nicht sein. Lieber wollte sie an seiner Stelle aufs Schafott steigen, aber Benjamin würde nicht eines so unwürdigen Todes sterben. Es wäre ein unerträglicher Tod: Dieser Mann glaubte an die Gerechtigkeit, an die Brüderlichkeit, an die Gleichheit, glaubte hundertmal mehr daran als alle, die ihn an diesem Abend verurteilt hatten, nur um nicht selbst wegen republikanischer Milde verurteilt zu werden.

»Ich werde dich retten, ich werde dich retten ...«

Hörte er ihre Stimme unter all ihrem Schluchzen? Die Wachen führten ihn ab, er wandte sich ein letztes Mal zu ihr um. Er konnte es nicht ertragen, wenn sie weinte, er hatte dieses Bild des Leids nie ertragen können. Sie war zu schön, zu unschuldig, ja, unschuldig, selbst nach allem, was geschehen war. Darüber vergaß er das Unrecht, den Tod, es blieb nur dieser furchtbare Schmerz auf Marias Gesicht.

»Bring dich nicht in Gefahr, Maria, bring dich nicht in Gefahr.« Das war das letzte, was er ihr zurufen konnte, bevor er den Saal verließ.

Sie erreichte das Hôtel d'York in der Morgendämmerung, das Pferd war zu Tode erschöpft, es hätte keine einzige Meile mehr gemacht. Ein tüchtiges Pferd, das es aber gewohnt war, nur kurze Entfernungen zurückzulegen und im Schritt einen Wagen hinter sich her zu ziehen.

Als sie aus dem Gerichtssaal gekommen war, hatte sie sich unablässig wiederholt: »Ich werde ihn retten, ich werde ihn retten.« Aber noch bevor sie es sich selbst eingestand, wußte sie, daß es nur einen Menschen gab, der Benjamin das Leben retten, nur einen, der eingreifen könnte, dem niemand zu widersprechen wagen würde: das war Masséna. Der Oberst bereitete sich zu einem neuerlichen Aufbruch ins Gebirge vor, noch dürfte er in Nizza sein, bei ihr, im Hôtel d'York. Mitternacht war bereits vorbei, und sie mußte ein Pferd auftreiben. Es blieb ihr nur wenig Zeit. Vierundzwanzig Stunden, das bedeutete, Benjamin würde am nächsten Tag geköpft werden, und der nächste Tag hatte soeben begonnen. Der Cours war menschenleer, Maria hob den Blick, ein herrlicher Sternenhimmel wölbte sich über ihr, aber im Rauschen der Platanen hatte sie den Mann nicht kommen hören. Er glich einem hohen alten Baum, der Präsident.

»Sie wollen ihn retten, nicht wahr?«

»Ja. Ich brauche ein Pferd, um nach Nizza zu reiten. Dort kenne ich jemanden, der intervenieren könnte.«

»Jemanden, der über viel Einfluß verfügt?«

»Masséna.«

Der Präsident machte eine Verbeugung.

»Das kann man nicht besser machen. Ich habe noch ein Pferd aus meiner Zeit als Fuhrmann, es ist ebenso alt wie ich, Sie müssen rücksichtsvoll mit ihm umgehen, ich vertraue es Ihnen an. Der Stall ist zwei Schritt von hier entfernt.«

Sie folgte ihm über den Cours bis in eine winzige Gasse. Er öffnete das Vorhängeschloß einer dicken Holztür, die höllisch knarrte, als er sie aufdrückte. Eine Fuchsstute, sie wirkte ein wenig schwerfällig. Maria dachte an ihren »Schwarzen«, den sie in den Bergen zurückgelassen hatte. Wie nützlich wäre er ihr jetzt gewesen! Aber mit der Fuchsstute würde es auch gehen. Maria begann sie aufzuzäumen.

»Sie verstehen was davon, Mademoiselle«, sagte der Präsident erstaunt. »Sie haben den ganzen Vormittag, um es zu schaffen, Ihr Freund wird am frühen Nachmittag hingerichtet werden. Wenn Sie bis Mittag nichts erreicht haben, müssen Sie sich eingestehen, daß Sie gescheitert sind, vor allem unternehmen Sie dann nichts mehr, Sie würden nur ihr eigenes Leben aufs Spiel setzen, trotz Ihrer Beziehungen.«

Maria unterbrach ihre Beschäftigung, das Tier zu satteln, für einen Augenblick.

»Monsieur, warum sind Sie so freundschaftlich und so großmütig zu mir?«

Der Präsident zündete sich eine kleine Pfeife an, die er aus seiner Tasche zog.

»Man muß sich doch ein wenig Zärtlichkeit und Güte

bewahren, Mademoiselle, in einem Land, das so lauthals seine Liebe zur gesamten Erde hinausschreit und dabei so viel Haß entfesselt, so viele Tote hinterläßt.«

Maria versuchte die Hand zu ergreifen, die die Pfeife hielt. Eine schwielige Hand, die es gewohnt war, mit Werkzeugen umzugehen. Der Präsident zog sie zurück.

»Sie sind so gut, Monsieur.«

»Aber nein, ich bin nur ein Mann wie jeder andere. Los, beeilen Sie sich, vergeuden Sie nicht Ihre Zeit.«

Maria küßte ihn überraschend auf die Wangen und sprang auf das Tier, das losgaloppierte. Der Präsident hörte noch lange auf das Geräusch der Hufe, bis es hinter dem Stadttor erstarb. Er beschloß, noch eine zweite Pfeife zu rauchen, bevor er schlafen gehen würde. Die Nacht war so schön.

Sie hatten bis zum Morgengrauen getanzt. Emma Ricord, die junge Gattin des Volksvertreters, war aufreizend schön und unbekümmert; Charlotte Robespierre, ihre unzertrennliche Freundin, behauptete von ihr, sie sei frivol und unbedacht. Aber was soll's, man mußte sich doch amüsieren. Tagsüber nähten die Damen Hemden für die Soldaten, ritten aus oder gingen am Meeresufer spazieren, die Sommerabende waren so mild und von tausend Wohlgerüchen erfüllt. Die beiden Frauen wollten jede Sekunde auskosten, Charlotte mit ihrer Liebe zur Genauigkeit, Emma mit ihrer Sinnlichkeit; sie gab jedem kleinsten Erschauern nach, genoß jeden Blick, sie war entzückt, den Offizieren von Massénas Generalstab und Masséna selbst zu gefallen. Sie war nicht wie diese arme Charlotte, die mit spitzen Zähnen lachte und ganz nervös war, weil sie nicht mehr in Paris lebte, wo doch jeden Tag etwas passierte. Die Machtergreifung ihres Schwagers Maximilien beunruhigte sie, sie sah in ihrem Mann immer nur den kleinen Bruder des großen Robespierre. Dabei fehlte es Augustin nicht an Ehrgeiz.

Er würde es schon schaffen, wieder Ordnung in diese merkwürdige Stadt zu bringen, die nicht wirklich italienisch war, aber auch nicht richtig französisch, wo die Bevölkerung trotz des Verbots weiterhin zur Messe ging und wo ein Geist herrschte, der weitab von den neuen Ideen war, rebellisch, ohne aufständisch zu sein wie in Marseille und Toulon. »Ich weiß nicht, wie ich diese Stadt nehmen soll«, hatte Augustin Charlotte gebeichtet. Zum Glück gab es Männer, auf die man sich verlassen konnte, wie diesen Masséna, der ohne jemals einen eindeutigen Sieg errungen zu haben, die verbündeten Truppen Victor-Amédées im Zaum zu halten wußte.

Charlotte dachte über all diese Dinge nach, während sie am Meer entlang lief, in dieser grau-rosa Stunde der Morgendämmerung, die so schwer war von starken Gerüchen, dem der Feigenbäume, der Zitronenbäume, der Zürgelbäume, und wo die süßen Aromen sich mischten mit dem herberen Geruch vom Meer, das schäumend gegen die Kiessteine schlug. Augustin lief vor ihr, er hatte die Hände auf dem Rücken verschränkt, Charlotte liebte es, ihn so in Gedanken vertieft zu sehen; hinter ihr ging der Rest der Truppe: Emma Ricord am Arm von Masséna, der ihr von seinen Heldentaten in der Schlacht erzählte.

Emma ergötzte sich daran, in Wahrheit hörte sie überhaupt nicht zu, sie hörte nie zu, der Klang der Worte genügte ihr. Die Männer beteten ohnehin immer dieselben Lobeshymnen herunter. Worauf es ankam, war die Art und Weise, wie sie sprachen, der Tonfall, die verhüllte Anbetung, die in ihrer Stimme mitschwang. Was für eine Nacht! Sie hatte bis zur Erschöpfung getanzt und sich amüsiert, alle Männer hatten ihr Komplimente ins Ohr geflüstert. Allen hatte sie mit einem Lächeln in den Augen und auf den Lippen geantwortet, das sie verrückt machte. Sie liebte es zu gefallen. Ricord hatte sich um Mitternacht schlafen gelegt, und für einen Mann, der so viel Verantwortung zu tragen hatte, war das auch sehr weise. Sie machte sich nicht über ihren Jean-François lustig, sie verehrte ihn sogar, aber er war so ernst, vor allem seitdem er für den Tod des Königs gestimmt hatte. »Na, was«, hatte sie zu ihm gesagt, »das hast du doch richtig gemacht, mein Jean-François«, mein Jean-François, so nannte sie ihn, wenn sie sich liebten. Daraufhin hatte er sie zum ersten und einzigen Mal geohrfeigt. Sie verstand die Männer einfach nicht, erst machten sie Revolution, und dann brach ihnen das Herz, weil man diesem Tölpel von König die Kehle durchgeschnitten hatte. Jedenfalls war das alles nicht sehr förderlich für die Liebe, und Liebe, die brauchte Emma. Es genügte, daß die Männer ihr zu verstehen gaben, welche Gefühle sie in ihnen erregte. Meistens jedenfalls ... Bei dieser Bestie Masséna, seinem Akzent, seiner heißen Hand, die ihren bloßen Arm ergriff, spürte sie, wie sie dahinschmolz. Am liebsten hätte sie sich ihm gleich am frühen Morgen hingegeben. In dieser wunderbaren Gegend konnte man dies unter freiem Himmel tun, es gab so viele bezaubernde Plätze und kleine versteckte Wälder. Umgeben von Jasminduft zu lieben, das müßte wunderbar sein. Konnte sie Jean-François etwa geziemend bitten, es unter freiem Himmel mit ihr zu tun! Den Vertreter des Volkes! Als sie Ricord kennenlernte, war er bereits Bürgermeister von Grasse, und ein Bürgermeister treibt sich nicht im Gebüsch herum mit einer Frau. Ein General hingegen bestimmt, jedenfalls ein General wie dieser hier an ihrem Arm. Sie würde es nicht tun. Nicht an diesem Morgen. Charlotte bewachte sie. Sie mochte Charlotte, vertraute ihr aber nicht, jedenfalls nicht in diesen Dingen, sie war zu streng, zu anständig, um Nachsicht in Herzensangelegenheiten zu üben.

Sie verließen das Meeresufer und liefen durch die Felder zurück, die zu Tirantys Gut gehörten. Als sie auf der Place de l'Égalité ankamen, der ehemaligen Place Saint-

Dominique, war die Sonne bereits aufgegangen. Die Häuserfassaden sahen aus, als seien sie in der Nacht gewaschen worden, die frühen Sonnenstrahlen übergossen sie mit einem Licht wie gelbe Seide.

Masséna sah sie schon vom weitem auf dem Platz stehen, die Brise, die aufgekommen war, blies ihr den zerknitterten Rock ihres Kleides zwischen die Schenkel. Sie wartete vor dem Hoteleingang auf ihn. Das ist für mich, sagte er sich. Er ließ Emmas Arm los und ging auf Maria zu. Mit ihrem aufgelösten schwarzen Haar und den Ringen unter den Augen strahlte sie eine tragische Schönheit aus. Die Tragik war in ihrem Blick, und der schien furchtbar entschlossen. Verflucht! dachte er. Das war alles, aber für den General war das schon sehr viel.

Er ging auf sie zu, bis er sie berührte. Die Sonne schien auf ihr Gesicht, auf die sanfte Linie ihrer Lippen, auf die etwas blassere Haut des Halses.

»Was tust du hier?« flüsterte er, und nach kurzer Überlegung: »Laß uns auf mein Zimmer gehen.«

Er wollte sich vor allem dem Blick der anderen entziehen, die dieses merkwürdige Mädchen schon beäugten, das einen schweren Kampf hinter sich zu haben schien. Erst als er die Treppe hinaufstieg, überkam ihn das Verlangen.

Es war eines der schönsten Zimmer mit Blick auf den Platz, vor dem Fenster stand ein Schreibtisch. Das Zimmer für die vornehmsten Kunden zu einer Zeit, als das Hotel noch nicht beschlagnahmt war ... Zu dieser frühen Morgenstunde schien die Sonne herein und verwandelte die Staubkörnchen, die durch den Raum wirbelten, in glitzernde Goldpartikel. Masséna zog seine Weste aus, lockerte seinen Gürtel und schenkte sich ein Glas Weißwein ein.

»Was willst du?«

»Daß Benjamin lebt. Er ist soeben zum Tode verurteilt worden, Sie allein können noch eingreifen. Schicken Sie noch vor Mittag einen Meldereiter mit einem Brief nach Grasse, mit der Bitte, das Urteil rückgängig zu machen.«

Der General legte seine Füße auf den Schreibtisch, seine schönen italienischen Lederstiefel glänzten auf dem Mahagoni. Er nippte an seinem Glas und sah durchs Fenster auf das Treiben der erwachenden Stadt.

»Warum sollte ich das tun?«

»Für mich«, sagte sie halblaut. »Weil ich es verlange.«

»Weil du es verlangst? Und was ist mit meinem Verlangen?«

»Es ist dasselbe wie das meine.«

Er lachte laut los.

»Ihr seid doch alles verfluchte Luder …«

Er näherte sich ihr, seine massige Gestalt verdunkelte die Sonne, im Gegenlicht sah er aus wie ein mächtiges Tier. Er blieb ganz nah vor ihr stehen und neigte den Kopf. Er wollte sie küssen, doch zog er es vor, sie nur flüchtig mit den Lippen zu berühren. Maria spürte seinen Atem auf ihrer Schulter, in ihrem Nacken. Er brauchte sie gar nicht anzufassen, nicht mal eine Hand auf ihren Arm zu legen, schon durch seine Nähe erfüllte er sie mit seiner Macht, seiner Energie, die unter seiner Haut in jedem Muskel vibrierte. Dann zog er sie brutal an sich: Er brauchte sie nicht zu fragen, er brauchte nichts zu verlangen, sie begehrte ihn genauso wie er sie. Sie legte sich mit geschlossenen Augen aufs Bett, dann mit fester, entschlossener Stimme:

»Schreiben Sie erst den Brief!«

Der General setzte sich an seinen Schreibtisch, kritzelte ein paar Zeilen aufs Papier und läutete.

»Zeigen Sie her«, verlangte Maria.

»Du vertraust mir nicht!«

»Nein.«

Maria las den Brief sorgfältig durch, der General verlangte darin, daß die Hinrichtung seines Offiziers ausgesetzt werde, dessen einziges Vergehen darin bestehe, der Republik gedient und dabei sein Bein verloren zu haben. Der General nahm den Brief wieder an sich und fügte zu ihrer Beunruhigung hinzu:

»Keine Sorge, ich werde ihn von Augustin mitunterzeichen lassen, seine Unterschrift zählt noch tausendmal mehr als meine.«

Er ließ sie einen Moment allein. Maria zog sich die schmutzigen Kleider aus, schmutzig von den letzten vierundzwanzig Stunden und einer durchrittenen Nacht. Sie ließ Wasser heraufbringen und schlüpfte in die Wanne hinter dem Wandschirm. Masséna kam zurück, sie hörte, wie er seine Sachen auf den Boden fallen ließ.

»Ist es erledigt?«

»Ja.«

»Er wird am Leben bleiben ... Schwören Sie es!«

»Dein Vater hatte mich um seinen Kopf gebeten ... ich bin seinem Wunsch nachgekommen. Du willst ihn retten, also rette ich ihn! Ich bin wirklich verdammt gutmütig. Dein Engländer ist ein naiver Mensch, ein bißchen lästig, aber mit einem Bein weniger sind wir ihn vorerst los, er wird uns nicht mehr wie ein Hund überallhin folgen.«

Das Gute, das Böse, eines Tages würde Benjamin ihr das schon noch erklären. Er würde leben! Sie hatte ihn dem Schafott entrissen. Im Moment zählte allein das. Sie war müde, unendlich müde. Sie stieg aus dem Wasser, und ohne sich vorher abzutrocknen, betrachtete sie sich in dem großen Spiegel, den Tordo an die Wand hatte stellen lassen. Es war lange her, daß sie sich so gesehen hatte. Sie beobachtete die Wassertropfen, die an ihren Brüsten herabperlten, sie waren vielleicht etwas schwerer geworden, aber immer noch straff und rund und ihre Spitzen immer noch hübsch kastanienbraun. Weiter unten hingen die Tropfen wie glitzernder Tau um ihr Geschlecht. Sie fuhr mit der Hand über die Wölbung ihres Bauchs, oh, eine ganz leichte Wölbung, nicht größer als die

Rundung einer schlafenden Katze. Der Po und die langen Schenkel waren fest. »Ich bin noch immer schön«, sagte sie zu sich selbst, »für eine Frau, die bald fünfundzwanzig Jahre alt wird und Mutter zweier Kinder ist.« Und sie sah das Verlangen in diesem nassen, zerschlagenen Körper, die Lust zu lieben, ohne Worte zu lieben, ohne Versprechungen, ohne Reden, die lustvolle Liebe, sie stellte sich ihren bebenden Leib vor, der geöffnet, hingegeben dalag, in den er eindringen würde. Noch einen Augenblick blieb sie reglos stehen und fuhr sich dann mit dem Finger über den feuchten Pelz ihres Geschlechts.

Masséna erwartete sie vollkommen nackt auf dem Bett, gegen die Kissen gelehnt.

»Schau nur, wie sehr ich dich liebe.«

»Ich liebe Sie nicht«, sagte sie, während sie über sein steil aufgerichtetes Glied glitt.

Nachdem er ganz in sie eingedrungen war und sie von ihm ausgefüllt war wie von einem Baum, stieß sie einen langen, rauhen Schrei aus und brüllte mit tränenüberströmtem Gesicht:

»Gib's mir, du Dreckskerl, gib's mir!«

Vierter Teil

Herbst und Winter 1793

Da sie auf Erden nichts findet, was ihr genügt, sucht meine dürstende Seele woanders nach dem, was sie erfüllen könnte; indem sie zum Ursprung des Fühlens und des Seins zurückkehrt, fällt alle Dürre und alles Sehnen von ihr ab: Dort wird sie zu neuem Leben geboren, dort sagt sie sich von den Leidenschaften des Körpers los …

Jean-Jacques Rousseau,
Die Neue Héloïse

Es war ein samtiger Herbsttag, Milch und Gold webten sich in die Farben des Himmels, nicht die kleinste Brise, kein einziger Hauch, ein glattes Meer und pfirsichfarbene Wolken. Ewige Anmut. Nein, es hatte sich wirklich nichts verändert an diesem Fluß, es war das wiedergefundene Paradies.

Benjamin ließ sich jeden Morgen ins Delta des Var tragen. Die Träger sanken in den lockeren Boden ein, manchmal verlor einer den Halt, die anderen hatten dann große Mühe, den Stuhl, an dem der Engländer sich festhielt, wieder in eine waagerechte Position zu bringen. Nachdem sie ihn auf einer kleinen Erhebung über dem Fluß abgesetzt hatten, gingen die Träger zu einer Hütte hinüber, wo sie in Gesellschaft der Fährleute Karten spielten, aßen, tranken oder schliefen. Es hatte sich nichts verändert, immer noch dieses Ineinanderfließen von Wasser und Himmel, diese weiche Luft, fast konnte man sie berühren, dieses Gefühl, sich in einer Welt außerhalb der Welt zu befinden, einem Stück Land, das eines Tages von der göttlichen Gnade berührt worden und dann selbst von seinem Schöpfer vergessen worden war. Aber Benjamin kam nicht wegen der Erinnerungen hierher zurück, sondern um die Kinder beim Angeln und Spielen zu beobachten: Es waren Dutzende Kinder, die immer zu zweit oder zu dritt beieinanderstanden, durchs Licht wirbelten oder umherrannten, schwammen und durch das dichte, hohe Gras schlüpften. Obwohl bereits Herbst war und es schon am frühen Nachmittag kühl wurde, waren sie nur mit Hosen und einem leichten Hemd bekleidet. Wie kleine Kobolde tollten sie arglos und ausgelassen herum, angelten und stöberten Vogelnester auf, vor allem die der Flußseeschwalbe, deren Eier bei ihnen sehr begehrt waren. Einige schlürften sie roh aus, andere trugen sie nach Hause, zur Bereicherung des abendlichen Omeletts. Vor den großen Ereignissen hatten die Kinder hier nur gespielt und sich vollgefuttert, jetzt ernährten sie sich hier. Benjamin liebte ihre Schreie, ihr Lachen, ihr Geschimpfe, ihre Kämpfe, die manchmal um ein Nest oder ein Ei entbrannten. Es gab Diebe und Mogler unter ihnen, Kinder, die schneller und aufmerksamer waren als die andern, und Tolpatsche, die mit leeren Händen nach Hause gingen. Aber alles wirkte so leicht und so ausgelassen, daß man sich in einem Traum wähnte. Benjamin streckte seinen Beinstumpf aus und zündete sich eine Pfeife an, die Krücken lagen in seiner Nähe. Hier war er glücklich. Er schloß die Augen, öffnete sie wieder, nein, nichts hatte sich verändert, die Welt war gleich geblieben. Völlig reglos. Reglosigkeit ... Glück. Konnte man etwas als Glück bezeichnen, das im Grunde Abwesenheit war – die Abwesenheit des geliebten Menschen, das Fehlen großer Pläne, das Neben-sich-selbst-Stehen, ein Zustand der Leere, der ihn mitunter in eine nicht unangenehme Leichtigkeit tauchte? Er erhoffte nichts mehr für sich, genüßlich und ein wenig hochmütig ließ er sich in diese Leere fallen: Ich werde vorzeitig alt, sagte er sich. Ich bin bereits ein sehr alter Mann. Es tat gut, ein Alter auszukosten, das bislang nur die Seele, noch nicht den Körper ergriffen hatte. Denn dieser Körper war zwar verstümmelt, aber noch voll ungenutzter, wilder Lebenssäfte. In anderen Augenblicken aber überkam ihn der Gedanke, daß die Guillotine vielleicht doch das bessere Los gewesen wäre. Er erinnerte sich an den überheizten Gerichtssaal, an den Schwarm von Nachtfaltern, die sich die Flügel am offenen Licht versengten, an die schweißnasse Stirn des Richters, an die Müdigkeit des Präsidenten, und an sie, Maria, die reglos seit dem Morgen dagesessen hatte. Er sah ihr schönes ernstes Gesicht, in dem so viel Entschlossenheit lag. Solange er dieses Gesicht im Halbdunkel erkennen konnte, war er sicher, daß ihm nichts geschehen würde. Dann das Urteil. Man hatte ihn von der Anklagebank gerissen und in einen Raum gesperrt, der ihn von den anderen trennte, deren Kopf gerettet war, ein Raum ohne Öffnung, ohne Luft, ohne Licht. Ja, in diesem Moment hatte die Hölle schon begonnen. Gott bestrafte ihn. Aber wofür? Dafür, daß er auf die Menschen gesetzt hatte? Herr, das war teuer bezahlt! Er war kraftlos zusammengesunken, nicht einmal Angst hatte er mehr, nur Durst, schrecklichen Durst. Wie oft hatte er seit jener Nacht versucht herauszufinden, woran er damals gedacht hatte, er, ein zum Tode Verurteilter. Er erinnerte sich an den Geruch der Zelle, an die tiefe, laue Dunkelheit, an den Durst. Das war alles. Heute hätte er dieses Warten auf das Ende, diese einzigartige Erfahrung, die weder Rousseau noch Voltaire gemacht hatte, in Worte übertragen mögen. Aus der Nacht des Todes zurückkehren und das erlebte Grauen beschreiben können. Er versuchte es. Aber nichts, nur diese unermeßliche Leere. Doch warum sollte es auch anders sein, tröstete er sich, ich habe über meine Erfahrungen als Lebender schon nicht schreiben können, warum sollte es mir also gelingen, dieses Warten auf den Tod festzuhalten?

Am Morgen, es mußte wohl morgens sein, brachte ihm ein Wächter eine Schale mit Suppe und einen Kanten Brot; für wenige Sekunden erblickte er das Tageslicht und sogar ein Stückchen Sonne. Sein letzter Morgen. Die Suppe war ungenießbar, aber sie stillte seinen Durst, und er schlief mit dem Rücken gegen die Wand gelehnt ein. Dann das Knarren der Tür, sein klopfendes Herz, das Blut, das in seinen Schläfen pochte. Zwei Männer ergriffen ihn. Er dachte, daß die Schaulustigen, die sich am Wegrand versammelt hatten, hinter der Bretterwand des Todeskarrens nicht sehen würden, daß ihm ein Bein fehlte, und daher glauben würden, er müsse gestützt werden … Diese Vorstellung erfüllte ihn mit Unmut, als man ihn aus diesem Dreckloch holte und die Nachmittagssonne ihn blendete, daß er die Augen schließen mußte. Ein Mann mit der phrygischen Mütze auf dem Schädel rief ihm zu:

»Du bist frei, Engländer. Befehl von General Masséna. Hast Glück gehabt. Das Glück eines Gehörnten.«

Er taumelte in dem gleißenden Licht. Befehl von Masséna. Eines Gehörnten … Er war am Leben. Gehörnt, aber am Leben. Die Rückfahrt in der Hitze, im staubigen, matten Licht des Mittags, und in jedem Dorf Gesang und Tanz. Was wurde gefeiert? Jeden Tag erfand die Revolution eine neue Feier. Das Volk tanzte und sang. Am Leben … aber gehörnt. Man reichte ihm durch die Wagentür ein Stück Melone, deren saftiges Fruchtfleisch duftete. Von den Feldern wehte ein betörender Lavendelgeruch herüber, Frauen trugen die Ernte in Körben auf ihrem Kopf, das Leben ging weiter. Es gab Lavendel, es gab Masséna, es gab ihn, er war am Leben und gehörnt. Hatte sie sich für ihn geopfert? Ihren Körper im Tausch gegen seinen Kopf? Der Tag war noch immer nicht zu Ende, als er bei Saint-Laurent-du-Var das Meer erblickte, es sah wie ein riesiges verlassenes Schlachtfeld aus, wo das Violett der Berge und das Grün des Himmels sich einen letzten Kampf lieferten.

Auf dem schmalen Sandstreifen in der Flußmündung, der die Grenze zwischen dem Wasser der Erde und dem Wasser des Meeres bildete, hatten sich die Kinder inzwischen versammelt. Benjamin konnte ihre dürren Gestalten vor dem funkelnden Silber der Wellen nur erahnen. Sie schienen etwas zu beobachten, sie fuchtelten wild mit den Armen, einige rannten kurz fort, um gleich wieder umzukehren. Es mußte etwas sehr Beunruhigendes sein, was sie so gefangennahm, daß sie darüber sogar die Jagd nach den Seeschwalben vergaßen. Zu den Kindern gesellten sich Fischer, Fährleute und einige unheimliche

Kreaturen in Lumpen, die im Flußdelta von Jagd und Fischfang lebten und in hohlen Baumstämmen hausten. Man sah sie sonst nie, es waren Flüchtlinge, Deserteure, Einsiedler, Einfältige, es mußte schon ein außerordentliches Ereignis sein, wenn sie aus ihren Schlupflöchern gekrochen kamen. Wäre es Benjamin möglich gewesen, so hätte er sich zu der Gruppe gesellt. Aber mit den Krücken durch dieses schwimmende Magma zu waten, kam nicht in Frage. Er war nur noch Zuschauer. Darauf beschränkte sich nun sein Leben. Dennoch erhob er sich. Ein paar Männer hatten Seile geholt, er konnte ihre Anstrengungen erkennen, um dieses Ding anzubinden. Als sie fertig waren, das Abendlicht fiel jetzt auf die Szene, konnte Benjamin eine dunkle Masse erkennen, eine tote Masse, die jedoch nicht den Haien ähnelte, die manchmal an den Strand gespült wurden. Nein, es war größer, eine unförmige, merkwürdige Gestalt. Die Männer begannen zu ziehen, zwei vorn, das Seil über der Schulter, zwei weitere auf jeder Seite. Die Kinder liefen schreiend drumherum. Das Ding rückte näher, die Sonne überzog das Grau des Meeres mit seidigem Glanz. Wind kam auf, und mit ihm die Kälte. Das Wasser des Flusses begann zu erschauern. Das Ding besaß einen kleinen Kopf, der von dem breiten, adipösen Körper abstach. Eine Schildkröte. Eine riesige Meeresschildkröte mit violetten Schuppen. Benjamin konnte sie nun genau betrachten. Das narbige Köpfchen, das Auge, ein großes weißes Auge, das weit offen geblieben war. Woher kam sie? Wie lange war sie schon umhergeirrt, von Fluten und Wind getragen, bevor ihr Weg an diesem Fleckchen Erde, Wasser und Gras geendet hatte? Es wurde beschlossen, sie auf einen Karren zu heben und zum Fischverkäufer auf dem Cours zu bringen. Morgen, bei Licht, würde man sie zerteilen. Allein die Fischer wandten sich von dem Tier ab, sie würde sich hüten, von ihm zu essen, dann lieber Hungers sterben.

»Ein schlechtes Vorzeichen!« sagte einer von ihnen und verzog angewidert das Gesicht.

»Lassen Sie uns nach Hause gehen«, sagte Benjamin zu seinen Trägern, die im Gefolge der Männer inzwischen wieder aufgetaucht waren.

Die gesamte Stadt sprach von dem Tier, es wuchs von Minute zu Minute und nahm schließlich mythische Dimensionen an. Die Stadt hungerte, in der Ankunft dieses Ungeheuers sahen viele die Hoffnung, ihren Hunger zu stillen; andere aber sahen darin ein Zeichen, daß man nicht in gewöhnlichen Zeiten lebte, das Tier der Apokalypse war wiedergekehrt. Das Verderben kam vom Meer, es war das Gegenstück zum Grauen der Revolution, die über das Land gekommen war. Es war verboten, sich zu bekreuzigen, aber viele warfen sich auf die Knie und beteten hinter verschlossenen Fensterläden.

Vincent Tordo sagte gar nichts dazu. Er hatte stillheimlich sein Hotel wieder in Besitz genommen, dank einer Urkunde, die sein Verwandter Grandi unterzeichnet hatte. Und diese Urkunde besagte, daß der Bürger Tordo, Opfer der Tyrannen, mit Gewalt von den flüchtenden Aristokraten verschleppt worden war. In der ersten Zeit übte er sich darum lieber in Zurückhaltung ... Das Blatt konnte sich immer noch wenden. Aglaée hatte ihn mit der gönnerhaften Liebenswürdigkeit einer republikanischen Jeanne d'Arc empfangen. Sie hatte ihm zu verstehen gegeben, daß der Weg in die Zukunft über sie führte, sie, die nun die Chefin war, eine bürgerliche Chefin, versteht sich, aber dennoch eine Chefin. Wer hatte denn schließlich den Laden in Schwung gehalten in diesen dramatischen Zeiten? Wer hatte sich um die kleine Catherine gekümmert, das Kind, das die Mutter verlassen hatte? Sie zeigte ihm das artige Mädchen in seinem rosa tapezierten Zimmer, wie es auf seinen zweijährigen Beinchen umherhüpfte. Zwei Jahre! Tordo weinte und drückte dieses Kind an sich, das er das letzte Mal als Baby gesehen hatte, auf dem Weg ins Exil. Aglaée half ihm, die Tränen zu trocknen; jetzt würde alles gut werden. Vincent war zurückgekommen, seine Tochter wuchs heran, sein Hotel diente den Großen der Revolution als Quartier, und sie, ja, ihr Herz schlug noch immer für ihn, obwohl sie Helden begegnet war, Helden der Revolution, Helden der Republik, sie hatte das *Ça ira*, die Carmagnole, den *Chant du Départ* gesungen, doch sie hatte nie ihr Herz und noch weniger ihren Körper hingegeben. Aglaée, die Muse der Revolution, hatte ihre Liebe für den Patron aufgehoben. Er dankte ihr. Würde er ihr gestehen, daß er noch immer genauso stark, genauso blind wie einst die junge, liebliche Maria liebte, die Mutter seines Kindes, die Frucht des einzigen kurzen Augenblicks, da er sie besessen hatte?

Bei seiner Rückkehr hatte er den Engländer vorgefunden, der zu Grandis großer Enttäuschung dem Schafott entronnen war. Gerettet von der Frau, die sie beide betrog, und diesem General Masséna, an den er sich noch erinnerte, wie er als Kind durch die Gassen von Levens gerannt und auf einem Nudelbrett gewippt war. Man erzählte sich nur das Schlimmste über ihn: er war ein Schlingel, ein Schürzenjäger, ein Schläger. Er war recht bald aus dem Dorf verschwunden, und man hörte nichts mehr von ihm. Und nun war dieser Taugenichts General! Ein General, der in den Bergen Krieg führte gegen alle möglichen Österreicher, Piemonteser, Kroaten, Franzosen, ja selbst Nizzaer, im Reisegepäck stets die hübsche kleine Wäscherin, die Tochter des Kerzenhändlers. Solche Umstürze, die kamen nur alle paar tausend Jahre vor. Was sollte man davon halten?

Der Engländer kam immer erst nachmittags von seinem Spaziergang zurück, die Träger brachten ihn auf sein Zimmer hinauf. Zu Anfang ging Vincent ihm aus dem Weg, doch dann überwog die Neugier und auch eine gewisse Zuneigung zu diesem Mann, der litt, der seine Nächte sicher schlaflos verbrachte, wenn er an die Frau dachte, die fortgegangen war und sie beide voller Schmerz und Kummer zurückgelassen hatte. Der Engländer war intelligenter als er, er las Bücher, schrieb stundenlang, vielleicht würden sie ein paar Worte wechseln können, vielleicht würde ihm das Wissen des Engländers helfen, manche Dinge besser zu verstehen. Eines Abends klopfte er an seine Tür. Er käme, um sich zu erkundigen, ob der Gentleman nicht ein zusätzliches Kissen für sein armes Bein oder seinen Kopf brauchte, der Gentleman solle nicht zögern zu fragen. »Hören Sie auf mit diesem Gentleman, Sie bekommen noch Schwierigkeiten, nennen Sie mich Bürger, wie alle anderen.« – »Das würde ich nie wagen.«

»Seien Sie auf der Hut, Tordo, Ihre Vergangenheit spricht nicht gerade für Sie, wir beide sind die ungezogenen Kinder der Republik!«

An diesem Abend sagten sie weiter nichts.

Dann wurde es allmählich zur Gewohnheit. Vincent ging gegen fünf Uhr zu Benjamin hinauf. »Ich mache meinen Erkundungsgang«, sagte er, und der Engländer empfing ihn mit einem Lächeln. Er hatte alles, was er benötigte, auf einem kleinen Tisch in greifbarer Nähe stehen: Feder, Papier, eine Flasche Weißwein, Pfeifen, Tabak, Bücher, ja, also Bücher in schieren Unmengen. Wenn er nicht schrieb, rauchte er und sah aus dem weitgeöffneten Fenster, die Luft war so mild. Gegenüber der Place de l'Égalité hatte man wie überall ein Schafott aufgestellt. Das Beil funkelte in der Sonne, es funkelte im Abendlicht und bei Mondschein auch in der Nacht, so daß man seine Anwesenheit nie vergessen konnte.

»Warum schauen Sie dort hinüber?« fragte Vincent ihn eines Tages, als ihre Gespräche vertraulicher zu werden begannen.

»Mein lieber Tordo, ich schaue nicht nur, ich bin in

den Anblick geradezu versunken, ich bewundere, wohin die großen Ideen führen, der Geist der Brüderlichkeit, das Gefühl der Gleichheit und die Utopie von einer besseren Welt. Wenn ich denke, daß ich an all das geglaubt habe! Tordo, Sie dürfen sich glücklich schätzen, nie diesen Illusionen nachgelaufen zu sein. Das ist ein großes Glück. Es ist eine Gnade, die normalerweise nur Schwachköpfen gewährt wird. Das ist nicht der Fall bei Ihnen, möchte ich gleich hinzufügen."

Tordo hatte es die Sprache verschlagen. Die meiste Zeit über versuchte er, sobald er im Bett lag, sich Wort für Wort an das zu erinnern, was ihm der Engländer gesagt hatte, und dessen Sinn zu enträtseln. Meistens begnügte er sich mit einer ungefähren Bedeutung. Nach eins, zwei Wochen teilten sie den Weißwein, die Oliven und manchmal einen Teller Anchovis. Sie unterhielten sich nur wenig. Tordo wußte nicht, wie er es anstellen sollte, und der Engländer schien seit einiger Zeit wie erschöpft, eine Müdigkeit, die sich bis in die kleinste Bewegung seines Körpers bemerkbar machte. Und das kleinste Ärgernis, wenn er zum Beispiel ein Glas umwarf oder ihm die Pfeife herunterfiel, konnte einen jähen Wutausbruch in ihm hervorrufen, der sich in den plötzlich bleich gewordenen Gesichtszügen spiegelte. Dann rief er:

»Ich bin so erschöpft ...«

Tordo hielt es für angemessen, darauf etwas zu erwidern.

»Aber nein, Monsieur, Sie werden sich wieder erholen, bald kommen Sie wieder zu Kräften.«

»Ich bin innerlich erschöpft, Tordo, verstehen Sie?«

Tordo nickte. Der Engländer hatte recht. Er begriff dies um so mehr, als er dasselbe empfand und es nur nicht ausdrücken konnte.

Tordo brachte neue Nachrichten: Ricord und Robespierre der Jüngere waren nach dem belagerten Toulon gereist; es herrschte helle Aufregung im ganzen Hotel, Toulon, der verfluchte Hafen, würde bald fallen. Seit Ende August belagerten die Republikaner die von den Engländern besetzte Stadt. Und wenn Robespierre und die Kommissare sich dorthin begaben, dann mußte es neue Entwicklungen geben. Als Tordo Toulon erwähnte, wußte er, daß er damit an ein Thema rührte, das er bislang tunlichst vermieden hatte. Toulon, das hieß Masséna. Masséna, das hieß Maria. Ganz Frankreich wartete auf die Einnahme Toulons, aber für die beiden Männer bedeutete der Fall dieser Stadt etwas ganz anderes. Eine Woche vor Weihnachten brachte ein Brief die Bestätigung, daß die republikanischen Armeen den englischen Tyrannen besiegt hatten. Masséna hatte wie üblich ein Wunder vollbracht, zusammen mit einem Artillerieoffizier, der sich Buonaparte nannte, ein Korse italienischer Herkunft. Tordo erzählte, was er von Tiranty, Grandi und anderen erfahren hatte, die bereits stolz mit der Kokarde am Rock und glänzenden Augen durch die Straßen promenierten.

»Es heißt, Augustin Robespierre habe sich vor Ort davon überzeugt, daß die Lage im Grunde unverändert war. Daraufhin habe der Abgeordnete Salicetti ihm einen jungen Mann namens Buonaparte vorgestellt, der einen Plan hätte, wie man die Stadt zurückerobern könne. Kennen Sie Toulon, Monsieur?«

»Ich bin mal dort durchgekommen.«

»Ich bin noch nie aus Nizza herausgekommen, abgesehen von dieser unglückseligen Flucht nach Turin. Dieser Buonaparte also schlägt vor, das Fort de l'Eiguillette anzugreifen, an das bislang keiner gedacht hatte, obwohl es, wie es heißt, auf der Hand liegt, wer das Fort besitzt, beherrscht die Reede. Kurz, Robespierre genehmigt den Plan, der junge Offizier stürmt das Fort und nimmt den englischen General O'Hara gefangen. Am 18. Dezember flüchten die Engländer mit vollen Segeln aus Toulon und am 19. dringen die Franzosen in die Stadt ein, damit endet die ganze Geschichte auch schon.«

Benjamin leerte sein Glas Weißwein in einen Zuge.

»Wenn ich zu den Engländern gegangen wäre, würde ich mich jetzt, da ich mich mit Ihnen unterhalte, auf einem Boot mit Kurs auf die britischen Inseln befinden. Und wäre glücklich.«

»Dazu hätten Sie vor den Augen der Franzosen nach Toulon hineingehen müssen, stellen Sie sich das mal vor, wenn die Sie erwischt hätten, nachdem sie Sie bereits wegen Spionage hinrichten wollten!«

»Die Frage stellt sich gar nicht, Tordo, mit nur einem Bein kann man nichts machen. Man schaut zu, das ist alles.«

Benjamin schenkte sich ein weiteres Glas ein und füllte das von Tordo nach.

»Oh, genug, Monsieur. Mir dreht sich schon alles, das wissen Sie doch.«

Bevor er die Frage anschnitt, nahm sich Benjamin Zeit, seine Pfeife zu stopfen und sie an der Kerze anzuzünden. Das aufflackernde Licht warf einen Schatten auf das Gesicht des Hoteliers.

»Und Masséna?« fragte Benjamin mit gleichgültiger Stimme.

Tordo ergriff die Gelegenheit beim Schopfe.

»Oh, er hat sich sehr tapfer verhalten, der Sieg sei sein Verdienst, hat mir Tiranty anvertraut. Mit dem Hut an der Säbelspitze sei er als erster auf das Fort Lartigues gestürmt.«

»Wenn er den Hut auf der Säbelspitze hatte, wie konnte er dann die Leute niedermetzeln? Wie ich ihn kenne, ist der Hut für die Legende, der Säbel für den Bauch meiner Landsleute. Der General liebt es, in frisches Fleisch zu stechen … Ist das alles?«

»Nein.«

»Dann erzähl weiter.«

»Nun, man hat mir gesagt, daß ihm eine Husarin wie sein Schatten gefolgt ist, mit wehendem Haar durch die Feuersalven reitend. Wer sie gesehen hat, wird dieses Bild für immer im Gedächtnis behalten, solche Details vergißt man nicht so bald.«

Benjamin schwieg und zog an seiner Pfeife.

»Monsieur, ich weiß, daß ich Ihnen nicht davon erzählen sollte, ich weiß es wohl, aber sehen Sie, ich kann nicht anders, ich ersticke vor Schmerz, Monsieur. Sie verstehen das, nicht wahr?«

»Ja.«

»Danke, Monsieur, aber sagen Sie mir, wie ist es möglich, daß Maria, unsere Maria, egal, ich sage unsere Maria, ich möchte Sie nicht verletzen, ich meine damit nur die Zuneigung, die wir beide derselben Person entgegenbringen … Ich meine also, wie kann ein so einfaches Mädchen, das so anständig und dank Ihnen so wohlerzogen ist, sich nur auf diese Weise verlieren und eine Soldatenhure werden, auch wenn dieser Soldat General ist und ein Held der Revolution? Erklären Sie es mir, sicher bin ich nicht klug genug, um es zu verstehen, ich bin ein einfacher Hotelier, der ein bißchen zählen und kaum lesen kann.«

»Was wissen Sie noch, Tordo?«

»Über das, was Sie interessiert, nichts weiter. Aber man munkelt, daß sich nach der Eroberung der Stadt, die sich jetzt Port-La-Montagne nennt, ein paar unschöne Dinge ereignet haben. Es heißt, die Robespierre, Ricord und Barras hätten in die Menge geschossen. Nach den Gewehrsalven hätte sich Barras an die Verwundeten gewandt: »Alle, die noch leben, sollen sich erheben. Die Republik vergibt ihnen.« Daraufhin haben die armen Kerle vertrauensvoll den Kopf gehoben, und in dem Augenblick hat Barras den Befehl gegeben, solange zu schießen, bis der letzte krepiert wäre. Man hat mehrere tausend Tote gezählt. Und Masséna wurde die Regierung der Stadt übertragen.«

Er hätte das alles nicht erzählen sollen, Tordo spürte es, er brauchte nur zu sehen, wie der Engländer in sich zusammensank, ein Glas nach dem anderen in sich hineinschüttete, ohne den Wein zu genießen.

Benjamin schlug mit der Faust auf den Tisch.

»Es ist alles perfekt, Tordo. Masséna ist ein großer General, ein Krieger, wie er im Buche steht, ohne Mitleid und ohne Moral. Maria ist eine Frau, die für die neuen Ideen eintritt, sie ist eine großherzige Heldin, die mir das Leben gerettet, Ihnen ein Kind geschenkt und auch mir eines gemacht hat. Wissen Sie, Tordo, manchmal fühle ich mich in völligem Einklang mit den Ereignissen. Wir wohnen der Geburt einer neuen Welt bei, die Entbindung war schmerzhaft, aber nun ist das Kind da. Es steht bereits auf seinen eigenen Beinen.«

Der Arme phantasiert, dachte Tordo, zuviel Wein, zuviel Kummer.

Plötzlich, nach einer langen Pause, griff Benjamin den Hotelier beim Kragen.

»Tordo, wollen Sie Maria zurückgewinnen?«

Der Gastwirt zögerte.

»Sicherlich, Monsieur. Also, das heißt ...«

Der Engländer schenkte sich den letzten Rest Wein ins Glas.

»Sehen Sie, Tordo, ich habe hier alles, was mir von der Armee geblieben ist, zwei gut gepflegte Pistolen, ich werde sie Ihnen geben, und wenn Masséna zurückkommt, denn schließlich wird er eines Tages zurückkommen, dann schießen Sie ihm eine Kugel in den Kopf.«

»Das ist doch wohl nicht Ihr Ernst!« rief Tordo und sprang von seinem Sitz auf. »Verzeihen Sie, Monsieur, aber Sie haben zuviel getrunken.«

Der Engländer brach in lautes Gelächter aus.

»Töten ist ganz einfach, Tordo, ich werde es Ihnen beibringen, glauben Sie mir, es ist die simpelste Sache von der Welt, viel einfacher als lieben oder einen guten Mangoldauflauf zubereiten. Aber ich rede Unsinn. Wenn es denn getan werden muß, werde ich es übernehmen. Man wird mich noch an Ort und Stelle töten, so entgehe ich der Guillotine. Der Mörder eines Generals hat die Klinge der Nation nicht verdient.«

»Trotzdem, Monsieur, nicht hier bei mir!«

»Tordo, ich sehe, Sie besitzen Verstand. Nicht hier bei Ihnen, Sie haben recht.«

»Glauben Sie denn, daß wir, ich meine Sie und ich«, sagte Tordo, als er sich wieder setzte, »in Zukunft eine Chance bei Maria haben werden, entschuldigen Sie diese Frage?«

»Ich entschuldige, Tordo, ich entschuldige.« Benjamin hatte seine innere Ruhe und seine gesetzte Stimme zurückerlangt. »Die Zukunft, wer kann in Frankreich schon von der Zukunft reden? Ich glaube an die Zukunft Marias, an die Ihre vielleicht auch, warum nicht, meine erscheint mir jedoch eingeschränkt, bestenfalls auf Reglosigkeit begrenzt, eine bequeme philosophische Haltung, jedenfalls keine Verpflichtung für die Zukunft. Wann findet diese Feier auf der Place de la République statt?«

»Morgen, Monsieur.«

»Tragen Sie mich dorthin, ich möchte es mit ansehen.«

»Das ist nicht ungefährlich.«

»Weil ich Engländer bin? Aber bin ich nicht auch der Freund von Masséna? Sie vergessen, Tordo, daß ich auch ein Held der Revolution bin.«

»Sicher, Monsieur.«

»Bürger! Mein Gott, Tordo!« rief Benjamin und begann traurig zu lachen.

Nachdem der Hotelier die Tür hinter sich geschlossen hatte, überkam ihn ein Zittern. Der Engländer war verrückt geworden.

Grandi stieg etwas beklommen die Stufen zum Altar des Vaterlandes hinauf. Der Wind blies kräftig über die Fackeln. Von oben konnte er die ganze Menge überblicken, noch nie hatte er so viele Leute gesehen; die Place de la République und die Rue du Port waren von weißen Tupfern übersät, die sich bewegten und den Mund aufrissen, um »Es lebe die Republik! Es lebe die Bergpartei!« zu rufen. Er stellte sich auf die Zehenspitzen und verfluchte seine kleine Statur. Er räusperte sich. An diesem Abend würde er den Höhepunkt seines bisherigen Lebens erreichen, wie er bereits am Nachmittag zu Tiranty gesagt hatte. »Danach kann ich getrost sterben.« – »Aber nicht doch, nicht doch«, hatte Victor erwidert und eine große Tonschale zur Seite gestellt, die mit nach Größe und Länge sortierten Kartoffeln gefüllt war.

Ein dumpfes Raunen stieg aus der Menge auf, Grandi ergriff das Wort, seine Stimme trug nicht sehr weit, außerdem überdeckte der Wind einen Teil seiner Worte, aber im großen und ganzen verstand jeder, worum es ging:

»Wenn Sie mich jetzt hören, so ist es die Stimme Nizzas, die zu Ihnen spricht ... Dank der Verdienste der unsterblichen Bergpartei, dank der unermüdlichen Verfechter der Freiheit hat Toulon, das niederträchtige Toulon, unserer bewaffneten Phalanx keinen Widerstand leisten können. Beim Anblick der tapferen Sansculotten ist diese feige Sklavenbande, die sich mit dem Blut leidenschaftlicher Patrioten besudelt hat, geflohen. Wenn sie mitunter auch einige beschämende Erfolge verzeichnen konnten, so sind diese einzig auf Verrat zurückzuführen. Gold und Fanatismus waren ihre Waffen. Die Vernunft, unsere Rechte, die Liebe zum Vaterland, das sind die unseren. Toulon ist besiegt, der Wohlstand wird zurückkehren, die Meere sind frei. Toulon ist besiegt, es lebe die Republik!«

Rauschender Beifall. Grandi ließ sich noch einen Augenblick von der Woge der Begeisterung emporheben, dann setzte die Musik ein. Die Rede war vorüber. Grandi hatte sich mehr versprochen. Ja, wenn er eine Donnerstimme gehabt hätte wie die Volkstribune des Konvents! Aber man mußte schon ein Robespierre sein, der große Robespierre, um in seinen Bart murmeln zu können und dennoch die Aufmerksamkeit eines ganzen Saales auf sich zu ziehen. Grandi war kein Robespierre.

Benjamin bat darum, ins Hotel zurückgebracht zu werden. Wie er so auf seinem Stuhl saß und getragen wurde, paßte er durchaus in das Gesamtbild der Feier, man reichte ihm Brot und Wein, er nahm es und gab es seinen Begleitern. Wie er so über den anderen thronte, stellte er nur einen Götzen unter anderen dar. Es gab ja so viele auf diesem Fest. Die Männer und Frauen, die an diesem Abend an der republikanischen Feier teilnahmen, waren sie denn alle überzeugte Anhänger der Revolution? Morgen würden sie heimlich bei ihrem Pfarrer zur Beichte gehen, Benjamin hatte da keinen Zweifel, am heutigen Abend waren sie für Gesang, Licht und Brot gekommen, morgen würden sie wieder voller Mißtrauen auf ein Regime blicken, daß ihnen Nahrung und Kirche vorenthielt. Die heute abend hier tanzten, sangen, aßen oder sich gelegentlich auch liebten, denen war die Eroberung von Toulon völlig egal. Toulon war weit weg, sie waren noch nie dort gewesen und würden auch nie dorthin kommen; sie waren hier, um sich zu verkleiden, um Karneval zu feiern, den guten alten Karneval!

Die kleine Gruppe durchquerte die menschenleere Altstadt, um zur Place de l'Égalité zu gelangen, die Schritte hallten auf den wenigen gepflasterten Straßen. Der Wind, der mit voranschreitender Nacht immer stärker geworden war, wirbelte gelbroten Staub auf, der sich in der Kehle festsetzte und den Hals reizte. Der Engländer hob den Blick. Immer, wenn Wind aufkam, sah der Himmel aus wie ein Spiegel, der mit kleinen Irrlichtern gesprenkelt war, in ihrer Mitte der Mond, leuchtend wie die Sonne, auch er ein Gott, ein eisiger, rätselhafter Gott. Es wird noch Jahrhunderte dauern, bis sich die Dinge hier geändert haben, dachte Benjamin, aber mußten sie sich denn ändern? Um den Preis von wieviel Zerstörung, Kriegen, abgeschnittenen Köpfen? Wie würde die Republik aussehen? … Aber an diesem Abend hatte er keine Lust, sich der Verzweiflung hinzugeben, irgend etwas mußte aus all diesem vergossenen Blut hervorgehen. Er spürte, wie eine merkwürdige Hitze an ihm hochkroch. Ich habe Fieber, sagte er sich. Er war froh, am Hotel angekommen zu sein. Tordo wartete voller Sorge auf ihn; als er das Gespann über den Platz kommen sah, winkte er erleichtert zum Gruß, als sei der Engländer von einer langen Reise zurückgekehrt.

»Ich habe Durst«, rief Benjamin, als er eintrat.

»Ich werde Ihnen eine Karaffe schönen kühlen Weißwein hinaufbringen, Monsieur.«

»Nein, Tordo, Wasser.«

»Wasser!«

Die Träger setzten ihn in seinen Lieblingssessel neben dem Fenster. Er zitterte und klapperte mit den Zähnen.

»Mein Gott, Sie sind ja krank!« rief Tordo.

»Ich fürchte, ja, es ist ganz plötzlich über mich gekommen.«

»Eine Erkältung, Monsieur, das ist nicht weiter schlimm. Hier, Ihre Karaffe, und ich werde einen Teller Hühnerbrühe heiß machen, das ist ein gutes Hausmittel.«

»Helfen Sie mir, mich hinzulegen, Tordo, ich fühle mich überhaupt nicht wohl.«

Der Gastwirt hielt den Engländer unter den Achseln fest und versuchte behutsam und vorsichtig, diesen massigen Körper, der größer war als er selbst, von der Stelle zu bewegen.

»Ich werde Ihnen die Kleider ausziehen.«

»Warum sind Sie so gut zu mir, Tordo?« fragte Benjamin, als er den Kopf aufs Kissen legte.

Tordo schwieg einen Moment, während er sich daranmachte, das Hemd des Kranken aufzuknöpfen und ihm die Hose auszuziehen. In diesem Augenblick schossen ihm Tränen in die Augen.

»Ah, Monsieur! ich weiß es auch nicht.«

Am folgenden Morgen war Benjamin außerstande aufzustehen, sein Atem ging flach, und er hatte starke Kopfschmerzen. Er griff nach einem Spiegel, sein Gesicht war aschfahl und mit kaltem Schweiß bedeckt. Ich werde sterben ... Er sah den dunklen Himmel durchs Fenster. In diesem Augenblick bekam er Angst, er wollte schreien, fürchtete aber, damit das ganze Hotel aufzuwecken. Er nahm die Wasserkaraffe und trank sie aus. Gott, hatte er einen Durst! Da er im Liegen keine Luft bekam, legte er sich ein paar Kopfkissen in den Rücken, im Sitzen fühlte er sich etwas besser: Es ist nicht weiter schlimm, eine Erkältung, hatte Tordo gesagt. Er beruhigte sich, als er den Weckruf vom Kasernenhof und danach die ersten Schreie der Stallknechte vom Relais hörte. Das Leben! Für einige Augenblicke schlief er ein, aber ein Hustenanfall weckte ihn, und sein Mund füllte sich mit bitterer Galle. Große trockene Holzscheite brannten jetzt im Kamin, Tordo kümmerte sich um das Feuer. Ohne sich die Zeit zu nehmen, den Kopf zu wenden, rief er:

»Ich werde Sie gesund machen, Monsieur, ich weiß ein unvergleichliches Hausmittel, ich habe noch nie eine Lungenentzündung erlebt, die ihm mehr als ein paar Stunden widerstanden hätte. Man nennt es das ›Hutmittel‹.«

Tordo goß etwas Rotwein in einen großen Topf, den er über das Feuer hängte, und gab Zucker, Zimt, mehrere Scheiben Zitrone und einen Schuß Rum hinein. Nachdem die Mischung zu brodeln begonnen hatte, füllte er eine Schale damit und reichte sie Benjamin.

»Nun werde ich einen Hut am Ende des Bettes aufhängen«, sagte er, »und Ihnen immer mehr von diesem

Glühwein geben, bis Sie an Stelle des einen Hutes drei sehen! Dann werden Sie vollkommen betrunken sein und gleichzeitig auch geheilt. Sie werden sternhagelvoll einschlafen und beim Aufwachen frisch und munter sein. Aber ich glaube, daß bei Ihnen die Hüte überflüssig sind. Trinken Sie, ich habe noch einen ganzen Kessel voll damit.«

Benjamins Lippen berührten die brühendheiße Flüssigkeit, aber kaum hatte er einen Schluck davon getrunken, drehte sich ihm schon der Magen um. Er spuckte den Wein zusammen mit etwas Gallensaft wieder aus.

»Zuviel Zitrone«, sagte Tordo, »ich werde Zimt, Rum und Zucker hinzufügen, vor allem Zucker.«

»Lassen Sie nur, mein Freund, ich kann dieses Gebräu unmöglich trinken.«

Niedergeschlagen ließ sich Tordo auf den Hocker fallen, auf dem er abends neben dem Sessel des Engländers zu sitzen pflegte.

»Dann werde ich jetzt einen Arzt rufen.«

»Nein, das ist nicht nötig.«

Der Hotelier betrachtete die wächsernen Gesichtszüge des Engländers, und er sah, wie die Fieberattacken ihn schüttelten.

»Ich gehe los, Monsieur.«

Benjamin wagte nicht zu widersprechen.

Es war ein bösartiges, übles Fieber. Der Wind wehte seinen Pesthauch über das Land, er trug die Fäulnis aus den Zivil- und Militärkrankenhäusern, den Gefängnissen und den Straßen in sich. Die Epidemie war da. Es hieß, das »Seeungeheuer« habe sie eingeschleppt, es habe das Übel in seinem Schoß getragen. Auf den Plätzen der Stadt wurden abends Kräuter verbrannt, Blätter von Olivenbäumen, Thymian, Salbei gingen unter einem rotglühenden Himmel in Rauch auf, tausend Gerüche, die einem den Atem raubten. Der Wind ließ nach, über den Holzhaufen wand sich schwerer Qualm, er brannte in den Augen, dörrte die Kehlen aus, legte sich als rotglühende Rauchdecke über die Fenster. Benjamin wartete erregt auf diesen Augenblick, wo sich das Rot der Erde mit dem Rot des Himmels mischte: Er fand darin für einen Moment eine seltsame Zertreuung. Er hörte, wie die Holzscheite krachten, knisterten und ächzend zersprangen, worauf die Flammen höher schlugen, bis über das Dach des Hotels, über die Mauern der Kaserne, über die Kuppel des ehemaligen Klosters und weit über das Meer und die Hügel.

Am zweiten Tag der Krankheit hatte er den Eindruck, als würde man ihm jeden Muskel, jeden Knochen verdrehen, langsam und immer weiter, ein unerträglicher Schmerz, der keine Stelle des Körpers verschonte. Aglaée und Vincent legten ihm feuchte Umschläge auf die Schenkel, den Bauch, die Brust, den Hals, Kompressen, die mit Lavendel-, Verbena- und Zitronenöl vollgesogen waren. Der Schmerz ließ dann für einige Stunden nach, kehrte aber noch schlimmer zurück. Der Engländer übergab sich, wimmerte, sein Gesicht war mit kleinen schwarzen Flecken übersät. »Es ist das Übel, das nach außen dringt«, flüsterte Aglaée. »Es ist Typhus«, stellte der Arzt fest, den Tordo geholt hatte. Woher kam er? Egal, jetzt war er da und streckte jeden Tag Dutzende Menschen nieder, es sickerte aus der Wäsche der Kranken, es sickerte aus den Franzosen, es sickerte aus der siechen Republik. Gott bestrafte die Ungläubigen, bestrafte die Königsmörder, Gott griff die Stadt an, die früher so gut, so gläubig gewesen war und es zugelassen hatte, daß ihre schöne Kathedrale Sainte-Réparate zum Tempel des Höchsten Wesens erklärt worden war. Gott hatte einen Boten ausgesandt, ein fettleibiges, fahles Monster, das die Fäulnis in sich trug. Gott vernichtete sein vergessenes Paradies.

Aglaée und Tordo wechselten sich in Benjamins Zimmer ab, jeder kam mit seinen eigenen Mixturen: Olivenöl, Rhizinusöl, Tee aus Knoblauchblüten, aus Ackerminze, Branntwein, in den die Giftdrüsen einer lebendig in die Flasche eingeschlossenen Viper gelegt worden waren. Aber der Kranke erbrach sich nur noch mehr. Benjamin wartete auf den Tod. Er besaß genügend medizinische Kenntnisse, um zu wissen, daß er verloren war. Er nahm dies durch einen watteartigen Dunst wahr, der sein Ende ganz natürlich und selbstverständlich erscheinen ließ, eingeschrieben in den Lauf der Dinge. Alle Wesen und Gedanken waren in diesen anästhesierenden Nebel gehüllt, so lange bis der Schmerz erneut von ihm Besitz ergriff, ihn peinigte, quälte, marterte, vierteilte, ausbrannte, so daß er sich, von heftigen Fieberschauern geschüttelt, krümmte. Wenn die Nacht hereinbrach, zog Aglaée beim Licht einer Fackel, die der Gastwirt hielt, Benjamin aus und rieb ihn mit einer dicken Paste aus Schneckenschleim, Zucker und Orangenblüten ein, die im Wasserbad erwärmt wurde, damit die Säfte Zeit hatten, in die Haut einzudringen. Ohne Scham tat sie es, wobei sie keine Stelle dieses von Leid und Fieber geschüttelten Körpers ausließ. Ein süßer, widerlicher Geruch von Orangenblüten schwebte im Raum. Die Nacht, die Angst, das Grauen ... Der Engländer betete, er sprach zusammenhanglose Worte, und mit dem Fieber und der Finsternis kroch der Wahn an ihm hoch. Marias Bild stieg aus den feuchten Kopfkissen auf, sie loderte in den Flammen der Scheiterhaufen auf dem Platz, sie stieg durchs Fenster, weiß wie die Blüten der Heckenrose im Frühling, Maria, die schüchterne Maria von damals.

»Ich kann weder lesen noch schreiben, Monsieur.«

»Wozu auch?«

»Aber, Monsieur, ich dachte, daß ich für sechs Pfund ...«

Schüchtern, keusch, unwissend, schön, mit dem Glanz der Unschuld, weiß und golden, die Maria des ersten Tages, des ersten Blicks. Er versuchte aufzustehen, doch atemlos fiel er auf sein Bett zurück, er begnügte sich damit, Marias Hand in seiner zu halten, diese sanfte, duftende junge Hand. Marias Hand, das junge Mädchen, die Geliebte vom Meeresufer, die unerfahrene Geliebte, die Geliebte der Orangen- und Zitronenhaine, des Unterholzes, das Mädchen mit der Olivenhaut …

Draußen fuhren Konvois vorüber, es waren die Toten des Tages, zehn, zwanzig. Die Fahrer und die Totengräber trugen Kapuzen, die ihre Gesichter vollständig verdeckten. Auch die Soldaten, die sie mit Fackeln begleiteten, hielten sich ein Taschentuch vor den Mund. Die Feuer brannten weiter, Lavendel und wilder Thymian verströmten ihren Geruch. Bei Morgengrauen prasselte ein heftiger Regen gegen die Scheiben, der Tag weigerte sich zu kommen, ein graues, verzweifeltes Licht breitete sich im Zimmer aus. Vincent fachte das Feuer im Kamin an.

Um acht Uhr stieß sie die Tür auf, triefend vor Regen, die Haare vom Wind zerzaust. Sie ließ ihren Reiterumhang auf den Boden fallen, darunter trug sie Husarenhosen und ein Hemd, das ihr auf der nassen Brust klebte. Mit ihr drang der Geruch von feuchtem Gras ins Zimmer. Tordo blieb wie versteinert stehen. In die stickige Atmosphäre des Zimmers drangen der Wald und die Hügel, der Geruch von Schießpulver und Leder, von Pferden, eine Meeresbrise, alle Gerüche der Erde und des Lebens, alle vergessenen Gerüche. Zu ihren Füßen bildete sich eine Wasserlache. Sie wirkte größer, stärker und fraulicher, es war Maria, und doch war es auch eine andere. Sie erfüllte den Raum, ohne sich zu bewegen, ja sie wischte sich nicht einmal den Regen vom Gesicht und von den Lippen. Sie ging auf das Bett zu, blieb stehen. Abgesehen von dem knisternden Feuer und dem Regen, der gegen die Scheiben schlug, herrschte vollkommene Stille, alle schienen den Atmen anzuhalten. Er hatte sie hereinkommen sehen, er hatte die Augen geschlossen und sie wieder geöffnet: Sie stand immer noch da, es war keine Vision. Er war nicht erstaunt, er hatte sie ja kommen sehen, er hatte sie durch die Nacht eilen sehen, der einzige Unterschied war, daß sie durch die Tür kam statt durchs Fenster. Sie war da, nun konnte er sich getrost dem Tod überlassen, die Reise war zu Ende. Er flüsterte:

»Du bist noch schöner geworden …«

»Nein, Herr, ich bin jetzt alt.«

»Du bist mein Engel, aber dieses Mal wirst du mich nicht retten, dieses Mal ist es zu spät. Laß mich, ich bin schrecklich anzusehen.«

Sie kniete vor dem Bett nieder und ergriff seine Hände.

»Er braucht neue Wäsche«, rief sie Tordo zu, als sei er ein Bediensteter.

Der Hotelier beeilte sich.

»Maria …«

Das war alles. Die beiden begannen Benjamin das Hemd auszuziehen, darunter kamen eitrige Blasen zum Vorschein, die einen widerwärtigen Gestank verbreiteten.

»Geben Sie mir den Krug, der auf dem Tisch steht.«

Vincent reichte ihn ihr. Maria verlangte ein Handtuch. Langsam begann sie jeden Fleck zu säubern, der Orangenblütenduft überlagerte mit seiner Süße die Fäulnis der eitrigen Säfte. Vincent wechselte regelmäßig das Wasser aus; er saß auf der anderen Seite des Bettes und betrachtete seine Frau, wie sie einen Sterbenden wusch. Er fühlte sich weder gedemütigt noch unglücklich; hier geschah etwas, das er nicht verstand, aber das ihm Größe verlieh, er fand keinen anderen Begriff dafür. Nachdem Benjamin gewaschen und mit einem frischen, gestärkten Hemd bekleidet war, schlief er ein, er zitterte nicht mehr vor Fieber, er litt nicht mehr. Maria verließ den Raum.

Am Nachmittag kam sie wieder, in einem weißen Kleid, das am Kragen und an den Ärmeln mit Blumen bestickt war, das erste Kleid, das ihr der Herr gekauft hatte. Sie hatte die Haare mit einem schwarzen Satinband zusammengebunden und hielt Rousseaus *Neue Héloïse* in der Hand, das Buch, das ihr Benjamin kurz vor seiner Abreise nach England geschenkt hatte. Ihr Gesicht sah glatt und ausgeruht aus. Sie setzte Wasser für den Tee auf, die Dunkelheit war bereits hereingebrochen, das Wasser pfiff leise im Kessel. Zwei Lampen erhellten den Raum, eine stand auf dem Tisch neben dem Bett, die andere vor dem Fenster. Benjamins Augen glänzten im Halbdunkel, er folgte ihren Bewegungen bei der Zubereitung des Tees, das Sieb, das Wasser, das sie tropfenweise darübergoß, so wie er es ihr beigebracht hatte, eine friedliche Stille erfüllte den Raum, die wiedergefundene Zeit des Glücks. Sie tranken gemeinsam Tee – wie einst in dem Haus am Chemin des Anglais. Benjamins Hände zitterten kaum. Maria legte das aufgeklappte Buch neben die Lampe auf dem Tisch, blätterte eine Weile darin und begann dann mit ihrer singenden Stimme zu lesen, ohne über ein einziges Wort zu stolpern; sie achtete auf jede Pause, auf den Rhythmus und die Melodie des Satzes. Wie sie so über das Buch gebeugt saß, strahlte die Lampe die eine Hälfte ihres Gesichts an, über die andere fiel ihr dunkles Haar. Gewiß, da waren ein paar Fältchen, die sich beim letzten Mal noch nicht dort befanden, da waren Spuren von Kummer und Leid, aber was in diesem sanften Licht vor allem zu sehen war, war die heitere Ruhe, die ernste Schönheit einer Madonna. Ja, einer Madonna. Benjamin schloß die Augen und hörte zu.

»*Ich glaube, daß ich ebensoviel wert bin wie jede andere, und doch haben tausend andere anständiger gelebt als ich. Also besaßen sie Mittel, die mir nicht zur Verfügung standen. Warum habe ich das Böse gehaßt und es doch getan? Ich kannte nur meine Kraft; sie hat nicht genügt. Allen Widerstand, den man aus sich ziehen kann, glaube ich aufgeboten zu haben und bin doch gescheitert; wie schaffen die anderen es, zu widerstehen? Sie haben einen besseren Halt.*

Solange man begehrt, braucht man nicht glücklich zu sein; man hofft es zu werden. Kommt das Glück nicht, verlängert sich das Hoffen, und der Zauber der Illusion währt so lange wie die Leidenschaft, die ihn hervorruft. So genügt dieser Zustand sich selbst, und die Unruhe, die er verursacht, bereitet einen Genuß, der an die Stelle der Wirklichkeit tritt. Der vielleicht sogar mehr wert ist. Unglücklich nur der, der nicht mehr begehrt!«

Maria verstummte, dann beugte sie sich zu Benjamins Ohr hinab.

»Herr, glauben Sie an Gott?«

»Ich werde bald eine Antwort haben, Pitchounette, *die* Antwort. Und du, glaubst du an ihn?«

Maria antwortete, ohne zu zögern:

»Ja, ich glaube an ihn, Herr, man muß an ihn glauben.«

Benjamins Lippen verzogen sich, ein plötzlicher Schmerz oder ein Lächeln? Die junge Frau hatte nicht genug Zeit, es herauszufinden.

»Dann, meine Sanfte, mußt du mir etwas versprechen, vor Gott mußt du es mir versprechen.«

Maria schloß die Augen, sie wußte es ...

»Ich höre, Herr.«

»Versprich mir«, flüsterte Benjamin, »unseren Sohn so zu lieben, wie du sagst, daß du mich liebst. Versprich mir, ihn zu dir zu holen, damit er in Frieden mit dir zusammenleben kann.«

Maria ergriff die eiskalten Hände des Engländers.

»Ich verspreche es«, sagte sie schlicht.

»Dann«, seufzte Benjamin, »kann ich in Ruhe sterben. Du fragst mich, ob ich an Gott glaube, deine Antwort könnte mich bewegen, an seine Existenz zu glauben, du bist sein Bote, Maria, der Engel Maria, der Todesengel.«

»Schweigen Sie!«

»Warum? Du hast mir das Leben geschenkt, du hast mich umgebracht, du bist wiedergekommen für die große Reise, alles ist gut, so wie es ist. Was mir nur noch zu tun bleibt, ist, mich richtig zu verhalten. Ich habe Angst davor, Angst zu haben, Maria.«

»Ich bin da ...«

Sie nahm ihn in ihre Arme und wiegte ihn wie ein Kind. Er überließ sich ihr, schlief ein, wachte auf, schlief wieder ein; die Nacht schritt voran, er wurde immer seltener wach. Einmal noch sah er sie lange an und drückte ihre Hand mit der ganzen Kraft, die ihm blieb. Dann war es vorbei. Sie hielt ihn bis zum Morgengrauen an sich gedrückt. Erst als sie spürte, wie sein Körper allmählich erstarrte, begriff sie, daß ihr Herr, ihr Geliebter, ihr Kind, das Wesen, das sie über alles auf der Welt liebte, gestorben war. Ganz sanft.

Tordo blieb lange Zeit reglos am Fuße des Bettes stehen. Er betrachtete den Engländer, er betrachtete Maria. Er wußte nicht mehr, wohin mit all der Traurigkeit, die seine Brust zusammenschnürte. Maria hatte Benjamins Hände übereinandergelegt, Benjamin lag friedlich da, die Flecken waren verschwunden, über sein glattes Gesicht huschten die Schatten des Regens. Es kam nicht in Frage, seine Leiche den Kapuzenmännern zu übergeben, die auf ihren verfluchten Karren durch die Stadt fuhren.

»In den Keller?« schlug Tordo vor.

»Nein, ich weiß, wohin. Wir werden nachts gehen.«

Maria nahm den Weg, der zum Haus des Engländers am Meer entlangführte. Der Winter war so mild, daß die Linden noch den kräftigen Duft des Spätsommers verströmten. Sie brauchte keinen Schlüssel, die Tür war eingetreten worden. Was hatten sie gesucht? Gold, Geld, Schmuck, teure Weine, sie hatten nur Bücher, Pflanzenbildtafeln, Wäsche und Marmeladengläser gefunden. Sie hatten die Wäsche und die Marmelade mitgenommen und den Rest zerrissen, zerstört, verbrannt, selbst die Möbel; die Wände waren schwarz von kaltem Ruß, nichts, rein gar nichts war verschont geblieben. Der

Tisch, an dem sie lesen und schreiben gelernt hatte, war in Stücke gehauen worden, ebenso der Schrank, in dem sie sich versteckt und wo sie zum ersten Mal die Geräusche der Liebe gehört hatte. Da war ihr klar, daß sie auch keines von Benjamins Kleidungsstücken finden würde, weder seine schwarze Hose noch seine feinen Wollstrümpfe, noch seine Lederstiefel. Nichts von Benjamin war mehr da, kein Heft, kein Buch, kein Kleidungsstück. Sie irrte eine Weile durch dieses Ruinenfeld, auch von dem schüchternen Mädchen, das in seinen Herrn verliebt gewesen war, war nichts übriggeblieben. Das einzige, merkwürdigerweise, das sie verschont hatten, war das eiserne Bett, in dem sie sich einige Monate geliebt hatten, wie die beiden Liebenden in der *Neuen Héloïse*, voller Leidenschaft und in der wiedergefundenen Keuschheit der Natur. Sie gaben sich einander hin, wie die Blumen sich den Bäumen, die Wellen sich den Felsen hingeben, in einer Lust, die rein war und von Sünde befreit. Sie brauchten nur die Schwelle zu überschreiten, und schon breitete sich vor ihren Augen die Unschuld und die Schönheit längst vergangener Zeiten. Sie liefen durch Olivenhaine, begegneten Eseln, Fischern, die silberglänzende Fische aus dem Meer zogen; sie liefen durch eine Zeit, die stehengeblieben war, nichts hatte sich seit Anbeginn der Welt verändert. Und nur sie, die Liebenden, wußten es, sie allein waren Träger dieser frohen Botschaft: Die Welt war gut, die Welt war schön!

Maria setzte sich auf den knarrenden Bettrost; wie hatten sie sich hier gewälzt, umschlungen, einer den anderen aufgefressen, wie hatten sie sich geliebt auf diesem kalten Metall! Nein, es blieb nichts davon, keine Spur, über die man zärtlich mit der Hand streichen konnte, keine einzige Erinnerung, die sich irgendwo eingeschrieben hätte. Es gibt niemanden außer mir, der sich erinnern würde: Dort schien morgens die Sonne herein, und genau dort, in diesem tanzenden Sonnenstaub, sah ich ihn, wenn er aufstand, sah ich seinen Hintern und betrachtete ihn heimlich, unter halbgeschlossenen Lidern. Ich tat, als würde ich schlafen, so konnte ich ihn ohne Scham und Verlegenheit lieben. Ja, ich erinnere mich an sein Geschlecht im Licht, wie es rund und weich herabhing und den Bewegungen des Körpers folgte, und das alles war von großer Harmonie, die Bewegungen, der Mann, mein Mann, mein Herr, mein Angebeteter. Sie schrie auf, die Tränen erstickten sie, ein Meer von zurückgehaltenen, seit Jahren unterdrückten Tränen, sie schluchzte verzweifelt und fiel am Fuße des Bettes zu Boden. Die Tränen bildeten kleine Krater im Staub. Sie schlug mit der Stirn gegen den Boden, immer und immer wieder, biß in den Schmutz, drückte ihre Lippen in den Ruß ...

»Verzeih mir, verzeih mir ... Du weißt es, du weißt, daß ich nur dich liebe, du weißt es jetzt, da du die Wahrheit kennst, da du bei Gott bist. Herr, ich habe nichts von unserer Liebe verraten, nichts weggegeben, ich habe dich nicht verlassen. In meinem Kopf scheint noch immer die Sonne unseres allerersten Tages, an dem du mir begegnet bist mit deinen nackten Füßen und ich dich für den wiederauferstandenen Christus hielt! Verzeih mir, verzeih mir all das Böse, verzeih mir meine Sünden ... Schau, meine Liebe hat sich nicht verändert, genausowenig wie das Meer, der Weg, die Bäume, die milde Luft. Jetzt, wo du tot bist, will ich ruhig sein, nun kannst du in mir lesen wie in einem Buch, wie in einem deiner schönen gebundenen Bücher. Du wirst Rousseau treffen können und ihm sagen, daß ich ihn liebe.«

Mit ausgebreiteten Armen blieb sie liegen und lauschte in die Stille des Winternachmittags. Sie hatte keine Tränen mehr. Sie wusch sich am Brunnen, das Wasser war weich und süß. Bald spiegelte sich ihr Gesicht auf der dunklen Oberfläche, und es war noch immer schön.

Sie legten die Leiche in einen kleinen Karren, der sonst zum Transport von Weinfässern diente, schlugen eine Plane darüber und machten sich auf den Weg. Sie überquerten die Place de la République, kamen am Altar des Vaterlands vorbei und nahmen den Weg nach Villefranche. Als angemessene Kleidung für Benjamin hatte Maria im gesamten Hotel nur einen schwarzen Anzug gefunden, den ein Abgesandter des Konvents dort vergessen hatte. Nachdem sie den Hafen hinter sich gelassen hatten, begann der Weg anzusteigen, das Meer lag schon tief unter ihnen. Die Räder des Karrens stießen gegen das Geröll, sie mußten darauf achten, die vom Regen durchweichten Wegränder zu meiden. Am Fuße der Felsen war das Grollen der Brandung zu hören. Das einzige Licht kam vom Mond, der sich im Meer spiegelte, ein feuchter Wind überzog ihre Gesichter mit salziger Gischt. Um Mitternacht hatten sie Villefranche erreicht und gingen weiter nach Cap Ferrat, wo der Wind die Pinien bog. Maria wußte genau, wo. Der Ort vom ersten Mal, der Ort mit dem Schnee, der magische Ort, an dem alles begonnen hatte. Mühelos fand sie den kleinen Hügel wieder, auf dem sie miteinander gegessen hatten und auf dem er sie das erste Mal geliebt hatte.

»Hier.«

Sie nahmen Schaufel und Hacke, Tordo grub, Maria schob die Erde zur Seite. Es ist lang, und es ist tief, das Loch für einen Mann. Sie legten mehrmals eine Pause ein, tranken Wein aus der Feldflasche und aßen Brot mit Sardellen. Bei Morgengrauen war das Loch groß genug, aber sie mußten sich beeilen, denn es hatte wieder zu regnen begonnen. Maria nahm den Körper bei den Armen, Tordo hielt ihn am Becken. Behutsam wickelten sie ihn in ein großes Tuch und eine Decke und ließen ihn in die Grube hinab. Schweigend blieben sie vor dem Grab stehen: Tordo murmelte rasch ein Gebet und ging zur Seite, um Maria mit dem Engländer allein zu lassen.

Aber Maria betete nicht und sagte auch sonst kein Wort. Sie schaute ein letztes Mal, es gab nichts mehr zu sehen. Dann warf sie die erste Schaufel Erde in die Grube.

Als sie den Rückweg antraten, flüsterte Maria:

»Danke, Vincent, danke für alles.«

Der Gastwirt antwortete nichts, er weinte.

Fünfter Teil

Sommer 1794

Einige von Fragonards Frauengestalten besitzen eine Art dunkler Größe.

Paul-Jean Toulet

Und der Sommer kam. Maria fuhr nach Grasse, sie war allein in der Kutsche. Beim letzten Mal hatte sie diese Hügel gemeinsam mit ihm überquert, damals sollte er vor Gericht gestellt werden. Sie waren glücklich auf dieser Fahrt. Alles hätte wieder von vorn beginnen können. Er hatte ihr verziehen, sie liebte ihn. Es hätte so wenig gebraucht, zum Beispiel, daß ihr Vater ihn nicht so gehaßt hätte, der verbissene Haß dieses gewöhnlichen Grandi, des gemeinen Grandi, der ins Gewand der Revolution und der Tugend geschlüpft war.

Im Wagen duftete es nach Lavendel und Feigen. Maria schloß die Augen. Die Luft war wie süßer Nektar, in den sich der Geruch von heißen Steinen und schmelzendem Zucker mischte; der Horizont löste sich in Dunst auf, als würden weit in der Ferne Wasserkaskaden ihre feine Gischt versprühen. Sie wachte mit einem Ruck auf, schweißüberströmt, fuhr sich mit der Hand über die Stirn, zwischen die Brüste, Feuer loderte in ihren Lungen. Sie schloß die Augen wieder. Die Träume vermischten sich mit Erinnerungen. Benjamin, die Hände über der Brust gefaltet, ein friedliches Lächeln umspielte seine bleichen Lippen, nie zuvor war er so schön gewesen. Die Schönheit eines jungen Mannes, sanft, ohne eine Falte, ohne alle Bitterkeit. Im Tod hatte er seine Jugend wiedergefunden. Das schrecklich leere Bett, das sie bei ihrer Rückkehr aus Cap Ferrat vorfand. Sie hatte die Pfeifen, den Tabak und die Hefte weggeräumt, in die er vor Ausbruch der Krankheit jeden Tag geschrieben hatte. Sie hatte sie nicht geöffnet. Eines Tages vielleicht. Tief in einem Schubfach lag ein langer Brief, an Penelope Pitt adressiert. Sie sah die blonde Lady wieder vor sich, wie sie ihre Beine um Benjamins Hüften geschlungen hatte.

Fast hätte sie den Brief zerrissen. Aber nein, sie hatte kein Recht, eifersüchtig zu sein, sie weniger als jede andere. Sie würde ihn der Adressatin zuschicken. Viel mehr gab es nicht, zwei, drei verschlissene Kleidungsstücke, alles andere war verschwunden, verloren, gestohlen. Ein Paar Pistolen, ein Säbel zur Erinnerung an den Krieg ...

Der Krieg! Trotz der Hitze fuhr Maria ein eiskalter Schauer über den Rücken. Sie atmete tief durch. Der Krieg: der Geruch von Schießpulver, Pferden, Mist, Staub und Blut. Sie sah sich wieder durch das Kanonenfeuer galoppieren, unnötig, das Tier anzutreiben, es wußte, was es zu tun hatte. Jeder hier wußte, was zu tun war; die Gefahr spüren, bevor sie da war, eine Frage von Leben und Tod. Wer dieses Gespür nicht hatte, war verloren. Bei einem Angriff kann man nichts anderes tun als vorwärts stürmen, sich eine Linie suchen und darauf zuhalten. Wenn die Gewehrsalven einen nicht durchlöchern, kommt man durch. Das ist es, was einen zittern läßt, diese furchtbare Angst, die einen vorwärts treibt, weil man gar nichts anderes mehr tun kann. Dazu das Schnauben der Pferde, der Dampf, der aus ihren Nüstern steigt, der Schaum, der sich auf ihren Flanken und zwischen ihren Schenkeln bildet, das Hämmern und Kreischen der Hufe, dieser betäubende Lärm, so laut wie ein Erdbeben. Und man ist mittendrin, man denkt an nichts mehr, nicht einmal ans Sterben, man ist eins mit dem Pferd, das ist alles. So was kann man nicht erklären, es macht einem den Kopf ganz leer und rast einem durch den Bauch, wie nicht einmal Liebeslust es vermag. Etwas, das einem das Bewußtsein betäubt und die Seele zerlegt. Hätte Benjamin das verstehen können? Er war voller Abscheu in den Krieg gezogen, er hatte nichts von alledem gespürt, kein Erschauern, kein Beben, der Krieg ging ihn nichts an. Und sie? Hatte sie den Krieg geliebt? Sie machte die Augen wieder auf. Geliebt, ja, aber nicht den Krieg, sondern die Angst, dieses Loch voll roter Sterne und Rauch, geliebt bis zu dem Augenblick, wo das

Bewußtsein zurückkehrte, die Seele wieder erwachte und einen packte wie ein Gendarm, der die Hand nach dem Dieb ausstreckt.

In Toulon hatte das Blut, das in den Straßen vergossen wurde und in der Sonne trocknete, alle anderen Gerüche überdeckt. Toulon, die schuldige, die Verräterstadt, die zu bestrafen war. Sie sah den kleinen Robespierre vor sich und auch die anderen, Barras, Fréron, Salicetti, im Rausch ihrer Macht. Man erschoß auf offener Straße, man drang in die Hospitäler ein und schoß darauflos. Die Bewohner eines Hauses, eines ganzen Viertels, wurden zusammengetrommelt, in einer Reihe gegen die Wand gestellt, sie schrien: »Wir sind unschuldig! Wir haben nichts getan!« Man schoß sie nieder. Ihr Blut hinterließ lange Spuren auf dem Pflaster, niemand spülte es fort, der ekelerregende Geruch erfüllte die gesamte Stadt. Zur Guillotine führte man nur die Würdenträger des Verrats. Man hatte einen Henker aus Marseille kommen lassen, dann noch einen und noch einen; ihre Gehilfen schliffen die Beile in der Nacht, wo wenig zu tun war. Maria hatte das alles von einem Zimmer des Rathauses gesehen, Masséna hatte den Befehl über die Stadt übernommen. Und auch der junge Buonaparte mit seinen kohlschwarzen Augen und seiner Adlernase schlich da herum, der eigentliche Held war er. Der Name Toulon wurde von der Karte gestrichen, ausradiert. Die Stadt wurde auf Port-La-Montagne umgetauft.

Eines Abends, als der Geruch des Blutes zu stark geworden war, hatte sie zu ihm gesagt:

»Dieses Massaker muß ein Ende haben.«

»Warum?« hatte er verwundert erwidert.

»Warum!« Darauf hatte sie nichts mehr zu sagen gewußt. Aber als er sich auf sie legte, wie jeden Abend, und in sie eindrang, sagte sie immer wieder zu sich: Wach auf, jetzt ist es genug! Er entlud sich und fiel auf sie wie ein ermattetes Pferd. Sie befreite sich von ihm, streifte ihre

Husarenhosen über, nahm ihren Umhang und das wenige Geld, das ihr blieb, dann verließ sie mit den Stiefeln in der Hand den Raum. Es regnete. Sie sattelte ihren Rappen. Die Soldaten, die die Ställe zu bewachen hatten, schliefen auf dem Stroh. Sie würde zu Benjamin zurückkehren. Noch einmal ritt sie in strömendem Regen durch das Esterel-Gebirge. Einmal suchte sie ein wenig Schutz unter einer Korkeiche, aber im Grunde nahm sie den Regen kaum wahr, so voller Freude war sie bei dem Gedanken, Benjamin wiederzusehen, den Herrn. Er würde sie wieder aufnehmen, sie liebte ja nur ihn. Konnte er das bezweifeln? Sie würde ihm mit der Kraft ihrer Liebe schon noch alle Zweifel nehmen. Aber der Herr war zu klug, um nicht zu verstehen. »Komm, mein schwarzes Pferdchen, laß mich nicht im Stich.« In einem verlassenen Schafstall schlief sie ein paar Stunden, bevor sie ihren Ritt fortsetzte. Oberhalb von Grasse kam sie aus den Bergen heraus, genau auf der gegenüberliegenden Seite der Hügel, auf denen sie sich heute befand. Sie spürte ihr Herz klopfen wie an jenem Nachmittag. Sie war so voller Hoffnung gewesen! Ein neues Leben! Nur noch ein paar Lavendelfelder und Olivenhaine, und schon wäre sie dort.

Im Morgengrauen erreichte sie Nizza. Leichenkarren zogen an ihr vorüber. Sie erinnerte sich, wie sie geschaudert hatte. Nein, nicht er! Aber die Ahnung war stärker. Bevor sie überhaupt beim Hotel angekommen war, wußte sie es. Sie betrat das Zimmer, dort lag er auf dem Bett mit all diesen dunklen Flecken im Gesicht. Aber sein schöner Blick flog ihr entgegen. Er liebte sie! Es bedurfte keiner Worte. Er hatte nie aufgehört, sie zu lieben. Nun konnte er sterben.

Der Wagen erreichte Grasse, die Stadt war totenstill, die Straßen lagen wie ausgestorben. Wo waren all die Schreihälse hin? Sie hatten sich verkrochen, nachdem sie am

9. Thermidor vom Sturz Robespierres und seiner Hinrichtung am darauffolgenden Tag erfahren hatten, wie auch von der Hinrichtung seines kleinen Bruders, des schönen Augustin. Grandi hatte sich in seinem Haus am Meer, der Villa Penelopes, verbarrikadiert, die plötzlich zu groß und zu auffällig geworden war. Tiranty wandelte irgendwo auf einem seiner zahlreichen Güter durch seine Kartoffelfelder, in der unsinnigen Hoffnung, daß »sie« ihn dort nicht holen würden.

Maria erkannte die Villa der Marquise sofort wieder, die sich hinter einem Mäuerchen und einer Reihe von Lindenbäumen den Blicken entzog. Der Wagen hielt, eine plötzlich aufkommende Gewitterböe ließ das welke Laub des Spätsommers erzittern.

Den Schlüssel zum Gartentor hatte sie aufbewahrt. Sie gab dem Kutscher und seinem Gehilfen ein Zeichen, ihr zu folgen. Sie durchquerten den Garten im Abendlicht, das jeden Busch bedrohlich aussehen ließ. Aber die Tür der gläsernen Veranda ließ sich nicht öffnen, das Schlüsselloch war vollkommen verrostet. Die beiden Männer warfen sich mit der Schulter dagegen, endlich gab sie nach, und ein unheimliches Krächzen hallte durch die Stille. Der Kutscher hielt eine Lampe hoch. In dem Moment, wo das flackernde Flämmchen zur Ruhe kam, brach das Gewitter los, und ein Blitz jagte phosphoreszierende Helligkeit durch den Raum. Maria sah die umgedrehten Leinwände, sie standen wie einst gegen die Wand gelehnt. Also war niemand hier eingedrungen! Der heilige Ort war unberührt geblieben. Sie bat die Männer um Hilfe und zeigte auf die vier großen Rahmen. Die grauen Stoffbespannungen fielen lautlos in den Staub. Man konnte nichts erkennen, nur Maria erahnte die Formen.

»Gehen Sie jetzt, und kommen Sie mich morgen früh bei Sonnenaufgang abholen.«

Sie setzte sich auf einen Hocker und wartete. Nun

hatte sie alle Zeit der Welt. Es regnete und stürmte, der Regen schlug gegen das Glasdach, als wolle er es zerschmettern. Jeder Blitz ließ die Blumenranken, die Gärten, die Laubengänge, die Liebenden von Monsieur Fragonard aus der Dunkelheit treten, hier einen Seufzer, da ein Lächeln, eine Brust, einen dargebotenen Mund. Nichts hatte sich verändert: weder die Schönheit noch die Liebenden, noch die Liebe, und auch der kleine rotweiße Hund und der dunkle Lorbeer unter dem blaßblauen Himmel waren noch immer da.

Der Tag brach an, durch das Glasdach perlte ein goldenes, transparentes Licht, das Spiel konnte beginnen, die Szenerie war bereit, die Natur flammte auf. Die zärtlich Liebenden gaben sich einander hin oder verweigerten sich, wichtig war ihnen allein der nächste Augenblick. Die Welt drehte sich um nicht mehr als einen Kuß, die einzige Bedrohung über ihren Köpfen war ein Lorbeerkranz. Maria erhob sich, und wie damals beim ersten Mal spürte sie ihr Herz schneller schlagen, ihr wurde ganz leicht, sie träumte, sie lebte. Nichts starb bei Monsieur Fragonard, sie hatte es eben wiedergesehen. Alles ging weiter. Eine unfaßbare Kraft durchströmte sie und verscheuchte die Reue und Bitterkeit. Benjamin hätte sie ihr erklären können, er erklärte alles. Doch Benjamin war tot, und es blieb noch so vieles zu fühlen, zu entdecken, zu lieben, ja, gewiß auch zu lieben. Vielleicht wußte Benjamin auf der anderen Seite des Spiegels um diese Kraft, vielleicht verband er sich mit ihr … vielleicht war dies seine Art, sie nicht zu verlassen.